LORD OF MYSTERIES

爱潜水的乌贼 著

诡秘

THE CLOWN

之王

3

小丑

下

NEWSTAR PRESS
新星出版社

图书在版编目（CIP）数据

诡秘之主. 3, 小丑. 下 / 爱潜水的乌贼著.
北京：新星出版社, 2025.1（2025.9重印）. -- ISBN 978-7-5133-5730-2

Ⅰ. I247.5

中国国家版本馆CIP数据核字第2024DV4114号

诡秘之主3 小丑·下

爱潜水的乌贼 著

责任编辑 李文彧		**特约编辑** 刘兆兰	
装帧设计 罗智超　江馨华		**策划编辑** 方剑虹　雷 桊	
责任印制 李珊珊			

出版人 马汝军
出版发行 新星出版社
　　　　　　（北京市西城区车公庄大街丙 3 号楼8001　100044）
网　址 www.newstarpress.com
法律顾问 北京市岳成律师事务所
印　刷 凸版艺彩（东莞）印刷有限公司
开　本 685mm×980mm 1/16
印　张 18.25
字　数 300千字
版　次 2025年1月第1版　2025年9月第5次印刷
书　号 ISBN 978-7-5133-5730-2
定　价 49.80元

TINGEN

THE CICOWN

目录

CONTENTS

CHAPTER 01
深夜来访者
◆ 001

CHAPTER 02
最后的铺垫
◆ 019

CHAPTER 03
把握机会
◆ 037

CHAPTER 04
可怜虫
◆ 057

CHAPTER 05
"小丑"魔药
◆ 049

CHAPTER 06
尸检
◆ 101

Act as your heart desires,
yet let no harm come to pass.

CHAPTER 07
旅行家
.... ✦ 121

CHAPTER 08
漫游者克莱恩
.... ✦ 139

CHAPTER 09
祈求与回应
.... ✦ 167

CHAPTER 10
秘密潜入
.... ✦ 189

CHAPTER 11
"魔女" 途径
.... ✦ 201

CHAPTER 12
兰尔乌斯的阴谋
.... ✦ 225

CHAPTER 13
阻止降生
.... ✦ 243

CHAPTER 14
廷根市的故事
.... ✦ 259

CHAPTER 15
葬礼
.... ✦ 267

EPILOGUE
《小丑》卷总结
.... ✦ 281

真正的守护者，
最值得信赖的同伴，
永远的队长。

第一章
CHAPTER 01
✦ 深夜来访者 ✦

私家侦探所内。

"先生，您的委托完成了。"烟酒嗓的私家侦探亨利看着面前穿黑色燕尾服，戴半高丝绸礼帽和暗色遮脸口罩的绅士，松了口气道，"这真是一个不容易的任务，它并不困难，但花费了我们太多的精力，坦白地讲，我非常后悔，后悔之前开的价格太低了。"

不，不管你怎么说，我都不会额外再支付哪怕一个便士！

克莱恩在心里强调了一句，指着茶几上那厚厚的一沓文件问道："这就是调查报告？"

"是的。"亨利按住至少有六十页的调查报告，叹息道，"这是我做过最麻烦的……"

他话音未落，就看见克莱恩递来四张1镑的纸币，于是注意力都转移到了辨认真伪之上。

"这是全部的尾款。"克莱恩伸手握着那厚厚的调查报告道。

亨利咳了两声道："您真是一个诚实守信的绅士，哎，我最开始一点也没想到调查报告会使用这么多的纸张，完全在我的预算之外。"

就在这时，克莱恩拿起那份非常厚的调查报告，唰地站了起来。他稍一鞠躬，立刻提上手杖走向大门。

亨利侦探的后续话语就这样被堵在了喉咙里。

嘿，我怎么可能会为调查报告的纸张开销买单？这些包含在整体的委托费用里！克莱恩摸了一下剩余的五镑八苏勒私房钱，在心里嘀咕了一声，快步走至贝西克街上。

他先观察四周，确认无人注意自己才机敏地离开这里，找机会摘下了口罩。

克莱恩没打算现在回家，而是准备就近找一家咖啡馆，赶紧整理一下调查报告，找出在他占卜到红烟囱之后有租客更替的那些房屋，然后趁晚餐前的时间排查一部分。

附近街区的咖啡馆相当多，但几乎没有一家符合克莱恩的要求。

自从蒸汽与机械成为时代的象征后，越来越多的咖啡馆降低了自己的格调，变成了廉价餐厅似的存在，为忙碌的劳工们提供着茶水、咖啡、面包、吐司，以及嫩豌豆炖羔羊肉等菜肴。于是，体面的先生和女士们不再到咖啡馆交谈事情，不再以这种行为作为身份的象征。同时，各种各样的俱乐部开始出现，代替了原本咖啡馆的社交功能。

走了好一阵子，克莱恩终于找到了一家环境还算不错的咖啡馆。

坐到隐蔽的角落卡座里后，他抿了口只需要三又二分之一便士的南威尔咖啡，慎重地翻开了调查报告。

> 在廷根市北区、东区、西区、南区、金梧桐区、码头区和大学区，共有1179间房屋拥有暗红色的烟囱……在廷根市郊外，共有546间房屋拥有雇主描述的那种红烟囱……这没有包含归属廷根但相对远离的那些小镇和乡村。
>
> 以下是每间房屋的地址与相应的房东和租客信息，按照雇主要求，将最近三个月内的情况做了更详细的整理。

克莱恩一页页扫过，不断用钢笔在自己携带的纸张上做着记录。最后，他发现在自己占卜到红烟囱后，共有二十五处房屋出现租客的更替。

"不算太多，争取两天内排查完。嗯，我在梦境占卜里见过那个红烟囱，见过那栋房屋的部分样子，只要现实里再次遇到，必然会产生灵性上的熟悉感，从而确认目标。简单来说，我就是人肉排查器……"克莱恩无声颔首，根据房屋地点的不同，规划出了今天要前往的那十五处。

至于这样的行动是否危险，他不需要占卜都能得到答案。

既然出现了租客更替，那就表明让自己命运不协调、总是遇到巧合事件的幕后黑手已经离开！

希望能从房东口中知道前任租客的样子……

不过，既然那个藏在幕后的家伙能神不知鬼不觉地影响我的命运，让巧合看似自然地出现，肯定也会有办法消除自身的存在痕迹……哎，只能祈求女神，让那个家伙出现一定的疏漏……

克莱恩吐了口气，强行振奋起精神，戴上丝绸礼帽，拿好手杖和报告，起身走出了咖啡馆。

接下来，他花费两苏勒雇了一辆两轮出租马车，抢在晚餐前将那十五处有红烟囱的房屋跑了一遍，可惜都并非他在梦境里见到的那栋。

"如果明天的排查还是这个结果，事情就麻烦了，他竟然还住在之前被我占卜出来的红烟囱房屋里……

"这要么说明他有着足够的自信，不害怕我的追查，甚至不害怕廷根市值夜者小队的抓捕；要么表明他不知道自己暴露了，后来对抗我占卜的是一种不完全属于他的力量……"

克莱恩站在水仙花街2号的门口，分析着一个又一个的可能性。过了好几分钟，他拍了拍黑色燕尾服上的些许灰尘，按了下头顶的半高丝绸礼帽，掏出铜制钥匙，脸含微笑地开门回家。

他今晚打算给班森和梅丽莎准备焖羔羊肉和蜂蜜烤肉。

夜里十一点，互道了晚安的兄妹三人分别进入了自己的卧室。

克莱恩合拢房门，站到书桌前，就着煤气灯的光芒，望了眼凸肚窗外。

此时，附近街区一片黑暗，只有寥寥几盏路灯在指引着方向，高空的星辰镶嵌在黑色的幕布上，一点一点，不算明晰。

"不知道号称'希望之地''万都之都'的贝克兰德会是什么样子……"克莱恩无声低语了一句，伸手握住帘布，准备拉动。

呜！

就在这时，一阵阴冷的风毫无征兆地吹过，煤气灯的光芒突然变得阴绿。

克莱恩下意识就退后了几步，很有职业本能地让左边牙齿轻叩了两下，与此同时，他猛地靠向床头，试图拿取枕头下压着的手枪。

他的视线里，煤气灯下方、书桌上方的墙壁上霍然凸显出了一张脸孔，没有眼睛、没有鼻子、只有嘴巴的半透明脸孔！

"不要开枪。"那面孔张合着嘴巴道。

能交流？克莱恩已拿枪在手，瞄准了目标。

"你想做什么？"他沉声问道。

那面孔发出轻笑声道："我是戴莉。"

戴莉？"通灵者"戴莉？被调到贝克兰德教区的"通灵者"戴莉？克莱恩疑惑地皱眉道："戴莉女士？"

"我知道这样的来访太过粗暴，应该提前告知你一声，让你做好充分的准备，但是，我现在不方便直接和你见面，只能通过这个小家伙和你交流。"那张半透明的无眼无鼻面孔笑了一声。

虽然嗓音缥缈刺耳，但确实是戴莉女士的说话风格……

"通灵者"的能力还真是酷炫啊……克莱恩暗自感慨了一句，并没有垂下枪口，问道："女士，你想和我交流什么？"

"如果我是你，我会先用灵性密封卧室，要不然，你的家人会认为你的精神有问题。"半透明的诡异脸孔打趣道，"呵呵，你不需要这么戒备，我是因为邓恩寄来的信才秘密返回廷根，你知道的，值夜者不能随意离开自己的辖区。"

"队长的信？"克莱恩没靠近书桌，而是从衣帽架上的黑色风衣内侧暗袋里摸索出"圣夜粉"。

"我和邓恩都是在廷根市值夜者小队成长起来的非凡者，彼此间的关系一直保持得很好。

"他在上周四，对，周四，给我寄了封信，提到了你的事情，说你模仿'窥秘人'的格言，从占卜行为里总结出了自己的'占卜家守则'，并声称这有效地帮助你掌握了魔药，从而不再出现听见不该听见的声音、看见不该看见的画面的情况，邓恩说，这很像我。

"呵呵，你真的不去密封房间？我个人是不介意被你哥哥和妹妹误会什么的。"那张半透明的脸孔语速不快不慢地解释道。

原来是这样……确实是戴莉女士……

克莱恩松了口气，把"圣夜粉"又塞回了内侧口袋，然后几步来到书桌前，从抽屉里拿出了仪式用银制小刀。

快速构建好灵性之墙，他转身望向墙上凸显出的诡异面孔道："戴莉女士，队长还在信里说了什么？"

"他只是表达了自己的疑惑，感觉自己把握到了什么，但又无法清楚地认识到，希望可以得到我的意见。"戴莉借助无眼无鼻的诡异面孔说道，"而今天上午一看完那封信，我就知道，你绝对不像你自己表述的那样懵懂，呵呵，莫雷蒂先生，我想你应该已经总结出了扮演法！"

"这就是你来找我的目的？"克莱恩既没有肯定也没有否定地反问道。

戴莉已经明确地知晓了扮演法……他在心里冷静地判断了一句。

戴莉让那张半透明的脸孔露出些许笑意的表情道："是的。我想我们应该在这件事情上彼此坦诚，我知道你总结出了扮演法，你肯定也知道我掌握了扮演法。

"哎，让人不愉快的是，我用了接近两年才清晰地认识到扮演法，而你，成为非凡者才一个半月。"

听到戴莉的话语，克莱恩斟酌了片刻，接着坦然地笑了笑道："这是因为有你做我的榜样。"

他本来想说"我只是站在巨人的肩膀上",但最终决定不给"罗塞尔大帝"这几个字再一次出现于自己耳中的机会。

克莱恩的回答让戴莉轻笑了一声,那张只有嘴巴的半透明脸孔说道:"即使你从'窥秘人'的格言中得到了灵感,从我的经历和表现里确定了想法,但只用一个多月就清晰地认识到'扮演',总结出属于自己的'占卜家守则',也足以证明你拥有出众的智慧和开阔的思维。"

克莱恩没去纠缠这个让他心虚的话题,转而问道:"女士,教会高层是否知道这,这所谓的扮演法?"

"毫无疑问,他们非常清楚。我曾经翻阅过教会的历史资料,寻找那些飞快晋升、无视规律的同类,发现这样的值夜者、这样的主教并不算少,我也不算是最为特殊的那个,而他们的结局……"说到这里,戴莉故意停顿了一下,语气仿佛有些沉重。

"他们都有怎样的结局?"克莱恩心头一紧,脱口问道。

难道黑夜女神教会视扮演法为邪神恶魔的诱惑?

那张无眼无鼻无耳的半透明脸孔忽然笑了出声:"他们的结果都相当美好,除了部分失控和牺牲在超凡事件里,剩下的至少都成了大主教或者高级执事,其中不乏成功晋升高序列的强者。

"呃,在女神的教会,序列4和序列3被统称为圣者,序列2和序列1则是地上天使,当然,每一位天使都曾经是圣者。"

戴莉女士,你刚才是在故意吓我啊……

克莱恩嘴角微动,没有掩饰自身疑惑,问道:"既然教会早就掌握了扮演法,为什么不将它告诉每一位值夜者?虽然这样并不能完全避免失控,但肯定可以大幅降低失控的概率,减少无谓的损失。"

那张只有嘴巴的半透明脸孔出现了少许迷茫:"我也不知道为什么,他们告诉我,等我成为大主教或者高级执事,就能了解这方面的秘密。

"我今天来找你,是希望你在提交特别申请前,能够较为清晰地将扮演法告诉邓恩。"

克莱恩没有愚蠢地问对方为什么不自己去做这件事情,而是若有所思道:"一旦被教会注意,就要许下承诺,订立誓约,不将扮演法告诉别人?"

"是的,在女神的圣物面前,以祂的名义立誓,这拥有足够的约束力。相信我,你绝对不想知道违背的后果。我现在只能和你这种同样掌握着扮演法的人聊一聊,你本身的状态在你回答之前就已经告诉了我答案,所以我才敢于说出那个名词。"戴莉让那张诡异脸孔叹了口气。

她顿了下又道："我当初只是隐约把握到扮演的精髓，从而很快消化掉魔药。对，在教会高层，用消化来形容魔药的掌握，我认为这非常贴切。

"总之，在我立下誓言，被告知扮演法之前，我对这件事情并没有非常清晰的认知，也就无法准确地提醒邓恩他们。

"我本来已经放弃，没想到会遇见你，一个在提交特别申请前就清楚认识到扮演法的奇葩，不，天才。"

原来你是这么看我的啊，女士……克莱恩嘴角抽搐了一下，郑重承诺道："我原本就打算借特别申请的时机提醒队长扮演法的存在，有了女士你的解释，我就不需要担心什么了。"

"很好，你真是一个善良的小伙儿。"戴莉的语气里透着明显的放松。

女士，你似乎只比我大两三岁……克莱恩在心里指出了对方的问题。

不等他开口，那张半透明的诡异脸孔继续说道："如果你有什么问题，或者有什么需要帮助的地方，都可以写信给我，等我……呵呵，等我成为大主教或者高级执事，了解到教会为什么隐藏扮演法的秘密，我会暗示你这件事情的好坏。"

克莱恩听得精神一振，毫不犹豫就问道："女士，你的地址是？"

对他来说，帮手能多一个是多一个，而且还是相对强力的"通灵者"！

面对一点也不推辞的克莱恩，戴莉沉默了几秒，轻笑道："我们的交流不应该通过邮局，不应该使用正常的书信，这非常不安全。

"我教你一个相对简单的仪式魔法，它可以召唤出一种独特的灵，属于我的灵，你将写好的书信给它，它会准确地交给我，速度比不上电报，但快过蒸汽列车，你中午完成，位于贝克兰德的我当晚就能收到。"

克莱恩专注听着，微微点头道："很实用的仪式魔法。"

戴莉低笑道："这种仪式魔法的特点是向自己祈求，从本身的灵性中抽取力量，不需要通过神灵，所以也就相当隐蔽，只不过威力往往不大。

"首先，你要挑选对应领域的草药、精油。这一点和正常的仪式魔法没什么区别，但蜡烛只需要用象征自己的那根……

"接着就是咒文部分，有三段。第一段是'我'，用古赫密斯语、巨人语、巨龙语或者精灵语低喊出'我'；

"第二段是'我以我的名义召唤'，可以改用赫密斯语；

"第三段就是召唤物的具体描述，比如你之后将要使用到的'徘徊于虚妄之中的灵，被人驱使的上界生物，独属于戴莉·西蒙妮的信使'。"

上界？在神秘学领域，这往往指灵界……克莱恩一边认真记忆，一边分析着仪式的流程。

在这方面，他勉强算是一个专家了。

这种仪式魔法的好处是绕开了神灵，纯粹使用自身的力量，也就可以不受神灵所属领域的限制，获得多样性的法术效果。

问题在于，它依赖于自身实力，弱者恒弱，强者恒强……克莱恩感觉自己又获得了新知识，这是他目前序列无法接触到的神秘学。

戴莉反复描述了几遍后，郑重地强调道："记住，不要随意更改召唤物的具体描述，那样很容易引来可怕的怪物。"

"好的。"克莱恩老实点头道。

与此同时，他忽然想到了一件事情——如果把召唤物的描述改为"不属于这个时代的愚者，灰雾之上的神秘主宰，执掌好运的黄黑之王"，会召唤出什么东西来？

是完全没有效果，还是灰雾突然降临，或者需要我去那片神秘空间做个回应？

这会不会帮助我更多地撬动灰雾之上的力量？

这会不会引来什么可怕的连锁反应？

刚在"变异的太阳圣徽"上作死成功的克莱恩还残留着后怕，最终遵从心的意愿，打算先去灰雾之上占个卜，再决定要不要尝试。

他想了想，颇感兴趣地问道："女士，如果严格使用扮演法，从序列8到序列7需要多久，从序列7到序列6又需要多少时间？"

"根据我看过的资料，从序列8到序列7花费三个月到两年都有，这取决于你是否能在扮演的过程里很快领悟核心精神和相应规则，序列7到序列6需要半年到三年，序列6到序列5也差不多，序列5到序列4需要三年到二十年……"戴莉大致描述道。

克莱恩忽然笑了笑："所以，女士你已经到序列6了？"

他听邓恩提过，戴莉从序列9"收尸人"到序列8"掘墓人"用了一年，从"掘墓人"到序列7"通灵者"同样用了一年，而戴莉成为非凡者才五年，也就是说，她在"通灵者"这个位阶差不多有三年了。

"是的，这也是我调到贝克兰德教区的原因。"那张半透明的诡异脸孔坦然回答，"我现在的职业是'死灵导师'，不过，我更喜欢'通灵者'这个称呼。好了，这个小家伙累了，我得离开了，在这种情况下，我就不说愿女神庇佑你了。"

"愿你有个好梦。"克莱恩以手按胸，笑着行了一礼。

"不，今晚不会有好梦，我要赶回贝克兰德，这不是让人愉快的体验，就像和不喜欢的人发生关系一样……"戴莉的声音越来越低，那张半透明的无眼无鼻脸孔慢慢缩回了墙内，没留下一点痕迹。

煤气灯的光芒一下大亮，所有的阴绿都消失无踪。一直开着灵视的克莱恩怔怔地看着这样的变化，好半天才回过神来。

"'通灵者'，不，'死灵导师'真厉害啊，竟然能弄出神秘领域的信使……不知道我的序列7和序列6会有怎样的特殊之处……"

他无声自语了两句，飞快解除了灵性之墙，并熄灭了卧室的煤气灯，安静地躺到了黑暗里的床上。

他没打算今晚就去灰雾之上，因为得提防戴莉突然返回，来一句邓恩·史密斯的经典名言"对了，我忘了一件事情"。

到时候，就算想杀人灭口都办不到啊！

第二天，克莱恩提前三分钟进入了黑荆棘安保公司。

"上午好，克莱恩，新的文职人员来了！"罗珊笑容灿烂地打着招呼。

克莱恩发自内心地为对方感到高兴，祝贺道："恭喜你，罗珊，女神听到了你的祈求。"

"我的皮肤状态要回来了！"罗珊眼睛发亮地点头。

寒暄了两句，克莱恩走向隔断，敲响了队长办公室的门。

"请进。"邓恩浑厚的嗓音传了出来。

克莱恩推门进去，看见队长本能坐直了身体，让灰色的眼眸变得幽邃，一副预备有事情找上门的状态。

"咳。"克莱恩清了清喉咙，拿着帽子和手杖坐了下来，"队长，我有一件事情想汇报。"

"什么事情？"邓恩双手交握，沉声问道。

克莱恩看了眼严肃正经的邓恩·史密斯，突然露出笑容道："队长，我昨天想明白了一件事情。"

"什么事情？"邓恩重复了一遍刚才的问题，向后微靠住椅背，交握的双手松了开来。

克莱恩回忆了下之前打好的腹稿，说道："我在总结我之前的经验，我认为魔药的名称本身就包含了一整套成系列的规则，可以帮助我们掌握魔药，避免负面影响的规则，而当我们遵循这套规则去处理事情的时候，似乎就成了相应职业的人士。

"同样的，这些规则是暗含的，没有谁直接告诉你，只能在相应的职业经历里一点一点总结，然后再根据不同的效果反馈进行修正。

"所以，当我在占卜俱乐部成为一位真正的占卜家，拥有属于自身的'占卜家守则'后，困扰我的呓语和幻视就消失了。

"这就是我想明白的事情。"

说完这番话，克莱恩暗自吐了口气，除了没直接点出"扮演法"这个词语，他该说的都说了。

哎，只希望队长不要在教会派人询问的时候，说出我已经有这么清晰的想法，那样会让我受到更多的关注……再加上"占卜家"途径和安提哥努斯家族的因素，到时候说不定会有不小的麻烦……

不过，队长也是见过诸多风浪、有着丰富经验和不低智慧的人，一旦他明悟扮演法，肯定会察觉教会在相应问题上的隐瞒，也就会知道自己该说什么，不该说什么……

克莱恩脑海思绪纷呈，略有些混乱。但是，他很快就下定了决心，有了计划：如果这样队长都还没能明悟扮演法，或者没察觉教会的隐瞒，那我就在提交特别申请前直接点醒他！

嗯，到时候先做个试探，确定下口风……

邓恩安静地听完了克莱恩的描述，灰色的眼眸变得更加幽邃。

他默然了十几秒，伸手揉了下额角，然后拿起烟斗，嗅了一口。嗅完之后，他仿佛忘记了值夜者小队的规定，随手掏出了火柴盒。

青白色的烟雾徐徐腾起，邓恩半闭上眼睛，似乎在品味烟草。

又过了一阵，他睁开眼睛，对克莱恩笑笑道："抱歉，忘记你不抽烟了。"

"吸烟有害健康。"克莱恩一本正经地回答。

邓恩拿着烟斗，想了下道："我似乎也明白了一些事情。"

不，队长，你什么都没明白！反正不要经常去我梦里游荡！克莱恩没反问，只勾勒出温和的笑容。

"也许，你不需要太久就会来提交特别申请……"邓恩深深吸了一口夹杂薄荷的烟草味道，半开玩笑半感叹地说道。

明天可以吗？克莱恩在心里回答了一句。

他掏出怀表，看了下时间道："队长，我得去找老尼尔了，今天的神秘学课程要开始了。"

"好的。"邓恩拿着烟斗，一直目送克莱恩出门。

关上队长办公室的房门，克莱恩心情不错地走向通往地底的阶梯，在路过文职人员办公室的时候，他看见里面有一男一女两个陌生人。

新来的文职人员……克莱恩若有所思地点点头，并在心里补了两句："再隔两天，嗯，这周之内，就向队长提交特别申请！然后通过一系列的考查，成为序列

8的'小丑'！"

幽沉安静的地下通道内，克莱恩拐向武器库，推开了看守室虚掩的大门。

"你发生了什么事情？"他一看见老尼尔的样子，就吓了大跳。

老尼尔精神萎靡，脸色青白，不断地打着哈欠道："我最近有些便秘，昨晚尝试了一个解决这方面问题的仪式魔法，结果，结果我整晚都没有睡好，一直往盥洗室跑，到了后来，我差点在马桶上睡着。"

嗯，便秘问题得到解决了……见不是大问题，克莱恩顿时有点想笑，但他克制住了自身，转而问道："现在好点了吗？"

与此同时，他关切地让左边牙齿轻叩了两下，用灵视观察起老尼尔的健康气场。

消化系统的黄色和排泄排毒位置的橘色有点暗淡和驳杂，但还好，在合理范围内……克莱恩暗自松了口气。

"没事了，我找弗莱要了点止泻的药剂。"老尼尔就像烟鬼般打了个哈欠道，"今天的神秘学课程你自修吧，反正也就最后两三天的内容了。"

"好的。"克莱恩客气了一句，"或者我在这里看守武器库，自修神秘学课程，你去休息室补眠？"

老尼尔瞬间弹直腰背，目光炯炯地回答："小莫雷蒂，你果然是值夜者里面仅次于弗莱的有良心者！武器库就交给你了！"

说完，他拿起盖在膝上的毛毯，旋风般冲出了看守室，留下克莱恩一个人在那里发呆。

上午时分，黑荆棘安保公司接了一单额外的生意，护送一位富商去码头和人交易，伦纳德、科恩黎轻松完成，赚了不少外快，让克莱恩颇为羡慕。

而克莱恩依旧按部就班地深入神秘学课程，练习枪法，被不知受了什么刺激的高文老师发了疯般"折磨"。

呼，呼……克莱恩张着嘴，大口喘着气，好半天才恢复去洗澡换衣的能力。

离开高文家后，他继续忙碌，花费两苏勒雇了一辆出租马车，依次路过剩下那十处有红烟囱的房屋。

当最后一个暗红色的烟囱从视线中远离时，克莱恩的表情变得非常凝重。

"我在梦境占卜中见到的红烟囱房屋最近都没有更换过租客……这样一来，事情就麻烦了，一千七百栋房屋，不知道什么时候才能排查完……

"哎，这件事情，又没法找别人帮忙，毕竟只有我面对目标，才有那种灵性上的熟悉感……

"不能气馁，不能放弃，只要有空就去排查，争取三个月，不，两个月内找到目标！说不定，我明后天排查的那些就包含了目标呢？

"嗯，回去就整理资料，根据远近区域规划好之后每天的排查路线！"

克莱恩鼓舞着自己，远离沮丧的情绪。

有了决定的他正打算吩咐车夫拐往水仙花街，突然发现这里与阿兹克教员的住所离得很近。

"阿兹克先生去旅游前写信告诉我，说他这周会回来，但没提具体是几号，正好顺路过去看一看，留张纸条给他。

"嗯，出租马车两苏勒一个小时，现在差不多要到时间了，就以阿兹克先生家为终点，之后换公共马车……"克莱恩迅速做出了决定。

过了四分钟，他走下马车，来到阿兹克家门外。

这里的住宅档次明显高于水仙花街，但又不如豪尔斯街区，房屋前方有草坪，后面附带小花园。

叮！叮！叮！

克莱恩拉动门口的绳索，敲响了屋内的铃铛。等待片刻，他听见里面有脚步声传来，接着便看到大门被打开。

五官柔和、肤色古铜的阿兹克出现于克莱恩眼前，因为在家，他只随意地穿着白色衬衣、棕色马甲和棕色长裤。

"克莱恩？我正想写信给你。"阿兹克热情地招呼道，"我昨晚刚到家。"

克莱恩深深看了眼他右耳下方的那颗细小黑痣，道："阿兹克先生，我找到你过去的线索了。"

"真的？"阿兹克的表情一下变得激动，连那双带着沧桑意味的眼眸都失去了淡然。

"我们，进去说。"克莱恩朝左右看了一眼。

阿兹克飞快点头，让开位置，任由客人入内。之后，他锁住大门，引着克莱恩来到一楼的起居室，坐至柔软的沙发上。

"你发现了什么线索？"他迫不及待地问道。

克莱恩没想到今天就能遇见阿兹克先生，组织着语言道："我最近接受委托，去拉姆德小镇外的废弃古堡除掉了一个怨魂。"

"拉姆德……"阿兹克低声重复着这个名称，一点点皱起眉头。

克莱恩看着对方的表情，放缓语速道："在除去怨魂的过程里，我们发现了一些事情，于是到小镇做了深入调查……

"有位镇民声称拥有初代拉姆德男爵的画像，试图向我兜售。我好奇地观看了那幅油画，发现画像上的人除了发型之外，五官与阿兹克先生你非常像，就连耳朵下方的那颗黑痣也有着同样的位置和同样的大小。

"那位镇民在我的审问下，交代说那幅油画是四十多年前的作品，但模仿的对象确实来自废弃古堡，确实是从那里挖出来的一幅肖像古画。

"你知道的，我们这种具备独特能力的人都拥有初步鉴别谎言的技巧，而这个技巧也告诉我，那位镇民并没有撒谎。"

阿兹克身体前倾地听完，交握住双手，好半天没有说话，始终保持着无言的沉默。

过了五六分钟，他才吐了口气道："你的描述并没有让我回忆起更多的东西，或许，或许我得亲自去看下那座废弃的古堡。

"你能带我过去吗?"

"这是我的荣幸。"克莱恩早有准备地回答道，"但我需要回家一趟，免得哥哥和妹妹担心。"

"没有问题。"阿兹克唰地站起。

水仙花街2号的门口，克莱恩对同行的阿兹克点了下头，快步走到屋前，掏出钥匙打开了大门。

已经回家的梅丽莎听到锁芯转动的声音，忙从厨房位置靠近客厅。看见克莱恩，她眼眸明亮地开口道："我买好菜了，有鸡肉、鱼肉、土豆、洋葱、芜菁和豌豆，我还买了一小罐蜂蜜。"

妹啊，你也适应了偶尔的小奢侈吗?

克莱恩低笑一声道："今天得由你来准备晚餐，不用考虑我那一份，我有事情需要外出，也许得凌晨才能回来。嗯，帮阿兹克教员一个忙，他是霍伊大学历史系的教员。"

说话的同时，他半转身地指了指门外等待的马车。

梅丽莎的嘴唇张合了两下，又抿了抿道："好的。"

克莱恩告别妹妹，走出大门，上了阿兹克雇用的出租马车，花费两小时四十分钟抵达了拉姆德小镇。

此时接近九点，天色全黑，只靠偶尔穿透云层的绯红之月和细碎繁星照亮没有煤气路灯的地方。

吩咐车夫在小镇上等待后，克莱恩领着阿兹克踏上了前往废弃古堡的道路。

走着走着，他发现阿兹克速度越来越快，自己得小跑着才能跟上，到了最后，甚至成了阿兹克在前面引路。

克莱恩本想说点什么，可一看见对方沉默的脸庞和紧抿的嘴唇，又明智地将话语咽回了喉咙里。

这样的速度下，两人没用多久，就来到那座废弃的古堡前方。

几乎快变成废墟的它在浓浓的黑暗里往四周伸展着躯体，向天空探出尖顶，苍凉，荒蛮，阴森，暗淡。

阿兹克凝望着这座废弃的古老城堡，放缓了自身的脚步。

他停在了那里，目光时而幽深，时而迷离，仿佛一直在徘徊于梦境与现实之中。突然，他痛哼了一声，抬手捂住额头，脸上的肌肉扭曲到狰狞。

"阿兹克先生，你，你怎么了？"克莱恩边启动灵视，边小心翼翼地发问。

早在坐出租马车回水仙花街的途中，他就用把玩硬币的方式隐蔽地做了次快速占卜，占卜出这次重返拉姆德的行动几乎没什么危险。

但他相信占卜不是万能的，所以时刻提防着自己解读错误，或者占卜语句的组织有问题，再加上阿兹克教员是位神秘色彩浓郁的强者，谁也不知道他的过去是什么样，不知道他一旦遭遇刺激会出现什么反应，谨慎、戒备和担心也就成了克莱恩正常的情绪。

阿兹克没有立刻回答，表情痛苦地上前两步，然后松开捂住额头的手，指着前方，用一种梦呓般的口吻道："我在梦里见过这座古堡。那时候，它还很完整，有着坚固的外墙，有着高耸的尖顶。

"我记得那里是马厩，那里是水井，那里是士兵的营房，那里开辟出了一片田地，用来种植土豆和红薯……

"我记得那里有片练习场，我的孩子，他是个男孩，才七八岁就喜欢拖着一把比他高的阔剑跑来跑去，说将来要成为骑士……

"我的妻子总是抱怨城堡里太阴暗，她喜欢阳光，喜欢温暖的感觉……"

正审视对方气场颜色的克莱恩听得头皮发麻，但又略有感动，就像在亲身经历一个灵异故事。

这座古老的城堡果然与阿兹克先生有关系……难道他真是初代拉姆德男爵，活了一千三四百年的超凡生物？他究竟是人，还是恶灵？

不对，哪有在阳光底下乱跑，还和值夜者有过接触的恶灵……

克莱恩控制不住自身的念头，任由它们彼此碰撞，激发出更多的想法。

就在这时，阿兹克停止呓语，迈步走进了大门。

他一路穿行至内部，无须克莱恩指点就熟稔地找到了机关，开启了通往地下室的暗门。

紧握住手杖，克莱恩落后对方两步，沿着阶梯往下，又回到了那摆放着棺材的地方。

与之前所见不同，棺材的盖子已经合拢，温暖与纯净的感觉也消散一空。

棺材被盖上了……应该是弗莱做的，这是"收尸人"的职业道德……克莱恩若有所思地点头，用灵视看着情绪混乱的阿兹克教员走到棺材前方。

阿兹克伸手推动棺材盖子，推出了一道缝隙。他长久地凝视着里面那具无头的白骨，突然发出一声似悲伤似痛苦的哀鸣。

噔噔噔，阿兹克脚步沉重地后退，在克莱恩反应过来前就踉跄着跌倒，贴住墙壁滑落。

他用手掌捂住脸孔，就那样颓废地坐着，周围的环境恍惚间变得更加黑暗。

克莱恩抢前两步，本待伸手，但又缩了回去，没敢打扰——就在这时，他的灵感告诉他，现在的阿兹克先生非常可怕，可怕到地下室又增加了几分阴森。

克莱恩默默移动脚步，靠近了阶梯。他相信阿兹克先生的品格，但害怕对方失控。

伴随着这样的不安，他又等待了几分钟，终于看见阿兹克放下双手，缓缓地站了起来。

阿兹克先生似乎有了点变化……这是灵感给我的答案……但在灵视里，他的气场颜色并未有明显改变，情绪也与刚才一样低沉、失落和痛苦……克莱恩飞快做着判断，觉得阿兹克教员变得更加深沉，更加威严。

"我想起来一些事情，但只是很小的部分。"阿兹克用不含情绪的语气说道。

紧接着，他环顾四周一圈道："我在这里察觉到了让你命运不协调的那股力量。"

"啊？"克莱恩先是一愣，旋即惊喜地反问道，"能追溯出它的来源吗？"

那位居住在红烟囱房屋内的幕后黑手除了在暗中制造巧合，还来到拉姆德古堡，取走了那位穿黑色全身盔甲的骑士的脑袋？他究竟想做什么？他真实的目的是什么？

"隔得太久了，不过，我想试一试。"阿兹克低沉的嗓音里仿佛蕴藏着即将爆发的火山。

"怎么尝试？"克莱恩好奇地问道。

阿兹克走回那具棺材前方，凝望着里面的白骨道："他拿走了我孩子的头骨，我想借助血脉的联系找到他。"

你孩子？阿兹克先生，你确认那个黑甲骑士是你的孩子？你还真是老古董啊……真的每隔一段时间就失忆一次？而这是获得漫长生命的代价？克莱恩暗自吸了口气，有种在接触神话生物的错觉。

这个时候，阿兹克伸出右手，用突然变得锋利的拇指指甲划破了食指。

一滴红色的鲜血落了下去，准确地滴落到白骨上。接着，它迅速浸透入内，瞬间将整具尸骨都变得血红。

哇！哇！哇！

克莱恩突然听见了婴儿的啼哭，感觉背后有谁在盯着自己。

他猛地拔出左轮，指向后方，接着才缓慢转身，但目光所及之处，空空荡荡，没有任何事物存在。

就连通往地面的阶梯都不存在了！

哇！哇！

婴儿的哭喊一声声钻入克莱恩的耳朵，他再次望向了棺材位置，愕然看见那里有一张张或无形或扭曲的面孔夹杂着黑雾腾起，化成了一扇诡异的大门。

吱呀！

虚幻的大门敞开，一条条苍白的手臂争先恐后地伸了出来，但在阿兹克面前，它们又全部蒸腾为黑雾。

透过大门裂开的缝隙，克莱恩看见了一个白色的头骨，它被随意地丢弃在深棕色的树下，在风中腐烂成粉末。

哐当！

无数条苍白的手臂被突然合拢的大门夹断，纷纷落到地面。

这时，克莱恩听见了一声悠长的叹息，来自阿兹克先生的叹息，穿透了厚重历史般的叹息。

随着这声叹息，黑雾陡然消失，婴儿的啼哭戛然而止，一切又恢复了原状，只是身遭又变阴冷了不少。

克莱恩咬紧牙关，打着寒战，望向棺材之内，只见赤红的尸骨又变回了白色，晶莹的白色。

"很抱歉，没有找到他……"背对克莱恩的阿兹克低沉开口道。

与此同时，他伸手合拢了棺材盖子。

"没找到很正常，能找到是惊喜。"克莱恩宽慰了对方一句。

反正在这件事情上，我已经失望很多次了……他默默在心里补充道。

阿兹克又看了眼面前的棺材，缓慢转身道："我会继续追查下去，希望得到你的帮忙。"

"没有问题，这正是我想做的事情。"克莱恩忍住了将红烟囱之事现在就告诉阿兹克的冲动。

说了也没用，只有靠他自己才能确认目标。不过，这也解决了他一大难题，那就是找到红烟囱房屋后，该怎么引入值夜者的问题。

他根本不相信光靠自己一个人就能干掉那么神秘可怕的幕后黑手。而现在，他可以寻求阿兹克先生的帮助！

阿兹克张了张嘴，最终什么也没说，只是叹了口气，沉默着走向阶梯。

出了地下室，关上暗门，两人沿着杂草和荆棘丛生的道路，谁也没有说话地往废弃的古堡外行去。

浓郁的夜色里，阿兹克突然开了口："等这件事情解决，我会辞职离开廷根，去追寻我遗失的过去。"

"阿兹克先生，你明白了自己身上究竟发生了什么事情？"克莱恩难掩好奇地问道。

夜枭的叫声伴随着虫鸣，回荡在从废弃古堡通往小镇的道路上。阿兹克目视前方，默然几秒道："虽然还没有完全肯定，但已经有了一定的想法。也许，也许我是一个活了很久很久的人。"

阿兹克先生，其实你真的可以慎重考虑下自己是否还在"人"这个范畴内……克莱恩于心中回复了一句，但没敢说出口。

这荒郊野外，这夜深人静，总是让人变得软弱……

"我应该是付出了某些代价才获得了漫长的生命，从第四纪的尾声一直活到现在，就像一个游荡于大陆各处的幽灵……"阿兹克嗓音低沉，仿佛在压抑着内心的情绪，"我不记得过去，我遗忘了那些发誓要铭记的人和事……"

克莱恩若有所思地用手杖拨着前方的杂草，说道："阿兹克先生，我对你的状况有一个猜想。"

"什么猜想？"阿兹克侧头望了同行者一眼。

"我认为你的遗忘是循环的，或许你每隔几十年就会死亡一次，清空掉之前的记忆，接着在过了一定的时间后，从黑暗的沉眠里苏醒过来，开始新的一段人生。只有这样，才能解释你那些不同的梦境，那是你不同人生里遭遇的事情。"克莱恩描述着自己的推测。

阿兹克的脚步霍然放缓，似乎被黑暗拉住了衣角，他目光幽沉地望着前方，好一会儿才道："这和我刚才因为受刺激而苏醒的一些记忆吻合。"

受刺激苏醒了一些记忆？

克莱恩心中一动，脱口而出道："阿兹克先生，或许你不需要离开廷根去追寻遗失的过往，你会慢慢回忆起来的！"

"为什么？"阿兹克诧异地侧头。

克莱恩微微一笑道："你的记忆并没有彻底失去，今天受刺激苏醒了一部分就是证明。另外，你还记得你当初在贝克兰德一觉醒来，发现自己遗忘了过去的事情吗？"

阿兹克郑重点头道："这是一直困扰我的噩梦。"

克莱恩点了下镶银的黑色手杖，具体解释道："在今天之前，我并不觉得这件事情有什么问题，但结合你刚才的描述和我自己的猜测，它就显得有些奇怪了。

"你从梦中茫然醒来，却有着新的身份证明和足够的金钱，以及不惊吓到他人的出场方式……这一切就像安排好的一样，让你很快融入了社会。那么，又是谁安排好的呢？

"答案只有一个，过去的你！

"过去的你恢复了记忆，知道即将迎来一段新的人生，于是安排好了之后的一切，尽量避免被人怀疑。"

阿兹克停了下来，望着远处小镇内稀疏昏暗的点点光芒，又一次陷入了长久的沉默。

"也许我一直在寻找的'父母'，就是过去的我……"他叹息出声，变相承认克莱恩的推理很有说服力。

"所以，你什么都不用做，只需要耐心等待，就会慢慢恢复记忆。"克莱恩给出结论，宽慰着对方。

阿兹克无意识地挥舞了一下手杖，然后，他整个人似乎化身大理石雕成的塑像。

良久之后，他目光深远地回答道："也许，也许只有到旧的人生进入尾声时，我才会彻底恢复记忆。

"我不想等待那么久，我想有充裕的时间去弄清楚并摆脱这个宿命，所以，我必须主动寻找过去，一点一点刺激自身，提前完成你推测的'觉醒'，而等待只会让我重复之前的循环。"

"这确实是最值得期待的选择。"克莱恩没有再劝解对方，转而说道，"阿兹克先生，在彼此帮助、找出让我命运不协调并取走你孩子头骨的罪犯之外，我是否能恳请你帮一个忙，一个微不足道的忙？"

阿兹克轻轻颔首道："你需要我做什么？"

克莱恩组织着语言道："我希望你在下周，或者下下周，到廷根周边的小镇里，乘坐马车抵达的时间最好在两个小时以上五个小时以内的小镇里，制造一些灵异事件，不伤害到人的灵异事件。嗯，看你刚才根据血脉联系追溯罪犯的方式，你应该很擅长死灵领域的某些东西。"

"没有问题。"阿兹克毫不犹豫就答应了下来，未去问对方为什么要那样做。

与此同时，他也默认了克莱恩对他能力的猜测。

"谢谢，这件事情对我来说非常重要。嗯，你挑选灵异事件的目标时，只能选择黑夜女神的信徒，还有，不要留下线索。"克莱恩叮嘱了一句。

只有这样，事件才会被转给廷根市值夜者小队，只有这样，他才能加入任务队伍并提议使用封印物3-0782，只有这样，他才能在轮换看守时窃取那件封印物，也就是"变异的太阳圣徽"内的神血力量，制造"阳炎符咒"！

这是他目前能够获得的最强力物品。

——在居住于红烟囱房屋内的幕后黑手尚未离开廷根的情况下，在自身不断进行排查的过程中，克莱恩觉得自己必须尽一切努力变得强大！

嗯，根据我获得的知识，只是窃取一点力量，不会导致3-0782的损坏，顶多让它的净化效果能够维持的年限减少一些……我这是为了廷根市的安宁与稳定着想！克莱恩在心里为自己辩解了两句。

阿兹克并不在意对方的目的，依旧点头道："我会提前告诉你小镇的名称和大致的时间，让你能够做好准备。"

呼……克莱恩猛地松了口气，觉得拉姆德小镇没有白来。

嗯，虽然只是揭开了阿兹克先生重重神秘的最外层的纱幕，还有更多的未知与未解，但至少收获了他的友谊，在对付幕后黑手这件事情上找到了一个足够可靠的盟友！

第二章

CHAPTER 02

✦ 最后的铺垫 ✦

夜里十一点半，克莱恩又累又困又饿地回到了水仙花街2号。

"阿兹克先生竟然都没请我用个晚餐……哎，他现在的状态哪有心情吃东西……"克莱恩一边无声嘀咕，一边掏出钥匙，打开了大门。

房屋内并不像他预料的那样昏暗，一盏典雅的煤气灯静静绽放出辉芒，让客厅温暖而光明，给孤独地坐在沙发上的班森披上了一层亮色的"外衣"。

看见大门打开，拿着书籍的班森正要开口，忽地打了个哈欠，不得不伸手捂住嘴巴。

克莱恩关上房门，状似随意地笑着提了一句："和阿兹克教员去了拉姆德小镇，那里有座历史悠久的废弃古堡。"

班森顿时恍然，笑了笑道："没有月亮的夜晚，废弃千年的古堡，阴森的环境，再加上只有两个人的考古队，这就是标准的灵异小说开头啊。"

今晚发生的一切还真算得上灵异事件……克莱恩想到了阿兹克先生制造出的那扇诡异大门，想到了那一声声婴儿啼哭，略有点后怕地说道："在那样的环境里，确实有这种感觉。"

班森又打了个哈欠，合拢书籍道："我得睡觉了，自从开始学习文法，开始阅读古典文学，我的睡眠质量就变得非常好。"

克莱恩暗笑一声，忽地想起"正义"小姐提到的事情，于是压低嗓音道："班森，你知道的，我们公司和阿霍瓦郡警察厅有一定关系。我最近听说，贝克兰德那边传来一个流言，称国王、首相、大臣和议员们都厌倦了拖沓没有效率的政府，打算进行改革，以公开考试的办法选拔人才，担任处理具体事务的官员，就像大学入学考试那样。"

班森先是茫然，接着眼睛发亮地反问道："公开考试的办法？"

"对，只要能通过考试，你也能成为政府处理具体事务的雇员。我猜测，嗯，我猜测，考试内容的设置会仿效大学入学考试，考文法、古典文学、一定的数学与逻辑能力，以及基本的法律常识……"克莱恩趁机灌输着自己的想法，末了道，"班森，这件事情必须保密，而且你也不要抱太大希望，谁都不知道它会不会被上院和下院通过。"

"我会记住的，我明白我只需要努力地学习。"班森露出笑容，接过话茬道，"不管有没有这件事情，我都会努力学习，争取尽快摆脱目前的处境，找到更好的工作。学习，是人和卷毛狒狒最大的区别。"

不，科学研究表明，狒狒智商不低，拥有一定的学习能力……克莱恩默默吐槽了一句，目送班森走向二楼。然后，他笑着摸了摸瘪下去的肚子，迈步靠近厨房。

找出之前的剩菜和梅丽莎特意留下的部分鸡肉，克莱恩心情彻底放松地准备起"晚餐"。

此时，外面万籁俱寂，夜色浓重，绝大多数人都已经入睡，附近只有他在呼吸着混杂香味的微凉空气，制造出嗞嗞嗞的些微动静。

一切都是那样的安宁和悠然。

吃饱喝足，洗过餐具，浸泡好自身，克莱恩回到卧室，反锁住木门。

他打了个哈欠，强提起精神，抽出仪式银匕，用灵性之墙密封了整个房间。

他要去灰雾之上占卜召唤"不属于这个时代的愚者"是否有危险！

灰白朦胧的雾气亘古不变般弥漫，深红虚幻的星辰或远或近地悬挂，克莱恩坐在巨人居所般的恢宏宫殿内，静静望着眼前熟悉的一切。

过了几秒，他收回视线，让面前浮现出一张黄褐色的羊皮纸，然后提笔写下了自己改动过咒文的召唤仪式。

> 点一根蜡烛，象征自己；
> 用"灵性之墙"制造圣洁的环境；
> 往烛火滴入满月精油、洋甘菊纯露、深眠花粉末等材料（注释：在这一步，不需要太讲究，因为是召唤自己）。
> 诵念以下咒文：
> 我！（古赫密斯语、巨人语、巨龙语、精灵语，必须低喊。）
> 我以我的名义召唤（赫密斯语），
> 不属于这个时代的愚者，灰雾之上的神秘主宰，执掌好运的黄黑之王。

认真审视了三遍，克莱恩于最下方书写出占卜语句：在外界进行以上仪式有危险。

呼，他吐了口气，放好钢笔，解下袖口内的银链，用左手持握。

等到黄水晶吊坠静静悬吊于羊皮纸上方，只差一点就接触到占卜语句，他收敛住心思，进入冥想状态。

"在外界进行以上仪式有危险。

"在外界进行以上仪式有危险。

"……"

默念七遍后，克莱恩睁开几乎全黑的眼眸，看见黄水晶吊坠在做逆时针转动。

这意味着否定，意味着没有危险！

"可以试一下了。"克莱恩忙让面前具现而来的物品消失，延伸灵性包裹住自身，模拟出往下急坠的感觉。

回到卧室后，因为早用灵性之墙密封了整个房间，克莱恩直接就清理书桌，将一根有薄荷味的蜡烛立在了最中央。

他将右手虚按在烛蕊之上，用灵性摩擦的方式腾的一下将对方点燃。

摇曳昏黄的光芒里，克莱恩往火焰中滴入了对应的精油、纯露和草药粉末。

宁静悠然的香味瞬间弥漫，房间时而明亮时而暗淡。

退后两步，克莱恩望着那根象征自己的蜡烛，用巨人语低喊出声道：

"我！"

紧接着，他改用了赫密斯语：

"我以我的名义召唤，

"不属于这个时代的愚者，灰雾之上的神秘主宰，执掌好运的黄黑之王。"

他话音刚落，顿时就感觉摇曳的昏黄烛火与周围的宁静香味混成了一个旋涡，疯狂吸纳着自身的灵性。

"属于红月的深眠花啊，请将力量传递给我的咒文……"克莱恩忍着灵性被抽走的难受，将后续的咒文诵念完毕。

这个时候，他看见烛火停止了摇晃，安静地屹立在那里，并且染上了灰白的色泽，往四周拉伸到巴掌大小。

"没有召唤出任何事物……啊对，也许需要我去灰雾之上做个响应……自己召唤自己真麻烦……"克莱恩揉了揉空乏刺痛的额头，无声自语道。

他缓了十几秒，逆走四步，再次来到灰雾之上，看见古老长桌的最上首有一圈又一圈荡开的光纹。

这来自对应高背椅后的古怪符号，由象征隐秘的部分无瞳之眼和象征变化的部分扭曲之线构成的古怪符号。

克莱恩只是做出伸手触摸的动作，耳畔立刻就响起了"我！我以我的名义召唤""不属于这个时代的愚者""灰雾之上的神秘主宰"等咒文声，并看见涌来的灵性与荡开的光纹混合，化成了一扇虚幻的、未成型的大门。

这大门摇摇晃晃，想要敞开，克莱恩当即有了灵感，给出推开它的强烈意念。

几乎是瞬间，无垠灰雾和宏伟宫殿突地受到牵引，产生了微不可见的涟漪。这涟漪一圈接一圈，涌向那扇虚幻的、未成型的大门。

可是，不管克莱恩怎么推，那扇大门都无法被打开，所有的动静最终又归于沉寂。

"是因为召唤之门没有完全成型吗？"克莱恩收回意念，微蹙眉头地分析着失败原因。

——他随口将那扇虚幻大门命名为"召唤之门"。

"嗯，是我灵性不足，无法构建完整的召唤之门……等到我晋升序列8，成为'小丑'，度过初期的危险阶段，可以再尝试一下，也许那时候就没有问题了……"克莱恩轻轻点头，大概明白了是怎么回事。

这次实验给了他极大的信心和强烈的鼓舞，因为这是占卜永恒烈阳那次事件之外，他初次让灰雾之上的神秘空间产生不一样的反应！

"总有那么一天，我要弄清楚这里所有的秘密！"克莱恩于内心兴奋地做出宣告，在灵性包裹下坠入了无垠的灰雾。

…………

回到卧室，克莱恩赶紧灭掉蜡烛，结束了仪式，然后收拾好书桌，解除了灵性之墙。

伴随着突然刮起的风，他打着哈欠，倒至床上，刚裹好被子就睡了过去。

迷迷蒙蒙、支离破碎的梦境里，克莱恩忽地清醒，发现自己正坐在家里的客厅内，手里拿着份《廷根市老实人报》。

……队长不会又来了吧？他先是一愣，旋即好气又好笑地望向凸肚窗外。

吱呀一声，大门打开，穿着黑色过膝风衣的邓恩拿着手杖和烟斗，缓步走了进来。

他依旧戴着半高的黑色礼帽，依旧有着幽邃的灰色眼眸。

邓恩来到客厅，坐至那张单人沙发上，悠闲地将右腿架在了左腿之上。他放好手杖，取下帽子，往后微靠，就那样静静地、仿佛在思考般地看着克莱恩。

队长，你今天想做什么……克莱恩一阵茫然。

为了不暴露自己知道这是梦境的事情，他假装没受到影响，继续看起了报纸。

一分钟，两分钟，五分钟……

他抬头望了眼对面的邓恩，发现队长还是在静静地、仿佛思考般地看着自己。

五分钟，十分钟，十五分钟……

将报纸翻来覆去了几遍的克莱恩，用眼角余光看见邓恩在静静地、仿佛思考般地望着自己。

队长，你这样我很不自在啊……

克莱恩有些坐不住了。他叠好报纸，放到一边，对邓恩微笑点了下头，然后去厨房拿出抹布，装模作样地擦拭起餐桌、茶几。

队长，你看，我的梦这么简单这么普通这么无聊，没什么值得观察的，你快走吧！要不你变个鬼魂，我假装受到惊吓，让你完成"梦魇"的成就！他默默祈祷着，但抬头却看见了邓恩幽邃的、似乎在思考的灰色眼眸。

在这样无声的、不变的注视下，克莱恩擦干净了家具，打扫好了房间，在梦里累得不行。

而最让他心累的就是一直静静地、仿佛在思考般看着自己的邓恩·史密斯。

不知忙碌了多久，他终于看见队长放下右腿，站了起来，然后拿上手杖，戴好帽子，走向大门。

克莱恩屏住呼吸，一路目送邓恩离开自家。他情不自禁地抬起右手，做出再见的动作。

呼……

等到一切恢复正常，克莱恩长长吐了口气。刚才真是一场噩梦啊！他欲哭无泪地想道。

贝克兰德，西区，菲利普百货商店。

这是鲁恩王国最高档的百货商店，只对贵族和拥有会员资格的富豪开放。

它的外面总是停放着一辆又一辆的豪华马车，上面的徽章各有不同。这里除了是购物的圣地，也因为严格限制人员进出，成为知名的社交场所。

奥黛丽带着女仆安妮和金毛大狗苏茜，在侍者的殷勤接待里，走下马车，进入了大门。

沿途之上，她时不时就能看见子爵小姐，伯爵夫人，或者父母有着显赫地位的少女。

她保持着优雅的姿态，用规范却不生硬的礼仪一一打着招呼，借助不同的切入点和不同的贵族短暂交流。

比如，面对某某伯爵夫人，就得夸赞她的新裙子是多么合体；与某某男爵夫人寒暄，就得说她的丈夫在上院表现得多么出众。

以前的奥黛丽在这个环节总是做得不够好，太过任性和自我，但现在，她甚至不需要多花费心思，就能完美应对。

在"观众"的眼里，大部分贵族女性的情绪和想法就像写在脸上一样。

来到二楼，奥黛丽转向了卖成衣的店铺。

店铺内的侍者是位青涩矮小的少女，她穿着黑白交错的衣裙，有着一头倔强的及肩金发，正是"仲裁人"休·迪尔查。

奥黛丽没有表情变化地对大狗苏茜使了个眼色，对方瞬间弄懂了她的意思，欢快地奔跑向另一个柜台。

女仆安妮只好快步跟上，试图将苏茜拉回来。

干得漂亮！奥黛丽暗赞了一声，走到休·迪尔查旁边，假装在观看不同式样的衣裙。

"……你约我在这里见面有什么事情？"休表面上大声介绍，实际小声询问。

她的嗓音很是稚嫩，就像小孩子一样。

"原本的侍者呢？"奥黛丽不答反问。

休观察着四周道："我说服了她，她很高兴能休息一个上午。"

奥黛丽望着不同款式的衣裙，从提着的小羊皮手袋里拿出一张叠好的纸，隐蔽地递给了休："'飓风中将'齐林格斯秘密潜入了贝克兰德，这是他的肖像，我希望你能帮助我找到他，嗯，不要惊动他。"

休接过那张纸，快速展开看了一眼，发现上面是栩栩如生的素描，是有着独特宽下巴的三十来岁男士。

我在绘画方面也是经常受到老师表扬的……奥黛丽瞄了眼休，微扬起脑袋，补充道："王国对齐林格斯的悬赏金额是一万镑，如果真的能抓住他，哪怕只是提供线索的人，也肯定可以获得至少几百镑的奖励。"

她话音刚落，就不出预料地看见休的眼睛亮了起来。

独具特色的宽下巴，古代骑士的发髻，噙着冰冷笑意的眼睛……

休·迪尔查半躺半坐于沙发上，仔细研究着奥黛丽给的那张素描。在她眼里，这就是活生生的，能够走动的金镑。

将大海盗齐林格斯的长相深深刻入脑海后，她往下阅读起附加的描述："棕发，墨绿色眼眸。肖像画只是参考，因为目标拥有变形成他人模样的能力，持续时间未知。"

"肖像画只是参考……目标能变形成他人……只是参考，变形成他人……那我为什么要这样认真地记忆素描内容……"休的表情一下变得呆滞，似乎感受到了世界的恶意。

她迷茫地抬头，望向对面沙发上慵懒躺着的佛尔思·沃尔，自言自语般道："这根本没有办法寻找，不清楚长什么样子，只知道是外乡人，贝克兰德每天新来的外乡人数量简直无法统计。"

佛尔思腰部用力，想要坐起，可试了三次，都惨遭失败。

"我只是'学徒'，不是'仲裁人'……"她嘟囔着伸手按住沙发靠背，成功从躺变成了坐。

"那位小姐或许认为我们是'预言家'？"佛尔思开了句玩笑。

休正要回答，忽然发现附加的描述还有很多。

她低声念了出来："建议从以下途径寻找——

"第一，齐林格斯身上有一件邪异物品，每隔一天就要吞噬一个活人的血肉和灵魂，考虑失踪的流浪汉；

"第二，详细搜集齐林格斯的资料，从中总结出他的独特爱好和行为模式；

"第三，一个人的五官也许能改变，但只要没经过特殊的训练，他总会表现得像是自己，比如喜爱的食物、走路的风格、习惯的动作，以及更多的细节。"

佛尔思听得微微颔首道："奥黛丽小姐并不像传闻那样是个单纯天真的少女，她有着细腻的内心和冷静的观察力。"

"是吗？"休不是太确信地反问了一句，并未期待回答地转而提议，"我负责搜集资料，你来总结那堆金镑，不，那位海盗将军的爱好和特点？"

佛尔思一下睁大了眼睛，摇晃着手里装卷烟的铁盒道："你怎么忍心？你怎么忍心让一个纤细敏感的作家做这种归纳总结、分析推理的事情？"

休瞥了好友一眼，不自觉展露出让人信服的威严："你的《暴风山庄》里面有一段非常精彩的推理内容。"

佛尔思缩了缩肩膀，低下脑袋，望着茶几道："你知道我为了那段推理，掉了多少根头发，失了多少次眠吗？"

她迅速抬头，看了休·迪尔查一眼，接着埋下脑袋，嘟囔道："人生非常短暂，有太多需要去做的事情，我们为什么要浪费在这么无趣这么烦琐的工作上？"

非常有道理……休险些点头附和，好不容易才维持住"仲裁人"的威严。

"那你有别的办法解决这个问题吗？"她压着嗓子，让稚嫩的声音变得低沉。

佛尔思认真想了十几秒，猛地抬头道："我们可以请专业人士来做！你搜集好'飓风中将'的资料后，我们抹掉姓名，拿去找优秀的侦探，请他帮忙总结归纳，推理演绎，这只需要付出咨询费用！"

我怎么没想到……休的脑海一下空白，和佛尔思你看我，我看你，谁也没有说话。

当气氛变得有些尴尬的时候，她清了清喉咙道："就按照你的提议去做。"

说完，她忙又补充了一句："咨询费用由你来出！"

豪尔斯街区，占卜俱乐部。

"下午好，莫雷蒂先生。"负责招待的漂亮女士安洁莉卡惊喜地望着前方道，"您很少在周五过来。"

为了排查红烟囱房屋累得不行的克莱恩笑笑道："命运不会一直重复自己，总是要给我们带来些意外。"

他刚好路过这里，出租马车的雇用时间也到了，于是上来喝口红茶，休息一下。

另外，这也是他最后一次的铺垫，有了新的占卜俱乐部经历，他就将符合逻辑地向邓恩·史密斯提出特别申请了。

"您的话语总是充满哲理。"安洁莉卡由衷地赞叹道。

克莱恩想了想，斟酌着说道："我以后可能会很少来俱乐部，你不需要再向别人推荐我。"

魔药消化完毕，他得向新的目标前进了！

"为什么？"安洁莉卡惊讶又迷惑地说道，"您在俱乐部已经很有名气，大部分人都知道您的占卜非常准确非常神奇，我们甚至在考虑请您做周日的讲座老师。"

如果每次占卜有一镑，那我再累再苦也要咬牙坚持……而且我还得多跑几栋有红烟囱的房屋，争取尽早揪出那个幕后黑手……

克莱恩温和地笑道："女士，不要挽留，这是命运的安排。我并不是再也不来俱乐部，仅仅是降低了频率，我的会费也将如期缴纳。"

反正能够报销……我偶尔还是会过来监控下这里的……克莱恩默默地补充了一句。

"真是让人遗憾啊，希望我产生迷茫的时候，您刚好能来俱乐部。"安洁莉卡叹息道。

度过最初的惊愕后，她发现自己对这件事情竟然没有想象中那么意外。

或许这么神奇这么敬畏命运的占卜家确实不是廷根市的一个俱乐部能够长久拥有的……安洁莉卡仿佛在思考般笑道："锡伯红茶？"

"是的。"克莱恩回以微笑。

他在俱乐部坐了十几分钟，稍作休整，喝掉红茶就离开这里，乘坐有轨公共马车回到水仙花街。

进门的时候，他习惯性地打开邮箱，看见里面有一封刚投递不久的信。

随手拆开，克莱恩发现这封信来自阿兹克先生。

我将于周日前往莫尔斯小镇，周三返回。

莫尔斯小镇的镇民普遍信仰女神……周日前往，那按照正常的效率，周二或者周三，值夜者才能收到消息，我正好能赶上……

阿兹克先生居然记住了我的要求……希望他也能记得不要亲自出面，随便召唤个鬼魂糊弄一下就行了……克莱恩微不可见地点头，喷吐出自身灵性，用摩擦的方式点燃了信纸。

他手一甩，火焰化成飞灰，缓缓落到了地上。

…………

周六上午，克莱恩穿黑色薄风衣，戴半高丝绸礼帽，提着镶银手杖，悠闲地走进了黑荆棘安保公司。

和罗珊打过招呼后，他望了眼隔断位置，看见队长办公室的门敞开着，于是故意没控制音量地说道："昨天傍晚，在占卜俱乐部，我看见一个和你很像的女孩。"

"真的?"罗珊颇感兴趣地反问道。

克莱恩毫无诚意地点头回答："真的，我甚至以为她是你的姐妹。"

"让你遗憾了，我没有姐妹，连堂姐妹表姐妹都没有。"罗珊嬉笑一声道，"你还记得她的名字吗?"

"不，我为什么要去记忆她的名字?"克莱恩轻笑道，"看见你和看到她没什么区别。"

"我能理解为你在赞美我吗?"罗珊总是不需要别人找话题，主动就问道，"克莱恩，你在占卜俱乐部一定赚了不少钱吧? 作为真正的占卜家，你的水准不是其他业余爱好者能够媲美的。"

不提这个话题，我们还是好同事……克莱恩咳了一声道："占卜家得敬畏命运，不能用占卜来谋求不正常的利益。"

"你在总结自己的占卜家格言吗?"罗珊好奇地问道。

"是的。"克莱恩坦然回答。

和对方又闲聊了几句后，他挥手告别，拿着帽子，走向隔断。他望着正在折腾咖啡的邓恩·史密斯，轻轻敲响了敞开的房门。

"请进。"邓恩抬头看了他一眼，忙端正了自身的姿势。

克莱恩这两天已经试探过队长的口风，确定邓恩·史密斯在尝试扮演法的同时没有对别人提过哪怕一句，明显在忌讳教会高层。

于是，他随手关上房门，坐到对面，表情郑重里透着些许激动地说道："队长，我感觉我已经彻底掌握'占卜家'魔药了。我想提交特别申请。"

看着克莱恩的眼睛，邓恩吸了口气，靠住椅背，又缓缓吐出："你确定?"

他的表情变化很少，似乎对特别申请这件事早有准备，只是没料到会来得这么快。

队长，你怎么有种松了口气，心里踏实下来的感觉……

克莱恩没掩饰自己的笑容道："我确定，队长，当你彻底掌握魔药的时候，你会有种特别的、奇妙的感觉，毫无疑问地确定自己已经彻底掌握魔药。"

"特别的、奇妙的感觉……"邓恩低声咀嚼着这句话，慢慢皱起了眉头。

咦，队长之前两次晋升，都是在未完全消化魔药的情况下进行的？也是，不懂得扮演法，很难做到彻底消化……只能靠漫长时间的打磨和下意识的一些扮演来降低失控的风险……

可怜的队长……克莱恩静静望着邓恩·史密斯，没有开口，没有补充，任由对方仔细思考。

过了近一分钟，邓恩幽邃的灰眸再次映照出克莱恩的身影，他斟酌着语言道："也许，再等待一年会是更好的选择。"

队长的意思是，再等待一年，就不会太显眼，在有戴莉女士做榜样的前提下，高层不会过多关注我，顶多纳入进一步观察的名单？

克莱恩想了想，坦然回答道："我原本也是想等明年才提出特别申请，毕竟我需要掌握的东西还有很多，比如，格斗才刚刚入门。

"但是，队长，你不觉得我们这一两个月遭遇了太多巧合吗？追寻绑架犯，结果遇见安提哥努斯家族的笔记就在对面房间；封印物2-049延迟送达，结果瑞尔·比伯竟然没有逃离廷根，在码头就开始了消化力量的尝试；我去参加一个生日晚宴，结果引出了海纳斯·凡森特的事情；我到图书馆调查，当场就遇见了那名极光会的成员……

"我不知道这些巧合意味着什么，但总感觉不安，所以想要最大程度地提升自己。"

抓住这个机会，克莱恩点了下幕后黑手的事情，这也是他原本就要放入日程的安排。

在不暴露自身特殊的情况下，提醒值夜者小队，让他们从别的方面找到更多的线索，而他刚才的那些话语，在别人眼里只能得出一个结论：直觉敏锐，擅于梳理。

从克莱恩说出"但是"这个单词后，邓恩的身体逐渐前倾，到了最后，已用交叉的双手抵住嘴巴。

他眸光沉凝，许久没有开口，似乎在思考着刚才那段话。

几十秒后，邓恩抬起脑袋，嗓音柔和而低沉地说道："很敏锐……也许，真有什么事情藏在黑暗的深处。"

不等克莱恩开口，他转而吩咐道："你可以去写特别申请了。"

"好的。"克莱恩嘴角上扬地回答。

他含笑起身，走向门口，不出意外地又听见了熟悉的补充。

"等一下。"邓恩喊住即将开门而出的家伙，斟酌着道，"注意用词。"

放心，队长，我比你更重视这个问题！克莱恩笑容满面地点头应承。

他原本以为邓恩会抛出另一个方案，那就是不通过圣堂，私下里晋升序列8，等三年之后再走正常流程，但后来他仔细研究了一下，发现这也不可能，因为不管是特别申请，还是正常申请，晋升者都得通过圣堂下派人员的考查，只不过一个非常复杂，一个相当简单。

到时候，已经成为序列8的秘密可瞒不住人，那会连累到整个廷根市值夜者小队的。

离开队长办公室，已结束所有神秘学课程的克莱恩没急着去地底换班，而是缓步走入了隔壁的文职人员房间。

此时，这间办公室内正坐着一男一女，男的三十出头，女的二十来岁，正是新来的两位成员。

他们看见克莱恩进来，先是一愣，接着堆出笑容，点头问好，对非凡者又好奇又敬畏。

克莱恩没去和他们闲聊，找了张空桌，唰唰唰地书写起特别申请的草稿。

因为早有腹案，他只用了十分钟就完成了初步工作。

反复阅读了几遍，连续修改了多处，他才坐到阿克森1346型机械打字机前，将草稿变成正本。

伴随着嗒嗒嗒的键盘敲击声，两位新的文职人员互相看了一眼，同时起身，走出办公室，到接待大厅与罗珊闲聊，将房间留给了克莱恩一个人。

很拘谨，也很有保密意识……克莱恩瞄了他们的背影一眼，暗自赞叹道。

他收回视线，继续敲打键盘。

就在他即将弄好特别申请的时候，伦纳德·米切尔从休息室内出来，边环顾四周，边扣着衬衣，头发凌乱中有着不羁的美感。

"你在打什么报告?"伦纳德望了眼文职人员办公室，斜靠住门扉，右脚脚尖点地，双手插兜地问道。他碧绿的眼眸饶有兴趣地审视着克莱恩。

克莱恩打好最后一个单词和最后一个标点符号，侧头笑道："特别申请。"

"特别申请?"伦纳德满是疑惑地反问道。

克莱恩拿起纸张，快速浏览了一遍，状似随意地解释道："晋升序列8的特别申请。"

咳！咳咳！伦纳德突地剧烈咳嗽，好半天才平息下来，脱口而出道："你这就消化完魔药了？"

消化？同学，你知道的很多嘛……克莱恩拿着特别申请，走到伦纳德面前，眉毛一挑道："是的。"

接着，他盯着对方的眼睛，压低嗓音，笑呵呵地补充了一句："我记得有谁曾经告诉过我，这个世界上总有些人比较特殊，能够完成别人不可能办到的事情。

"比如说我。

"也比如说你。"

伦纳德一下被堵得不知道该说点什么，只能改变站立的姿势，将双手从口袋里抽出，环抱于胸前。

他张了张嘴，终于组织好语言，沉声问道："你不觉得这样，这样太冒险了吗？"

既然知道"消化"，就肯定明白我的晋升没有冒险的因素……嗯，他是指教会高层的注视？克莱恩若有所思地解释道："伦纳德，你还记得我们合作的第一个任务吗？只是单纯地追踪绑架犯，竟然发现对面房间藏着安提哥努斯家族笔记的线索……"

他将刚才对邓恩说过的事情又原原本本描述了一遍。

伦纳德的表情一点点沉凝下去，微不可见地附和着点了下头。他喃喃自语道："或许，我也得加快进度了……"

话音刚落，他突然望着克莱恩，露出灿烂的笑容道："你不准备和我们分享一下你的经验吗？快速掌握魔药，最大程度规避失控风险的经验！"

这家伙变脸可真快啊……克莱恩笑笑道："我很乐意分享。"

他正打算趁今天的机会，提点一下值夜者小队的队员，降低他们失控的风险。

当然，为自身的安全考虑，他不可能像面对邓恩·史密斯那样说得太露骨，顶多描述出第一次铺垫的内容，那是可以让高层下派人员知道的内容。

"那就现在！"伦纳德迫不及待地拉着克莱恩走向了值夜者娱乐室。

此时此刻，除了轮值查尼斯门的洛耀，剩下的弗莱、科恩黎和西迦·特昂都在，正非常悠闲地打牌。

"各位，各位！"伦纳德敲响半掩的房门，朗诵般开口道，"让我郑重介绍一下旁边这位先生，只用了一个半月就完全掌握魔药的克莱恩·莫雷蒂先生！"

这家伙好浮夸啊……克莱恩突然觉得有点尴尬。

"什么？"既不知名也不畅销的作家小姐西迦·特昂偏了偏脑袋，似乎在测试自己的听力。

"伦纳德，不要开玩笑了，你的表演总是这么浮夸。"科恩黎无奈地盖好手上的纸牌。

弗莱拿着牌，看了眼克莱恩，默然几秒道："确定已经完全掌握了魔药?"

"是的。"克莱恩感受到对方的关切，肯定点头道，"这是有明显标志存在的。"

"什么? 真的?"科恩黎后知后觉地大喊一声，嗖地站起。

伦纳德嘿嘿一笑，指着克莱恩手中的纸张道："这是他提交的特别申请，想要晋升序列8的特别申请!"

"……怎么办到的?"西迦·特昂想了很多，但吸了口气后，还是只问出了最关心的那个问题。

沉静文雅的她此时都难以控制住目光的灼热。

克莱恩找了张椅子坐下，声音偏低地回答："我从'窥秘人'的格言中得到了灵感。"

"为所欲为，但勿伤害?"伦纳德非常尽责地配合道。

"是的，我们的内部资料显示，遵守这个格言的'窥秘人'失控概率比正常值低。"克莱恩说着从老尼尔那里知道的内容，"之后，我又从戴莉女士的事例上有了更进一步的想法。"

"'通灵者'戴莉?"科恩黎寻求确认般地反问道。

"嗯，戴莉女士也提交过特别申请，她只用两年，就从'收尸人'成了'通灵者'，她曾经告诉过老尼尔，她要做一个真正的通灵者。"克莱恩详细解释道，"再加上我在占卜俱乐部经历的一些事情和获得的相应反馈，我逐渐总结出了'占卜家守则'，并严格遵循它，尝试着做一个真正的占卜家……当我确实这么去做的时候，我发现我掌握魔药的进度变得很快，非常快，甚至不能叫掌握……"

听完克莱恩的陈述，弗莱、西迦等人都陷入了沉思，伦纳德则在假装思考。

"我去提交特别申请了。"克莱恩扬了扬手中的纸张道，"如果有什么问题，可以私下再来问我。"

"好的。"弗莱看似冰冷地点头回应。

出了娱乐室，克莱恩又一次敲响了队长办公室的门。他在邓恩的桌子对面坐下，拿起钢笔和印泥，先签名后按手印。

"队长，我的特别申请。"做完这一切，他双手拿着纸张，递给了邓恩。

邓恩仔细看了一遍，放下申请道："我会尽快交给圣堂的，你做好接受考查的准备，也许是下周，也许是下下周。"

"好的。"克莱恩吸了口气，郑重点头。

他站起身，走出队长办公室，随手虚掩住房门。

这个过程里，他回望了自己那份申请一眼，心中油然冒出一个念头：不知道我会接受什么样的考查……

沉淀好心情，克莱恩走入地底，来到查尼斯门外，敲响了看守室敞开的大门。

坐在里面的洛耀·莱汀早就收拾好个人物品，看见轮班者抵达，立刻理了下头发，起身准备离开。

互相颔首致意后，克莱恩突然开口道："我掌握魔药的进度不错，刚和弗莱他们分享了经验，你可以找他们交流一下。"

没什么表情的洛耀略显诧异地看了克莱恩一眼，嘴唇翕动了几下道："好的。"

女士，但愿你等下也能保持这种冷静的状态……娱乐室里现在已经坐了一堆木头人……

克莱恩笑了笑，来到桌子后面，熟稔地拿起了邓恩·史密斯装费尔默咖啡的镶银锡罐。

冲好一杯浓香四溢的咖啡后，克莱恩悠闲地坐了下来，望着门外寂静无人的过道，放任思绪翻飞："希望阿兹克先生的行动一切顺利，不要留下什么线索……不，就算有什么线索，我也会假装没发现……

"不知道'变异的太阳圣徽'封印于查尼斯门后的什么地方……嗯，它不具备活着的特性，留出足够的空间就行了……

"说起来，我到现在都还没进过查尼斯门，不清楚里面的状态……能够让那大大小小奇奇怪怪的几十件封印物不造成损害，不脱离监管，肯定有不同寻常之处，比如，圣赛琳娜的骨灰？……"

各种念头纷呈间，克莱恩突然听见了急促的脚步声，忙将注意力收回，望向门口。

他看见身穿黑色古典长袍、手拿同色毡帽的老尼尔出现于走廊上，快步进入看守室，立在对面，一句话不说，就那样上上下下地审视自己。

"……尼尔先生，出了什么事情吗？"克莱恩干笑两声，端起香浓的咖啡抿了一口。

老尼尔又打量了他几眼，叹了口气道："你竟然从'窥秘人'的格言和戴莉的事例里找到了灵感……"

"这必须赞美女神，也感谢您的教导。"克莱恩一本正经地回答。

老尼尔吱呀一下拉动椅子，猛地坐了下来，一脸颓丧地说："如果，如果再早二十年，就好了，就好了……"

知道老尼尔的年龄和身体状态已经不允许他再服用魔药，哪怕彻底消化掉了之前那份也不行，克莱恩保持住沉默，没有开口。他觉得在这种情况下，说什么都是在刺激对方。

"我最早也试图从'窥秘人'的格言里找出快速掌握魔药的思路，遗憾的是，一直没能走到正确的路上。后来，戴莉的成功虽然给了我启示，但那时候我都超过五十岁了，已经放弃了努力，下意识就认为那是天才的特性，正常人无法模仿。"老尼尔揉了下额角，低沉地描述着自己的失落。

他默然几分钟，抬起脑袋，看着克莱恩道："真是让人遗憾啊，我在这样的年纪才明白自己错过了什么。"

老尼尔对扮演法应该是有点模糊的认知，被我分享的经验点了一下，立刻就想明白了一些事情……克莱恩宽慰道："其实也不会有太大的差别，教会没有'窥秘人'对应的序列8。"

"或许圣堂有……不，他们有的话，至少会把名称告诉分部……地下交易市场也不是没可能……"老尼尔呢喃了几句，以手撑桌，摇头站起，笑笑道，"至少我没有失控，健全地活了几十年……赞美女神。"

他在胸口画了个绯红之月，表情沉郁地离开看守室，失去了往常的狡黠。

克莱恩看着他的背影消失在视线内，突然长长地叹了口气。他愈发地不能理解教会高层为什么要封锁扮演法了。

良久之后，克莱恩回过神来，将注意力转移到面前的值夜者内部资料上。

自从将白银之城的少年拉入塔罗会，知道那里对许多事物还保持着古称，他就有意识地加强了类似方面的学习，努力掌握着古今物名的对照。

不知过了多久，他又听到一阵脚步声，平缓而沉稳的脚步声。几乎是同时，他的脑海内一下就浮现出邓恩·史密斯身穿黑色过膝风衣的样子。

彻底消化完"占卜家"魔药，我的灵感也有了提高……克莱恩若有所思地点头，在几秒钟后看见了队长。

"你的信。"邓恩右手抬起，腕部一抖，将掌中的信件扔向了克莱恩。

克莱恩潇洒抬手，试图接住，但无论判断还是反应，都差了一点。

啪！

信件掉落在地，克莱恩的右手尴尬地竖立于风中。

突然安静的气氛里，他的右手先是僵住，接着继续上抬，顺势理了下头发。

"煤气灯的光芒还是不够明亮啊。"克莱恩随口敷衍了一句，弯腰拾起信件，扫了眼信封。

霍纳奇斯先生……达斯特·古德里安的信……他恍然点头，拉开抽屉，拿出一把裁信刀。

——按照值夜者小队的规矩，如果有明确的、正确的收信人，罗珊等文职人员会直接把信交给对应的那位，而遇到匿名或者查无此人的情况，则送至邓恩那里，由他来询问或决定。

小心翼翼裁开信封，克莱恩抽出里面的纸张，快速展开，浏览了一遍。

他发现疯人院医生达斯特在请求尽快见面，也就是今天下午两点。

他拿到"读心者"配方了？或者有别的什么事情？克莱恩扬了下手中的信纸，抬头看向邓恩道："队长，我的线人，也就是心理炼金会的那位，希望在下午两点见面。"

"有透露是什么事情吗？"邓恩早有预料般问道。

"没有。"克莱恩摇了摇头。

邓恩想了下，嗓音浑厚地说道："等下暂时让伦纳德帮你看守查尼斯门，我跟着你过去，隐藏在附近。

"这种紧急见面的请求有不小可能是陷阱，我见过听过太多类似的事情，而且，如果真有重要情况，这样也能以最快速度展开行动。"

队长，你真是经验丰富啊……嗯，一遇到正事，你就是可靠的、值得信赖的、不会遗忘的队长……

克莱恩当即点头："好的！"

…………

下午两点，佐特兰街射击俱乐部，9号小型靶场内。

克莱恩瞄了眼布满弹痕的靶子，望向略显不安的疯人院医生达斯特·古德里安道："出了什么事情，竟然让你慌慌张张到猎犬酒馆找佣兵小队？"

只有这样，猎犬酒馆的老板莱特才会立刻把信投递到黑荆棘安保公司，而不是等待克莱恩自己过来取。

达斯特观察着克莱恩的细微表情和肢体动作，沉声回答道："我感觉胡德·欧根最近有些不正常。"

胡德·欧根就是将达斯特发展为心理炼金会成员的那位疯人院病患。

"有什么不正常的表现？"克莱恩非常有职业精神地追问道。

达斯特暗自松了口气，似乎找到了依靠，斟酌着说道："他，他好像，好像真的疯了……"

"真的疯了？"克莱恩愕然反问道。

胡德·欧根不是为了锻炼精神领域的相应能力，才装病潜入疯人院，试图从正反两方面影响那些病患吗？

他竟然真的病了，真的疯了？

"我认为是这样……"达斯特略显焦躁地来回踱步，"我之前能和他正常交流，并且得到如何正确使用非凡能力的教导，但最近这几天，他的思路，他的状态，变得很奇怪，经常没办法沟通，就像我面对的其他病患一样。虽然，虽然这也让我成功拿到了'读心者'的配方，但我无法确认那是真的还是假的，更害怕出现不可控的变化。"

没关系，作为一名"占卜家"，拥有灰雾之上神秘空间的"占卜家"，真和假是不会混淆的……克莱恩先是松了口气，继而皱眉问道："他在出现不正常的表现之前，接触过什么人？"

"只有那些病患，我，我无法肯定，我不是每一天每一个小时都在疯人院的，我也有休息的时间。"达斯特表情沉凝地回答。

克莱恩轻轻颔首，一副"这是小事"的样子："不用紧张，我会派人暗中保护你，你尽快弄清楚胡德·欧根之前接触过哪些人。"

"另外，你必须小心他在试探你，呃，你最好同时把这件事情通报给别的心理炼金会成员，看你们组织的高层有什么反应。"

"好的。"达斯特推了下金边眼镜，恢复了"观众"特有的冷静，然后从衣兜里掏出一张纸，递给克莱恩道，"这是'读心者'魔药的配方，我不确定是否正确。"

"我们会验证的。"克莱恩笑笑回答，当场展开，看了一眼。

"读心者"魔药配方

主材料：成年七彩蜥龙的完整脑垂体，法尔斯曼兔的脊髓液10毫升。

辅助材料：栗树芽孢5克，龙牙草粉末8克，纯白精灵花3瓣，100毫升纯水。

"非常棒。"克莱恩赞美了一句，并叠好纸张，将它放入燕尾服正装内侧的口袋。

又交流了几句，确认达斯特的"幻听"现象得到缓解后，他告辞离开，谨慎地来到属于值夜者的专属靶场，邓恩·史密斯正等待于里面。

"队长，线人给了我一份'读心者'的配方，感谢我帮他控制住魔药的反噬，但他不确定这份配方的真假。"克莱恩正经而严肃地将纸张递交给邓恩，"另外，他提到了一件事情……"

邓恩边浏览配方，边听克莱恩讲述胡德·欧根的事情，末了点头道："我立刻组织人手，轮流监控疯人院，你还没有接受专业的培训，这种事情就不用参与了，回去继续值守查尼斯门吧。"

说到这里，他深深望了克莱恩一眼道："算上这份配方，等你通过了考查，无须再积累功勋，直接就能获得'小丑'魔药……"

而且我还额外付出了一份"小丑"配方的功勋……这都是当初为了分两次领功劳造的孽……

算了,最近也找不到机会说我其实有"小丑"魔药的配方……克莱恩吸了口气,努力挤出笑容道:"希望考查能够顺利。"

他对于邓恩让自己回去继续值守查尼斯门的决定举双手双脚赞成,因为他不仅欠缺监视、调查等方面的专业能力,而且在正面作战上,也达不到及格线。

射击领域,他和普通的警察比,算得上不错,但队员个个都是身体素质得到提升的非凡者,即使不是神枪手,也差不了多少。

至于近身格斗,克莱恩更是才入门的水平。

简单来说,即使有"沉眠符咒""安睡符咒"和"梦境符咒",他也依旧属于辅助型的非凡者,对付普通人很简单,一旦遭遇擅长战斗的同类,就相当危险了。

等我晋升序列8,成为擅长技巧型格斗,并可能掌握着少量法术的"小丑",我就能独自完成一般的超凡任务了……

嗯,如果还能成功窃取封印物3-0782的力量,制作出"阳炎符咒",那就更加完美了,以弱胜强也不是不可能……克莱恩充满期待地想着,缓步走回了黑荆棘安保公司。

一直到第二天清晨克莱恩结束值守离开查尼斯门时,值夜者小队对疯人院胡德·欧根的监控依旧没能获得有用的线索,暂时只能寄希望于所谓线人在内部的调查。

第三章
CHAPTER 03
✦ 把握机会 ✦

回到家中，克莱恩安静地用完早餐，躺回卧室，一口气睡到了中午十二点。

他自然醒转，稍作洗漱，闻着食物的香味走向了一楼。

"梅丽莎在准备午餐？"克莱恩望向在客厅看报纸的班森。

班森放低报纸道："是的，她今天有客人来访，我让她和客人聊天，我来准备午餐，结果她竟然不信任我的厨艺，拉着客人一起进了厨房，这非常不礼貌。"

班森，你竟然这么快就察觉到梅丽莎对你厨艺的嫌弃……克莱恩忍着笑意，走向单人沙发，随口问道："梅丽莎的客人？"

"是的，你应该认识，在赛琳娜生日晚宴上见过的伊丽莎白。"班森往后一靠，继续舒服地阅读报纸。

不只是在生日晚宴上见过……她竟然真的来拜访了……克莱恩表情微滞，侧身望了眼厨房门口。

就在这时，梅丽莎端着盘子走了出来，身后跟着同样穿着围裙的伊丽莎白。

"克莱恩，你醒了？我正打算去叫你。"梅丽莎颇为欣喜地将散发出肉香味的盘子放到餐桌上，"这是伊丽莎白，你认识的。"

"你好，克莱恩。"有着可爱婴儿肥脸蛋的伊丽莎白笑容灿烂地打了声招呼。

克莱恩不失礼貌地温和回应。

等到两人互相致意完毕，梅丽莎眨了下眼睛，非常认真地说道："伊丽莎白等下会跟着我们去帮助家庭仆人协会，他们家雇了好几位仆人，在这方面拥有丰富的经验，可以给我们提供一定的参考意见。其实，我们已经拟好了挑选杂活女仆的要求，你们听一下，看有什么需要补充的。"

梅丽莎在围裙上擦了擦手，从居家衣物的口袋里拿出一张纸，展开念道：

"第一，身体健康。

"第二，勤劳，有责任心。

"第三，擅于烹饪。

"第四，安静，不吵闹。

"第五，家庭背景简单。

"第六，长相普通。

"……"

一条接一条的要求被念了出来，克莱恩和班森听得嘴巴半张，眼神茫然，都没想到只是雇用一个杂活女仆，会弄得这么麻烦。

"梅丽莎，你之前不是反对雇用杂活女仆吗？"等到妹妹停止，克莱恩下意识问了一句。

梅丽莎抿了抿嘴，郑重点头道："是的，我反对，但既然我的反对无效，那我认为，我们必须将这件事情做好，而要将一件事情做好，事先必须有足够的准备。嗯，你们有什么想要补充的吗？"

"没有！"

克莱恩和班森同时摇头，引得伊丽莎白掩嘴窃笑。

用过午餐，一行四人乘坐有轨公共马车，来到位于香槟街的廷根市帮助家庭仆人协会。

这与克莱恩上辈子知道的家政公司的形态其实很接近，但有着半慈善的性质。一方面，他们登记各类仆人的个人信息和工作需求，方便雇主挑选的同时，也增加受助对象就业的可能性；另一方面，他们会组织一些基本的培训，提高受助对象的工作能力。

他们的维持经费有一部分来自慈善组织，有一部分属于雇主的额外支付，靠着集聚性、整体性、方便性和组织性，很快将那些个人代理逼得要么加入，要么改行。

一进协会，克莱恩等人立刻就受到了热情的招待。一位身穿淡黄色有荷叶边长裙的年轻女性引着他们到沙发区域坐下，微笑着问道："我有什么可以帮助你们的吗？"

"我们需要雇用一个杂活女仆。"这种时候，班森就被弟弟和妹妹推到了前面。

"你们有具体的要求吗？"那位年轻女士熟练地问道。

班森认真回忆了下自己厨艺和克莱恩的对比，颇为恳切地说道："擅长烹饪。"

"擅长烹饪？"年轻女士微皱眉头道，"坦白地讲，杂活女仆里面没有谁擅长烹饪，你们不如雇用一位厨师？如果你们需要女性厨师，我们协会也有不少。"

"杂活女仆里面没有擅长烹饪的？"见自己拟定的要求刚开始就遭遇了挫折，梅丽莎忍不住插嘴反问道。

年轻女士点了点头，肯定回答："杂活女仆要么是底层劳工的女儿，要么是乡下来的姑娘，她们此前接触不到好食材，厨艺也相当差，即使经过协会的简单培训，她们也顶多只能保证做出来的食物不让人生病。"

梅丽莎一下默然，终于明白什么叫计划没有变化快。

"这真是让人遗憾的事情。"班森想了下，组织着语言道，"或许我们可以改一下要求——愿意也有那个能力学习烹饪。"

不错嘛，班森的脑子转得可真快……不用我插嘴了……克莱恩坐在旁边，一手握杖，一手拿帽，悠闲而自在。

"这个没有问题，烹饪培训的时候，我们会记录那些表现出众的姑娘。"年轻女士职业性地笑道，"还有另外的要求吗？"

"有。"感受到梅丽莎的目光，班森吞了口唾沫，从衣兜里拿出那张纸，一条一条地念了起来。

那位年轻女性怔怔听着，好半天才回应道："我，我先去筛选下资料，给你们推荐一些符合要求的杂活女仆。

"你们可以不急着做决定，先挑选二到四位，由我带领她们到你们家试工，然后再确定雇用谁。当然，这会让你们额外支付给协会的费用多一点，而食材也需要你们自己准备。"

"好的。"班森叠好纸张，礼貌地点头。

那位年轻女性站起身，往里面的办公室走了两步又回过头来，讪笑道："能将那张纸给我吗？我怕遗漏了你们的要求……"

"没有问题。"班森忍着笑意回答。

过了一阵，那位穿淡黄长裙的年轻女士拿着一沓资料出来，交给班森挑选。这些资料上面标注了杂活女仆的真实姓名、出生年份、家庭情况、五官描述、身体状态、过往经验、相应特点和期望薪水等信息。

趁班森和梅丽莎认真翻看资料的机会，伊丽莎白凑近克莱恩，小声问道："你没有什么要求吗？"

"有，但不够具体。"克莱恩随口敷衍道。

伊丽莎白更感兴趣了："那你会如何选择？"

克莱恩低笑一声，指着左侧袖口内隐藏的灵摆道："当然是写下对应语句，挨个儿排除，占卜出最适合成为我们家杂活女仆的那位。"

伊丽莎白一下愣住，十几秒后才略显迷茫地点头："最简单也是最有效的办法……我竟然忘了你是……"

她没有说完，因为梅丽莎敏锐地察觉到两人在窃语，将目光投了过来。

深深看了好友和哥哥一眼，梅丽莎露出仿佛在思考般的表情。

喂，妹妹啊，你不要误会！我们只是在正常地交流……克莱恩轻咳两声，主动拿过部分资料，随手翻阅起来。

很快，他们敲定了三位人选，标注的价格在每周四苏勒八便士到五苏勒二便士不等。

班森没有去压杂活女仆的薪水，而是认真和那位年轻女士讨论起需要额外支付给协会的金钱。经过一番友好的磋商，他成功将这部分费用从杂活女仆的两周薪水变成了一周薪水，但要另外支付对方带领杂活女仆来试做家政的协会马车费用一苏勒。

敲定好这件事情，伊丽莎白告辞离开，兄妹三人则乘坐公共马车返回了水仙花街。

一路之上，克莱恩被梅丽莎审视的目光看得非常不自在，刚入家门，就要直奔二楼。

"克莱恩。"梅丽莎出声喊住了他，用一种反复思考后的郑重语气道，"如果你想和伊丽莎白订婚，你需要更加努力。她父亲是一位进出口商人，母亲是从男爵——也就是常说的勋爵——的女儿……"

等等，订婚？什么时候的事情？克莱恩一脸茫然地看着妹妹。她这都操心到哪一步了？

"不，我们没有……"

克莱恩反驳的话语还未来得及说完，班森就微笑着打断道："虽然伊丽莎白的年纪确实小了点，虽然她的家庭情况比我们出色了不少，但我认为你们还是挺合适的。

"只不过，你可能还得等几年，她在读公学，目标是考入大学，结婚至少是六七年之后的事情了，当然，你们可以先订婚。"

你们不要考虑得这么长远好不好……

克莱恩吸了口气道："我并不喜欢伊丽莎白，嗯，准确的表达是，我并不喜欢年纪比我小很多的女孩，我喜欢成熟一点的。"

其实，在合理范围内，我都能接受，但不是现在……他无奈地在心里补充了一句。

"喜欢成熟一点的？"梅丽莎微皱眉头道，"那你必须尽快解决婚姻问题了。"

啊？克莱恩实在难以理解妹妹跳跃的思路，茫然反问道："为什么？"

梅丽莎非常认真地解释道："等你为将来的婚姻攒好足够的金钱，你差不多有二十六岁了，比你成熟一点的姑娘，在那个年纪要么已经结婚，要么早就订婚，难道你想追求一位寡妇？"

这都什么跟什么啊……克莱恩满脸呆滞地在心里用中文回了一句。

班森则笑着反驳了妹妹："梅丽莎，你不明白，在如今的中产阶级里，三十岁还没有结婚或者订婚的女士并不少见，她们以女神的信徒为主，大多数拥有让自己过得不错的能力，宁愿单身也不想接受一桩不满意的婚姻。呃，我在《家庭》杂志上看到的。"

"是吗?"梅丽莎毕竟只是一个十六岁的少女，对类似的事情了解不多。

见哥哥和妹妹越聊越有兴致，克莱恩咳了一声道："我说的成熟一点，是指心理状态，不是必须比我年纪大，而且，更该担忧婚姻问题的是班森。"

对不起，哥哥，我也是迫不得已……他在心里默默道了声歉。

梅丽莎愣了一下，接着重重点头："是的!"

本来还想具体讲一讲中产阶级的婚姻问题，班森忽地打了个寒战，望着凝视自己的妹妹道："我正处于人生的转折期，必须将全部的精力投入学习，等到我有了满意的工作和一定的积蓄后，我才有信心去追求心仪的女士，给她足够美好的生活。"

克莱恩和梅丽莎先是一怔，旋即同时脱口道："你有心仪的女士了?"

只是随口敷衍的班森顿时吓了一跳，慌忙摇头："没有! 我只是举个例子!"

贝克兰德，希尔斯顿区，一栋略显阴暗昏沉的房屋内。

没有点火的壁炉前，一位两鬓花白的中老年男士拿着深色的烟斗，安坐在摇椅上，目光幽深地望着沙发区域的访客。

他是这里的主人，艾辛格·斯坦顿，小圈子内非常有名气的私家侦探，但他没有开设事务所，只是请了位助手帮忙。

身穿白衬衣、黑马甲的艾辛格将烟斗凑至嘴边，陶醉地吸了一口，又缓缓吐出，才道："半个小时的咨询费用是一镑，如果我是你们，肯定不会浪费任何一秒钟的时间。"

沙发区域的两位女士正是佛尔思·沃尔和休·迪尔查，她们搜集到了"飓风中将"齐林格斯的资料，打算请擅长演绎法的大侦探帮忙总结出目标的行为规律。

当然，她们隐去了齐林格斯的名字，并将涉及超凡因素的内容更改了描述。

看着面容消瘦、棱角分明、蓝眸浅暗的艾辛格，休·迪尔查将手里的文件袋递给了对方的助手，一位戴金边眼镜、气质干练的褐发年轻人。

"侦探先生，我希望你从资料里找出目标在贝克兰德的行为规律。"

虽然个子不高，但当休·迪尔查笔直端坐，沉声开口时，那种威严依旧让人不由自主就想服从。

艾辛格深深看了她一眼，从助手那里接过文件袋，解开缠绕带，抽出了里面的资料。

他放下烟斗，专注阅读起来，一张一张，没有遗漏。

十几分钟之后，这位两鬓花白的绅士缓慢地轻敲起扶手道："目标对风有近乎偏执的喜爱……那么，在尘埃之都贝克兰德，他肯定不会挑选污染严重的区域长期居住。也就是说，他可能住在皇后区、西区、希尔斯顿区、乔伍德区，或者北区郊外……

"目标是位有心理疾病的连环杀手，每隔一天就要谋杀一位活人……合理的做法是针对那些无家可归的流浪汉，在贝克兰德，连警察都弄不清楚究竟有多少流浪汉……

"目标居住的区域距离流浪汉众多的东区、贝克兰德桥等地方不会太近，也不会太远……频繁在周围寻找受害者，是不成熟的表现，这和你们的描述不符……而如果要花费很长一段时间才能找到想要谋杀的对象，目标可能控制不住自己的欲望，在容易暴露的情况下犯罪……

"目标是位资深水手，拥有非常出众的水中活动能力……一个合理的推断是，他居住的地方不会离河流太远，一旦遭遇意外，那将是他安全逃走的最佳选择……

"综上所述，我们可以勾勒出目标的活动范围，他居住在离贝克兰德桥区域不远的地方，考虑西区和乔伍德区的塔索克河两岸……

"你们给予的资料只能推理出这些内容。"

虽然听得不是太明白，但似乎很有道理……休和佛尔思互相看了一眼，郑重点头，收回资料，起身告辞。

望着助手送两位女士出门的背影，两鬓花白的艾辛格从马甲口袋里掏出了一件黄铜饰品，那是一本袖珍的、摊开的书，书的中央有一只竖着的眼睛。

艾辛格微晃摇椅，一边摩挲着饰品，一边低声自语道："齐林格斯潜入贝克兰德了？"

…………

普利兹港，某个地下室内。

"倒吊人"阿尔杰坐在椅子上，冷酷地看着面前蠕动挣扎的男子。

这男子一身水手打扮，头部被淡蓝色的水膜完全包裹，一张脸憋成紫红色。他的双手不断在脸上抓着扯着，但只能甩出一滴滴液体。终于，他承受不住，给出了屈服的信号。

阿尔杰嘴角勾起，随意地拍了下掌。

淡蓝色的水膜立刻崩解，化作雨滴，落到了地上。

那名水手打扮的男子立刻大口喘起气来，喘到剧烈咳嗽，咳嗽至撕扯心脏、碎裂肺部。

等到对方平缓下来，阿尔杰往后微靠，模仿"愚者"先生那种平静淡然的语气道："告诉我，齐林格斯去贝克兰德的目的。"

"他，他是为了完成一个委托，但具体是什么我并不清楚。"那名海盗彻底失去了反抗的意志，老实地回答道，"我只知道他可能获得的好处。齐林格斯曾经在我们面前得意地提过，如果这次的事情顺利，他将得到他梦想许久的一件物品，海盗里的四王也将变成五王。"

梦想许久的物品？阿尔杰皱起眉头，陷入了沉思。

周一上午，克莱恩依旧没能休息，继续按照计划，排查起廷根市有红烟囱的房屋。

可惜，这一次，他还是没能发现目标。

他在中午时分回到家里，热了昨晚的剩菜，啃了条燕麦面包，接着补了一个小时的眠。

等到两点四十分，克莱恩放下手中的书籍，用灵性密封了卧室，再次进入灰雾之上那片神秘空间。

他随意地坐到青铜长桌上首，没去管"太阳"心跳的频率是多少，伸出右手，提前给了回应。

白银之城内。

戴里克·伯格正在练习场上挥洒汗水，眼前忽有恍惚，看见了重重灰雾，看见了灰雾深处端坐于高背椅上的"愚者"。

他先是一怔，旋即停止动作，低下头颅。

等到"幻觉"消失，他默数起自己的心跳，拿着银白色的直剑，快步走向休息区域。

一千次心跳后，他已经将自己反锁在了单独的盥洗室内。又等待了十几个呼吸的时间，他看见深红的光芒从虚空中涌来，一下就将自身淹没。

灰雾之上，克莱恩向后靠住椅背，左边牙齿轻叩了两下，悄然开启了灵视。

他看见"太阳"的以太体深处，斑驳的颜色变得纯粹，如同晨曦，于是微笑地开口道："祝贺你，'歌颂者'先生。"

与此同时，他也发现对方那张高背椅后面的璀璨星辰飞快移动，重组为象征太阳的符号。

不需要我的意念，它就自然发生了变化，就像条件反射一样……嗯，除了宫殿、长桌和椅子，其他具现出来的事物都无法在我离开这里后得到保存……它们非常特殊……

这灰雾之上的秘密真不少啊……克莱恩若有所思地望着面前的一切。

戴里克又低下了脑袋，内敛而谦卑地回答道："这都是因为有您的帮助，这只是开始。"

他对愚者能看出自己服用了魔药一点也不惊讶。

这时，克莱恩掏出银色的怀表，按开看了一眼，轻笑道："那我们开始聚会吧，记住，之后也大概是这个频率，嗯，或者说间隔。"

说话的同时，他与象征"正义""倒吊人"的深红星辰建立了联系，将两位成员重新拉入巨人居所般的宏伟宫殿内。

奥黛丽刚看清楚面前的景象，立刻用轻快的语气打起了招呼："下午好，'愚者'先生，我这里还有一页罗塞尔大帝的日记。下午好，'太阳'先生，拿到'读心者'配方了吗？"

"正义"小姐总是能保持愉快的心情，真是让人羡慕啊，希望我也能这样……

听到那轻快的招呼声，端坐青铜长桌上首的克莱恩忍不住无声感慨了一句。但他旋即想到对方简简单单就拿出一千镑现金的事情，忽然觉得自己要想像"正义"小姐一样总是保持愉快的心情，是非常困难的……

"太阳"戴里克·伯格是个非常在乎自己信誉的少年，当即回答道："我已经获得了'读心者'的配方。"

这段时日里，他整理了父母留下的遗产，除了房子、家具和少数几件用来思念的物品，其余有价值的东西都被他拿到白银之城的黑市里，换来了"读心者"配方与"歌颂者"魔药的材料，目前仅靠定额的食物生活。但他相信这样的状况不会维持太久，等通过战斗考核，他就会加入清理周边黑暗之物的队伍，领取不菲的报酬。

等真正强大起来，我就申请成为精英小队的成员，探索黑暗深处，找到解除诅咒的办法……戴里克一边隐含希望地想着，一边侧头望向浓郁灰雾里的"愚者"先生。

他上次就注意到，"正义"小姐在请示"愚者"先生后，能奇怪地让不知名的罗塞尔日记直接出现！虽然不明白这是怎么回事，但他觉得还是看一眼"愚者"先生比较好。

"你先在脑袋里回忆配方，然后拿起手边的笔，给予强烈的表达欲望。"克莱恩状似悠然地后靠住椅背。

因为"太阳"来自疑似神弃之地的白银城，所以，他在对方面前具现出来的不是钢笔，而是羽毛笔。

当然，依旧没有墨水。

戴里克不敢怀疑"愚者"的话语，当即握住了手边突然浮现的羽毛笔。

没过几秒，按照吩咐去做的他不出意外地看见面前那张黄褐色羊皮纸上多了"读心者"魔药的配方。

审视了两遍，戴里克保持着沉默，将承诺的事物推给了"正义"小姐。

奥黛丽又激动又兴奋又期待但非常矜持地接过，目光一扫，将克莱恩翻译过来的单词尽数映入脑海：

> 主材料：幻影亚龙的完整脑垂体，半幽灵兔的脊髓液10毫升。
>
> 辅助材料：……

没听说过的主材料……嗯，我知道的还不够多……

最近一直从佛尔思和休那里恶补着常见非凡材料种类和名称的奥黛丽略显懊恼地想着。

这种时候，她已经忘记了什么叫"观众"。

突然，奥黛丽听到轻微的敲击声，忙下意识望向青铜长桌最上首的位置。她惊喜地看见"愚者"先生一边用右手食指轻敲桌缘，一边对自己轻轻颔首，做了个示意。

什么情况？奥黛丽一阵疑惑，两眼茫然。

她正待发问，眼角余光突地看见面前的"读心者"配方发生了变化，多了不少注释：

> 主材料：幻影亚龙（又称七彩蜥龙）的完整脑垂体，半幽灵兔（又称法尔斯曼兔）的脊髓液10毫升。
>
> 辅助材料：……

这些我都认识！奥黛丽先是一愣，旋即从心底涌现出强烈的欣喜情绪。

"谢谢您，'愚者'先生，您真的非常博学。"她再次望向上首，由衷地感谢和赞美道。

"倒吊人"阿尔杰虽然不清楚究竟发生了什么事情，但对"正义"的话语非常不屑。

类似神灵的大人物，怎么能用"博学"来描述？这种存在从某种程度上来讲，本身就等于知识!

克莱恩则坦然接受了"正义"小姐的称赞,因为这不是碰巧获得心理炼金会的"读心者"配方才做到的事情。

将"太阳"拉入塔罗会后,基于对方所处白银城的特殊性,他就一直在预防类似的问题,不断地找相应的资料来学习。即使达斯特·古德里安没有及时拿到配方,他刚才也能轻松完成注释,而经过之前的占卜和刚才的对比,他确信两份"读心者"配方都是正确的。

这就是有准备,没祸患……克莱恩略显得意地想着。

奥黛丽又反复看了"读心者"配方几遍,恋恋不舍地收回目光,熟稔地表达出罗塞尔大帝的日记。

"这是您应得的。"她放下钢笔,望着灰雾里的愚者道,"另外,我再给您的眷者三百……三百镑怎么样?"

她说得有点心虚,因为三页罗塞尔日记才花费了她二十镑,而同样位于序列8的"治安官"配方需要四百五十镑。也就是说,从简单的数学出发,她应该于三页笔记之外再支付四百三十镑。

不过,奥黛丽觉得这也有自身幸运的因素,卖家并不清楚罗塞尔日记的价值,这才让她能以相当低廉的价格买到。

罗塞尔大帝的日记,每页至少……至少五十镑!奥黛丽悄然握拳,无声给自己鼓了下气。

三百镑?我到今天为止,也就在德维尔爵士那里见过这么多钱……克莱恩内心一阵唏嘘,面上却假装对金钱没有丝毫兴趣,淡然点头道:"合理的交易。这是我眷者的信息。"

他努力避免着从"愚者"口中说出"贝克兰德银行""不记名账户"等降格调的名词,直接将它们呈现于面前的羊皮纸之上。

——上周周三,排查红烟囱房屋的时候,克莱恩抽空去了趟贝克兰德银行的廷根分行,乔装打扮地开好了一个不记名账户。

这种账户只需要记得账号,并给予相应的密文,就能在贝克兰德银行的所有分行取出余额。

如果开户人觉得这种方式不够保险,还可以附加签名和指纹的对照,那就比较麻烦了。

克莱恩为了保密,为了隐藏身份,当时并没有这么设置,仅仅留下了一组密文。这组密文是用古赫密斯语书写的"不属于这个时代的愚者,灰雾之上的神秘主宰,执掌好运的黄黑之王"。

因为古赫密斯语本身就能无保护地用于祭祀和祈祷，不管是谁，只要敢于抄写这组密文，就等于在诵念我的名，那样一来，我能立刻接收到相应的提示，到灰雾之上分辨是正常的情况，还是有谁想窃取我的财富！

克莱恩对自己想出的这个办法非常满意。唯一的缺点是，这样会轻微外泄"愚者"的存在，但属于可以接受的范畴。

奥黛丽一边将罗塞尔日记推给"愚者"先生，一边拿过写有对方眷者信息的羊皮纸，上面标注着贝克兰德银行和对应的由一串数字组成的不记名账户。

不知道"愚者"先生的眷者是男性还是女士，处于序列几……嗯，肯定很强大，至少不会比"飓风中将"齐林格斯差……

奥黛丽难以遏制地发散了思绪，但她很快就收敛起注意力，开始记忆那个不记名账户。

"不需要这么麻烦。"就在这时，她听见了"愚者"低沉平和的嗓音，"你回家之后，默诵我的名，能直接将相应的信息书写出来。"

这就像我画出占卜得到的红烟囱景象一样……账号很重要，绝对不能记错……克莱恩在心里默默补充了两句。

这样也可以吗？从"愚者"先生的语言判断，他很有信心啊……不愧是近似神灵的大人物，这种事情都能办到……奥黛丽愣了一下，旋即释然，觉得这才符合逻辑、符合道理。

可是，为什么我刚才要那么辛苦地记忆配方……奥黛丽忽然又有些迷茫。

这个时候，克莱恩按住那页罗塞尔日记，没有急于去看，侧头望向"太阳"，平静问道："你希望获得什么补偿？"

戴里克认真想了下道："我最近没有迫切想要得到的物品……我应该很快就能消化掉'歌颂者'魔药，补偿就积累在那里，嗯，为对应的序列8配方做准备，或者交换必须的材料。"

序列8是"祈光人"，配方我有……至于材料，就算我能获得，也不知道怎么给你……

消化……白银城果然掌握着扮演法……嗯，那里最高战力只有序列4，是受到了材料的限制吗？

克莱恩若有所思地点了下头，示意成交。

奥黛丽也敏锐察觉到了"消化"这个单词，斟酌着问道："'太阳'先生，你掌握了扮演法？"

戴里克不解地望向"正义"小姐，坦然回答道："这不是值得奇怪的事情……白银城的通识课就在教导扮演法。"

通识课就在教导扮演法……奥黛丽看了"倒吊人"一眼，发现对方也在看着自己，双方霍然陷入了沉默。

"太阳"的来历果然非常神秘，不知道"愚者"先生从哪里将他拉入塔罗会的……越想越让人敬畏啊……奥黛丽缓了下，望了眼高踞浓厚灰雾里、没有丝毫惊讶情绪外露的愚者。

这时，"倒吊人"阿尔杰试探着问道："'太阳'先生，你们有讲清楚扮演法的注意事项吗?"

"有。"戴里克毫不犹豫地点头，"我们的通识课讲得非常清楚，扮演法的注意事项只有一条，'记住，你只是在扮演'。"

和我预想的一样……我们是在用巧妙的方式绕过阻隔，彻底瓦解魔药内残余的精神影响，而不是向它屈服……"太阳"啊，你还真是一个单纯的少年，这样就被诈出重要信息了……

克莱恩微微一笑，将目光投向了面前的罗塞尔日记。只见黄褐色的羊皮纸上，略显扭曲和张牙舞爪的中文写道：

8月2日，这潭水比我想象中还深，历史真是任人打扮的小姑娘啊。

8月5日，今天见识到了高序列强者的实力，简直可怕，他们在某一方面已经发生了质变，变得像是神灵，难怪一直用"半神半人"来描述他们，嗯，我觉得称呼"神话生物"可能更加恰当。

8月6日，让人感觉奇怪的事情，为什么七大教会对待魔药会有那样诡异的态度，在中低序列阶段，他们不仅给予获得晋升者主要材料，还慷慨地分享配方，演示配制药水的过程，如果有对应的仪式，必然也会详细讲解，而在高序列阶段，他们只提供成品的魔药。

这完全不符合逻辑，在主要材料相对容易搜集且制作过程较为简单的中低序列阶段，不是应该保密配方，直接调制魔药给目标吗？到了高序列，由于主要材料难以获得，不是应该分享配方，让有希望晋升的成员主动去寻找吗？

这里面肯定隐藏着我还不知道的秘密。

8月9日，这两天发生的事情让我感觉不是太好，我亲手开启的工业革命，亲手铸就的蒸汽与机械时代，将成为邪神降生的温床？

什么意思？邪神降生的温床？克莱恩微皱眉头，食指轻缓地敲击起古老长桌的边缘。

"愚者"先生遇到难题了？能让他为难的事情肯定涉及很高的层次……

奥黛丽望着被浓郁灰雾笼罩的首领，从对方的肢体语言里解读出了他当前的某些状态。

确实在疑惑高层次问题的克莱恩想了一阵，没有得到答案，开始考虑起用占卜来寻求启示的可能性。

嗯，只靠这么单纯这么简单的两句话，要占卜出实质的东西是不可能的，我又不是"预言家"……

直接占卜"邪神降生的温床"？感觉是在作大死……邪神未必有永恒烈阳那么恐怖，但能力也许更加诡异，说不定顺藤摸瓜就找到了我……

而且也没办法占卜这样尝试有多大危险，因为一旦涉及神灵，占卜有没有危险本身都会带来危险……

先记住这个问题，多观察多思考……

在魔药的事情上，教会的安排确实透着不少诡异，不知道这背后到底隐藏着什么秘密，也许等"通灵者"，不，应该是"死灵导师"戴莉成为大主教或者高级执事，进入教会的核心层面，我就能获得一定的暗示……

罗塞尔说得真让人有点向往高序列强者的风采啊……

一个个想法闪过，克莱恩停止轻敲古老长桌边缘的动作，望了望"正义""倒吊人"和"太阳"道："你们可以自由交流了。"

"倒吊人"阿尔杰当即开口道："'愚者'先生，'正义'小姐，我新获得了一份情报，'飓风中将'齐林格斯潜入贝克兰德是为了完成一件困难的任务，他或许会在那里停留很长一段时间，并且制造骇人听闻的惨案。

"另外，我还知道这件事情涉及一件非常重要的物品，能帮助齐林格斯很快成为高序列强者的物品。"

"很快成为高序列强者？他就不怕失控吗？"奥黛丽抓住对方描述的重点，摆出"观众"的姿态，疑惑地反问道。

齐林格斯现在才是序列6的"风眷者"，距离序列4还隔着一个序列5。

阿尔杰早就预料到会有这样的问题，坦然回答道："所以那件物品才非常重要。当然，这都是我的推测，我收到的情报是这样的：齐林格斯认为，一旦他完成委托，拿到那件物品，他很快就能与'五海之王'纳斯特等人并称，让海盗里的四王变成五王，让七位海盗将军减少至六位。

"普通人或许不清楚，但作为非凡者，我们应该都知道，海盗里的四王要么本身就是高序列强者，要么在超凡船只和神奇物品的配合下拥有匹配高序列的战力。齐林格斯要想获得承认，与他们等同，必然也要有着接近的水准，所以我才那样推测。"

我只知道"五海之王"纳斯特是序列4的强者,不清楚他的魔药名称……克莱恩安静听着,没有轻易表态。

"太阳"戴里克·伯格虽然完全弄不懂"倒吊人"讲述的事件,根本不知道谁是谁,但他依旧听得很专注,只觉世界在自己眼前呈现出了一扇新的大门。

海盗?他们生活的地方有书本上宣称的海洋?那和白银之城周围的环境有很大区别啊……

他们似乎从来不担心诅咒的问题,不担心黑暗之物的侵袭……真是让人非常好奇……

嗯,"愚者"先生叮嘱过,不要随意询问别人的秘密,那是不礼貌的行为……戴里克沉默地想着,来回审视起"倒吊人"和"正义"。

"你的推测很合理,当然,那也可能是一件可以媲美高序列强者的神奇物品。""正义"奥黛丽浅笑回应道。

"倒吊人"望了眼高踞于浓郁灰雾里的"愚者",斟酌了一下,看着"正义"强调道:"我刚才的描述有两个重点,一是齐林格斯会在贝克兰德待很长一段时间,二是涉及一件非常重要也可能非常神奇的物品。"

所以,"愚者"先生,您不心动吗?您有充裕的时间让您的眷者到贝克兰德……阿尔杰默默在内心补了一句,但他不敢直接这么说,只能委婉地点一下。

"倒吊人"先生,你不必反复强调,我听得懂你想表达的意思……但是,我的实力不支持我掺和这件事情,而且我也没办法擅自离开廷根……克莱恩后靠住椅背,颇为无奈地想着。

不说眷者,我倒是能找到两个较为强力的非凡者帮忙……

一个是已经晋升序列6的戴莉,但我不可能向她说明所有的情况,顶多提一句,说我收到线报,得知"飓风中将"齐林格斯潜入了贝克兰德,居住在某某某街道,打算做什么什么事情。那样一来,戴莉很可能会直接调动值夜者的力量,让事情变得非常混乱非常麻烦……

如果到了最后,你们依旧没能找到帮手,嗯,可以这么试一下,避免惨案的发生……

另外一个是阿兹克先生,但我不可能向他透露"愚者"的身份,要想请他掺和到齐林格斯的事情里,缺乏足够且正当的理由……

一个个想法闪过,克莱恩平缓开口道:"我知道了。"

见"愚者"依旧没有表态,依旧不重视齐林格斯的事情,"倒吊人"阿尔杰暗叹一声,收敛起失落,开始与"正义"小姐交流这一周的调查结果。

"……总之，我们初步锁定了齐林格斯的大致活动范围，即将开始更进一步的寻找。"奥黛丽先简单阐述了具体的情况，然后带着一种我在做大事、做正经事的心态道，"我们需要更多的情报，重点是齐林格斯的爱好与习惯。"

"倒吊人"阿尔杰边回忆边说道："他非常喜欢吃鱼，尤其是海洋里的鱼，切片生吃……

"他爱喝烈酒，看不起香槟和红葡萄酒等……

"一旦上岸，他总是会找女人发泄，而他强壮的身体让单独的一个女人无法满足他……

"他习惯用冷兵器，排斥热武器。

"他很难长时间脱离水，我的意思是，他隔几天就要游一次泳或者潜一次水。

"……"

奥黛丽一一记住，在脑海里勾勒并丰满了那个叫作齐林格斯的角色。

"希望能够成功，合作愉快。"安静听完，她浅笑着开口道。

"合作愉快。"阿尔杰只能强迫自己相信这位在贝克兰德很有能量的"正义"小姐。

他们交流之时，克莱恩看似在认真倾听，实则思绪发散地想到了之前的一个问题，那就是如果"太阳"希望得到材料，该怎么给付对方。

神秘学已经能够勉强及格的他，习惯性地就往仪式魔法方向寻找起解决问题的思路，这属于前面成功累积出来的路径依赖。

"之前翻值夜者内部资料，看到过女神赐予信徒圣物的记载，嗯，不少涉及邪神和恶魔的祭祀仪式里也有物品降临的描述……这是不是意味着，我能在回应祈求的时候，'赐予'对方物品，以此完成材料的给付……

"在之前的尝试里，我暂时只能回应包含图像和声音的意念……但这不意味着永远只能这样……等我晋升序列8并稳定下来，或许会有新的变化……

"另外，还有一个关键点，我是否能将真实的材料或者物品带入灰雾之上？嗯……呃……啊对，那些涉及邪神和恶魔的祭祀仪式，往往包含了'献祭'环节！我是否可以考虑自己'献祭'事物给自己？

"这样一来，也许真可以将现实的材料和物品带入灰雾之上……

"如果尝试能够成功，我就可以直接从'正义''太阳'和'倒吊人'那里得到物品与材料，然后自己'赐予'自己……

"嗯，'献祭'属于较为高级的仪式，我暂时还接触不到……目前最重要的事情还是尽快提升自己！"

克莱恩收回思绪，继续用高深的姿态听着三位成员交流，听着他们从齐林格斯的事情一直讨论到某些怪物的特点。

差不多之后，他微笑道："今天就到这里吧。"

"遵从您的意愿。""太阳"戴里克和"正义""倒吊人"同时起身道。

切断与三位成员的联系之后，克莱恩也飞快坠入灰雾，离开了那片神秘空间。

回到卧室，他解除灵性之墙，拉开凸肚窗的帘布，让外面的阳光照射了进来。

"这一周有两件重要的事情，一是接受考查，晋升序列8；二是制作出'阳炎符咒'，它的威能甚至会超过序列7、序列6……"克莱恩望着外面的街道，充满期待地想着，"明天，明天应该就能收到关于阿兹克先生弄出来的灵异事件的报告了!"

…………

周二上午，已经结束了神秘学课程的克莱恩并没有像之前那样找个安静的地方翻阅《古今物名对照》《值夜者案例集》等内部资料，而是逗留于娱乐室，和伦纳德、科恩黎、洛耀玩牌。

我只是让阿兹克先生创造一个能带出封印物3-0782的机会……能不能把握住这个机会，还得看我自己的临场发挥……克莱恩的心思完全没在牌桌上，以至于连连失手，在一个小时内就输掉了五苏勒，输得他颇为心疼，打算先专注一点，挽回些损失。

——昨天下午购买了"阳炎符咒"的各种材料后，他的私房钱再次降到了不足一镑，而且剩下的钱还要用来支付每天两苏勒的出租马车费用以排查有暗红烟囱的房屋。

等待科恩黎洗牌的时候，他无聊地拿起面前的铜便士，随意做了个旋转。

突然，他看见洛耀盯住了自己，盯得非常认真。

怎么了? 克莱恩先是一愣，旋即看见了那枚摇摇欲坠的铜便士。

这是在警惕我用占卜手法作弊? 队友间玩下牌，不用这么认真嘛……他瞬间明白过来，干笑着把那枚1便士的硬币按趴下了。

就在这时，邓恩·史密斯敲门入内，环顾一圈道："莫尔斯小镇有些状况,伦纳德,你去处理一下。"

莫尔斯小镇? 克莱恩精神一振，故作好奇地问道："队长，出了什么状况啊?"

邓恩灰眸一扫，随口解释道："最近几天，那里连续发生了几起疑似闹鬼的事件，先是有人在路过墓园的时候，听见里面有哭泣声，看到模糊的影子闪过；接着，一位寡妇半夜醒来去盥洗室的途中，遇到了她过世的丈夫，险些吓晕；另外，还有位独居的老者，总是听到房屋内有沉重的脚步声回荡，但只要他点亮蜡烛或者煤气灯，一切又归于安静。这个小镇的居民普遍信仰女神，当地的教士直接就将情况通报了上来。"

没有伤人，更接近于恶作剧……应该是阿兹克先生弄出来的……

克莱恩用反复排练过的表情和语气道："队长，突然发生好几起疑似闹鬼的事情，背后也许藏着些秘密，在这方面，占卜能够给予一定的启示，我想我能帮助到伦纳德。"

听到这句话，伦纳德碧绿的眼眸立刻盯住了克莱恩，似乎想从对方的脸上找到线索与痕迹。

邓恩则先是颔首，然后犹豫不语。

克莱恩看到队长的反应，当即又补了一句："某些事情到了最后，或许需要仪式魔法来彻底净化。"

"有道理。"邓恩想了下道，"那你和伦纳德一起去莫尔斯小镇。"

不等别人开口，他又自己补充道："嗯，你下午的格斗练习应该是赶不上了，我会找人去通知高文的。"

呼，第一步完成……克莱恩暗自吐了口气，快速收拾起面前的苏勒与便士。

弄到一半，他的动作忽然僵住，侧头望向邓恩，郑重开口道："队长，我认为我们必须得预防最坏的情况，如果闹鬼事件的背后有一个强力的怨魂，仅靠我和伦纳德，恐怕会非常危险，而廷根市区到莫尔斯小镇，得两个，呃，三个小时吧？就算我们及时拍了电报求援，也得坚持很久……"

"所以？"邓恩打断了他的描述。

"我希望再得到一位队友的帮助。"克莱恩装出思索的样子道，"而且，按照规定，三位及以上值夜者共同行动，能够申请使用3级封印物，嗯，3-0782最适合解决这方面的问题。"

听到这里，旁边的伦纳德笑了一声道："这果然是你的风格，谨慎、小心、绝不冒险。"

你仿佛在说我尿……我可是直视过永恒烈阳的人！克莱恩假装没听见伦纳德的话语，诚恳地看着邓恩·史密斯道："队长，你的意见呢？"

"确实得预防意外，最近发生的巧合太多了……"邓恩仿佛在思考般点了下头，看了另外两位队员一眼道，"科恩黎，你和伦纳德、克莱恩一起去莫尔斯小镇，呃，你快速拟一份申请，等我签字之后，就到查尼斯门后取出封印物3-0782。"

"好的。"个头不高的科恩黎放下了手中的纸牌。

好的！克莱恩在心中握拳欢呼道，但表面却是一副惴惴不安、谨慎凝重的样子。

此时此刻，西迦·特昂在监控疯人院的胡德·欧根，弗莱轮值查尼斯门。

出了娱乐室，克莱恩穿上黑色燕尾服，拿好帽子手杖，与伦纳德一块，在通向地底的阶梯口等待科恩黎。

四下无人，安静冷清，伦纳德忽地侧头望向克莱恩道："我认为你最好放弃不实际的幻想。"

"啊……什么？"克莱恩茫然地回应道。

伦纳德上前一步，立在阶梯边缘，俯视着幽深的下方道："即使是在任务里，你也不可能发现我的秘密，明白我特殊的地方。"

同学，不要这么自恋好不好……原来你以为我主动申请参加这个任务，是为了暗中观察你？我压根儿就没想到这方面的事情！克莱恩先是恍然，接着嘿了一声："你又怎么确定我的特殊不能帮助我发现你的秘密？"

伦纳德的表情凝重了几分，但他旋即展颜笑道："是吗？那我等待着你的发现。"

等我搜集到更多的信息和物品，我就去灰雾之上，帮你做一次占卜，不用谢！克莱恩用腹诽回应着对方。

没过多久，矮小精悍的科恩黎拿着"变异的太阳圣徽"出现在了蜿蜒的阶梯上。

感受到那种独特的温暖和纯净，克莱恩悄然松了口气，知道自己终于完成了窃取永恒烈阳神血力量的计划里最初也是最困难的一步。

接着，一行三人离开黑荆棘安保公司，来到佐特兰街，走向了属于值夜者小队的马车。

"净化的效果不会影响到马匹吧？"科恩黎突然有些不安地问了一句，"我可不想让只会赞美太阳的马拉车……"

他成为值夜者的年限仅比克莱恩长，经验远称不上丰富。

"不会，封印物3-0782只净化具备较高智慧的生物。"克莱恩压低嗓音回答道。

如果不是这样，我就不会被蚊虫叮咬了……他在心里木然地补充了一句。

"原来是这样……呵呵，我当初看资料看得不够仔细啊。"科恩黎按了下自己的黑色高礼帽，恍然笑道。

因为克莱恩还没有掌握驾驭马车这项技能，接下来的三个小时里，他坐在车厢内，边摩挲掌中的封印物3-0782，边悠闲地看着伦纳德和科恩黎轮流驾车。

午餐时分，他们终于抵达了莫尔斯小镇。

"真美啊……"科恩黎走下马车，望着小镇周围一望无际的金色麦田，由衷地赞叹了一句。

象征"火山星座"的日期接近结束，"丰收星座"即将主宰每个人的生活。

伦纳德立在车夫的位置，环顾着四周，嘴巴张了张，仿佛想作一首应景的十四行诗。

但最终，他只憋出了一句话："真美啊。"

克莱恩忍着笑，戴好礼帽，拿住手杖，走下了马车。

这时，一位穿黑色教士服的中年男子走了过来，在胸口画出绯红之月道："赞美女神，你们是圣赛琳娜教堂派来帮助我们的朋友吗？"

"是的，斯艾尔教士，愿女神庇佑你。"伦纳德跳下马车，微笑回应道，"我们是专门来处理最近几起闹鬼事件的。"

"疑似，疑似。"灰发蓝眸的斯艾尔看见不少镇民靠近，忙强调了一句。

莫尔斯小镇并不大，无论往哪个方向走，顶多十分钟就能进入平原，常住这里的人们很难不认识彼此，之前发生的事情已经明里暗里传得沸沸扬扬。所以，不少热切等待着黑夜女神教会派人来解决问题的镇民一看见教士在迎接三位陌生人，就纷纷难掩好奇和关切地围了过来，有的踮起脚，有的竭力侧耳。

伦纳德轻笑一声道："教士，请放心，我们是专业的，你看，我们带了圣水、银匕、黑暗圣徽，以及大蒜。"

他一边说，一边变戏法般从衣物内侧的口袋里掏出了所描述的物品。

大蒜？你是想用刺激的味道熏死鬼魂吗？克莱恩好气又好笑地看着伦纳德的表演。

斯艾尔则一脸迷茫，甚至开始怀疑圣赛琳娜教堂是不是找了群骗子过来。

那些围观的镇民却齐齐露出欣慰的笑容，似乎终于得到了解救。

伦纳德靠近斯艾尔教士，于他耳边低声解释道："他们就信这些……"

不等对方回神，他又补充道："我们先去教堂解决午餐，之后再处理那些事件。"

对，午餐很重要……等处理完那些"闹鬼事件"，就是轮换着看守封印物3-0782的时候，就是我制作"阳炎符咒"的机会……希望一切顺利……

"阳炎符咒"当然得在白天制作才能达到最好的效果……克莱恩在旁边充满期待地想着。

Story is going on.

第四章

CHAPTER 04

✦ 可怜虫 ✦

莫尔斯小镇的建筑大多遵循着百年前的风格，最显眼的那栋就是尖顶的黑色教堂。

停好马车，克莱恩等人飞快解决掉了由面包、吐司、培根、奶油和咖啡组成的午餐。

"在封印物3-0782的净化下，我们还能支撑两个小时三十五分钟。"科恩黎站在教堂门口，从燕尾服正装的内侧口袋里掏出金壳怀表，按开看了一眼，"我建议先处理那几起疑似闹鬼的事件，避免可能发生的恶化，然后再回到教堂，轮流看守，恢复状态。"

——正常情况下，接近极限状态的序列9、序列8和序列7非凡者得远离"变异的太阳圣徽"两个小时才能彻底恢复，但如果没到极限，或者说只想恢复部分，那就视情况而定，最少一个小时。

"好的。"

"我没有意见。"

克莱恩和伦纳德同时开口道。

"那我们先处理哪一起事件？"科恩黎征询着同伴的意见。

伦纳德收起吊儿郎当的姿态道："独居老者听见房屋内有沉重脚步声回荡的那起。"

"为什么？"科恩黎下意识反问起理由，克莱恩也饶有兴趣地等待着某个家伙解释。

难道这就是所谓诗人直觉？他悄然黑了对方一句。

伦纳德的目光从个头不高的科恩黎脸上移到了克莱恩面部，然后又移了回去，轻笑一声道："因为那里距离教堂最近。"

"你怎么知道的？资料上没有写啊……"克莱恩脱口问道。

伦纳德嘿嘿一笑道："用餐途中，我不是去了盥洗室吗？回来的路上遇见了一位见习牧师，随口聊了几句，他告诉我诺阿的家就在教堂附近。嗯，诺阿就是那位独居老者的名字。"

不愧是三年以上的值夜者，做任务很熟练嘛……克莱恩干笑一声，侧头对科恩黎道："那我们就先去诺阿的家。"

"好的。"科恩黎对此没有任何意见。

而仅仅一分钟后，他们就抵达了诺阿的家……

诺阿是位头发斑白而稀疏的老者，他年轻那会儿在一场战争里永远地失去了自己的左手，不得不离开军队，拿着补偿，回到家乡。

此时，他打开房门，看了看面前三位陌生人，又望了眼匆忙从教堂赶过来的斯艾尔，沙哑着嗓音道："进来吧，希望你们能解决我的问题。我听说你们带来了圣水、圣徽、银匕和大蒜？这真是非常棒，我放心了不少。

"请原谅我的啰唆，你们要理解一位上了年纪的人连续两晚都无法安然入睡后的状态。噢，女神啊，我一直担惊受怕，精神都变得恍惚了。"

刚入大门，伦纳德突然挺直了腰背，目光宛若实质地审视起四周。

紧跟着，克莱恩才感觉到房间内徘徊的阴冷气息，那是鬼魂曾经在这里活动所残留的痕迹。

"确实有不洁的生物来过。"科恩黎最后一个发现这里的状况，压低嗓音说道。

"很弱小。"伦纳德收回目光，悠然开口。

"午夜诗人"在教会记载的所有序列8里，都能算灵感较高的职业。

"是的。"克莱恩感觉到封印物3-0782自然散发的温暖和纯净正在飞快消融着那些阴冷的气息，而对方毫无抵抗力。

就在这时，等了好一会儿的镇民们纷纷聚到诺阿家，用一道道又好奇又期待的目光注视着克莱恩、伦纳德和科恩黎。

"咳！"伦纳德清了清喉咙，朗声说道，"我们有女神的庇佑，那些不洁的生物很快就将消失，不会造成任何麻烦。"

说完，他用目光示意克莱恩给大家表演"净化仪式"。

为什么是我？克莱恩用眼神反问道。

当然，他也不知道伦纳德能不能看懂自己的眼神。

很显然，伦纳德领会了他的意思，压低嗓音道："你是专业人士，在仪式方面。"

好吧，谁叫我主动申请来帮忙呢？克莱恩整理了下衣物，从伦纳德那里接过了圣水、圣徽、银匕和大蒜。

他先将"黑暗圣徽"戴在胸前，接着掰开大蒜，一瓣一瓣地丢向各个角落。

"咦，驱除鬼魂的时候，大蒜是这样使用的吗？"

"和报纸上的描述不一样啊……"

"这能有用吗?"

"……"

围观的镇民瞬间议论纷纷,又好奇又兴奋,就像到马戏团游玩一样。

没有用!我就随便做个样子!

克莱恩忽然有种自己成了小丑的感觉,连忙半闭起眼睛,用银匕挑出圣水,洒向地面。

他一边洒,一边绕着房屋行走,嘴里念念有词:

"黑夜女神……

"隐秘之母……绯红之主……

"厄难与恐惧的女皇……

"安眠和寂静的领主……

"……"

这标准的神棍范儿立刻震住了全场,镇民们相继安静了下来。

而人一进入安静的状态,很容易就能察觉到之前忽视的东西。

"很温暖的感觉。"

"就像在晒太阳……"

"不,我仿佛看见了纯净的天空……"

"真是神奇啊……这就是圣水的作用吗?"

"不愧是圣赛琳娜教堂派来的教士!"

"赞美女神!"

"……"

镇民们小声地讨论着,望向克莱恩、伦纳德和科恩黎的目光渐渐充满敬畏,房主诺阿则明显放松了下来,对事情能否解决再无疑问。

这都是封印物3-0782产生的效果……我们驱除鬼魂其实什么都不用做,在原地待一分钟就够了……不用很累很麻烦……

克莱恩将房屋各处的阴冷气息净化完毕后,睁开双眼,收起银匕,严肃而认真地在胸口画出绯红之月:"赞美女神!"

"赞美女神!"镇民们虔诚地回应着。

"接下来还有些事情得处理,我们需要绝对的安静。"伦纳德环视一圈,微笑开口道。

见识了什么叫"专业"的镇民们没敢强行逗留,在斯艾尔教士的招呼下潮水般退出了诺阿的家,就连这栋房屋的主人也不得不暂时离开。

"其实我很想立刻睡一觉……"诺阿嘟囔着走向教堂。

伦纳德迈步伸手，合拢大门，转头对克莱恩道："你占卜一下事件的起因。"

"没问题。"克莱恩也想试一试能借此占卜出什么。

我知道是阿兹克先生做的……但他的位格似乎不低，呵，能活一千三四百年的人位格肯定不会太低……所以，我的占卜必然会受到影响……在这种情况下，没有灰雾之上那片神秘空间帮忙的我，连自己都不清楚能得到什么启示……

克莱恩拿出随身携带的纸笔，写下了占卜语句：诺阿家闹鬼事件的起因。

他拿着那张纸，走到圆桌旁，坐了下来，闭上眼睛，后靠住椅背。

迷离、朦胧的世界里，克莱恩突然地看见了一座黑色的陵寝。

它与金字塔类似，但却是倒立着嵌入了地面，近乎被埋葬。而这古老的陵寝内部，浓郁的黑雾遮掩了一切。

克莱恩霍然苏醒，睁开了双眼。

"有什么发现?"科恩黎关切地问道。

克莱恩想了想，没有隐瞒地将梦中获得的启示详细描述了一遍，末了道："这肯定不是北大陆的陵寝风格，我是指第五纪元，在这方面，我勉强算是专家。"

伦纳德仿佛在思考般点了点头道："那是南大陆的倒金字塔，意味着从人间进入冥界，而无论在曾经的拜朗帝国，还是它的分支高地王国等地方，只有所谓死神后裔才能为自己修建这样的陵寝。

从某种意义上来讲，这就是死神的象征。嗯，鬼魂肯定与死神有关，这占卜结果毫无疑问是正确的。"

没去理睬伦纳德的嘲笑，克莱恩怔怔出神，产生了一个有趣的想法。

难道阿兹克先生是死神的后裔，或者说，他能获得这么漫长的生命，是因为与死神进行了某种交易?

根据《夜之启示录》相应篇章和值夜者的内部资料记载，死神是邪恶的神灵，曾经在第四纪尾声于北大陆掀起过一场浩劫，那段时光被称为苍白年代。

嗯，据说祂后来陨落于七神联手的围攻中……拉姆德古堡的初始年代已经不可考，但不会早于苍白年代。

如果真有些联系，那居住在红烟囱房屋内的幕后黑手取走阿兹克先生孩子的头骨就有可以探究的地方了……

当然，这也有可能是在为北大陆诸国殖民南大陆找借口，毕竟那边主要信仰死神……

因为没有别的发现，三位值夜者并未停留太久，很快离开了诺阿家，开始处理另外两起疑似闹鬼的事件。

同样的过程，同样的结果，他们很快就让小镇摆脱了死灵气息的困扰，但并未找到这一切的源头。

途中，伦纳德询问过镇民，问最近这几天是否有陌生人前来，得到了否定的答案。

阿兹克先生没有来过？那他应该是秘密抵达，又悄然离去，没人发现……确实谨慎……

他说周三回廷根市区的意思是，即使我们不处理，那些"鬼魂"也会在这一天自行消失？

克莱恩想着事情，跟随伦纳德和科恩黎回到了莫尔斯教堂的门口。而他们还能在"变异的太阳圣徽"下支撑一个小时四十五分钟。

"我们轮流看守，一个小时换一次。"克莱恩忍耐住内心的激动，看了下天色道，"争取能赶回廷根市区用晚餐。"

"没有问题。"伦纳德瞄了克莱恩一眼，低笑道，"但为了保证安全，我建议两人看守，一人休息，依次轮换。"

克莱恩呆了一下，念头急转，微笑回应道："好啊，但这样我们就必须演算出一个最合理的轮换方式，谁先休息，接着是谁，最后是谁，每次要多少时间恢复，恢复多少。

"嗯，我认为得建立一个含有未知数的方程，以求得最优解，并与单人看守做出比较……有个效率函数那就最好了……

"我们先假设未知数是……"

"停一下！"伦纳德碧绿的眼眸内尽是茫然和恐惧，"既然这样，我们还是单人看守吧，轮到的那位就待在教堂内，它的范围足够大。当然，得让斯艾尔教士他们去别的地方做客，剩下的两位则守在教堂外面，防止有人接近。"

"这也是我的意见。"科恩黎发现自己一听到数学方面的问题就会头疼。

"好吧。"克莱恩"勉为其难"地点头道。

要是他刚才没能说服两位队友，那就只能尝试着像上次那样，用每个人都有特殊、都有秘密来和伦纳德交易，付出一定信息，换取他的离开。

而现在，问题彻底解决了！

微弱的光芒从高处的狭小彩窗照入，让莫尔斯教堂内的昏暗多了几分可见度。

克莱恩膝放礼帽，腿倚手杖，安静地坐在过道左侧第一排的椅子上，目视着前方的圣坛。

那里没有供奉雕像，仅仅有一枚巨大的黑暗圣徽，其深黑为底，璀璨点缀，簇拥着刚好一半的绯红之月。

圣徽后方的墙壁上开了一个又一个的孔洞，外界的阳光照射进来，凝聚为纯净的、微缩的亮点，它们与周围近乎黑夜的环境连通，化身为崇高的星空。

不管是黑夜女神，还是永恒烈阳、风暴之主，所有正统的神灵都未曾留下具体的形象，人们供奉的、崇拜的只能是祂们的象征……这似乎就是"不可直视神"的另一种表现……

克莱恩任由自己的思绪发散，没有急切地趁独自看守封印物3-0782的机会制造"阳炎符咒"。

他认为这种事情必须谨慎，必须耐心，必须等待，在最开始十几分钟内，伦纳德和科恩黎随时可能进来提醒某些注意事项。

极端安静的氛围里，时间飞快流逝，克莱恩忽地回过神来，拿出有枝蔓花纹的银色怀表，啪地按开，看了一眼。

过去二十分钟了……

他无声低语了一句，将半高丝绸礼帽和黑色镶银手杖放到旁边，起身走至圣坛附近相对隐蔽的角落。

他先是正对着圣坛侧方，可一看见那枚巨大的黑暗圣徽和仿佛夜空投影般的神圣景象，就莫名地觉得心虚和不自在，于是转了过去，背对圣坛。

紧接着，克莱恩取下戴在黑色燕尾服内侧的封印物3-0782，弯腰将这枚暗金色泽的古朴徽章放到了地上。

看了眼那充满抽象意味的"太阳"符号，克莱恩又拿出一小根混合了檀香的蜡烛，将它摆放于封印物3-0782的正下方。

这是他从永恒烈阳那里"学"到的二元仪式法：用与神灵密切相关的物品来直接象征祂，用蜡烛代表自己。

吸了口气，缓和了下略显紧绷的情绪，克莱恩又一件一件地拿出仪式需要的物品，包括一把刻刀，两枚薄薄的金片，黑边太阳花、金边太阳花、白边太阳花混合萃取的"太阳"精油，金手柑粉末，以及迷迭香粉末。

做完这一切，克莱恩熟稔地用仪式银匕引导灵性流淌，绕着简陋的祭坛转了一圈，制造出无形的、密封的墙壁。

他蹲了下去，放好银匕，伸出右手，用灵性摩擦的方式点燃了象征自己的那根蜡烛。

摇曳而昏黄的光芒里，克莱恩拿起"太阳"精油，往烛火滴了一滴。

腾的一下，虚幻的迷雾蔓延，带着些许阳光的味道。

燃烧好金手柑和迷迭香的粉末后，克莱恩拿着刻刀和金片，站了起来，后退一步，用古赫密斯语诵念道：

"永恒烈阳的血液。

"您是不灭之光，是秩序的化身，是契约之神，是商业的守护者。

"……"

不灭之光，秩序化身，契约之神，商业守护者，都是永恒烈阳尊名的一部分，如果没有"永恒烈阳的血液"这个前缀，仪式就必须获得神灵的回应才能继续，那样一来，克莱恩怀疑永恒烈阳会认出自己就是那个直视祂的不敬者，到时候，伦纳德和科恩黎进来只会看见一堆黑色的灰烬。

而且，仪式必须用古赫密斯语这个直接来源于自然的祭祀语言，只有无保护但效果出众的它才能让咒文绕过永恒烈阳，指向"变异的太阳圣徽"。

与此同时，因为是在窃取神灵的力量，克莱恩没法提前占卜事情是否会顺利，他认为那将让自己再次直面神灵，所以只能悬着一颗心，谨慎地念出后续咒文：

"我向您祈求，

"祈求您赐予我力量，

"赐予我完成阳炎符咒的力量。

"永恒烈阳的血液啊，请将你的力量传递给我的符咒；

"金手柑啊，属于太阳领域的草药，请将你的力量传递给我的符咒；

"……"

随着咒文接近尾声，克莱恩突然感觉眼前有什么东西亮了起来。

那枚暗金色的古朴徽章绽放出了炽烈的光芒，就像降临于大地之上的太阳。

克莱恩顿时陷入了极端的炎热，头发飞速变烫，似乎即将燃烧起来。

他的双脚仿佛赤裸着踩在了正午阳光照射后的黄沙之上，脸庞和身体则被四面八方吹拂来的滚滚烈风一次又一次地冲刷打磨。

这个瞬间，他觉得自己必须做点什么，将那燃烧般的力量引导并抒发出去，否则，他将变成人肉蜡烛。

几乎不需要思考，克莱恩抬起双手，在思绪滚烫如同热粥的情况下，依靠灵性与烈风的配合，遵循着本能的记忆和仪式的引导，开始用刻刀在金片正反两面绘制象征符号、对应灵数、魔法标识和古老咒文。

教堂之外，伦纳德正站在阴影里，躲避着午后的直射。

忽然，他发现阳光一下猛烈了起来，就像七月初最炎热的那段日子一样。他眯起眼睛，望向天空，只见那蓝色的"幕布"没有一丝云彩，没有一点尘埃，澄净得让人赞叹。

"奇怪的天气。"另一边的科恩黎也注意到了阳光的变化。

伦纳德正待低笑回应，忽然侧了侧脑袋。他的眉头微微皱起，目光审视般望向了教堂。

"幸亏罗珊不在这里，否则她会抱怨阳光晒黑了她的皮肤。"伦纳德收回视线，含笑说道。

炽烈的阳光仅仅维持了几分钟就逐渐暗淡下去，一切又恢复了原本的样子。

教堂内部，克莱恩的刻刀正落下最后一笔。

随着那个象征"光"的魔法标识完成，金片正反面的灵性霍然连成了一个整体，并内敛至金属的最里面。

不，这更接近于神性了……克莱恩终于摆脱了滚烫和炽热，清醒地审视起掌中那两枚"阳炎符咒"。

它们表面的黄金色泽已变得暗淡，花纹古朴而复杂，温暖润泽的感觉正一点点渗出，又渗入克莱恩的皮肤。

"不错，我总算有较为厉害的底牌了。"克莱恩无声感叹道。

他为"阳炎符咒"设置的开启咒文是古赫密斯语里的"光"。

我要光，就有光……他自我调侃了一句，将"阳炎符咒"收入另一个口袋，没和"沉眠""安魂""梦境"符咒放在一块。因为那样会对后者造成影响，让它们的效果能够维持的时限减少。

"嗯，'阳炎符咒'的威能最少可以保存一年，甚至更久。"克莱恩收敛思绪，将目光望向了地上那枚"变异的太阳圣徽"。

见它表面没有变化，温暖与纯净的感受也依旧同化着周围，克莱恩彻底松了口气，飞快进行仪式的收尾，解除掉灵性之墙。

直到这个时候，他才有心思检查自己，发现贴身的衬衣几乎湿透了，脸部尽是汗水，头发边缘略有卷曲。

还好，还好……克莱恩欣慰地叹息，收好物品，回到了原本的座位，累得坐着就睡了过去，直到被脚步声惊醒。

他猛地睁开眼睛，下意识摸了摸"阳炎符咒"，确认它是否还存在。

"你的状态不是太好？"进入教堂的伦纳德开口问道。

克莱恩揉了下两边额角，起身笑道："因为快接近极限了。"

他拿出银色怀表，按开看了一眼又道："正好，轮到你看守封印物3-0782了。"

话音未落，克莱恩就取下了"变异的太阳圣徽"，坦然递给了伦纳德。

目送克莱恩走出教堂后，伦纳德收敛了吊儿郎当的姿态，专注而认真地审视起封印物3-0782，表情渐渐变得迷茫，透出明显的困惑。

轮流看守完毕，三位值夜者踏上了回程。

在此之前，他们让斯艾尔教士随时注意小镇的状况，一旦再有疑似闹鬼的事情发生，立刻往圣赛琳娜教堂拍电报。

晚上七点二十分，他们终于抵达佐特兰街，上交了封印物3-0782。

确认队长没发现异常后，克莱恩心情愉快地离开黑荆棘安保公司，抢在八点前回到家中。

他掏出钥匙，打开房门，忽地看见了一道陌生的人影。

这是位明显不到二十的少女，穿着灰白色的陈旧衣裙，正在努力地擦拭餐厅。她黑发棕瞳，眼睛较小，鼻子不够挺，五官非常普通。

谁？

克莱恩先是一愣，旋即明白这可能是来试做家务的杂活女仆。

这时，班森放低报纸，望向弟弟，微笑开口道："不让雇员准时下班的公司总是让人厌恶。"

"但它给予的薪水能抚平这种创伤。"克莱恩笑着回应道。

等"正义"小姐的三百镑到账，就把薪水提升到每周六镑的事情告诉班森和梅丽莎，让他们不用太担心家庭财政情况……

克莱恩边想边靠好手杖，取下礼帽，走向客厅，压低嗓音道："你们选择好了？"

他昨天用那三位杂活女仆的资料占卜过，得到都适合的结论，于是将决定的权利交给了哥哥和妹妹。

"是的，贝拉，周薪五苏勒，非常愿意也有那个能力学习烹饪。她希望以后能够成为家庭女厨师，那样她的周薪将翻倍。她的父亲是廷根市钢铁联合厂的工人，母亲是洗衣女工。"班森轻笑回答道，"当然，让我和梅丽莎做出决定的另外一个原因是，其他两位女仆都信仰风暴之主，只有她是女神的信徒，我个人是不排斥风暴之主信徒的，但梅丽莎有点不喜欢。"

梅丽莎的态度不是不喜欢，更准确的描述是哀其不幸，怒其不争。对，鲁迅说的！克莱恩回忆着妹妹一直以来的表现，脸上露出了笑容。

班森没再多说，放下报纸，站起身道："既然你已经回来了，那我们就享用晚餐吧。"

第二天，克莱恩心情非常好地进入了黑荆棘安保公司。

"上午好。"罗珊左右看了一眼道，"老尼尔生病了，我们中午去探望他怎么样？"

"老尼尔生病了？"克莱恩诧异反问道。

不会是举行止泻的仪式造成了严重的便秘吧？

嗯，从他隐约知道了扮演法后的表现来看，突然生病也是有可能的……年纪大了，精神一脆弱，身体就多半会跟着出状况……

罗珊用力点头道："是的，他找人来向队长请了假。"

克莱恩微微颔首道："那我们中午就去探望他。哎，说起来，老尼尔也很可怜，妻子过世得早，孩子也不知道在哪个城市忙碌，生病之后只能孤独地、无助地躺在家里。"

他这是回想起了第一次去老尼尔家里的事情。

听到克莱恩的感叹，罗珊睁大了眼睛，愕然反问道："老尼尔什么时候结过婚？"

什么？克莱恩被罗珊的问题弄得呆了一下，略显茫然地回忆道："我之前去老尼尔家的时候，就是上个月，发现客厅内有一台钢琴，他告诉我，他过世的妻子很喜欢音乐……"

说着说着，克莱恩悚然一惊，莫名有了些不好的想法。

罗珊皱起好看的眉毛，不太确定地说道："也许是我记错了……不对，上半年我和奥利安娜太太他们经常会去老尼尔家做客，那时候，客厅里并没有钢琴。我清楚地记得我问过他，为什么要一直保持单身，他的回答是，没有遇到让他想要结婚的那位女士……"

上半年还没有钢琴……还在回答为什么保持单身的问题……

克莱恩的身体一下变得紧绷，他沉声问道："罗珊，你有多久没去老尼尔家做客了？"

"自从科恩黎转成值夜者，薇欧拉选择离开这里，不再做文职人员，我要么在熬夜，要么在补眠，哪有时间去别人家做客……嗯，六月初开始。"罗珊被问得有些迷糊，只能老老实实地回答。

克莱恩听得一颗心逐渐下沉，似乎预感到了什么。

他忙从衣兜里掏出一枚半便士面额的硬币，夹于拇指和中指之间。深吸口气，他斟酌了一下，迅速敲定了"占卜语句"。

"老尼尔现在的状况不对。

"老尼尔现在的状况不对。

"……"

无声默念之中，他的眼眸飞快转黑，整个人都进入了冥想状态。

铮！

他拇指弹动，让那枚黄铜色泽的硬币飞上了半空，不断翻滚与旋转。

啪！硬币落下，正好落在了他摊开的掌心。

这一次，乔治三世的头像朝上。

而头像表示正确，表示肯定。

这意味着，老尼尔现在的状况确实不对！

克莱恩握住硬币，霍然想起了自己刚晋升那会儿，很快掌握了灵视，看见老尼尔背后有一双近乎透明的、异常冷漠的、没长睫毛的、诡异虚幻的眼睛。他当时的解释是，一个仪式魔法残留的表征！

对了，我还看见门口的阴暗处有一道接近无形的人影，他的气场颜色和周围昏黄暗淡的环境完全一致……

还有，我彻底消化完"占卜家"魔药那次，暗中将灵视的开关改为了轻扣牙齿，之后，我尝试了一下，并随意地望向老尼尔，结果他突然剧烈咳嗽起来，咳得撕心裂肺……

一幕幕场景闪现于克莱恩的脑海，让他的表情愈发凝重。

罗珊看了他一眼，又害怕又畏惧地问道："老尼尔不会失控了吧？不，他虽然又小气又吝啬，什么都想报销，但其实是个好人，很少真正生气，不会，不会失控的……"

"我无法确定，但我认为老尼尔只是接近失控。"克莱恩宽慰了罗珊一句，快步通过隔断，推开了队长办公室的门。

邓恩·史密斯正在喝咖啡，被突如其来的闯入者吓了一跳，险些呛到自己。

"出了什么事情？"他没有责怪克莱恩，表情变得非常严肃。

克莱恩相当简洁但毫无隐瞒地回答道："队长，我占卜出老尼尔的状况不对。上个月，老尼尔告诉我，他过世的妻子喜欢音乐，但今天罗珊却说老尼尔一直保持着单身。

"而且，我刚成为非凡者那天就看见老尼尔的背后有双虚幻诡异的眼睛在注视着一切，门口也有近乎透明的身影在窥探，他告诉我这是仪式魔法残留的表征。我感觉不太对劲，于是尝试着占卜了一下。"

邓恩脸色沉凝地听完，唰地站起，边走向衣帽架，边疑惑问道："你为什么不直接占卜老尼尔是否失控？"

"这一个月来，老尼尔表现得和正常非凡者没有区别，甚至还和我联手帮助斯维因清除了一位失控的代罚者。我也好几次用灵视观察过他的气场颜色，发现他相对健康，只是有点衰老，所以，我认为他只是接近失控，出现了一定的征兆，还有挽回的余地。"克莱恩一口气表达出了自己的观点。

邓恩戴上黑色礼帽，穿好及膝风衣，轻轻颔首道："非常有道理的推测……我们现在去探望老尼尔。嗯，尽量避免刺激到他，然后尝试着控制他，用仪式魔法来稳定他的状态，遏制他的恶化。"

控制……克莱恩听到这个单词，忽然灵光一闪道："队长，我们是否可以使用封印物3-0611？"

他刚才一直在考虑怎么解决老尼尔的事情，想尽量挽救对方，但因为太过慌乱，太过不安，太过担忧，始终没能找到头绪，直到被邓恩·史密斯的话语点醒，才想起有那么一件封印物能派上用场。

编号：0611。

名称：安静发丝。

危险等级：3，有一定危险，需小心使用，只有三人及以上的行动才能申请。

保密等级：值夜者正式成员及以上。

封印方式：不与活着的生物直接接触。

描述：这是由许多根深黑色长发缠绕成的简单饰品。

只要无保护地接触到它，所有活着的生物都会失去全部的欲望和情绪，包括但不限于饥饿、愤怒、悲伤、痛苦、嫉妒、羡慕、憎恨、开心、满足和贪婪等。

经过确认，受到影响的生物就连与3-0611脱离接触的欲望也会消失，他们会安静地待在原地，直到生命的尽头。

如果有外力使受影响者和3-0611脱离接触，那受影响者会逐渐恢复正常。但实验数据表明，这一切成立的条件是接触时间不超过两个小时。一旦接触时间超过两个小时，受影响者会永远地安静下去。

实验对象最高等级是序列5。

可以用戴手套等方式避免直接接触。

这些发丝不具备活着的特性，没有试图逃脱封印的趋向。

附录：这些发丝出现于一起晋升失败的事件里，是某位值夜者队长未能成功跻身序列6的遗物。

听到克莱恩的话语，邓恩灰眸幽深地点了下头："非常棒的提议，我差点忘记3-0611了，你去娱乐室找洛耀，我到查尼斯门后取出封印物，回来再补申请。"

就该这样，不能浪费时间！

克莱恩没有耽搁，当即来到值夜者娱乐室，将很少有表情的"不眠者"洛耀喊了出来。

"是什么任务？"黑发顺滑如同绸缎的洛耀平静问道。

克莱恩吐了口气，略显沉重地回答："探望老尼尔。"

"探望老尼尔？他……？"洛耀的眼睛一下睁大，有了某个不好的猜测。

"还不确定。"克莱恩微微点头道。

洛耀没再说话，两人同时陷入了沉默，周围的空气里仿佛有什么东西在一点点凝聚，在变得沉重。

就这样过了几分钟，邓恩终于从地底归来。他戴着黑色的手套，抓着一丛凌乱交缠着的漆黑头发。

和"变异的太阳圣徽"相比，"安静发丝"并没有明显的外在异常，如果它掉在马路上，很容易就会被人忽视。

叫上车夫西泽尔后，一行四人踏上了前往老尼尔家的路程。

车轮滚过刚下了雨的泥泞道路，车厢内比半夜还要安静。

不知过了多久，邓恩才叹息着开口道："老尼尔年轻的时候其实有过一位即将订婚的情侣，但她突然生了重病，难以医治，老尼尔冒着外泄非凡者秘密的风险尝试着用仪式魔法拯救她，却依然没能成功，那时候的老尼尔在神秘学领域只是刚入门。

"据资料记载，那时候的值夜者们都警惕着老尼尔会因此失控，让人庆幸的是，他最终找回了理智，没有表现出异常。"

希望这次也是虚惊一场……克莱恩忍不住在胸口画了个绯红之月，低声祈祷道："愿女神庇佑他。"

邓恩和洛耀也跟着做出同样的动作："愿女神庇佑他。"

天空逐渐明亮，阴暗的云层彻底消退，值夜者小队的马车停在了老尼尔那幢独栋房屋的前方。

让西泽尔赶着马车躲到远处后，邓恩收敛住情绪，一手持杖，一手握着封印物3-0611，灰眸幽邃地走向了正门。

克莱恩压了下半高丝绸礼帽，和洛耀一块，跟在队长身后，穿过了种着玫瑰和金薄荷的花园。

抵达门口之后，克莱恩上前一步，拉动了那根连接着屋内铃铛的绳索。

叮叮当当！

清脆悦耳的铃声回荡在房中，打破了沉凝般的安静。

叮叮当当！叮叮当当！

克莱恩连续拉动了几下，礼貌地退后，没有继续尝试。

三位值夜者耐心地等待了几分钟，但始终没听到有人前来开门的脚步声。

"也许，老尼尔去看医生了，并不在家。"克莱恩挤出一抹笑容道。

他话音未落，屋内突然传来一阵悠扬的旋律，那是钢琴奏出的美妙乐章，如同月色下蒙着一层轻纱薄雾的安宁湖泊。

邓恩的表情顿时变得异常严肃和凝重，克莱恩的心也沉到了谷底。

他正待做一次占卜，忽地看见正门下方的缝隙里有汩汩的水流涌出。这水流先是透明纯净，继而染上了赤红，鲜血一般的赤红，浓郁到极点的赤红。

鲜血的颜色映红了克莱恩的眼眸，映红了他近乎凝固的视线。

就在这时，屋内突然传出轻咳的声音，老尼尔沙哑着嗓子道："邓恩，你们来做什么？"

邓恩的灰眸幽深到了极点，他用醇厚的嗓音不急不缓地回答道："听说你病了，我们来探望你。"

屋内一下变得安静，过了几秒，传来了老尼尔愤怒又惶恐的嘶喊声："不！你在撒谎！"

不等克莱恩等人开口，他的语气霍然变得软弱："是的，我知道我的状态有点不对劲。"

老尼尔……克莱恩猛地闭了下眼睛，而门缝里涌出的血水并未停息。

紧跟着，老尼尔拔高了嗓音道："但一直以来，我没有伤害过任何人，也没有想过要伤害谁！

"我没有，我没有出卖过值夜者的重要秘密，我最多，最多就是报销一点不应该报销的费用，我真的没做过坏事！"

"克莱恩。"他忽然像往常那样喊了一声，"我告诉过你'窥秘人'的格言是'为所欲为，但勿伤害'，我始终坚持着这句话，宁愿忍耐，宁愿等待，也不会去做伤害到别人的事情……"

说到这里，他害怕地恳求道："邓恩，洛耀，克莱恩，你们回去吧，回去吧，等明天，等明天，我就能恢复正常了。我发誓，向女神发誓，我不会去伤害别人，真的！"

邓恩闭了闭眼睛，语气非常柔和地问道："你究竟想做什么？你一直在尝试些什么？"

"我？"老尼尔先是茫然，接着充满憧憬地述说道，"我在尝试复活莎莉丝特。邓恩，我已经找到了办法，我走在正确的路上！

"你应该听说过，我当初在举行仪式魔法的时候犯了个错，没能治好她的疾病，没能拯救她，我知道，这是因为我的神秘学掌握得不够好，而现在，我有足够的知识和经验去完成那一切！

"真是遗憾啊，我竟然没能从'窥秘人'的格言和戴莉的事例里得到启发，错过了最好的机会。如果，如果我是高序列强者，事情将变得非常容易。"

说着说着，老尼尔带上了几分哭腔："不，我不能再放弃了……邓恩，你们回去吧，回去吧，我求你们了。"

　　克莱恩咬紧了牙关，听到队长嗓音略有动摇地问道："那你打算怎么复活莎莉丝特？"

　　老尼尔一下变得兴奋："我会用'生命炼成'的方式，为她准备一具不会衰老的身体。邓恩，或许你不知道，大地母神教会的序列4就很擅长'生命炼成'，'通识者'途径的对应序列也勉强可以办到。

　　"嗯，我将借助神灵的恩赐来完成，然后，我会从灵界召唤来她的灵魂，并祈求神灵的帮助，让灵与肉重新合一。是不是很棒的想法？"

　　邓恩强行上翘嘴角道："是的，非常棒的想法。老尼尔，让我们进去吧，或许我们能帮助到你。"

　　"……邓恩，你还是不愿意放过我吗？"老尼尔哀求着说道，"回去吧，你们回去吧，明天我就能恢复正常了。真的，邓恩，我发誓，不会再偷拿你的咖啡豆了。克莱恩，洛耀，我发誓，不会再让你们配合我报销不应该报销的费用，真的！"

　　在克莱恩和洛耀略显模糊的视线里，邓恩低下了头，旋即抬起道："老尼尔，你误会了，我们是来探望你的，你是我们的同伴，你生了病，状态不对劲，我们肯定会来探望你。"

　　"开门吧，让我们看一看，让我们放心，只要你真的没什么大问题，我们立刻就回去，你知道的，最近的任务特别多，我们一边要监控疯人院，一边又要处理各种突发事件。"

　　老尼尔迟疑了一下道："我真的没什么大问题，真的，明天就能恢复了。"

　　这时，从正门缝隙里涌出的血红水液沿着台阶，流到了石板路上，流到了花园泥土里。

　　"老尼尔，我们认识十五年了吧？搭档过的任务不知道有多少起，我很关心你，很担忧你，必须要亲眼看一看你才能放心。"邓恩嗓音柔和地说道。

　　"……那好吧。"老尼尔嘟囔道，"我真的没什么问题。"

　　吱呀一声，正门缓缓敞开，克莱恩快速抬手抹了下眼睛，让视线恢复了正常。然后，他看见门厅的地毯上布满了血色的、黏稠的、长毛的液体。

　　目光前望，逐渐上移，他发现客厅的地板、天花板、圆桌、钢琴和椅子之上也全是恶心的、黏稠的、血色的、有密密麻麻的黑色短毛的液体。

　　老尼尔花白的头部吊在半空，通过粗壮的黏液与天花板相连，额头和脸颊则分别长出了一对眼睛，冷漠的、没有睫毛的眼睛。

　　钢琴的按键在自行跳跃着，奏出美妙而悠扬的旋律。

"邓恩,你看,我真的没什么大问题。"老尼尔笑容灿烂地说道,"洛耀,克莱恩,你们也这么认为,对吧!"

他一张开嘴巴,克莱恩就看见里面流淌着黏稠的、血色的、长着黑色短毛的液体。

邓恩灰眸闪烁了一下,状似平常地闲聊道:"老尼尔,你从哪里学到的'生命炼成'和'复活仪式'?"

老尼尔激动地回答道:"我听见的,我试过前面的部分,确实是真的!这是神灵的恩赐,祂不断在我的耳边讲述着,描述着,祂是,祂是……"

老尼尔的声音一下卡住,十几秒后,才又茫然又恐惧地说道:"祂是隐匿贤者……"

隐匿贤者?那不就是摩斯苦修会信仰的那位非人格化神灵吗?而这个神灵后来活了,带来了邪恶和堕落……摩斯苦修会掌握着完整的"窥秘人"序列……克莱恩心中一动,想到了很多。

提到"隐匿贤者"这个词,老尼尔似乎终于清醒了过来,茫然地环顾四周,打量着一切。

难以描述的沉默里,他六只眼睛同时望向邓恩,苦笑开口道:"原来,原来我已经变成了怪物……"

不等邓恩他们回答,老尼尔突地露出慌乱的、讨好的、畏惧的、胆怯的笑容:"让我离开吧,我会进入深山,不再出现,我不会伤害到任何人,我只会安静地尝试我的仪式,真的,放我离开吧,求你们了,求你们了。"

就在这时,克莱恩只觉眼前有什么虚幻的事物破碎了。

紧接着,老尼尔那四只冷酷的、没有睫毛的眼睛闪过幽暗的光芒,牢牢锁定了邓恩,他的表情随之变得漠然:"你在拉我进入梦境!不,没有用的!我的眼睛能看穿这一切!"

布满天花板、地板和墙壁的血色黏稠液体开始了蠕动,就像一位巨人张大了嘴巴,试图将克莱恩等人全部吞进去,而老尼尔的头部则变得模糊,如同重重幻影的叠加。

克莱恩没有慌乱地拔出左轮,而是将手探向衣兜,打算使用"沉眠符咒"。

忽然,他看见一切又平静了下来,那些血色的、黏稠的、长着密密麻麻的黑色短毛的液体安宁得仿佛无风吹过的湖水。

老尼尔失去了冷漠、冰凉、憎恨、渴望等表情,变得安然而恬静。

不知什么时候,邓恩已经将封印物3-0611丢了出去,丢进了那堆血色的黏稠液体里。

老尼尔额头和脸颊上那四只没有睫毛的眼睛缓缓地合拢了，似乎缺乏睁开的欲望。

凡是无保护地接触到"安静发丝"的生物，都将变得安静，失去所有的动力，直到生命的尽头！

邓恩、克莱恩、洛耀齐齐拔枪，瞄准了对方的头部。

这个时候，老尼尔脸上露出了极端害怕、竭力挣扎的神情，强烈的求生欲望竟略微战胜了封印物3-0611的影响。

那四只额外的眼睛消失了，他眼角和嘴边的皱纹是那样深刻，头发是那样花白，暗红的眼眸则略带着浑浊，就像克莱恩第一次看见他时的样子。

"邓恩，你还记得我曾经救过你吗……

"洛耀，你还记得我帮助你挽回了家人的生命吗……

"克莱恩，你还记得我每天都教导你神秘学吗？还记得我们讨论怎么报销费用的事情吗？还记得我给你弄手磨咖啡吗？还记得我们一起对付失控的代罚者吗？

"……"

一声声虚幻的哀求钻入了克莱恩的耳朵，让他握住左轮的右手出现了明显的颤抖，让他感觉扳机是那样难以扣动。

乓！乓！

两枚银色的猎魔子弹飞了出去，一前一后地扎入了老尼尔的头部。

克莱恩看见那张异常熟悉的脸庞露出绝望的神情，看见他的头盖骨被掀了开来，看见血红与乳白向着四面八方飞溅出去。

周围黏稠的血色液体开始收缩，安静地倒流回老尼尔掉落到地上的脑袋附近，邓恩和洛耀则同时低下枪口，陷入沉默。

克莱恩默然看着这一切，看着老尼尔的"尸体"最终变成了一团糜烂的血肉，看见血肉里有一对痛苦的、暗红的、晶莹的眼珠。

他只觉这一切更像梦境，不敢相信事情就这样发生了，就这样结束了。

他木然又无言地看着邓恩上前两步，看到了队长略微佝偻的背影。

身穿黑色风衣的邓恩望着前方老尼尔的"尸体"，自言自语般沉声说道："我们是守护者，也是一群时刻对抗着危险和疯狂的可怜虫。"

邓恩的话语回荡在老尼尔的房屋内，回荡在露出腐蚀痕迹的地板、墙壁和天花板之间，回荡在克莱恩的脑海与心灵中。

之前从没有任何一个时刻，能让他比现在对那句话更印象深刻。他觉得自己也许一生都无法忘记这种感受，哪怕将来回到地球。

在几乎凝固般的气氛里，邓恩走向老尼尔的"尸体"，半蹲了下来，从黑色风衣上侧的口袋里拿出一条白色手帕，覆盖在那对暗红的、晶莹的、痛苦的眼珠上。

就在这时，克莱恩眼角余光看见钢琴的按键停止了自行的跳跃，那里隐约浮现了一道近乎透明的身影。

这……

早在门外就开启了灵视的克莱恩一下怔住。他之前竟然完全没有发现这个奇怪的灵！

是受到了老尼尔精神的干扰还是被他失控后自带的能力影响？

克莱恩看着那道接近无形的身影飞快蒸发，彻底消失在了自己眼中，隐约明白了点什么。

沉重压抑的感受里，他听见队长吩咐道："你们仔细搜索老尼尔的家，寻找可能存在的线索。"

"好的。"克莱恩刚一开口，就被自己的声音弄得呆了几秒，那是如此沙哑，如此低沉，就像得了重感冒一样。

"好的。"洛耀跟着出声回答。

她的嗓音状况和我差不多……两个鼻孔都被堵塞了一样……克莱恩望了眼这位一直没什么表情的女性队友，仿佛第一次认识她。

他将手杖放入门厅的伞架上，绕过封印物3-0611，迈着沉重的步伐走入客厅，上到二楼，一间卧室一间卧室地寻找线索。

老尼尔会定时请短期雇工来清理房间，所以这里并没有大部分单身汉特有的杂乱，一切整齐有序，似乎存在着一位真正的女主人。

半个小时后，克莱恩在老尼尔的卧室书架上找到了一些手稿，上面凌乱地记载着某些奇特的、诡异的仪式。

生命炼成

　　需要的材料包括精灵之泉（苏尼亚岛金色泉）的泉水100毫升、星水晶50克、黄金半磅、燃素5克、赤铁矿30克……以及大量的活人的鲜血。

在"活人的鲜血"的下方，老尼尔注释了一句：可以考虑抽取我自己的，一次一次积攒，用仪式魔法保存。

可以考虑抽取我自己的……克莱恩闭了下眼睛，手指将草稿抓得皱了起来。

周四上午九点，月亮时，拉斐尔墓园。

克莱恩穿着纯黑的正装和衬衣，拿着镶银的手杖，安静地立在墓园的一角。

他的胸前口袋位置塞了一条叠得整整齐齐的白色手帕，掌中则握着把肃穆清幽的深眠花。

此时，邓恩、弗莱、伦纳德和科恩黎抬着装有老尼尔"尸体"的黑色棺材一步一步走到了墓碑前方，沉默着将它放入挖好的墓坑里。

看着黄褐色的泥土一铲一铲地往下覆盖，身穿黑色长裙、头戴白色小花的罗珊小声抽泣了起来："谁能告诉我，这都是真的吗？为什么要失控，为什么要服用魔药，为什么要成为超凡者，为什么要有怨魂为什么要有怪物，为什么不能有更加安全的办法，为什么，为什么，为什么……"

克莱恩默然听着，直到老尼尔的棺材被泥土掩盖，直到他存在的痕迹都被深埋于墓坑内。

"愿女神庇佑你。"他在胸口画了个绯红之月，然后上前几步，弯腰将手中的那束深眠花放到了墓碑前。

"愿女神庇佑你。"邓恩和弗莱等人同时在胸口顺时针点了四下。

克莱恩抬起头，直起腰，看见了墓碑上的黑白照片：老尼尔戴着他那顶古典的黑色软帽，裸露于外的头发斑驳花白，眼角和嘴边皱纹深重，暗红的眼眸略显浑浊。

他是那样平静，不再有悲伤，不再有痛苦，不再有恐惧。

照片的下方铭刻着一行墓志铭，这来自老尼尔在最近日记里写下的内容：如果不能拯救她，那就去陪伴她。

上午的凉风徐徐吹过，拉斐尔墓园的清冷、安静和默然感染着在场每一个人。

Story is going on.

第五章
CHAPTER 05
✦ "小丑" 魔药 ✦

中午时分，克莱恩拿着队长签字的单子，走向了武器库。他推开半掩的门，看见留着浓密黑须的布莱特坐在桌子后方。

克莱恩明显怔了一下，接着才将申领单递过去："五十发普通子弹。"

说话的同时，他目光扫过了桌上那个镶银锡罐，鼻端仿佛闻到了香浓的手磨咖啡味道，耳畔似乎又听见了那些隐含笑意的话语——

"可是为什么要等到有了额外的钱再去？你可以写申请给邓恩，让他批准费用啊！"

布莱特看了眼克莱恩的表情，叹息道："我能猜到你的感受，我自己也不敢相信老尼尔就这样离开了我们，有的时候，我甚至觉得这可能是队长营造出的一场梦境。"

"这或许就是很多值夜者的宿命。"克莱恩苦笑着回道。

经过这件事情，他心底对隐瞒扮演法的教会高层多了不少失望与怨恨。

"希望这样的悲剧越来越少，愿女神庇佑你们。"布莱特在胸口画了个绯红之月，拿着申领单，起身走进了后方的武器库。

乓！乓！乓！

火药的味道弥漫于周围，克莱恩发泄般地射击着面前的靶子，直到黄铜子弹消耗完毕，他才收拾自己，乘坐无轨公共马车来到格斗老师高文的家中。

他自虐般地进行着一组又一组的练习，直到被高文叫停。

"格斗练习不是用来伤害自己的。"高文用略显浑浊的暗绿色眼眸盯着克莱恩，沉声说道。

"抱歉，老师，我今天情绪不太好。"克莱恩吐了口气，略微解释了一句。

"出了什么事情？"高文平淡不见波澜地问道。

克莱恩想了想，简略地回答道："我有位朋友突然去世。"

高文沉默了几秒，抬手摸了下开始斑驳的金色鬓角，语气飘忽地说道："我曾经在五分钟内失去了三百二十五位朋友，其中至少有十位是我可以将后背交给对方的那种朋友。"

克莱恩有所恍然地叹息道："这就是战争的残酷。"

高文瞟了他一眼，忽地自嘲一笑道："最残酷的是，我永远没办法为他们报仇，没办法完成他们的心愿，永远没办法。

"而你，还有这样的机会。虽然我不明白究竟发生了什么，但是我知道，你还年轻，你还有很多的机会。"

克莱恩默然一阵，忽地吸了口气，打起精神道："谢谢您，老师。"

高文轻轻颔首，不见什么表情地说道："休息十分钟，然后将之前的练习重做十组。"

"……"克莱恩一下竟不知该用什么表情来应对。

周五上午，值夜者娱乐室内。

克莱恩、西迦·特昂和弗莱分别坐在圆桌旁边，但并没玩牌，一个看报纸、翻杂志，一个望着凸肚窗外发呆，一个拿着钢笔想要书写什么，笔尖却迟迟落不到纸上。

房间内是那样安静，没有人说话，没有人玩笑，气氛近乎沉凝。

呼……克莱恩吐了口气，放下手中的报纸，打算将注意力集中到各种资料的阅读上。

就在这个时候，邓恩·史密斯敲门进来，环视一圈道："克莱恩，你出来一下。"

什么事情？

克莱恩隐有些预感地站起身，跟着走出了娱乐室。

邓恩立到通往地底的阶梯口，转身望了他一眼道："圣堂的人来了。"

考查我的人来了？

克莱恩的精神一下紧绷起来。地底吹来的风带着瘆人的凉意，让他精神紧绷之中又有了几分解脱的感觉。

终于来了……只要过了这一关，至少半年以内，我都不需要再担心类似的事情了……

一旦晋升序列8，成为"小丑"，我就能拥有真正的实战能力，加上占卜的辅助，"阳炎符咒"的保底，即使遇上较大的危险，也有不小的希望扛过……

为了等待圣堂的考查，我连"正义"小姐存入不记名账户的三百镑都没有取出，免得被"审计"出经济问题，被定罪为巨额财产来源不明……

就在克莱恩各种想法难以遏制地闪现时，邓恩·史密斯理了下衬衣领口，嗓音低沉地说道:"负责这次考查的是值夜者九位高级执事之一的克雷斯泰·塞西玛,圣堂对你很重视。"

"高级执事?"克莱恩愕然脱口。

十三位大主教和九位高级执事就是通常意义上的教会高层了,据说其中不乏高序列的强者!

这二十二位先生和女士的地位完全平等,只遵循黑夜女神的神谕,只对教宗负责。

邓恩吸了口地底的凉风,轻轻颔首道:"是的,一位高级执事。不过你不用紧张,克雷斯泰只有序列5,还没有踏入半神半人的层次,不需要太害怕和畏惧。"

"嗯,他在整个超凡世界的称号是'女神之剑',因为得到了一件圣物的承认,战斗力不会比刚晋升的序列4差。我刚才已经和他聊过了,他的态度很和善。"

队长的潜台词是,他只说了该说的,没说不该说的,让我不用紧张,按照预定的计划来……

克莱恩若有所思地点头问道:"我该去哪里见这位高级执事?"

"调配药水的炼金室。"邓恩简单直接地回答道,脸上旋即闪过了一丝黯然。

调配药水的炼金室?就是老尼尔调配"占卜家"魔药的那个实验室?克莱恩缓缓吐了口气,返回值夜者娱乐室,从衣帽架上取下了自己的外套。

他穿上那件黑色薄风衣,双手插入口袋,沿着蜿蜒深入地底的楼梯一阶阶往下,并于十字路口左拐。

很快,克莱恩看见了被一盏盏典雅煤气灯照耀着的暗门,看见里面的一张张长条桌被移开来,空出中央部分。那里摆放着两张古典高背椅,它们相对而立,隔了不到一米。

朝向门口的那张此时正坐着一位穿黑色风衣、白色衬衫的三十来岁男士。

他金棕色的头发剃得很短,墨绿色的眼眸仿佛半夜无月的湖泊,衬衫和风衣的领口高高竖着,将整个下巴藏在了阴影里。

"你好,塞西玛阁下。"克莱恩弯腰行了一礼。

克雷斯泰·塞西玛将右腿架在左腿之上,悠闲地后靠住椅背,微微一笑道:"你好,克莱恩,你可以坐到那里。"

他指了指对面的高背椅。他的脚边则放着一个银白金属铸就的手提箱,大小长宽类似于小提琴的琴盒。

这能装下一把不算太长的剑……克莱恩上前几步,坐到了属于自己的位置上。

克雷斯泰屈起右手食指,抵住自己的鼻孔,沉吟了几秒道:"我打算先测试你掌握魔药的程度,没有问题吧?"

"没有。"克莱恩信心十足地摇头。

"非常自信。"克雷斯泰笑了一声，然后保持着刚才的姿态，就那样静静地注视对面。

克莱恩忽然感觉周围的煤气灯光芒消失了，被浓郁的黑暗吞噬了。

他一下变得非常疲惫，就像来到了生理钟标记的睡眠时间。但是，他的精神又高度紧绷，难以放松，和往常遭遇过的太累导致无法安然入睡的状况一样。

安静的"夜"弥漫于四周，克莱恩听见了自来水龙头没有拧紧的滴答滴答的声音，听见了黑荆棘安保公司内说话的声音，听见了风吹过楼梯口的动静。除此之外，他没看见任何不该看见的事物，没听到任何不该听到的声音。

"非常好。"克雷斯泰磁性的嗓音驱散了黑暗，让炼金室内外的煤气灯光芒都重新呈现于克莱恩的眼中。

克莱恩霍然从浓厚的疲惫里解脱，恢复了刚才的精神奕奕。

不知不觉就影响到了我……这就是序列5的水准？这就是高级执事的恐怖？他略显后怕地回忆着刚才的事情。

克雷斯泰·塞西玛双手交握着放到膝盖上，整个人往下缩了一点，使嘴唇都被高高竖着的领口挡住："你通过了测试，你对魔药的掌握达到了优秀水准以上的程度。接下来，我要观察你的身心灵是否存在隐患，是否被魔药残余的精神不知不觉改变了性格，留下了问题。你有三分钟的时间调整自己的状态。"

克莱恩当即领首道："好的。"

他暗自吸了口气，让自身缓缓进入冥想状态，摒除掉各种不好的念头。

克雷斯泰没再开口，从黑色风衣内侧掏出了一块银色怀表，啪地按开。然后，他专注地看着秒针嗒嗒地走动。

三分钟之后，克雷斯泰啪嗒一声合拢怀表，语带笑意地说道："我开始吟唱了。"

吟唱？克莱恩露出疑惑的表情。

不等他说话，克雷斯泰哼起了悠扬的旋律。这旋律回荡在炼金室内，逐渐失去了协调，不再符合音调。

吱！呀！刺！

克莱恩仿佛听见了指甲划过黑板的声音，听见了塑料泡沫摩擦发出的声音，听见了电钻笃笃笃的声音，听见了各种各样让他抓狂的噪音。

这噪音越来越多，越来越混乱，使他的心里油然生出想要发泄、想要破坏的暴戾欲望。

经常接受疯狂呓语和可怕嘶喊考验的克莱恩很快就抑制住了种种冲动。他也适当地表现出了些许焦躁，些许紧绷，些许烦乱和些许不安。

太完美的状态反而是问题！

不知什么时候，克雷斯泰·塞西玛停止了吟唱，炼金室内的噪音随之消失，地底的安宁与寂静重又涌了进来。

安静真好！克莱恩发自内心地感叹了一句。

"很好，非常好，你的身心灵都不存在隐患。当然，你想打我一顿，想塞住我的嘴巴，都属于正常的反应。"克雷斯泰的嘴唇被高高竖着的领子挡住，让人只能从他的语调判断他的情绪。

"不，我不敢。"克莱恩老实承认道。

克雷斯泰笑了一声道："祝贺你，通过了所有测试，接下来是问答环节。"

他墨绿色的眼眸突然变得更加深沉，目光幽邃得似乎能看穿肉体，看到灵魂。

"您请问。"克莱恩挺直腰背道。

克雷斯泰保持着刚才的姿势不变，状似随意地问道："你说是占卜俱乐部的经历让你快速掌握了魔药？"

"是的。"克莱恩非常坦然地回答，但没有去做更多的描述。

克雷斯泰微微点头道："你说这是你从'窥秘人'格言和戴莉的事例里得到的灵感？"

"嗯。"克莱恩先做肯定，接着话锋一转，详细解释道，"我从一位'窥秘人'队友那里知道，凡是遵守格言的'窥秘人'，失控的概率都远低于正常值。之后，我听到了戴莉女士曾经说过的一句话，她说她要做真正的通灵者，而她是两年内晋升序列7的天才。

"结合这两个方面的情况，我觉得我可以尝试一下，尝试去做一个真正的占卜家，并总结提炼'占卜家守则'。嗯，尝试的效果比我预想中好很多，我很快掌握了魔药。

"塞西玛阁下，我不知道你有没有类似的体验，当真正掌握魔药的时候，你会出现特别的、奇妙的感受……"

克莱恩描述着自己的体验，模糊地阐述着扮演法。

换作上辈子，在如此强大的值夜者面前说这么多半真半假的话语，他肯定会紧张，会脸红，但自从穿越到这个世界，他撒了太多太多的谎，早就习惯了类似的事情，所以发挥得毫无瑕疵。

克雷斯泰墨绿色眼眸内的深沉消失，目光恢复了原本的模样，轻笑一声道："放心，这不是幻觉。"

从他的回答里，克莱恩并未察觉到怀疑与审视，心中悄然放松了一些。

"邓恩证实了你的经历，我想你确实是一位逻辑清晰、直觉敏锐的天才。"克雷斯泰赞美了一句，转而问道，"你是否有分享这些经验给你的队友？"

"当然。"克莱恩坦然承认道，"我希望能帮助他们降低失控的概率，我们是队友，是要共同面对危险的同伴，我想不到任何理由隐瞒。也基于这个原因，我没有告诉文职人员。"

克雷斯泰放下右腿，坐直身体，让较薄的嘴唇从竖直领口的阴影里显露出来。

他嘴角上翘道："虽然你加入值夜者队伍还不到两个月，但我想你对同伴的认识要比很多人都强。嗯，我打算和你分享一些经验，但根据圣堂的规定，你必须向女神发誓，不能将我们谈话的内容告诉不知道这些事情的人。没有问题吧？"

通过考查了？克莱恩心中一喜，毫不犹豫地点头："没有问题！"

虽然我因此不能再直接教导别人扮演法，但还可以通过"正义"小姐和"倒吊人"先生他们间接去做！

"好的。"克雷斯泰·塞西玛点了下头，身体前倾少许，说道，"那你就按着圣物起誓。"

说话的同时，他弯腰提起了脚边的银白色箱子。

圣物？就是那件让你被称为"女神之剑"的圣物？克莱恩颇感好奇地注视着面前高级执事的一举一动。

克雷斯泰将箱子放到了膝上，墨绿的眼眸瞬间转为深黑。

他右手抬起，往下一按，琴盒般的银白箱子表面顿时有什么东西破碎瓦解，潮水般消退。

几乎在同一秒钟，克莱恩感觉周围的辉芒全部被吸引了进去，吸引到了那个箱子里面。

于是他看见炼金室内一片漆黑，除了金属栅格围出的典雅煤气灯本身，除了那个流转着银白光彩的箱子，场景分外诡异。

啪！

清脆的响声里，值夜者核心、九位高级执事之一的克雷斯泰·塞西玛打开了箱子，露出安放于里面的一把纯白色骨剑。

对，骨剑。

刚看到这把不到一米的短剑，克莱恩就直觉地认为它的主体材料是骨头！

煤气灯无声燃烧却漆黑无光的炼金室里，那把短剑静静散发着纯白的、润泽的辉芒，就像是深夜里高高悬挂、慰藉着人心的月亮，就像是暴风雨里标识出方向的灯塔。

它的表面看似纯净无瑕，但若仔细观察，会发现深处密布着层层叠叠的符号和标识，而这些神秘的花纹与剑身构成了不可分割的整体。

克莱恩打量着这把圣剑，突然发现自己竟移不开眼睛了！他的视线被吸了进去，褐色的眼眸慢慢失去了光泽。

这时，克雷斯泰往上动了下箱子，让纯白短剑离开了原本的位置。

克莱恩一下清醒，终于从眼睁睁看着却无法躲避的噩梦里挣脱了出来。他将目光投向旁边，郑重问道："阁下，是需要我将手按在这把圣剑上吗？"

"是的，你过来吧。"克雷斯泰的声音就如同在诵念枕边书，吟唱摇篮曲。

克莱恩站起身，斜着眼睛，一小步一小步地移了过去，因为太过黑暗，他甚至看不到前方高级执事的腿脚和对方那双略显陈旧的皮靴。

"停。"克雷斯泰平静开口。

克莱恩顿住脚步，立在原地，用眼角余光快速瞄了眼那把纯白骨剑，然后又畏惧地移开。

循着那短短一秒的记忆，他弯下腰背，伸出右手，准确地按在了圣剑之上。

冰冷却不刺骨的感觉通过他的皮肤传入了他的大脑，让他心中的杂念和担忧瞬间被消除，就像一下来到喧嚣后的乡村，坐至屋顶，闻着丰收的味道，静静仰望着黑夜，仰望着星空。

"你跟着我诵念。"克雷斯泰沉声说道。

"好的。"克莱恩点了下头。

然后，他就听见面前的高级执事改用赫密斯语道：

"比星空更崇高，比永恒更久远的黑夜女神；

"我以我的真名和我的灵性向您发誓。

"我，克莱恩，从现在开始，绝对不会向不知道扮演法的人透露相应的细节。

"如有违背，任由您惩罚。

"请您见证我的誓言。"

克莱恩收敛住种种心思，跟着塞西玛高级执事，用赫密斯语将誓言庄重诵念了一遍。

隐隐约约间，他觉得自己和那把纯白骨剑，和无穷远处的某个存在，建立了微妙隐晦的联系。

收回右手，他在胸口画出绯红之月道："赞美女神！"

"赞美女神！"克雷斯泰露出微笑，跟随行礼。

紧接着，他啪地合拢盖子，并让右手沉重而缓慢地按了上去。

漆黑刹那被点亮，煤气灯的光芒又一次塞满了房间。

克莱恩看到塞西玛高级执事染上了深黑色泽的眼眸也在同一时刻恢复了墨绿。他倒退着坐到自己那把高背椅上，微皱眉头，疑惑地开口："扮演法？"

克雷斯泰清了下喉咙，没直接回答问题，转而笑道："我接下来要说的事情，你可能会有些迷惑，会有点不解，但我不会给你解释为什么，因为这涉及教会的隐秘。"

等你成为大主教或者高级执事，你才有资格知道……克莱恩望着对面高高竖起领子的塞西玛阁下，在心里抢答了一句。

"等你成为大主教或者高级执事，成为教会的核心，你才被允许知道。"克雷斯泰强调了一句。

克莱恩忙正经而严肃地点头认可。

克雷斯泰将银白箱子重新放到脚边，跷起右腿道："在漫长的历史里，教会一代又一代的非凡者天才，逐渐摸索出了最大程度规避失控的办法。而这个办法的核心就是魔药的名称，它不仅是关键，还是钥匙。"

望了克莱恩思索般的表情一眼，克雷斯泰继续说道："我们发现魔药的名称都指向着某一类群体，而相应群体分别有着趋近的、独特的行为模式。

"简单来讲就是，魔药名称里包含了一些特定的规则，不同的魔药名称则包含不同的规则，当我们严格遵守自身魔药包含的那些规则时，失控的风险就会降到最低。"

"类似于我的'占卜家守则'？"克莱恩抓住时机问了一句。

这还没有我给"正义"和"倒吊人"的解释通俗易懂……与此同时，他在心里默默吐槽道。

"是的。"克雷斯泰给予了肯定的答复，"我们遵守相应行为规则的时候，看起来就变成了魔药名称描述的那类群体，也就是说，我们在'扮演'魔药名称指向的职业，嗯，这就是扮演法。

"你要记住，每个人的灵性都是特别的、独一无二的，和服用了同样魔药的人相比，需要遵守的行为规则核心部分不会变，相应的边界却各有特点，不会类似，因此，别人的经验只能作为参考。"

这倒是我不知道或者说我没发现的关键点……克莱恩真心诚意地开口道："谢谢您的提醒，我会记住的。"

克雷斯泰笑笑道："这都是一代又一代累积出来的经验。使用扮演法之后，我们对魔药不再是掌握，而是去消化，就像我们消化吃下去的食物一样。当你真正消化了魔药，消化了残余的精神影响时，你就会获得一种独特的、奇妙的感受，明白吗？"

"我明白了。消化，这个词，很贴切……"克莱恩装出一副在思考的样子。

等克雷斯泰又详细讲解了一阵，他斟酌着问道："塞西玛阁下，既然魔药的名称是关键，是钥匙，那最初的非凡者又是怎么得到它们的？我听说是亵渎石板记载的？"

"是的，这个说法是正确的。"克雷斯泰坦然回答道，"但上面记载的都是古称，之后魔药名称的衍化有的来自'神启'，有的来自非凡者自身的总结。"

克莱恩缓缓点头，抿了抿嘴道："塞西玛阁下，既然扮演法如此有效，为什么教会不告诉每一位值夜者？"

"我说过，这是教会的隐秘，等你成为大主教或高级执事，你就能明白其中的原因。"克雷斯泰正色回答道，"好了，你先返回楼上，通知别的值夜者，让他们一个接一个地下来，我要进行考查的最后一步。"

这是要让弗莱他们也不能泄露扮演法？克莱恩若有所思起身，按照值夜者间的礼仪告辞离开。

他穿过走廊，沿着阶梯回到了黑荆棘安保公司，看见邓恩正在地底入口位置轻嗅烟斗，不知等待了多久。

克莱恩嘴角翘了一下，主动说道："应该没什么问题了，塞西玛阁下让我通知弗莱他们挨个儿去谈话。"

"嗯，这是最后一步了，这也说明前面没出现问题。"邓恩收起烟斗，到值夜者娱乐室将事情转述了一遍。

目送弗莱和西迦深入地底，克莱恩忽然想起一事，连忙说道："队长，是不是还要把轮值查尼斯门的洛耀、监控疯人院的伦纳德替换出来？对了，还有休假的科恩黎。"

邓恩怔了怔，捏了下额角道："我忘记了……"

他顿了顿，又低笑道："不过，事情不会太复杂，高级执事亲自来考查的好处之一就是，不用再拍电报给圣堂，不用再进行烦琐的文书往来，他现场就能给出结论，将'小丑'魔药的配方和主要材料给你。"

"这倒不坏。"克莱恩难以遏制地期待起将要发生的事情。

…………

一个半小时过去，在表情凝重中透着明显疑惑的科恩黎走出炼金室后，克莱恩又被喊入了地底，再次直面高级执事，"女神之剑"克雷斯泰·塞西玛。

这一次，这位金棕头发墨绿眼眸的阁下没再坐着，而是站在那里，任由地底的凉意轻微吹动他的黑色风衣。

克雷斯泰的两重领子都高高竖着，将他的下巴藏在了阴影里。

他望着克莱恩，微微一笑道："值夜者克莱恩·莫雷蒂，我以女神的名义郑重告知你，你通过了圣堂的考查。祝贺你，以你的功勋，你现在就能获得晋升，成为序列8的非凡者！"

呼，终于通过了……这就通过了……

听到克雷斯泰·塞西玛的宣告，早有心理准备的克莱恩先是松了口气，接着略显迷茫，感觉这不够真实，像是一场梦境。

在他预计里，考查应该会更困难更漫长，但仔细想一想，又觉得如今的状态才是本该呈现的样子。如果他不是一个月就消化掉"占卜家"魔药，并谋求晋升，而是按部就班地等到三年之后，考查甚至可能不会惊动圣堂，仅由廷根市值夜者小队队长负责。

我还以为会有调查家庭情况、人际关系的环节……嗯，也许塞西玛阁下前两天就抵达了廷根，暗中完成了这个步骤……

我还以为考查会包括指定任务的完成，呵，这真是我想多了，考查的目的仅仅是确认我消化魔药的程度，以及是否存在隐患，有没有清晰认识到扮演法，有没有分享经验给其他人……

一个个想法在克莱恩脑海中闪过，让他露出了由衷的笑容："感谢您，塞西玛阁下。赞美女神！"

克雷斯泰轻轻颔首道："晋升是为了更好地为女神效劳，更好地守护善良的信众，你要记住这一点。相信我，它同样能帮助你抵抗失控的诱惑，记住，是诱惑。"

"诱惑……"克莱恩咀嚼起这个单词。

克雷斯泰用墨绿色的眼眸打量着他，非常严肃地说道："扮演法能帮助你消化魔药，降低失控的风险，但它不是万能的良药，甚至在某些时候，还会让你混淆扮演的角色和自我的存在。

"你知道的，这样的戏剧演员，必然会出现严重的心理问题，到了一定程度，你就会真正地疯掉。"

记住，你只是在扮演……这是白银城总结出来的唯一注意事项，和塞西玛执事的讲述基本一致……克莱恩若有所思地点头，表示认同对方的观点。

"另外，"克雷斯泰又强调了一句，"失控不仅与魔药有关，还和你自身的情绪状态、心理健康有密切联系。嗯，非凡者最重要的就是能控制自己，只有这样，才能抵御那些邪神、恶魔的诱惑，才能抵御嫉妒、贪婪等情绪和欲望的腐蚀。

"当然，我的意思不是要完全排除掉类似的情绪与欲望，这是人类，甚至半神半人的存在都无法办到的事情，嗯，也许只有某些特别的序列，才能达到那样的状态。"

"是要将这些情绪和欲望保持在合理的程度内，不被它们控制，去做一些不理智、不正常的事情？"克莱恩忽然想到了老尼尔，忍不住开口反问道。

克雷斯泰郑重地点头："是的。"

回答完毕，他眼角绽放出几缕皱纹道："这就是我要叮嘱你的事情，接下来我会把，嗯，'小丑'魔药的配方和相应的材料给你。"

他弯下腰，将银白箱子提到了长条桌上，然后转过身体，挪动几步，挡住了克莱恩的视线。

等到周围的光芒再次诡异地消失，立在纯粹黑暗里的克莱恩忽然明白配方和材料都在那个装着圣物的箱子里，只不过自己的目光之前完全被纯白骨剑吸引，根本没注意或者说注意不到里面还有没有别的物品。

过了几分钟，煤气灯的光芒重新照亮了炼金室，克雷斯泰提着箱子退开，让长条桌上摆放的东西呈现于克莱恩的眼前。

其中最引人瞩目的是一根巴掌大小的灰色羊角，它仿佛由正常尺寸缩水而来，通体晶莹剔透，光彩流转，内部隐约有一层又一层的奇特花纹。

羊角旁边是一朵蓝色的玫瑰，它的花瓣上有红色的纹路，彼此勾连起来，似乎化成了一张咧嘴大笑的人脸。

哈哈哈，呜呜呜，哈哈哈，呜呜呜……克莱恩听到周围有虚幻的笑声与哭声交错，看见点点灰芒飘浮于半空。

成年的霍纳奇斯灰山羊独角结晶，完整的人脸玫瑰，嗯，"小丑"魔药的主要材料齐了！

他微不可见地颔首，几步走到了那张长条桌前方。

"纯水八十毫升，曼陀罗汁液五滴，黑边太阳花粉末七克，金斗篷草粉末十克，毒堇汁三滴……"

克莱恩看着摊开的羊皮纸，将自身记忆里的配方与上面书写的内容做了一个对比。

确认无误后，他回想了一遍老尼尔当初的演示。

吸了口气，又缓缓吐出，克莱恩收敛住情绪，借助炼金室内的装置蒸馏出了魔药需要的纯水。

——在魔药配方里，纯水指反复蒸馏过的水。

然后，他清洗黑色铁锅，将辅助材料依次放了进去，熟练得像是高中做化学实验最多的那会儿。

由于还没有非凡材料的催化，他并未发现铁锅内的液体有明显改变，顶多能看见粉末杂质在里面悬浮。

做完准备工作，克莱恩将目光投向了那两种主要材料，在心里由衷地庆幸道："不管是霍纳奇斯灰山羊独角结晶，还是人脸玫瑰，都没有定量……也许成年的羊角结晶，或者完整的人脸玫瑰，在量上面都与同类没有区别，刚好符合要求……

"嗯，在神秘非凡的世界里，这是绝对有可能出现的事情……这样一来，我就不需要担忧会放多了主材料！"

平稳了几秒，克莱恩拿起那朵人脸玫瑰，将它投入了铁锅。

这朵诡异的鲜花刚一触碰到液体，立刻发出嗞嗞嗞的声音，周围虚幻的笑声愈发尖锐。

哈哈哈，哈哈哈！

克莱恩没有耽搁，赶紧握住晶莹神秘的羊角，把它也丢进了铁锅。

噗！

让人头皮发麻的笑声陡然消失，飘浮于周围的点点灰芒急速收缩进铁锅内。

克莱恩低头看去，只见里面的液体染上了金、黄、红三色，它们彼此交错却异常澄净。

咕噜，咕噜，一个个气泡在液体内翻滚上涌，却无法蹿出，只能黯然破碎。

这样的景象让克莱恩想起了上辈子的雪碧，上辈子的气泡饮料。

感觉很好喝的样子……

他的脑海里油然闪过了符合自己民族特色的想法。

按捺住紧张、激动和期待的情绪，克莱恩借助装置，将黑色铁锅内的液体转移到了一个玻璃瓶内。

而让他感觉惊讶的是，魔药竟没有半点残余在铁锅内。

不愧是能让人成就超凡的魔药……克莱恩抬起右手，凝望着掌中那杯好看的金黄红三色液体。

旁边的克雷斯泰·塞西玛一直保持着安静，此时开口笑道："不用担心，至少我没看出来你调配魔药的过程有问题。

"我在这里，就是为了预防你服食魔药后出现一些意外状况，你可以放心，只要问题不严重，我应该都能挽救得回来。"

嗯，克莱恩点了下头，却又将"小丑"魔药放回了长条桌上。

他解下左边袖口内的银制链条，换作非惯用手持握，然后让黄水晶吊坠平稳地悬挂于魔药上方，只差一点就接触到液体。

对于其他职业的非凡者来说，灵摆法只能占卜"是"和"否"，当然，在基本资料不够、强行使用排除法的时候，灵摆会停在那里，不做旋转，也意味着占卜失败。

而身为"占卜家"的克莱恩早就实验过了，他的灵摆法还能模糊地确定"是"和"否"的程度。

眼眸转深，克莱恩默念道：

"这杯魔药有害。

"这杯魔药有害。

"……"

七遍之后，他睁开半闭的眼睛，看见黄水晶吊坠在做顺时针旋转，但幅度很小。

顺时针表示肯定，也就是说这杯魔药确实有害……幅度很小，表示有害的程度低……

嗯，魔药会带来失控，肯定存在坏处，程度低就证明魔药没有问题……克莱恩松了口气，将灵摆又缠到了自己左腕上，并用衣袖遮掩。

这个时候，克雷斯泰忍不住叹了口气："……你真是专业的占卜家。"

"要充分利用自己的优势，但又不能太依赖它，觉得它是万能的。"克莱恩低声回答了一句，重新端起了那杯"小丑"魔药。

喝下它，我就能成为序列8的非凡者……

念头一闪，克莱恩不再犹豫，上抬杯子，微扬脑袋，咕噜喝下了魔药。

苦！好苦！

一点也不好喝！

他瞬间就明白了什么叫外表好看，实际难吃，只感觉自己整张脸庞都皱了起来，想吐却吐不出去。

紧接着，克莱恩发现自己的脸庞在涨红，身体其他部分也有类似的变化。

他非常确信自己现在像个蒸熟的虾子，而精神却抽离出来，变成一根根细针，融入一滴滴魔药，刺入了一个个细胞。

那是一种不需要显微镜就能"观察"到细胞的感觉，克莱恩立在那里，"看"到入侵者进入了自己身体最细微的领域。

这几秒钟里，他觉得自己是个机器人，正在接受零件与电路的改造。

不知过了多久，他脑海里映照出了自己的身影，就像通过耳返听见了自己唱歌的声音一样。

借助这种诡异的映照，克莱恩发现自己能精准地掌握面部表情和肢体动作。

与此同时，他耳畔嗡嗡作响，听到四周又一次回荡起许久未曾出现的呓语和呐喊："霍纳奇斯……弗雷格拉……霍纳奇斯……弗雷格拉……霍纳奇斯……弗雷格拉……"

呼，克莱恩想象出层叠的光球，缓慢进入冥想状态，一点点摆脱着灵性少量外溢、略微不受控制的情况。

这个时候，他清楚地知道自己晋升成功，是序列8的"小丑"了。

等到克莱恩眼眸的颜色恢复正常，克雷斯泰·塞西玛笑笑道："你可以活动一下，适应身体的变化，找到'小丑'魔药带来的核心能力。"

克莱恩点了下头，想着或许需要高级执事的指导，所以也就没顾忌有外人在场，按照这段时日反复练习的内容，向前迈出一步，扭腰摆臂，扯肩挥臂，猛地就是一记直拳。

啪！

他听到了拳头破开气流的清脆响声，只觉前冲的力量完全超乎了自己的预计。这个瞬间，他就像坐在急刹的列车上，整个人霍然失去平衡，往前倾倒。

糟糕！要留下和伦纳德一样的黑历史了……克莱恩念头一闪，已经做好了摔倒的准备，但就在这时，他发现自己在这种状况下竟然还能有效控制肌肉，控制身体，控制重心！

脊椎、肌腱、韧带等同时发力，他在刹那之间便调整了重心，以扭曲的姿态安稳站住。

嗯……有所明悟的克莱恩又连续做了几组动作，确认自己最大的变化就是身体的协调性得到了极大的提高，没有特殊状况的话，几乎不会再明显失衡。

"感觉像是一个不倒翁……都可以去表演杂技了……行走在自来水管上也不是什么难事……不愧是'小丑'魔药……"一个个想法闪现，克莱恩又试验了力量、敏捷和速度等提升的程度。

"嗯，不会比高文老师现在的水平差，等完全适应并进行了针对性的练习后，肯定还会变强……而且以我目前对身体的控制能力，格斗技巧的掌握也将变得更简单……"克莱恩停下动作，若有所思地点头。

在他原本的想法里，大概要过半年才能勉强成为一位格斗好手，普通人定义里的格斗好手，但服食"小丑"魔药之后，他觉得也许一个月，甚至两三周，自己就可以成为精通格斗的"警察"。

这就是非凡者和普通人的区别。

不同非凡者的不同"天赋"在某种意义上来说已经超越了人类层次！

克雷斯泰安静地看着新晋的"小丑"尝试各种动作，直到对方完全停下来，才轻轻颔首道："果然是格斗领域的魔药。"

不等克莱恩开口，他转而问道："你刚才听见了什么声音？"

"我听见有谁在呢喃'霍纳奇斯'。"克莱恩暂时隐瞒住了"弗雷格拉"这个单词。

他打算先观察观察塞西玛高级执事的反应，如果对方愿意讲述霍纳奇斯山脉和夜之国相关的事情，那他就以又听见了不同内容为理由补充遗漏。

克雷斯泰微不可见地点了下头，略过这个话题，提醒道："你要记住一点，同一个序列途径里，高序列强者能在某种程度上影响对应的中低序列非凡者，其中部分，从某种意义上来说，就是该条途径所属领域的半神，你听见的呓语或者嘶喊，也许就是他们故意传达的充满恶意的内容。

"如果这条序列还属于某个邪神，那就更需要警惕了。我刚才和邓恩聊过，你们小队最近失控的那位值夜者就是类似的情况。"

老尼尔……隐匿贤者……

克莱恩神色一暗，郑重点头道："塞西玛阁下，我会记住的，我不会被那些呓语和嘶喊诱惑，不会被它们污染。"

与此同时，他想到了另外一件事情：难道这就是教会只提供"不眠者"和"收尸人"途径，并隐瞒其他序列大部分情况的原因？毕竟前者属于黑夜女神，是自家人，而后者对应的死神已经陨落……之所以还能选择"窥秘人"和"占卜家"，是因为这两种职业属于辅助，能有效弥补"不眠者"和"收尸人"途径在序列9和序列8时的不足，且本身是起始，积累的影响不多……

但这不能解释连魔药名称、相应特点、一旦遭遇需要注意哪些事项都近乎空缺的原因……

这时，看见克雷斯泰·塞西玛提上箱子准备离开，克莱恩忙收敛思绪，用请教的态度问道："塞西玛阁下，我想知道怎么扮演'小丑'，难道要去马戏团？"

克雷斯泰理了下高高竖着的领子，低笑道："按照当前哲学领域的说法，你这是犯了形式主义的错误。你必须明白，魔药名称代表的不仅仅是职业，还是一类人，有着共同特点的人。比如'占卜家'，我们可以换一种描述，'窥视命运但又敬畏命运的人'。当然，我刚才提过，服食了相同魔药的每个人总结出来的行为规则都或多或少有些不同，你不能完全参照别人的经验，明白了吗？"

克莱恩若有所思地点头道："我大概明白了一些，只要能把握住精髓，生活中也能扮演'小丑'？"

"理论上是这样。"克雷斯泰用词谨慎地回答。

"……我明白了。"克莱恩在胸口画了个绯红之月道，"感谢您，塞西玛阁下，愿女神庇佑您。"

嗯，"小丑"的精髓是什么呢？不考虑地球上各种延伸意义的小丑，只就当前世界来看，小丑是以荒诞方式娱乐他人的职业，比如搞笑的妆容、浮夸的动作、杂技般的表演？核心是荒诞方式，还是娱乐他人，总感觉都不太对……难道要考虑以前的宫廷小丑？克莱恩默默想着，陷入了困惑。

克雷斯泰看了他一眼，也在胸口点出绯红之月。他眼角笑纹轻微呈现，说道："愿女神也庇佑你。"

就在这时，克莱恩忽然有了一种直觉，近乎预感的直觉，那就是塞西玛高级执事接下来会迈左脚！

然后，他看见克雷斯泰提着银白箱子，往炼金室门口迈出了左脚！

一步两步三步，克莱恩目送对方走出暗门，消失于地底通道内。

这……他先是发怔，旋即感受到强烈的欣喜。

"小丑"魔药的非凡能力比他想象的更强！竟然可以依靠直觉预感出目标的下一步行动！

这种能力，再加上超强的协调性、出众的敏捷和速度、还算可以的力量，就等于所谓技巧型格斗？克莱恩恍然有所悟地想着。

嗯，这也算"占卜家"能力在序列8的一点体现，但还不够……这个途径确实应该是高序列之前每晋升一次就获得一种独特能力的那类……不过，直觉的预感稍纵即逝，没办法每一次都把握住……当然，这也足够强了，把握住一次就有很大可能反败为胜……啊对，等"小丑"魔药的负面影响降低到可以控制的阶段，我就得再次尝试自己召唤自己的仪式了，差点忘记这件事情……嗯，一定是队长感染了我！

各种想法纷呈之间，克莱恩再次审视自己，探究"小丑"魔药是否带来了别的能力。

根据值夜者内部资料记载，如果魔药让服食者掌握了一定的法术，那该位序列者晋升后能隐约察觉到具体有哪些，就像被灌输了知识一样。

"可是我并没有，也就是说，'小丑'序列确实如同值夜者内部资料的描述，并不具备快速施法的能力……'狡诈'的意思是我现在能有效掌控面部表情和肢体语言，说谎更容易让人相信？"克莱恩活动了下脖子，认真分析着自身的状况。

此时，他不由得想起了曾经遭遇过的那位燕尾服小丑，对方奇特而多样的法术给他留下了深刻的印象："嗯，这位密修会成员看来是序列7的非凡者，之所以做小丑打扮，纯粹是掩饰面容，免得之后被通缉……难怪他能和两位序列7和一位序列8周旋那么久……要不是他没能解读出我未受影响，并因此惨遭封印物2-049控制，十个我都未必能解决他……当然，'小丑'也不是完全没有法术能力，还是有些类法术的……"

克莱恩侧身走到长条桌前，拿起了那张写着"小丑"配方的纸张。他眼眸变深，手腕一抖，将纸张丢了出去。

啪！

那柔软的纸张仿佛飞刀，扎入了炼金室的墙壁！

"以后可以常带一副塔罗牌在身上，又可以占卜，又可以当武器。"克莱恩收回注意力，收拾起刚才调配魔药遗留的物品。

处理完这些，收好残余的材料并烧掉了魔药的配方后，他吐了口气，迈步离开炼金室，随手关闭了暗门。

因为老尼尔的事情，他暂时还没有心情去尝试用荒诞的方式娱乐大家，打算等"小丑"魔药的轻微外溢现象被冥想降低之后再做。

呼，又会是全新的体验……不管怎么样，我不再是纯粹的辅助人员了……

嗯，老尼尔过世，廷根市值夜小队的成员里能做辅助的只剩下我一个，圣堂应该会从其他地方给我们调来至少一位"窥秘人"或者"占卜家"……

克莱恩沿着一盏盏典雅煤气灯照耀的幽深走廊，冷冷地靠近楼梯，一层又一层地缓步回到黑荆棘安保公司。

然后，他看见了值夜者娱乐室内的阳光。

从凸肚窗照进来的阳光，纯净而温暖的阳光。

克莱恩转向队长办公室，看见房门大开，邓恩·史密斯正后靠住椅背，轻嗅着烟斗。

灰眸一扫，邓恩改变坐姿道："你的状态很好，完全不像刚服食完魔药。"

"这或许就是彻底消化后晋升的好处。"克莱恩随手关上房门，拉开椅子坐下。

他和邓恩都知道扮演法，可以不受誓言的约束，正常地交流相关问题，但此时两人都默契地没有多提此事，一问一答后同时陷入了沉默。

克莱恩想了下，开口问道："塞西玛阁下离开了？"

"是的，作为一位高级执事，他还有别的事情。"邓恩沉吟几秒道，"嗯，他带走了老尼尔遗留的那对红色眼珠。"

克莱恩又诧异又茫然地反问道："为什么？"

邓恩端起咖啡，抿了一口，默然许久道："我们不能欺骗自己，失控的队员其实已经变成了怪物。而我也告诉过你，怪物死亡后会遗留一些富集超凡力量的事物，如果这些事物不可控，有各种问题，那就必须被封印。嗯，这就是封印物的来源之一。值夜者内部的规则是，失控队员遗留的物品异地保存，避免刺激到他的同伴。"

"可以理解的规定。"克莱恩略显沉重地点了下头。

忽然，他敏锐地察觉到队长刚才遗漏掉了一种可能，于是疑惑地问道："如果怪物死亡后留下的富集超凡力量的事物可控呢？"

邓恩望向他，灰色的眼眸幽邃得仿佛最宁静的夜晚。他叹息了一声，道："你不会想知道答案的。"

克莱恩怔了一下，猛然领悟到某个可能：正常怪物会遗留非凡材料，被用来调制相应的魔药。

那失控者变成的怪物呢？如果他们遗留的事物属于可控类型，是不是也会被当作非凡材料……

想到这里，克莱恩突地涌起了强烈的恶心感，忍不住侧头干呕了几下，视线都因此而变得模糊。

这还真是让人浑身发冷的猜测啊……但非常有可能接近真实的答案！刹那之间，他对"为了抵御深渊，必须承受深渊的腐蚀""是守护者，也是一群时刻对抗着危险与疯狂的可怜虫"等话语有了更加深刻的认识。

这会不会就是教会隐瞒扮演法的原因之一？一定程度的回收？但这会让高层自身也背离教会啊……克莱恩的心里清晰映照出了自己变幻的脸色。

看到他的反应，邓恩忽然笑了笑，笑得灰眸内有些光芒在闪烁："你可以从好的方面去想，我们的同伴换了种方式陪伴我们。

"他们永远与我们同在。"

话音刚落，邓恩低下头，端起咖啡，凑到了嘴边。

又是十几秒的沉默，他向后微靠，抬起脑袋道："而且你可以放心，只要还能搜集到正常来源的非凡材料，我们就不会去做你想的那件事情。好了，按照规定，刚晋升的你可以获得一天的休息，下午要不要去练习格斗，由你自己决定，但必须找人告知高文。"

克莱恩轻轻点头，深吸了口气，挺直腰背道："队长，我已经结束了神秘学课程，我想将接下来上午的时光用来学习跟踪、监控等方面的技巧。"

他顿了顿，表情严肃地补充道："我想尽快履行值夜者的责任。"

邓恩深深看了他一眼，感慨道："你比我想象的更加坚韧，那就按照你的想法去做。"

"是，队长！"克莱恩霍然起身，在胸口画了个绯红之月。

…………

离开黑荆棘安保公司后，克莱恩没直接回家休息，而是趁这个机会，乘坐无轨公共马车前往了阿兹克教员的家。

叮当，叮当。

清脆的铃铛声里，穿白衬衣黑马甲的阿兹克打开了大门。他马甲的扣子位置有一条金色的表链，斜斜挂在那里，连接着怀表。

"你不用工作？"阿兹克看了眼天色，发现太阳还没攀爬到顶端。

"因为一些特殊状况，被安排轮休。"克莱恩略略解释道。

阿兹克望了他一眼，仿佛看出了什么般点了点头，让开了道路。

进入门厅，克莱恩放好手杖，摘下帽子，跟着阿兹克一路来到他的起居室。

起居室内布置着壁炉、摇椅、沙发和茶几，克莱恩熟稔地坐到了常坐的那个位置。

对面的阿兹克笑着指了指茶几上的雪茄道："要来一根吗？"

"不。"克莱恩坚决摇头。

阿兹克没再劝他，自顾自划燃火柴，拿起一根雪茄预热，同时随口问道："莫尔斯小镇的事情处理好了吗？"

"这必须得感谢您。"克莱恩诚恳地说道。

与此同时，他在心里默默吐槽了一句：阿兹克先生，在失去记忆之前，你肯定给自己留下了不菲的财富，否则，一位连副教授都不是的教员，哪能经常享受雪茄？

趁对方专注于摆弄雪茄的机会，他主动说道："阿兹克先生，我有一件事情想请教您。"

"什么事情？"阿兹克没有抬头地问道。

克莱恩缓了一下，组织着语言道："我有一位同事失控了，变成了怪物，我想知道他的灵魂是否也受到了污染？"

他不清楚阿兹克先生是否理解"失控"的含义，所以准备好了相应的解释和描述，就等对方发问。

阿兹克停下手中的动作，抬起脑袋，望向克莱恩，凝重地点头道："这是毫无疑问的。遇到类似的情况，你要仔细辨别，如果他失控的直接因素是邪神或者恶魔的引诱，那就尽量避免通灵，这很可能给你带来致命的危险。"

"我明白了。"克莱恩有些失落地吐了口气。

在老尼尔家的时候，他情绪不够稳定，忘记了通灵，而邓恩·史密斯也没有提醒他，以至于完全错过了时机。

如今想来，队长不是忘了，而是故意没提……克莱恩若有所思地默然了几秒。

他没再纠结此事，转而提及之前的遭遇："阿兹克先生，我在莫尔斯小镇尝试着占卜闹鬼事件的源头，看见了一座倒立着往地下延伸的金字塔陵寝，我的同伴告诉我，这是死神的象征，是祂的后裔才能得到的荣耀。"

阿兹克刚放下火柴，拿起雪茄剪，忽地愣在那里，好半天没有动作。

之后，他向后坐了坐，靠住沙发背部，表情异常地沉凝。

过了一阵，他略显低沉地开口道："这给我熟悉的感觉，但并没有让我想起更多的事情。"

"很遗憾。"克莱恩真心诚意地感叹道。

他还以为能借助那次占卜获得的启示更进一步唤醒阿兹克先生的记忆。

阿兹克剪开雪茄帽，摇头苦笑道："如果那么容易就能回忆起以前的事情，我想我早就找到办法摆脱宿命了。当然，我必须得感激你的心意，感激你始终记得我的事情。"

他想了下又道："对了，我最近会离开廷根。"

"为什么?"克莱恩愕然反问道。

不是说好要一起找出影响我命运、盗走你孩子头骨的幕后黑手吗?

阿兹克拿着雪茄，叹息着解释道："目标或许察觉到了我的关注和追查，这段时间一直没有什么动静，让我毫无线索。所以，我打算先暂时离开廷根，前往贝克兰德，一方面，趁机寻找我失去记忆前留下的痕迹;另一方面，则让目标放松警惕。"

也是，阿兹克先生最近一次失忆就是在贝克兰德大学附近……可惜啊，你没有办法代替我排查红烟囱房屋……

克莱恩郑重点头道："我会密切注意这件事情的，一旦目标有所行动，有所暴露，立刻就通知您。嗯，阿兹克先生，我该怎么及时通知您?"

在克莱恩的想法里，阿兹克如果是死神的后裔或者与死神有某些关联，那他的力量类型就应该接近"收尸人"序列，肯定有办法弄出类似于戴莉信使的那种事物。

换句话说，这能从侧面证明阿兹克是否与死神相关，是否属于祂的后裔。

阿兹克吸了口雪茄，思考了十几秒钟，从左侧袖口内解下了一件饰品。

这是一个精致的、古旧的铜哨，上面有许多让它充满神秘韵味的奇特花纹。

"这是我在贝克兰德醒来时随身携带的一件物品，你只要吹动它，就能召唤出一个独属于我的信使。"阿兹克捏着那个铜哨，详细解释了一句。

那么多年过去了，这铜哨还能用? 这属于神奇物品了吧? 克莱恩既惊讶于此事，又欣喜于自己间接证明了阿兹克先生与死神存在一定关联。

看了克莱恩一眼，阿兹克将铜哨凑到嘴边，做起了示范。

他猛地鼓起两侧腮帮，狠狠吹了一下。

房间内没有任何声音响起，但克莱恩瞬间就感觉到了阴冷与冰凉。他快速叩动左边牙齿，看见旁边的地板上有一根又一根的朦胧白骨被抛了出来，形成了诡异的喷泉。

几秒之后，起居室内多了一只虚幻的怪物。

它通体由白骨构成，眼窝内闪烁着漆黑的火焰，身高接近四米，正低头俯视着一米七五不到的克莱恩。

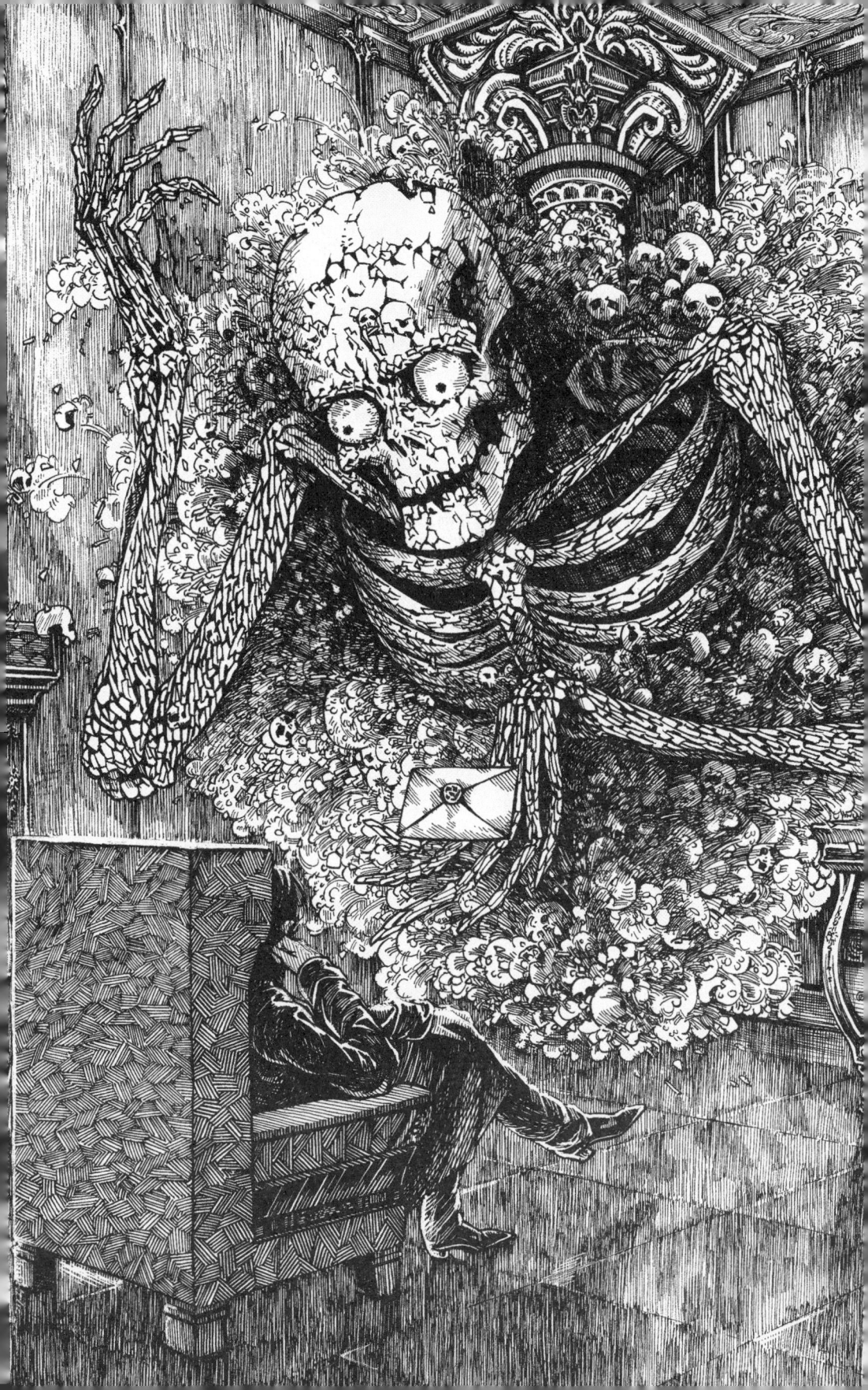

看见几乎快顶穿天花板的白骨怪物，克莱恩茫然闪过了一个念头："阿兹克先生，您的信使会不会太夸张了？"

　　阿兹克一点也没有察觉到他的想法，笑笑道："将信件给它之后，再吹一下铜哨就能结束召唤，而它很快就可以将信送到我的手中，以隐秘的方式。"

　　说完之后，阿兹克手腕一抖，将那个古旧的铜哨扔向了对面。

　　克莱恩右手一探，准确抓住，只觉触感冰冷但柔和。

　　感谢"小丑"魔药……他默默松了口气，擦干净哨口，狠狠吹了一下。

　　无声无息间，那个巨大的信使崩解成了一根根朦胧白骨，钻入了地板。

　　…………

　　塔索克河贯穿贝克兰德，在这里留下众多的码头。

　　阿尔杰·威尔逊身穿风暴教会的牧师长袍，缓步走下了客轮。他看见码头上人来人往，数不清的搬运工正在挥洒汗水，景象热烈而喧嚣。

　　"久违了，贝克兰德。"阿尔杰无声自语了一句。

第六章
CHAPTER 06
✦ 尸检 ✦

离开阿兹克后，克莱恩乘坐公共马车返回了水仙花街。

咔嚓，他掏出钥匙打开房门，突然看见餐厅内坐着一道身影。

克莱恩下意识就握紧了掌中的手杖，但旋即醒悟过来，那不是窃贼，而是女仆贝拉。

贝拉正专注地阅读着摊开在桌上的报纸，听到开门的声音，也是吓了一跳，唰地站起，结结巴巴地解释道："我，我刚忙完了上午的事情，正等着，正等着水烧开吃，吃面包。"

我果然还没适应家里忽然多了个女仆……克莱恩自嘲一笑，摘下帽子，微微点头道："阅读是一个好习惯，能在繁忙的工作之余坚持阅读是受到女神鼓励的。"

他怕对方以为自己是在嘲讽，于是用上了黑夜女神的名义。

但实际上，只有知识与智慧之神才将阅读放到崇高的位置……当然，不管哪个教会，都提倡学习……嗯，十七八岁的年纪，信仰黑夜女神，说明是受到父母的影响，而这样的父母，只要不是完全没有办法，肯定会让女儿接受教育，公立初等学校读不起，教会的免费学校还是没有问题的，顶多耽搁点时间……所以，贝拉不是文盲，她认识单词，能够阅读报纸……克莱恩若有所思地放好手杖，走进客厅。

对于贝拉，他的印象还是挺不错的。

虽然这个小姑娘在厨房内显得不够适应，笨手笨脚，但她表现出了愿意学习、努力学习的态度。

贝拉垂下双手，略显不好意思地说道："我以前，以前都没怎么看过报纸，房东先生不允许我们购买旧报纸来糊墙……我刚才拿起它擦拭茶几的时候，不小心瞄了一眼，觉得，觉得非常有趣。"

可怜的姑娘，我穿越过来那会儿，报纸都在有趣排行榜上垫底……克莱恩腹诽一句，笑了笑，顺着银制表链拿出怀表，啪地按开看了一眼，随口说道："只要你完成了自己的工作，并且完成得不错，其他时间你可以自由安排，不需要紧张。当然，如果我和班森、梅丽莎在聊天，你最好还是待在你的房间内，我允许你使用里面的煤气灯，并带几份旧报纸进去。

"嗯，你下午一点来敲我卧室的门，之后给我准备一杯锡伯红茶、两个松软的白面包、一片燕麦吐司、一小碟奶油。"

为了庆贺自己晋升序列8，克莱恩决定小小地奢侈一把，将班森打算周末才享用的白面包提前吃掉。

嗯，我会再买八磅回来的，以后的主食就从燕麦面包改为白面包！序列8的非凡者，周薪肯定会涨……队长之前竟然没提这事……他又忘了！克莱恩怔了一下，决定明天去问清楚。

"好，好的。"贝拉惊喜交加地回应道。

接着，她有些不太确定地反问道："克莱恩先生，是招待客人的锡伯红茶吗？"

因为一家都是莫雷蒂，所以她用名来尊称。

"是的，以后那就是平时喝的茶了。"克莱恩将手一挥，迈步走向楼梯口。

成为"小丑"后，他突然发现自己的财政状况变得非常好。

这一是由于暂时没有额外的大笔开销了，也就每天排查红烟囱房屋固定要支出的两苏勒出租马车费用，以及偶尔的补充材料的费用，而后者很多时候都是能报销的。

二则是因为克莱恩的不记名账户里正静静趴着三百金镑。要知道，乡下的田地和牧场，一公亩只需要五到六点五苏勒，也就是说，他能买下九百二十到一千两百公亩的乡村田地或者牧场，略等于地球上的一百三十八到一百八十亩，或者二十三到三十英亩，另外，这笔钱也能让他以地契年期的方式买下水仙花街一栋住宅十五年。

如果全部用来买土地，土地出租的地租收入大概是每年二十三到三十一金镑……还不错，但目前没这个必要，这三百金镑得留着应急……呼，这两天得找机会将我的真实周薪告诉班森和梅丽莎了！克莱恩边想边进入自己的卧室。

反锁住房门，克莱恩坐到床上，又一次开始冥想，以这种方式缓慢掌控着魔药外溢的少许力量，非常小心，非常谨慎。

对他来说，"失控"原本只是一个存在于口头上的名词，直到遭遇那位代罚者。

当时，他并不认识那位代罚者，也不知道对方在此之前发生了什么事情，只下意识认为那是特例，是很少发生的情况。

这就像从新闻消息里看到一起发生于其他城市的凶杀案后，正常人顶多唏嘘几句，转身就会忘记。

但老尼尔的事情给克莱恩带来了极大的震动，让他清楚明白地认识到，失控就在身边，就在周围，失控随时可能以意想不到的方式降临！

真是血淋淋的教训啊……克莱恩结束冥想，睁开眼睛，无声自语了一句。

这段时日里，他经常会梦见那天的场景，经常会在半夜霍然惊醒，冷汗淋漓。

他既悲恸于老尼尔的死亡，也担忧着自身的未来，要不是有冥想可以辅助入眠，他相信自己最近肯定会常常睡不着。

"除了消化魔药，还要尽量控制住本身的情绪与欲望，让它们处在合理的范围内，不被它们所腐蚀……"克莱恩吐出浊气，躺了下去，很快进入深眠状态。

老尼尔死亡的那天，邓恩的表现和话语给了他极大的触动，让他第一次认真审视起值夜者的责任，想要尽快挑起属于自己的担子，以帮助到队长和队友。

因此，他不打算浪费下午的时间，格斗练习课程将照旧参加。

…………

下午三点，简陋的练习场里。

金色短发斑驳的高文皱眉看着克莱恩的动作一点点从生涩变得熟稔，从熟稔变得像是接受了大半年训练的见习骑士。

而这一切发生在短短四十分钟内！

他喊停练习，上下打量起对方，忍不住开口问道："发生了什么事情？"

克莱恩早就想好了一套说辞，准备将自身的表现推到科学研究上，但高文话音刚落，立刻就沉吟着补充道："如果不方便回答，就不需要回答。"

看来警察部门的相应人员早就和高文老师沟通过了……也是，他偶尔会训练非凡者，怎么可能不预先提醒……克莱恩松了口气，上翘嘴角道："老师，您认为现在的我还需要多久才能参与实战？"

高文环抱起双手，认真看了他一眼，嗓音略显沉哑地回答道："两三天。但这还不足够！"

他仿佛在思考般解释道："能参与实战并不等于精通格斗，后者大概还需要两三周。另外，你必须掌握便于携带的冷兵器，比如手杖、鞭子、匕首和三棱刺！"

……还有这么多项目？克莱恩一下呆住。

高文目光沧桑地扫过他，道："你要记住，你在这里流下的每一滴汗水，将来都可能挽救你的生命。"

"是，老师！"克莱恩打起精神回应道。

…………

周六早晨，克莱恩进入黑荆棘安保公司，再次敲响了队长办公室的门。

邓恩·史密斯仿佛早有准备，只抬头望了一眼，就自顾自说道："昨天忘记通知你了，晋升序列8之后，你在警察部门的职位也自然从见习督察变成了督察，我会让他们尽快来更换你的证件和制服肩章。

"你的周薪将从六镑提升到十镑，教会和警察厅各自承担一半，这达到了资深值夜者的水平，当然，我是指序列9的那种。"

队长，你是不是打草稿了？克莱恩听得一愣一愣，旋即眉眼舒展，嘴角微翘地回应："这比我预想中要多。"

他还以为周薪只涨到八镑的。

邓恩端起咖啡，抿了一口道："值夜者薪水的增长依据，一是服务的年限，二是做出的贡献，三是本身的职阶。而第三点往往也和贡献密切相关。"

也是，没有功勋，就算消化掉魔药，达到了晋升的标准，也没办法申请配方和材料……克莱恩若有所思地点头。

周薪十镑，算上奖金，差不多年薪五百四十镑，在不需要缴税的情况下，这样的收入在中产阶级里也算是非常不错了，仅次于大律师、有名建筑师、资深外科医生和政府高级雇员等近乎社会名流的职业。

鲁恩王国财政部金融司的副司长年薪也才七百镑，而且还是税前，税后顶多六百四十镑，嗯，不到一点……根据报纸上的介绍，贝克兰德西区和希尔斯顿区一栋不错的房屋要价为两千五百镑左右，我和班森、梅丽莎要是能保持现在的开销，七八年就能买下……纯靠自身，只用七八年就能在帝都和魔都偏市中心的位置买到独栋房屋，这薪水真是让人心情愉悦啊……克莱恩起身告辞，步伐轻快地进入地底，轮值查尼斯门。

十点不到，他突然听见有人正在靠近值守室。

很快，邓恩出现在了门口，灰眸幽邃地说道："有一起案件需要你的帮助。"

"涉及非凡力量的案件？"克莱恩下意识反问了一句。

"不是，市议员梅纳德先生今早被发现死于家中，廷根市警察局承受了很大的压力，希望我们用通灵的方式帮助他们尽快锁定凶手，嗯，目前小队里只有你能通灵。"邓恩解释了一句，接着补充道，"圣堂会在下周内调派一位'窥秘人'加入我们，其实，之前就该这么做，只是你刚好加入，又选了'占卜家'。"

"那位，那位议员先生死亡多久了？"克莱恩一边收拾起身，一边直指核心地问道。

如果超过了十五分钟，那能收获的信息将断崖式变少；超过一个小时，则只能得到较为粗浅的东西；若是一个月以上，通灵本身都有极大概率失败。

"很遗憾，初步的检查报告显示，梅纳德议员死亡于昨晚九点到十一点之间。"邓恩摇了下头道，"你只需要提供帮助，不用考虑是否有收获。"

"好的。"克莱恩取下外套，拿上帽子和手杖，往值守室外行去，邓恩·史密斯则代替他轮值查尼斯门。

其实，从理论上来说，作为非凡者，只要本身灵性得到了提高，那灵视、占卜和仪式魔法等东西都是可以学习的，尤其"不眠者"序列还以灵感高著称。

但实际上，不同序列各个"职业"在类似方面的区别依旧非常明显，比如邓恩·史密斯和伦纳德·米切尔目前都掌握了灵视，但他们看到的气场颜色只有浅白或者淡蓝，无法准确地分辨人体不同部位的状态。当然，处于灵视状态下的他们肯定能直接看见鬼魂灵体类的事物，不过这没有自身的灵感来得简单有效。这也造成了"不眠者""午夜诗人"和"梦魇"不喜欢开启灵视的问题。

同样的，如果他们愿意，也能学会灵摆、卜杖、梦境占卜等方法，只是成功率不值得期待。

仪式魔法领域也是一样的情况。

两人擦身而过时，邓恩突然开口道："我刚才忘记说了，这件事情也由托勒督察负责，他就在安保公司接待大厅里等你，记得换上你的新制服，拿上新证件。"

克莱恩一点也不意外地笑着问道："新制服，新证件？廷根市警察局的效率很高嘛。"

他昨天才晋升序列8……

"因为这起案子很重要，所以……"邓恩摊了下手，坐到了克莱恩之前的位置。

克莱恩一路回到楼上，没急着去接待大厅，而是进入值夜者休息房，到附属的盥洗室解决了个人问题——值守室内只提供马桶、水瓶和盆子。

然后，他换上了升级到两颗银星的特制警察服装和有着双剑交叉、簇拥王冠的纹章的软帽。

转移完"阳炎符咒""阿兹克铜哨"和仪式用材料等事物后，克莱恩整理了下衣服，拿着手杖走出了休息室。

刚通过隔断，他就看见了坐在沙发区域的托勒督察。

一段时间不见，这位高大的警官愈发圆润，肚子愈发出众，配上浓密的胡须和头发，就像刚从马戏团逃出来的棕熊一样。

"很高兴又能和你合作。"托勒见是认识的值夜者，顿时松了口气，前倾站起，伸出"熊掌"。

不，手掌……克莱恩默默纠正了自己，与对方礼节性地握了下手："我也是。"

这时，托勒瞄了眼克莱恩两颗银星闪耀的肩章，略有些羡慕地说道："我们平级了，这还不到一个月。"

克莱恩本想严肃地说一句"我们承受的危险可能十倍于你们"，但话到嘴边，却想到了自己现在的身份——序列8的"小丑"。

也许可以尝试一下……他借助心灵对面部表情的映照，嘴角上翘，笑容明显地回答道："或许再有两三个月，你就要称呼我长官了。"

"你真是幽默。"托勒笑了一声，指着门外道，"我们出发吧？"

"好的。"克莱恩没放弃自己的手杖，对他来说，成为"小丑"后，这件"武器"才算名副其实。

出了黑荆棘安保公司的大门，克莱恩与托勒并肩下楼，一瘦一胖，对比非常鲜明。

"我觉得我们甚至能去马戏团逗笑那些观众。"克莱恩忽然笑道。

托勒非常认同地点头道："是的，我觉得我们的对比很有喜剧效果。你知道吗？某些马戏团正在尝试用胖瘦、高矮不同的小丑组合表演。"

不，其实我的意思是指驯兽师和棕熊……克莱恩当然不会说出那么没有礼貌的话语，他附和道："可惜的是，我们廷根市没有固定的马戏团。"

"是啊，但我们还有歌剧院，还有大剧场，还有音乐厅。"托勒督察略显惋惜地回应。

两人寒暄着上了警察局的马车，而直到这个时候，克莱恩才将话题转向案子："梅纳德议员确定是被谋杀的吗？"

"不确定，但他的妻子、他的两个儿子都不愿意相信突发疾病的可能性。嗯，现场确实有些问题，梅纳德被发现时，没有穿衣服，就那样躺在客房的床上。"托勒斟酌着说道。

"他和他的妻子是分房睡？"克莱恩往后靠住马车厢壁，模仿着上辈子看过的各种侦探片主角。

托勒摇头道："不是，他的妻子最近几天并不在廷根，她到贝克兰德参加一场重要的社交舞会去了。你可能不知道，她是一位新党首领，下院议员的女儿，她还在回廷根的蒸汽列车上，只是用电报的方式提前表达了自己的态度。

"梅纳德也是新党的党员，已经担任廷根市的议员超过十年，他打算在明年的竞选里瞄准市长的位置。"

"也就是说，他的死亡可能与此有关？"克莱恩随口问道，旋即失笑，"我只是帮忙'尸检'，其他的事情并不在我该关心的范围内，你可以不用回答。"

托勒不太在意地叹息道："尸检……你很谨慎。

"至于你的猜测，我只能说也许。昨晚梅纳德议员在家里举行了一次聚会，有太多的客人来往，我们暂时没办法确定主要嫌疑人。而且，这些客人都有着体面的身份，我们必须足够谨慎，不能犯错。"

"明白。"克莱恩轻轻颔首，又颇感兴趣地问起一些现场细节。

梅纳德的家位于金梧桐区，属于独栋房屋，前后左右都环绕着花园和草坪，有马厩，有喷水池，有水泥砌出的宽阔道路。

克莱恩戴好有警察纹章的软帽，跟在托勒督察身旁，穿过形同虚设的封锁线，于一位位警员的注视下进入了二层小楼的正门。

客厅区域，两男两女四位见习督察正分别找人谈话，搜集口供。

克莱恩一眼望去，发现了不少穿着燕尾服的先生，以及几位穿着华美宫廷长裙、以细格黑纱遮脸的女士。

"他们都是昨晚在这里过夜的客人。"托勒解释了一句，领着克莱恩走向阶梯，直奔二楼。

一路之上，或许是督察肩章的效果，搜查房屋的警员们看到两人都露出尊敬的神色，未有丝毫阻拦。

"这就是发现梅纳德议员尸体的客房。"身体高大魁梧的托勒停在了一扇深红木门前。

克莱恩若有所思地问道："这间客房昨晚属于谁?"

"不属于谁，这栋房屋有太多的客卧，它并没有派上用场。"托勒戴好白手套，伸手拧开了深红色的木门。

他让里面负责看守的警员暂时离开，对克莱恩点了下头道："莫雷蒂督察，接下来就交给你了。"

"愿女神庇佑你我，希望会有收获。"克莱恩也戴上白手套，反锁住了房门。

他踱步来到床边，看着暗红床单异常凌乱，而上面躺着一具盖有白布的尸体。

克莱恩现在也算是见过世面的人，他并不畏惧地拉开白布，望向了梅纳德议员。

这位先生四十来岁，金色的头发理得很短，脸上残留着一种痛苦与愉悦混杂纠缠的表情。

克莱恩退后两步，拿出相应的材料，快速做好了通灵仪式的前置准备。

一番咒文之后，他于宁静幽远的香味和环绕自身的阴冷之风里，默念出了早就想好的占卜语句：

"梅纳德议员死亡的原因。

"梅纳德议员死亡的原因。

"……"

克莱恩一边默念，一边退至高背椅前，缓缓坐了下去。他眼眸转黑，往后一靠，飞快进入了沉眠。

虚幻、迷离而朦胧的世界里，他突然看见了刚才那位先生。

107

梅纳德睁着蔚蓝的眼眸，正趴在一位身材出众、皮肤白皙的女士身上竭力冲刺。他先是露出极端满足、极端愉悦的神色，接着猛地收回右手，按住胸口，表情随之扭曲到狰狞。

啪！

随着梅纳德倒下，画面迅速破碎，克莱恩睁开双眼，从梦中醒了过来。

没想到我还能以这种方式看一次小污片……所以，梅纳德议员是死于偷情的床上，死于太过操劳？克莱恩低笑一声，揉了下额角。

他拿出钢笔和纸张，再次使用仪式，将梦中看见的那位女士描绘了出来，当然，脖子以下从略。

这是一位很难说清楚具体年龄的女性，她有着三十多岁的成熟风情，也有着青春残留的纯真味道，她的眼眸水润而光泽，给人楚楚可怜的感觉。

望了眼"自己"的作品，克莱恩收拾好仪式材料，解除了灵性之墙。

他侧过身体，探手抓向了靠在旁边的镶银黑杖。

突然，他听见了徘徊于喉咙里的呼呼声，让人皮肤表面瞬间冒出一粒粒疙瘩的呼呼声！

克莱恩猛地望向床上，只见梅纳德议员的双手紧紧抓住了暗红的床单，抓得手背青黑暴突。

唰的一声，这位死于昨晚九点到十一点之间的议员坐了起来，口角流着唾液，双眼空洞地睁开。

克莱恩还没来得及冒出新的想法，就看见浑身僵硬的梅纳德议员双手一撑，夹着沉重的风声，直挺挺扑向了自己，扑向了自己的左边！

换作以前，遭遇这种突发状况，他多半反应迟缓，难以躲避，就算提前有所察觉，也得连滚带翻才能及时逃出对方的扑击范围。

但现在，克莱恩几乎本能就做出了应对，峥亮的无纽扣皮靴一蹬，整个人斜着跃开，跳到了高背椅上。

由于晋升才一天，他对本身的力量、敏捷和速度还不算特别适应，慌忙之间，这一跳竟跳得太高太过，落脚的位置居然是高背椅椅背的顶端！

那只有窄窄的一条，克莱恩心中一紧，快速控制身体，调整了重心。他摇晃了几下，竟那样稳稳站住了，如同一只炫耀着平衡能力的黑猫。

而摇晃的同时，他左臂一挥，顺着"活尸"梅纳德的前扑之势，一手杖抽到了它的侧肋，抽得它失去平衡，跟跄着扑倒在地毯上。

克莱恩立在高背椅顶端，右手急速上抬，探向腋下，试图从枪袋里拔出左轮，给面前"活尸"送一发银色猎魔子弹。

但就在这个瞬间，他忽然想到了该怎么善后的问题。

要是一枪在梅纳德议员的尸体上开了个洞，那事后该怎么向他的家人和关心这件事情的新党议员们解释死因？

我只是对着他的尸体补了一枪？

念头闪烁间，克莱恩右手伸入警察制服的同侧口袋，摸到了一枚三角形的薄片。

"安魂符咒"……他迅速做出判断，没有犹豫地拿出了那枚银制符咒，并低喊出古赫密斯语里一个单词："绯红！"

随着开启咒文的回荡，符咒散发出了安宁静谧的感觉，克莱恩忙将灵性灌注入内，并把它扔向了挣扎着爬起的"活尸"梅纳德。

冰蓝的火焰腾地浮现，包裹燃烧起那枚三角形薄片，宁静而柔和的黑色迅速弥漫，消除着魂灵的紧张与不安。

"活尸"梅纳德停在了那里，空洞的双眼呆呆注视着地面，口角处的黏液一滴又一滴地落到了地毯上。

克莱恩松了口气，就要拿出材料，布置仪式，用净化的方式解决面前的不洁生物。

可突然之间，梅纳德喉咙里再次发出呼呼响声，空洞的双眼又望向了克莱恩警察制服的左侧口袋。

我去……克莱恩纵身一跃，从高背椅顶端跳到了凸肚窗的窗台上。与此同时，他听见了高背椅摔倒并折断的响声。

头皮微麻的克莱恩不得不又一次摸出一枚长方形的银制薄片。

这是"沉眠符咒"！

并非只有活人才需要睡眠，死者本身就处于"长眠"之中，必定是出现异常才会苏醒，徘徊于地上！

在某些神秘学书籍里，甚至这样描述某些"活尸"：它们在白天沉眠，于夜晚苏醒。

"绯红！"

克莱恩再次低吟出古赫密斯语咒文，打算这次再失败，就不考虑后果，拔出左轮一通乱射。

只有活着才能去烦恼后续的问题！

感受到掌中银制薄片变得冰冷，克莱恩灌注入灵性，将它扔了出去。

暗红色的火焰一下照亮了他的双眸，轻微的爆炸声噼里啪啦地回荡于客房内。

静谧安柔的力量散逸而出，带着让生物无法抗拒的疲惫，"活尸"梅纳德刚从摔坏的高背椅上爬起，立刻就摇晃了几下，闭住空洞的双眼，扑通躺倒。

有着刚才的经验，克莱恩没敢放松，当即拿出夜香草、深眠花、洋甘菊混合蒸馏萃取的"安曼达"纯露和龙纹树皮、月亮花制作的"满月精油"等材料，迅速布置了一个祭台。

紧接着，他借助"圣夜粉"，用灵性之墙封锁了附近区域，将祭台和沉眠的"活尸"梅纳德包含于内。

默念咒文，点好相应的三根蜡烛，并往烛火内分别滴上纯露、精油，撒上草药粉末后，克莱恩后退一步，边警惕地看着"活尸"梅纳德，边用赫密斯语诵念道：

"比星空更崇高，比永恒更久远的黑夜女神，

"我祈求您的眷顾，

"祈求您眷顾一位您忠实的守护者。

"我祈求绯红的力量；

"我祈求安眠和寂静的力量；

"祈求您净化我附近的这个不洁生物，那曾经叫作约翰·梅纳德的先生。"

"……

"月亮花啊，属于红月的草药，请将力量传递给我的咒文！

"深眠花啊，属于红月的草药，请将力量传递给我的咒文！

"……"

无声无息间，仿佛从半夜吹来的凉风回荡在了灵性之墙内，"活尸"梅纳德身上则有一缕缕的淡薄黑雾蒸腾往外。

等到一切平息，克莱恩用灵视的占卜方法反复确认了对方不会再"醒来"。看到结果，他彻底放下提着的那颗心，结束仪式并解除掉灵性之墙。

"他怎么会突然诈尸？"克莱恩站在躺于地毯上的梅纳德前方，微皱眉头地往下俯视。

对一位灵感不低的非凡者来说，死者诈尸是有明显征兆的，更别提克莱恩还是"占卜家"，对类似的事情总会有些预感，但刚才的变化完全出乎他的意料。

除非，除非有更加神秘的因素影响……就像燕尾服小丑那次一样……克莱恩仔细回忆起刚才的场景，隐约察觉到了问题所在——"活尸"梅纳德一直在试图攻击他警察制服的左侧口袋！

左侧口袋？克莱恩将镶银黑杖交到右掌，让左手伸入口袋，拿出了安放于里面的一个古旧铜哨。

这是一枚布满神秘花纹的铜哨，这是阿兹克借给他用来召唤信使的铜哨。

"这枚铜哨导致了梅纳德活尸化？有可能，阿兹克先生哪怕不是死神后裔，也与死神有一定的关联，他携带的神奇物品有符合逻辑的类似作用……"克莱恩若

有所思地点头，掏出一枚铜便士，就刚才的判断做了个快速占卜。

因为就在现场，因为正拿着相应物品，因为资料充分，他很快就得到了结论，看见铜便士翻滚往下，落至自己掌心，头像朝上。

这表示肯定……阿兹克先生竟然没提醒我注意类似的问题，呃……他是"失忆症"患者，不记得很正常，而且铜哨在他身上未必会有负面影响，很大可能被压制住了……以后去墓园、古堡等尸体众多或者容易闹鬼的地方，不能携带这个铜哨，否则就是自己给自己加难度，疯狂找死……克莱恩默默记下这新总结出来的注意事项，不算费力地将没穿衣服的梅纳德议员弄回了床上。

看着对方侧肋被抽打出的鲜明痕迹，克莱恩叹了口气，盖上白布，假装没有发现。

这个问题就留给警察部门烦恼吧！嗯，刚才的两枚符咒属于任务消耗，可以报销……他边想边收好物品，拿着画像走到门口，解除了反锁。

吱呀一声，房门打开，克莱恩看见托勒督察就守在外面，不让任何人靠近。

"刚才发生了什么事情？"托勒疑惑又担忧地问道。

他隐约听见里面有不小的动静。

克莱恩笑了笑，故意浮夸地回答道："梅纳德议员活了过来，并试图给我一个热情的拥抱。"

"不要开玩笑……"托勒无奈地望了眼房内。

"为什么要这样严肃？"克莱恩摊了下手道，"因为暂时还不确定的问题，梅纳德议员变成了活尸，嗯，就是各种鬼故事里的那种，幸运的是，我还没有离开，及时用仪式魔法清除了不洁，让他重归于安宁的沉眠。"

"这和他的死因有关系吗？"托勒表情严肃地问道。

"我无法给你答案，我甚至不知道是出了什么问题。你应该清楚，在我们这个领域，无法解释的事情相当常见。"克莱恩敷衍了一句，转而摇晃着手中的画像道，"通灵的时候，我看见了梅纳德议员死亡前的场景。"

"你的意思是……他是那个死因？"托勒一副"你懂的"样子。

"理论上是这样，有待于后续的解剖。"克莱恩将画像递给了托勒督察。

托勒只瞄了一眼，就惊呼出声："雪伦夫人！"

克莱恩一脸茫然地看着对方："她很有名吗？"

嗯，从长相和身材来说，应该比较有名……他在心里吐槽了一句。

托勒左右看了一眼，略显兴奋地介绍道："雪伦夫人是廷根市最有名最漂亮的寡妇，也是社交场合最受人追捧的女士，她是霍伊男爵的第二任妻子，但不幸成了遗孀。她在贵族阶层、在新晋的有钱商人中广受欢迎，是能同时得到保守党和新党宴会邀请的名媛。

"据说，她和她的继子、现任的霍伊男爵，贝克兰德的某些贵族，以及几位政府高级雇员，都有着暧昧的关系，是位有能耐的夫人……想不到，她和梅纳德议员也是这种关系……嘿……"

简单来说，一名出色的交际花……克莱恩暗自总结了一句，侧身指着屋内道："接下来的环节不在我的任务内，具体该怎么审问雪伦夫人是你们的问题。嗯，净化之前，我抽了梅纳德议员一棍子，你们做一下处理，想好怎么解释。"

"什么？"棕熊般的托勒吓了一跳，看了看克莱恩，又望了望客房内，以一种本身不该有的敏捷姿态冲了进去。

他拉开盖着尸体的白布，仔细审视了几遍，松了口气道："比我想象的好，这不是太大的问题。"

也许我该拔出左轮，送梅纳德议员五发猎魔子弹，看问题究竟严重不严重……克莱恩腹诽一句，指着门外道："之后没有我的事情了吧？"

"不！"托勒猛地喊了一声，"你再等一下。"

克莱恩不解地反问道："为什么？"

托勒非常正经严肃地解释道："我们必须预防意外，等问过雪伦夫人，做好口供，我再送你回佐特兰街。"

死亡超过十个小时的梅纳德都可以"活"过来，还有什么事情不能发生？你走了，我怎么办？托勒在心里默默补了一句。

"好吧。"克莱恩揉了下额角道，"你找个安静的房间让我休息。"

才晋升一天的他各方面状态还不稳定，刚才又举行了好几次仪式，使用了两枚符咒，并受到不小的惊吓，所以必须尽快冥想，排除问题。

现在的克莱恩对于"失控"是异常警惕。

托勒将白布拉上，明显放松了不少，道："没有问题。"

他领着克莱恩进入靠近日晒屋的客房，指着里面道："莫雷蒂督察，你可以放心，不会有人来打扰你，我先去找雪伦夫人。"

克莱恩微微点头，目送对方离去，然后关上房门，合拢窗帘。

昏暗宁静的卧室内，他缓步走到摇椅旁，舒服地躺了下去，任由身体有节律地前后摆动。

数不清的光球幻象层叠聚集于脑海，克莱恩耳畔的嗡嗡声和头部的抽痛感一点又一点地消失不见。

等到状态稳定后，他睁开双眼，望着于黑暗里勾勒出轮廓的床铺、柜子等家具，身心平和地总结起之前的尝试："几次较为浮夸的玩笑暂时没得到反馈……也许是我还未真正控制住'小丑'魔药的力量，还有负面影响残存……当然，不排除这种扮演作用不大的可能性。

"……我个人是不太乐意扮演小丑的，但既然选择了这条序列途径，只能硬着头皮往下走……其实，生活里每个人或多或少都有成为小丑的时候，不用太排斥……得尽快弄清楚'小丑'的核心要素是什么……"

各种想法翻滚浮现，克莱恩突地掏出了一枚黄铜色泽的半便士硬币。

他习惯性地要占卜一下梅纳德的死亡是否存在超凡因素的影响。

这或许就是职业病……克莱恩摇头失笑，眼眸转深，反复默念道：

"约翰·梅纳德的死亡存在超凡因素的影响。

"约翰·梅纳德的死亡存在超凡因素的影响。

"……"

铮！

躺于摇椅上的他弹出了那枚半便士的硬币，看着它黄铜色泽的身躯在昏暗中翻滚闪烁。

啪！硬币正正落在了克莱恩的掌心，数字朝上。

"否定……也就是说约翰·梅纳德的死亡不存在超凡因素的影响……这家伙看来真是于极度欢愉下猝死……死者为大，我就不用中文俗语嘲笑他了……"克莱恩收起硬币，在黑暗深沉的房间内放空着自己的大脑，险些睡了过去。

咚，咚，咚。

缓慢有节奏的敲击声里，克莱恩整理了下衣物，戴上有警察纹章的软帽，离开躺椅，缓步来到门边。

右掌刚触碰到扶手，他的脑海内突地出现了一幅画面——棕熊一样的托勒督察立在门外，扯了下领口，神情间透着明显的烦乱与无奈。

拧动把手，克莱恩不急不慢地打开了房门。

托勒督察出现于他的眼中，扯了扯领口道："非常抱歉，让你等待了太久。我们已经找过雪伦夫人，录好了口供，你可以返回佐特兰街了。真的很抱歉，耽搁了你宝贵的时间。"

克莱恩没去问对方目前情绪的缘由，转而笑道："雪伦夫人承认昨晚和梅纳德议员在一起了？"

"是的，她说在大量酒精的催化下，她和梅纳德议员一时没能控制住自己，而发现对方猝死之后，她非常害怕，稍作处理就逃出了那个房间，躲回了属于自己的客房。我们暂时没有足够的理由指控她犯罪，只能让她离开，限制一定的自由，等待更进一步的解剖结果。"托勒督察详细地讲述道。

克莱恩略微偏头，敏锐笑道："你是在向谁解释？"

托勒愣了一下，旋即露出苦笑道："是啊，我不需要对你解释什么，我被梅纳德夫人烦透了，才下意识说了这么多。"

"梅纳德议员的夫人回来了？"克莱恩恍然反问。

"是的，很遗憾，今天的蒸汽列车出现异常，没有晚点。"托勒用并坑笑的方式做出肯定的回答。

克莱恩没再多问，检查了下随身物品是否齐全，跟着托勒督察走向楼梯口，一路回到底层。

"你们为什么不抓捕她？

"她是杀人凶手！我要控告她，我要控告你们渎职！

"我要请最好的大律师控告你们！

"……"

一声声略显刺耳的话语传入克莱恩的耳朵，他下意识望去，看见客厅区域内，一位丰满白皙的中年妇女在两个年轻人的搀扶下，怒视着对面，不停地斥责着。

"贝克兰德今年流行的宫廷风长裙……"经常会翻看《女士审美》这本杂志的克莱恩先是冒出这么一个不合时宜的想法，接着看见一位被几个绅士保护在身后的女子。

这位女士穿着黑色的长裙，皮肤白嫩光洁，褐发如同瀑布，棕色的眼眸则像林中小鹿一样纯真可怜，让人不由自主就想要呵护她。

雪伦夫人……克莱恩忽地想起了对方主演的"小污片"，忙抬起右手，抵住嘴巴，干咳了两声。

他职业性地让左边牙齿轻叩了两下，用灵视观察起在场众人。

梅纳德夫人的身体有些小问题，气场颜色比较稀薄……从她的情绪颜色能直观地感受到她的愤怒和憎恨……这和她外在的表现非常一致……

咦，雪伦夫人的情绪颜色是代表理性思考和冷静状态的蓝色……这和她外表的慌乱紧张、楚楚可怜完全相反……果然，能成为交际花的人绝对不是什么小白兔……她的身体非常健康……

审视完毕，克莱恩正待收回视线，突地看见雪伦夫人快速抬头，往自己这个方向瞄了一眼，接着又重新低下脑袋，一副胆怯颤抖的模样。

如果不是能直观地看到你的情绪颜色，我恐怕都会被你的表现欺瞒过去……你应该考虑往演员方向发展……腹诽两句，克莱恩没再停留，和托勒督察一块走出了梅纳德议员的家，乘坐警察局安排的马车返回佐特兰街。

替换队长后，他继续轮值查尼斯门，并趁机手写了一份报销申请。

一夜无事，克莱恩于清晨返回地面，从罗珊手里接过了委托她买来的早餐。

"我喜欢这个馅饼!"他赞美了一句。

早餐的费用，他已提前给了对方。

"是吗? 那我明天可以尝试了!"罗珊欣喜地回应道。

……克莱恩嘴角抽搐了一下，专注地对付起牛奶和馅饼。

等到八点二十五分，他打了个哈欠，强忍着睡意，来到附近的射击俱乐部。

他之前几天就约好了疯人院医生达斯特·古德里安在这个时间点见面。

…………

乓! 乓! 乓!

小型射击场里，克莱恩和达斯特各自瞄准靶子，打完了一转轮的子弹。

叮叮当当，达斯特抖甩出弹壳，颇感兴趣地侧头审视起克莱恩:"你比之前更加自信了。"

当然，我都晋升序列8，拥有实战能力了……克莱恩心中映照着自己的面部表情和肢体动作，故意表现出自大的姿态:"因为我只用一个多月就彻底掌握了魔药的力量。"

达斯特微不可见地撇了下嘴道:"虽然这是值得骄傲的事情，但并不需要经常挂在嘴边。"

嘿，作为"观众"，你竟然没有看穿我的表演……这么看来，"小丑"颇为克制"观众"的能力啊……克莱恩有所领悟地笑了笑，转而问道:"胡德·欧根最近的状态怎么样?"

"……他真的疯了。"达斯特默然一秒道,"我用各种办法试探过他，他确实疯了，我在考虑开对症的药物给他，看能否治好他。"

作为序列7的"心理医生"，竟然假扮精神病人……即使有一定的治疗行为，但也不太符合魔药名称的核心要素……这属于模糊且错误地使用扮演法，疯了并不算特别奇怪……

克莱恩想了下道:"在他疯之前，有谁接触过他，你查到了吗?"

"除了疯人院的医生、病人、护士和杂工，没有外人接触过他。"达斯特肯定地回答道。

克莱恩"嗯"了一声:"更早之前呢? 是否有人来探望过他，或者说，他会不会定期离开疯人院一段时间?"

为了遵守当初的承诺，克莱恩前面几次并没有具体打听胡德·欧根的事情。

达斯特陷入沉思，好半天才道:"除了心理炼金会的成员，只有不超过五个人来探望过他，其中有一位来了三次，名字叫作埃尔。"

不等克莱恩追问,他自顾自说道:"但我听胡德·欧根提起过,埃尔是假名。他的真名是兰尔乌斯。"

兰尔乌斯?那个骗财又骗色的罪犯?他竟然和心理炼金会的胡德·欧根有一定联系……克莱恩听得怔了一下,旋即想起了兰尔乌斯这个名字代表的意义。

这是卷走了超过一万金镑财富的诈骗犯!

这是提供线索就有十镑,帮助抓到能获得一百镑的移动金库!

这是欺骗了无辜女性身体和感情的渣滓!

而他居然知道胡德·欧根,并且三次去疯人院探望对方,这是否表明他接触到了非凡者圈子,或者说,他本身就是非凡者?想到这里,克莱恩忽地记起了一个魔药名称。

"偷盗者"途径的序列8——"诈骗师"!

这类非凡者往往以欺诈他人为乐!

很有可能!克莱恩若有所思地点头,控制着面部表情和肢体语言,故作不在意地随口问道:"那名兰尔乌斯先生最后一次探望胡德·欧根是在什么时候?"

"7月初,具体是哪一天,我得回疯人院翻看相应的登记表才能知道。"达斯特·古德里安沉吟了几秒回答。

7月初,那时候兰尔乌斯的骗局还没有破产,他还没有逃离廷根……克莱恩转而问道:"胡德·欧根平时有提到这位先生的事情吗?"

"没有,你应该知道,一位序列7的'心理医生'不可能因为不小心而泄露某些事情,他们说的每一句话,都是在心里反复斟酌过的。除非他们怀有另外的目的,否则很难从他们口中打听到秘密,我也是趁着胡德·欧根疯掉的机会,才能拿到'读心者'的配方。对了,你们有确认那个配方的真实性吗?"达斯特将对自身序列的自豪情绪很好地隐藏了起来。

克莱恩笑笑道:"它是真的,等你需要晋升的时候,放心地按照它去调配魔药吧,如果心理炼金会未能提供材料,我们可以帮忙。嗯,你最近的状态怎么样?"

"还不错,除了比较焦虑胡德·欧根的事情,整个人都得到了放松,不再有人格分裂的迹象,在这件事情上,你真是帮了我很大的忙。"达斯特由衷感慨道。

克莱恩露出谦虚的表情道:"这是我应该做的。让我们回到刚才的话题,既然你说'心理医生'会反复斟酌要说出口的每一句话语,不轻易泄露秘密,那胡德·欧根为什么要告诉你埃尔是兰尔乌斯?他是否在暗示什么,或者在提醒你什么事情?"

达斯特一下呆住,好半天才皱眉说道:"这确实非常古怪,我竟然完全没注意……但除此之外,胡德·欧根什么也没有提过……

"难道他的目的是，如果他出了什么问题，我能向会里的高层转述兰尔乌斯这个名字？

"现实的情况也有点问题，我将胡德·欧根疯掉的事情通报上去后，确实有联络员过来，等我详细地讲述完每一个细节，包括兰尔乌斯的名字，高层就再也没有回应，就像石头丢进了大海。这是否说明他们猜到了些什么？"

"很合理的推测。"克莱恩拿出猎魔子弹，一枚一枚塞入转轮，试着瞄了下靶子。

"从这个推测出发，胡德·欧根也许早就预料到自己会真正发疯，或者直接死亡……而这和兰尔乌斯有一定关系？但是，既然他已经预料到了，为什么不提前向高层求助？"达斯特目光没有焦距地望着前方，苦苦思索道，"可惜的是，他现在疯了，没办法进行有效的沟通。"

"也许某个诱惑让他选择了冒险。"克莱恩做出一个猜测。

与此同时，他也在遗憾胡德·欧根真的成了精神病人，这让很多线索就此断掉。

哎，就算是死人也比疯子好，死人我还能够用通灵的方式让他开口，疯子该怎么办？啊对，戴莉女士曾经尝试用通灵术唤醒我失去的记忆，用的理论还来自心理炼金会……这说明对活人也能使用"通灵仪式"，制造灵与灵直接沟通的情景……这种状态下，不知道胡德·欧根是否依旧疯狂……

可惜啊，我在这个领域还不够专业，估计没办法做到……嗯，我先召唤信使，写信询问戴莉女士，看她能提供什么技巧。如果她认为只有自己才能完成，那我就告诉队长，让他拍电报给贝克兰德教区，请求援助……

我绝对不是为了学到什么技巧和尝试召唤信使的仪式，才绕这么个圈子……

克莱恩脑海内闪过了一个个想法，逐渐有了解决问题的思路。

达斯特则对他的猜测相当赞同："贪婪总是让人愚昧，即使明确知道前面是深渊，也要试着靠近界限，窥探一下。"

这就叫在作死的边缘疯狂试探……克莱恩腹诽一句，想了想道："你回疯人院后，尽量治疗胡德·欧根，争取能让他清醒一段时间，给予提示。另外，不要掩饰自己的担忧和焦虑，多和心理炼金会的人联系，催促他们解决胡德·欧根的问题，这是最正常最合理的反应。"

达斯特郑重点头道："我努力去做。"

克莱恩没再多说，斟酌着又问了一句："胡德·欧根的身体最近有出现异常吗？比如，某些部位长出细密的鳞片。"

"半疯""真疯"和"失控"是对真正出现问题时的非凡者不同程度的描述：轻者就只是三观改变，像是换了个人，但能理智思考，正常行事，属于"半疯"；较为严重者会失去逻辑，混乱癫狂，难以沟通，被称为"真疯"；无法挽救的类型则是身体和心灵都变成怪物，彻底"失控"。

而在某些时候，如果不及时解决存在的问题，疯着疯着也许就失控了。

之前，为了不暴露潜伏在心理炼金会内部的线人，邓恩吩咐值夜者们不要立即控制胡德·欧根，转而采取监控调查、预防意外的办法，但如果对方出现了失控的迹象，就必须果断处置了。

达斯特摇头苦笑道："没有，在这一点上你可以放心，我也很害怕胡德·欧根失控，不会错过任何一个细节，毕竟我一周有六天在疯人院内。"

两人又交谈几句后，相隔十几分钟，先后离开了靶场。

克莱恩忍着强烈的睡意，乘坐公共马车，一路回到水仙花街。

他打开大门，看见妹妹坐在客厅沙发上，既没看书，也未捣鼓零件和机械，就那样怔怔地望着前方，一副丢失了灵魂的模样。

轻叩牙齿，开启灵视，克莱恩疑惑地问道："梅丽莎，出了什么事情吗？"

从气场颜色看，身体很健康嘛……不像之前那样营养不良了……

梅丽莎收回目光，抿了下嘴唇，望了眼有声音传出的厨房，茫然开口道："贝拉一直在推荐她家特有的早餐做法，说是非常美味，我答应今早让她尝试一下。"

"什么做法？"克莱恩隐约有了不好的预感。

"将昨晚的剩菜放在一块煮，然后加水加面包……"梅丽莎嗓音低而飘忽地重复道。

这，这是标准的黑暗料理啊……克莱恩伸手揉了下额头："所以？"

"不能浪费食物……"梅丽莎咬着嘴唇，认真点头。

妹，我感觉你在怀疑人生……克莱恩清了清喉咙，压制住笑意，转而问道："班森呢？"

"他在盥洗室。"梅丽莎终于摆脱了迷茫，眼眸重现光彩。

就在这时，一楼盥洗室内响起抽水的声音，班森拿着报纸，开门出来，道："亲爱的克莱恩，要来一份早餐吗？"

"不，我已经吃过了。"克莱恩坚决摇头，并分外庆幸约了达斯特今早见面，否则他就不会提前让罗珊带早餐了。

"真是遗憾啊，否则你肯定会对我的厨艺改变看法。"班森自嘲地笑道。

这时，梅丽莎才注意到一件事情，转动眼珠，望向克莱恩道："你今天回来得很迟。"

妹妹，天真一点，活泼一点，不要总是操心……你刚才的状态就很好！克莱恩顿时笑道："有一个好消息。"

"你通过了警察厅的考核，能领取额外的薪水了？"梅丽莎几乎没做什么思考就反问出口。

班森也笑着点头附和。

"……"克莱恩拿着帽子，站在客厅边缘，好笑道，"这让我怎么给你们惊喜？"

接着，他干咳一声补充道："是的，我的周薪翻倍了。"

他隐瞒了每周增加的四镑薪水，为将来积攒小金库做打算，毕竟不能只依赖不记名账户里的钱，而且，翻倍也足以惊吓到他的哥哥和妹妹了。

"六镑？"梅丽莎脱口而出，又诧异又震动。

"我真的需要换一份工作了。"班森摸了下自己的发际线道。

有了克莱恩提供的信息，他这段时间的自学是相当刻苦。

不等克莱恩开口，梅丽莎露出欣喜的神色道："这样一来，除去正常的开支，你两三年内就能积攒到足够的财富，达到一位绅士结婚的最低标准了。嗯，标准是伊丽莎白告诉我的。"

"……"克莱恩哑然失笑道，"这是很久之后的事情，我们现在不是应该庆祝一下吗？我宣布，从今天开始，我们的主食变成白面包，等我忙完这段时间，我们就去不同的餐厅品尝美食。"

梅丽莎望了他一眼，似乎什么也没听到地开口："我和班森要去圣赛琳娜教堂参加弥撒，你要去吗？"

我每天都在赞美女神……克莱恩哈哈一笑道："我必须补眠。"

这一觉，他睡到了十二点半，和班森、梅丽莎用过午餐后，继续着排查红烟囱房屋的任务。

等到夜深人静，他用灵性封锁住卧室，准备尝试"死灵导师"戴莉提供的召唤信使仪式。

对于现在的克莱恩来说，简单的仪式魔法已经像吃饭喝水一样熟练，没用多久，他就完成了材料的准备，点燃了象征自己的那根蜡烛。

看着书桌上摇曳不定的那朵昏黄火焰，克莱恩莫名冒出了一个好笑的想法："这算不算为自己点蜡？

"我去，我在瞎想些什么！"他收敛住思绪，拿起属于死亡领域的黑腐花粉末，轻撒向蜡烛，换来一阵类似于上辈子闻到的福尔马林的味道。

紧接着，他又将黑夜的眷属"满月精油"滴了上去。

嗞嗞嗞的响声里，四周突然变得宁静，有无形的、微妙的感觉在涌动。

克莱恩往后退了一步，用古赫密斯语低声诵念道：

"我！"

然后，他换成了赫密斯语：

"我以我的名义召唤；

"徘徊于虚妄之中的灵，被人驱使的上界生物，独属于戴莉·西蒙妮的信使。"

呜！

风声激荡出了哭泣的声音，昏黄的烛火瞬间染上了幽蓝的色泽。

在它的照耀下，书桌后面的墙壁位置荡漾开近乎透明的波纹，一张没有眉毛、没有眼睛、没有鼻子、只有嘴巴的诡异脸孔凸显了出来。

它张大双唇，吐出长而鲜红的舌头，上面镶嵌着一颗又一颗的不规则尖牙。另外，舌头的顶端还长着五根细细的手指，它们不断伸开，又不断捏拢，似乎在等待着投递。

这就是戴莉的信使？和阿兹克先生的比起来，就跟小孩子一样……不，这还不能准确地描述出双方的差距，嗯，一个是成年的巨人，一个是人类的婴儿……不知道是那件神奇物品的原因，还是阿兹克先生本身非常强大的原因……我得调整对他的认知了，也许他是高序列强者……

哎呀，我忘记了，我应该在信里问一问戴莉女士，问她"收尸人"途径的序列4和序列3名称分别是什么，阿兹克先生极有可能属于这个序列。当然，他未必是靠魔药晋升的，嗯，或许是靠祖传的染色体……下次再问吧，信使正等着呢……

克莱恩认真地凝望了几眼，将早就折叠好的纸张放入信使的"手"里，看着它牢牢抓住。

唰！

信使收回了舌头，吞下了信件，那张透明的、诡异的、蠕动的脸孔跟着缩入墙壁，消失不见。

不得不说，魔法的手段也是挺酷炫、挺方便的，就是无法普及……克莱恩看着恢复正常的烛火，摇了下头，结束了仪式。

第七章
CHAPTER 07
✦ 旅行家 ✦

周一上午，贝克兰德，皇后区。

由尼根公爵捐建的市政花园里的某个隐蔽角落，金发杂乱而毛糙的休·迪尔查与气质慵懒的佛尔思·沃尔傻傻地看着面前的接洽者，一时竟不知该用什么语言来问候。

刚过一米五、矮小精致的休盯着摇晃尾巴、吞吐舌头的金毛大狗，理了下自己的见习骑士服，斟酌着开口道："你就是奥黛丽小姐派来的信使？噢，我的女神，我为什么要这样认真地询问一条狗……"

佛尔思用手指夹着纤细的香烟，嘿了一声道："也许它是神奇生物呢？"

"我没见过这么像狗的神奇生物……"休相当正经地回应道。

苏茜一下坐好，闭上了嘴巴，并用爪子指了指自己的腹部。

长而浓密的金毛里，绑着一个皮制小包。

休左右望了一眼，确定无人关注，忙跨步靠近，弯腰解下了那个小包。

佛尔思好奇地望了一眼，表情突然变得古怪："鳄鱼皮的，而且有时尚设计师赛德斯先生的风格……她竟然用这种包来做交易……"

"……也就是说，很贵？"休举了下那个皮制小包。

佛尔思紧抿住嘴唇，认真点了点头。

休的动作一下放慢到极其夸张的程度，她小心翼翼地扯开拉链，取出了里面的信纸，仿佛手里正捧着一个古董花瓶。

读完之后，她顺手将信交给了佛尔思。

佛尔思认认真真看完，用香烟点燃信纸，目睹它化成黑灰，落到泥土里。

"没有额外的情报。"休不自觉嘟了下嘴巴，从见习骑士服的口袋里拿出了一沓折好的纸张。

她满是威严地望向苏茜，下意识叮嘱了一句："这是最近几天的调查报告，你必须直接交给奥黛丽·霍尔小姐。"

苏茜颤抖了一下，忙端正坐好，尾巴摇得飞快。

休满意地点头，将折好的那沓纸张塞入皮制小包，然后将小包重新绑到了苏茜身上。

苏茜嗷呜了一声，一溜烟儿跑得不见了踪影。

…………

霍尔家的豪华别墅内。

奥黛丽正坐在自己起居室的沙发上，拿着裁信刀，试图拆开面前的书信。

那是她排行第二的哥哥从南大陆拜朗帝国寄回来的，和信一起抵达的还有一个包裹。

就在这时，她看见苏茜推开虚掩的房门，小步快跑地冲了进来。

苏茜端正地坐到奥黛丽面前的地毯上，用爪子拍了拍那个皮制小包。

"你真是一个优秀的信使！"奥黛丽丝毫没有吝啬自己的表扬。

苏茜回头望了眼门口，震荡空气，小声说道："你的朋友很严肃，看到她，我就想起了以前，那时候，会有专门的猎人来训练我们。"

它是霍尔伯爵购买猎犬时的赠品。

苏茜，你的鲁恩语越来越流利了……就是语言的逻辑还有点问题……奥黛丽看着金毛大狗自己解下皮制小包，熟稔地扯开了拉链。

她对苏茜使了个眼色，金毛大狗立刻心领神会，猛地站起，蹿到出口，反锁住房门。

"……还没有结果，但在贝克兰德桥区域发现了流浪汉失踪的现象，唔，这也无法确定，或许只是那个流浪汉突然改变了原本的活动轨迹……"奥黛丽翻完调查报告，认真思考起该怎么回复休和佛尔思。

告诉休，只要她能发现"飓风中将"齐林格斯的行踪，我就直接买下"治安官"魔药配方送给她……不，这不够友好，会让她自卑的。嗯，我得这么说，休，我已经准备好了你的赏金，只要你能完成委托，四百五十镑的现金就是你的了……哎，"读心者"的主要材料只找到了法尔斯曼兔的脊髓液，还差成年七彩蜥龙的脑垂体……格莱林特、休和佛尔思暂时也没有发现……

奥黛丽，开心一点，至少你已经彻底消化掉"观众"魔药了！

凑齐材料，你就能成为序列8的非凡者！

奥黛丽收敛住思绪，拿起纸笔，快速写了封回信，重新塞到皮制小包里，并委托苏茜再跑一趟。

目送金毛大狗的背影消失于门口，她拆开哥哥寄来的信件，嘴角含笑地开始阅读。

亲爱的妹妹：

我认为你也应该到南大陆来，到拜朗帝国的殖民区域来，这里有着充沛的阳光，清爽的空气，干净的环境，刚打捞起来的海鲜，各种独特的风俗，温顺听话、非常适合做仆人的拜朗原住民，以及，自由的味道。

而贝克兰德阴冷、潮湿，空气很差，常有灰雾，经常看不到太阳，并且，人口是那样多，多到产生了各种各样的问题。嗯，还有永无止境的舞会、宴会和沙龙……那些社交场合呆板僵硬，让我一刻也不想停留。亲爱的妹妹，我想你也有同样的感受。

我不是想逃离家庭，我只是在追寻自己的人生，但我们的哥哥肯定不会这么认为。他一直是个自私的人，当然，他对你并不吝啬，因为你能够分到的财富只有那么一点，而我，是他继承爵位的最大敌人。

毕竟，我们的父亲是位有着长远目光的伯爵，绝对不会被长子继承制束缚。只要他觉得有必要，他能做出任何事情，就像当初他不顾强烈的反对，卖掉一半的田地和牧场进入银行业一样。

我偶尔还是会想念贝克兰德，但主要是想念父亲，想念母亲，想念你，想念那几年里你让我心情变好的笑容。你一定已经成了贝克兰德最耀眼的宝石，但遗憾的是，我可能要过两年才能回来，事业是男人的自尊心，而鲁恩王国的优秀年轻人以世界为舞台。

…………

你可以转告我们亲爱的姨妈，拜朗帝国沿海地带非常适合度假，非常适合她每到冬天就酸痛肿胀的关节，我诚挚地邀请她来做客。如果你也能和她一起，那就更加好了。

…………

我没有给你寄太多的礼物，主要是一些有着浓郁拜朗风格的东西，比如有特色的黄丝绸，比如充满死神崇拜色彩的饰品。

我记得你一直都很喜欢神秘学方面的东西，我会帮你留意，这里的民俗有着太多的神秘。

看完书信，奥黛丽拿起垫板和纸笔，后靠住沙发背，抿了下嘴，认真写道：

我最亲爱的阿尔弗雷德：

虽然只过去了不到一年，但你记忆中的小女孩已经长大，不再喜欢神秘学方面的事情，你不需要去搜集类似的东西。

因为这非常危险……奥黛丽鼓了鼓腮帮子，于心里补了一句。

这段时日里，她在非凡者聚会中，在休和佛尔思的讲述中，听说了太多太多因神秘事物而发生的惨剧。

她想了下，转而兴奋地宣告道：

> 我现在的兴趣在生物学领域，我最近特别着迷于七彩蜥龙等亚龙，你可以帮我打听一下哪里能找到类似生物，或者它们保存完好的尸体。

分享完一些有趣的事情和贵族间的绯闻，奥黛丽停下书写的动作，摆出认真回想的模样。

她靠着"观众"的优秀记忆力，将父亲霍尔伯爵的片言只语和偶尔教导，将宴会、舞会与沙龙里听到的部分消息，一一梳理出来，组织成段落。

打好腹稿，奥黛丽才落笔写道：

> 关于你询问的贝克兰德政治局势，这不在我的兴趣范围内，我只能凭借印象，将我偶然知道的细节讲述给你。
>
> 就在前段时间，父亲告诉我，《谷物法案》被废除后，粮食价格直线下降，田地和牧场的租金标准也断崖式滑落，具体的幅度我并不清楚，只能以一个例子来让你明白。
>
> 你知道的，尼根公爵是王室之外拥有土地最多的贵族，号称有超过一千二百万金镑的田地、牧场和山林。去年，他的地租收入达到了有史以来的最高水准，一百三十万金镑，而今年，可以预见的全部地租收入是八十五万金镑，减少了足足四十五万金镑，这已经超过了我能够分得的全部财产。
>
> 不需要我更多的解释，我亲爱的哥哥你肯定明白绝大部分老派贵族的特点。他们以拥有土地为荣，以地租收入为主，而且体面胜过一切，即使负债，也要维持足以匹配自身地位的生活，每年以万镑计算的城堡修葺费用，每年成千上万镑的衣物珠宝开销，以及持之以恒的狩猎活动、社交宴会，偶尔的盛大婚礼、奢侈葬礼，等等。
>
> 由于地租收入严重下滑，据我所知，有部分贵族出现了财政困难。为此，沃尔夫伯爵卖掉了乡下八十四万公亩的土地，得到二十九万金镑，康纳德子爵则将价值五万五千金镑的收藏品卖给了国家美术馆。

除了少量有魄力的贵族早就将重心转移到钢铁、煤炭、铁路、银行、橡胶等行业，其他人都在这次《谷物法案》风波里遭受了严重的损害，让我们在这里赞美一下我们亲爱的霍尔伯爵！

父亲告诉我，财力的窘迫将使贵族们对党派政治以及对下院议席的控制力下滑，可以想象得到，出身土地贵族的议员数量将在明年的换届里减少许多。

而保守党和新党为了筹措资金，都允诺不管是谁，只要没有犯罪记录，捐赠到足够的金钱后，他们就将为对方谋求封爵。当然，前提是那位先生拥有匹配得上爵位的土地面积。

一个例子是，富裕的辛德拉斯先生购买了男爵爵位需要的最低六十万公亩土地，然后向卡尔顿俱乐部捐赠了十万金镑，向保守党捐赠了四十万金镑，慈善活动累计捐赠三十万金镑，最终成功得到国王陛下的敕封，成为尊贵的男爵先生。在这方面，我听说有个价目表，从男爵是三十万金镑，世袭男爵是七十万到一百万金镑，子爵和伯爵没有明确的答案，但我想肯定足够夸张。

…………

在这一年，不少财政出现问题的贵族开始认真考虑和富商联姻的可能性，仅仅两个月内，类似的婚姻就有三起，女方的陪嫁非常让人垂涎。

另外，当初游行抗议《谷物法案》的那些工人确实看到了食物价格的降低，但他们的生活质量并没有改善，甚至更低了。因为破产的农夫们进入城市，用低廉的薪水需求抢夺着工作，于是劳工阶层的薪水飞快下滑。

我记得那一天，说完这些事情，父亲曾问过我，你觉得这次《谷物法案》事件的赢家是谁？

亲爱的阿尔弗雷德，你一定知道答案，你肯定也能依靠自己的努力得到一个世袭的爵位。

得到奥黛丽回信的休·迪尔查和佛尔思·沃尔正乘坐着马车返回贝克兰德桥区域。金发凌乱的休望着窗外，眼眸明亮到仿佛有两朵火焰在燃烧。

她不断自语着"四百五十镑"这个词语，就像在诵念咒文，每念一遍，就能感受到勇气和力量的增长。

"达克霍姆今天还没有来找我们告知最近的调查情况，我们直接去他家一趟吧！"忽然，休扭头望向佛尔思。

达克霍姆是贝克兰德东区一个黑帮的头目，控制着许多乞讨者和小偷。虽然他总是一副和善的样子，圆润的脸蛋上始终挂着充满亲和力的笑容，但休知道，这是位残忍狠毒的恶棍，他曾经踩断过一个十三四岁的小偷的手，只因为对方私藏了收获。

如果不是必要，休甚至不愿意看见达克霍姆，但对方是最了解这座城市的流浪汉的人之一。

佛尔思将微卷的褐发拨到耳后，道："只要不耽搁我的午餐。"

"没问题！也许这周之后，我就会请你去吃一次因蒂斯大餐！"休自我感觉良好地许诺道。

"我是不是得为此感谢神？"佛尔思好笑地反问了一句。

她和休不同，她是蒸汽与机械之神不太忠实的信徒。

说话间，两位姑娘换乘了另外一辆公共马车，来到贝克兰德东区，找到了达克霍姆的家。

这是一栋位于狭窄巷子里的联排别墅，墙上长着碧绿的植物，外面的环境颇为凌乱。

休走至门口，抬起右手，以独特的节律轻敲了房门几下。伴随着吱呀一声，并没有关好的大门随着她的敲击向后敞开。

休略显迷糊的表情瞬间转为严肃，就像一只爹毛的狮子。她抽出随身携带的三棱刺，小心翼翼地推动房门，缓步入内。

佛尔思也改变了漫不经心的状态，不知从哪里摸出了一把匕首。

她们都没有闻到奇怪的气味，但丰富的经验让她们敏锐地察觉到了不对。

一步，两步，三步，休和佛尔思进入了达克霍姆的家中。

然后她们看见了搭在煤气灯上的苍白断臂，看见了茶几上的心肝脾肺肾，看见了一条又一条带血的肉条落在地板上，挂在衣帽架上！

一根根白骨则被剃得很干净，凌乱堆放于正对门口的地方。而白骨簇拥之中，有一个睁着空洞双眼的脑袋，正是达克霍姆。

他圆润的脸上依旧保持着和善的笑容，似乎一切正常，而房屋内部也未弥漫血腥味道，一丝一毫也没有。

作为曾经的诊所医生、现在的畅销书作者、序列9非凡者，佛尔思见过比这更加恶心的死亡场景，她先拍了下浑身紧绷、状欲呕吐的休，然后四下打量，沉声说道："齐林格斯？'飓风中将'齐林格斯？他发现达克霍姆在调查失踪的流浪汉，于是反向跟踪，直接找上了门？或者说达克霍姆查到了他的行踪，但被他发现了？"

休忍住恶心的感觉，表情肃穆地点头道："不愧是以凶狠和狡诈闻名的海盗将军……而这里的诡异也符合他那件神奇物品的表现。"

"狡诈……"佛尔思突然一惊，脱口而出道，"他会不会还等在附近，试图埋伏调查他的主使者？"

休愣了一下，旋即略显慌张地回答："很有可能！"

那可是序列6的"风眷者"，是掌握着一件神奇物品的大海盗，而她们两个只有序列9！

这属于非常显而易见的强弱对比！

…………

达克霍姆家对面的房屋内，一位有着独特宽下巴和墨绿色眼眸的三十来岁男子站在窗户边，冰冷地注视着休和佛尔思推开大门，缓步入内。

这正是"飓风中将"齐林格斯！

他左手戴着的黑色手套突然像是活过来了一样蠕动起来，表面浮现了一层暗金色的细密鳞片。

齐林格斯露出残忍愉悦的表情，墨绿的眼珠随之变成淡金色的、无情的竖瞳。

…………

佛尔思念头一转，忙拉着休跑到另外一边，躲开了正对房门的区域。紧接着，她一咬洁白的牙齿，取下了被袖口荷叶边掩盖住的一串手链。

这串银色的手链上有三颗暗青色的粗糙石头，石头的表面布满烧灼的痕迹，凹凸不平。

佛尔思啪地扯下一颗石头，用古赫密斯语低喊道："门！"

她牢牢抓住休·迪尔查，看着那颗石头绽放出虚幻的浅蓝色光芒。

两位女士的身影随之模糊，接近于无形。

随后，她们看见了一个个难以描述形体，甚至透明到仿佛不存在的事物，看见了一道又一道不同颜色的、蕴藏着无穷无尽知识的明净光华——她们进入了神秘的灵界。

在那高于现实的古怪世界里，佛尔思拉着休往某个方向迈出了步伐。

三个呼吸后，她们脱离了透明虚幻的状态，回到了现实，回到了贝克兰德。然而，她们所在的地方已不是达克霍姆的家，而是一个无人的墓园。

…………

戴着细鳞手套的齐林格斯悄然出现于达克霍姆的门口，目光冰冷地扫向里面。

他愣了一下，微皱起眉头，自言自语道："'旅行家'？"

…………

墓园里。

"接下来怎么办？"佛尔思又心疼又后怕地喘着气道。

那串手链是她在获得"学徒"配方和材料的那次奇遇中另外拿到的神奇物品，

除了每个月满月的时候会让她听到一些奇怪的、模糊的呓语，并没有别的隐患。

手链上原本有五颗石头，都能让她借助灵界穿行，做到类似于传送的事情，但现在只剩下两颗了。

休定了定心神，郑重点头道："先通知奥黛丽小姐，然后，然后报警！"

"报警？"佛尔思·沃尔诧异地重复了一遍。

对非凡者来说，主动报警似乎是另一个世界的事情。

休来回踱了几步，抓了下自己毛糙的金发道："达克霍姆死亡的现场是那样惊悚诡异，警察们只要还长着眼睛，肯定会转给代罚者、值夜者、机械之心或者属于军方的那个特别部门。到时候，我们再稍微透露点消息，让他们知道凶手是齐林格斯，就能营造出全城追捕的场面。

"我们的目的只是找到齐林格斯，而不是抓住他，有了这么多非凡者的'帮助'，事情将简单很多，也安全很多。一旦齐林格斯变得慌乱，出现失误，那就是我们获取赏金的机会，呵呵，我是指发现他的踪迹。"

休干笑两声，望着愕然的佛尔思道："难道在你的心中，我是一个看见障碍也要撞上去的人？我们和齐林格斯的差距就像迪西海湾那么大。"

佛尔思缓缓点了下头道："你对自己的认知非常正确，你干过太多类似的事情了，因此而遭受的损失足以让你提升到序列8。幸运的是，你在这件事情上还足够理智。"

休低头望着手中的三棱刺，沉吟着说道："……我必须坦白，我刚才清晰感受到了死亡的临近，齐林格斯毫无疑问就在附近，那是足够邪恶、足够打破规则的气息，让我产生了本能的反应。"

佛尔思将还剩两颗石头的银色手链重新戴好，认真思考了几十秒道："我赞同你的想法，先通知奥黛丽小姐，然后报警。"

"嗯，不管是达克霍姆发现了齐林格斯的踪迹，还是他手下的人找到的，我们都可以从这个方向调查，弄清楚齐林格斯之前的活动范围和居住地点。"

休皱起金色的细眉道："可齐林格斯肯定不会留在原来的地方。"

就算是七位海盗将军之一，就算是有神奇物品辅助，齐林格斯在贝克兰德也必须足够谨慎。即使是"五海之王"纳斯特，也曾经在这里遭遇过厄难，险些被抓捕。

"不，我的意思，从这些线索推测或者确定齐林格斯前来贝克兰德的目的。只要明白了他真正想做什么，那不管他怎么伪装怎么耍花样，最终都会暴露在我们面前，那样一来，我们的任务就完成了。"佛尔思详细解释道，"这两年创作小说的经历告诉我，抓住了关键，事情将变得简单。"

休诧异地望着好友，似乎不敢相信对方能说出这么有道理的话来。

"我和你不一样，我只是懒得思考，而你是靠肌肉来思考。"佛尔思抿住嘴唇，偏头一笑。

"嘲讽我并不能让你变得更加聪明……"休努力让自己翘起来的几根金发归于柔顺，"好啦，我们去皇后区，将这件事情告诉奥黛丽小姐。"

佛尔思轻轻颔首道："所以，我们和奥黛丽小姐的紧急联络方式是什么？"

"……"休一下茫然，望着远处的墓碑道："她告诉我，她的宠物犬，也就是我们之前见到的那条金毛，每天都会自己出门散步，至少五次，嗯，最近的一次将在午餐后。"

"也就是说，我们得在霍尔伯爵的豪华住宅外偷偷摸摸等待？"佛尔思嘴角抽动了一下。

休猛地侧头，露出讨好的笑容："佛尔思，或者你直接潜入进去？我想这难不倒你，这是你的特长。"

"几百年的世袭伯爵，上院最有影响力的议员之一，巴伐特银行最大股东，贝克兰德银行第四大股东，鲁恩皇家银行特别顾问，因蒂斯王国苏希特银行第三大股东，康斯顿煤钢联合体第二大股东……这就是奥黛丽小姐她父亲的显赫身份。休，用用你的脑子，这样的大人物家里会不聘请非凡者？会没有一些私藏？这和那些破落的子爵、男爵并不一样！"佛尔思没好气地回答，"我以神的名义发誓，我只要敢潜入，不超过五分钟就会被发现，然后被抓住。"

休频频点头，表示认可："我们还是去等那条金毛吧……"

说完，她在前领路，走了几步后，背对着佛尔思道："嗯，唔，我将来会努力弥补你的损失的，嗯，我是指那颗石头。"

听到这句话，佛尔思嘴角微微翘起道："我是在拯救自己。还有，休，你走错方向了！神啊，如果你是'学徒'途径，将来成为'旅行家'，肯定会是一场灾难！"

…………

霍尔伯爵的豪华别墅外面。

休和佛尔思躲在一棵因蒂斯梧桐树的后面，悄悄注视着目标建筑，注视着人来人往。

不知过了多久，她们看见那条金毛大狗从围墙底部的隐蔽小洞里偷偷摸摸钻了出来，并竖起耳朵左顾右盼，非常小心。

就在苏茜轻快而愉悦地开始散步时，有条黑色公狗突然蹿出，又是讨好，又是绕圈子。

"我第一次知道狗的脸上能露出那么人性化的表情，它究竟有多讨厌那条黑狗啊?"休低声感叹道。

她从苏茜的眼神和脸部表情看出了明显的厌恶。

佛尔思笑笑道："就像遇见了又鲁莽又恶心又纠缠着不放的色狼一样。"

眼见苏茜试图加快速度，摆脱黑狗，休站了出来，维持"正义"。

"我的裁决是，离开它！"休表情严肃地低喊道。

那条黑狗愣了一下，旋即夹着尾巴，狼狈逃窜。

苏茜松了口气，放缓速度，礼貌地嗷呜了一声，摇了摇尾巴。

好险，好险，差点对她们说"谢谢"……金毛大狗在心里庆幸地想着。

那样场面会非常尴尬……

…………

悠扬的旋律缓缓停止，坐在琴凳上的奥黛丽拿着休和佛尔思传递进来的最新情报，皱起了好看的眉头。

她合拢钢琴盖子，优雅起身，于琴房内来回踱步，思考着自己接下来该做什么。

"齐林格斯是一个非常危险的家伙……再继续追查下去，很可能让休和佛尔思遭遇可怕的事情……甚至会暴露我……嗯，就按照她们说的去做……啊对，还有两个小时就是塔罗会了，不知道愚者先生有什么建议，如果他还是不感兴趣，我就和'倒吊人'仔细商量商量……"奥黛丽逐渐平复好了心情。

这还是她第一次遭遇，或者说亲自参与如此凶险的事情，已经出现一条人命的事情！

下午三点。

视线从深红与蒙眬状态恢复的奥黛丽又一次看见了不属于现实的无垠灰雾，看见了仿佛巨人居所的宫殿，看见了古老而斑驳的青铜长桌，看见了永远蒙着一层浓郁雾气的"愚者"，看见了"倒吊人"和"太阳"。

瞬息之间，奥黛丽略显紧绷和忧虑的情绪一下被抚平，她的内心是如此安稳，如此笃定。

我参加的是不在物质世界内的塔罗会，我面对的是近乎神灵的"愚者"先生，我和齐林格斯根本不在一个层次……奥黛丽骄傲地挺直腰背，微抬下巴，欢快地招呼道："下午好，'愚者'先生！下午好，'倒吊人'先生！下午好，'太阳'先生！"

寒暄之后，克莱恩看到"正义"小姐示意她有话要说，于是轻轻点了下头，表示同意。

"尊敬的'愚者'先生，不知道您的眷者收到那三百金镑的补偿了吗?"奥黛丽忍住了立刻讲述齐林格斯之事的冲动，关心了自家首领的眷者一句。

克莱恩低笑道："我并未关注这件事情，但既然我的眷者没有额外再请求帮助，那应该是已经收到了。"

是的，我反复确认过了，我的不记名账户里正趴着三百金镑……克莱恩心情愉悦地默默补充了一句。

"这真是太好了！"奥黛丽放下心来，转而望向对面，"'倒吊人'先生，齐林格斯的事情有进展了。"

阿尔杰一下坐正，难以掩饰喜悦地问道："他在哪里？"

"很遗憾，我们刚发现他的踪迹，他就察觉到了我们的调查，杀死了相关的人员。"奥黛丽将休和佛尔思的遭遇拣重点讲述了一遍，并详细解释了她们后续的思路。

阿尔杰微微点头道："我会密切注意的。"

说完，他侧身望向青铜长桌最上首，在目光茫然、听了却没有听懂的"太阳"戴里克注视下说道："尊敬的'愚者'先生，如果弄清楚了齐林格斯的真实目的和他试图得到的那件非常重要、非常神奇的物品是什么，请允许我诵念您的名，用仪式告知您。"

他没再重复请求对方的眷者提供帮助，因为既然已经讲过，"愚者"也给出了答复，那就没必要啰唆，否则会触怒神灵的。

所以，阿尔杰只表明了希望"汇报"的态度。如果最终的诱惑足够，他相信"愚者"先生的眷者一定会出现。

这样也可以？奥黛丽一下睁大了眼睛。

早知道我也申请"汇报"的权利，那样说不定能偶尔得到"愚者"先生的指导……她略显懊恼地想着。

在众人的目光里，浓郁灰雾中的克莱恩靠住椅背，轻轻颔首，沉缓地回答："可以。"

听到"愚者"的回答，"倒吊人"阿尔杰悄然松了口气，低下脑袋，谦卑地说："请允许我提前赞美您的垂听。"

因为我也很好奇……很好奇能让一位序列6的"风眷者"相信得到它就可以拥有序列4实力的神奇物品究竟是什么……很好奇一位海盗将军想在贝克兰德做什么……克莱恩微微一笑，保持着高深莫测的姿态。

反正我又没有承诺倾听了就要给予帮助！他在心里强调了一句。

不过，比起之前，如今的他有了更多的底气，因为他现实里的盟友、神秘的阿兹克先生正在贝克兰德。

如果确实有必要，克莱恩愿意使用铜哨请求阿兹克帮忙。当然，他肯定不会提塔罗会，只会模糊地表示来自某个情报源。

在这件事情上，还存在两个问题。

第一，克莱恩和阿兹克目前仅限于合作关系，对方并不一定会提供帮助，除非齐林格斯想做的事情，或者涉及的神奇物品，能引起对方的兴趣。

第二，克莱恩并不清楚阿兹克目前的实力有多强，即使调整了猜测，认为对方是高序列强者，也必须谨慎地考虑到"失忆"带来的减弱效果，毕竟知识往往等于力量，而残缺的知识肯定会让力量大打折扣。

这样一来，克莱恩就不敢保证阿兹克是否能对付拥有"蠕动的饥饿"的齐林格斯，也有些担心会因此让熟人遭遇危险。不到迫不得已的时候，他实在不愿意麻烦对方。

想想阿兹克先生那个铜哨召唤出来的恐怖信使……不，那家伙哪里像信使了，扮演BOSS都足够了！嗯，阿兹克先生就算赢不了有"蠕动的饥饿"加持的齐林格斯，也应该能轻松自保，并有余力救一救"倒吊人"，救一救"正义"小姐的非凡者伙伴……克莱恩若有所思地调整了下坐姿，后靠椅背的状态不变，右腿悠然搁到了左腿之上。

"倒吊人"阿尔杰望了"愚者"一眼，再次开口道："我即将获得一批罗塞尔大帝的日记，相信下次，或者下下次聚会，就能呈现给您。"

按照风暴之主教会的划分，普利兹港属于贝克兰德教区管辖，所以，阿尔杰能以汇报上次出航情况的理由进入王国首都，等待"飓风中将"齐林格斯暴露行踪。

而在历史上，贝克兰德曾经是风暴之主教会的总部，直到上个纪元末，鲁恩王国建立，他们才将圣坛搬迁到帕苏岛。所以，无论从哪一方面讲，风暴之主的贝克兰德教区都仅次于七大教会的总部，可以想象各种资料的丰富程度。

这种情况下，本身就无法解读，故而半公开地让本教会非凡者研究的罗塞尔日记肯定相当容易被搜集到。对此，阿尔杰很有信心。

克莱恩故意让语气带上了少许愉悦，轻轻颔首道："很好。"

他此时的真实情绪是一半欣喜一半忧愁，欣喜的是很快能看到许多页罗塞尔日记，上面也许记载着不少有用的信息，忧愁的则是该拿什么与"倒吊人"交换。毕竟谁也说不清楚那些日记里是否有内容能让"倒吊人"感兴趣，或者说，是否有内容具备足够的价值。

就算是"占卜家"，也无法提前知道……难道真要让我的"眷者"去帮忙？克莱恩无声叹了口气。

见"倒吊人"和"愚者"先生的交流告一段落，奥黛丽·霍尔忙开口问道："尊敬的'愚者'先生，如果我得到了非常有用且具备明显时效性的情报，是否也能诵念您的名，用仪式告知您？"

时效性……瞧瞧，"正义"小姐用词多么文雅，和她相比，"倒吊人"你太粗鄙了！克莱恩微不可见地点头，透过浓郁的灰雾道："可以。"

真棒！奥黛丽悄然握了下拳头。

与此同时，克莱恩转头望向沉默旁听的"太阳"戴里克·伯格，语气舒缓地说道："你也一样。"

"是，'愚者'先生。"戴里克低下了头颅。

灰雾之上的巍峨宫殿内，场面安静了几秒钟，奥黛丽主动出声道："我需要七彩蜥龙的完整脑垂体。"

"读心者"魔药的主要材料之一？"倒吊人"阿尔杰仿佛在思考般微不可见地点了点头。

"我没有。老实说，这种生物，我只在课本上见过。"太阳"戴里克听到的是自动翻译过来的"幻影亚龙"。

什么课本会介绍超凡生物？真让人羡慕啊……我在非凡者聚会里得到的类似资料，要么是直接口述的，要么是皱巴巴的一些纸张，不够系统，也缺乏条理……之后有机会要从"太阳"那里交换他的课本！唔，他感兴趣的是"歌颂者"序列的配方……奥黛丽一阵艳羡地想着。

就在这时，阿尔杰望了"愚者"一眼，又收回目光，看向对面，沉吟着说道："我也许能得到七彩蜥龙的完整脑垂体。"

不等奥黛丽欣喜，他又补充道："但前提是找到齐林格斯，到时候，加上我需要补偿你的部分，正好等于七彩蜥龙的完整脑垂体。'正义'小姐，你或许不知道，这种亚龙已经接近灭绝，目前只有迷雾海、狂暴海、苏尼亚海的某些原始岛屿上还有它们的踪迹，而这些岛屿的坐标只被非常少数的人掌握着。呵，将来如果你感兴趣，我们可以在这方面做一定的交换，因为我就是那少数人之一。"

我也对那些原始岛屿感兴趣……克莱恩默然听着两人的交流。

想到七彩蜥龙这种龙类亚种接近灭绝，他忽地回忆起了当初和老尼尔开的玩笑——巨龙与巨人保护协会，心情霍地黯然。

奥黛丽听得很是激动，强忍着情绪道："我曾经梦想过航行于海上，寻找那些原始岛屿，见识上面的古老风情。"

女神啊，塔罗会真是太强大、太神奇了！竟然有掌握某些原始岛屿坐标的成员！赞美"愚者"先生！奥黛丽失去"观众"状态，嘴唇抿出了优美的弧线。

原始岛屿？克莱恩先是一怔，旋即想起了之前看过的某页罗塞尔日记，就是大帝COS（角色扮演）海贼王的那页！

日记上说，他和他的"天启四骑士"在迷雾海的非安全航道上发现了一个无名小岛，上面有不少超凡生物。

这难道就是所谓原始岛屿？可惜啊，大帝没在那页日记里留下坐标。嗯，或许后续的日记有，但到现在为止，我都没得到过连续的日记……克莱恩又是遗憾又是期待地想着。

至于"太阳"戴里克，已经被"迷雾海""狂暴海""苏尼亚海""原始岛屿"等词汇弄傻了眼。

他越来越觉得自己和"正义"小姐、"倒吊人"先生不在一个世界。

缓了几秒，奥黛丽疑惑地问道："七彩蜥龙接近灭绝，那是否表明'观众'途径很快会中断？"

"不，肯定还有替代材料。"倒吊人"阿尔杰用非常笃定的口吻回答。

"有什么替代材料？"奥黛丽眼睛一亮，反问道。

阿尔杰摇了摇头，用藏着深意的语气回答道："我不知道，或许心理炼金会的人清楚。"

"那你为什么确定会有替代材料？"奥黛丽又是茫然又是不解。

阿尔杰笑笑道："你将来会清楚的，或者现在付出报酬换取这个情报？"

"那我还是等一等吧。"奥黛丽鼓了下腮帮子，无声吐了口气，也就此打消了询问"愚者"先生的想法。

即使知道了，也暂时没用……"倒吊人"肯定会要求以"飓风中将"有关的事情来交换……不能被深入牵扯进去……她忽然想赞美一下自己的智慧。

但她完全没预料到的是，"愚者"先生此时很失望。

克莱恩相当好奇阿尔杰刚才话语里隐藏的秘密，可惜，一直占据最佳助攻位置的"正义"小姐没有选择交易。

——不管两人用什么方式交易，只要还在灰雾之上，交易内容都瞒不过他这个主人！

嗯，七彩蜥龙接近灭绝，而心理炼金会依旧给出包含它的配方，并没有提供替代材料的名称……这说明心理炼金会掌握着某些原始岛屿的坐标？或者说与掌握着某些原始岛屿坐标的势力有合作？克莱恩有所恍然地想着。

交易环节结束之后，他环视一圈，望向"太阳"，语气舒缓地问道："白银城是否还在信仰神灵？"

克莱恩目前只是值夜者正式成员，无法接触更深入的神秘学知识，其中就包含献祭仪式。所以，为了验证自己的"献祭与赐予"思路是否能让灰雾之上的这片诡异空间多出物质材料的交换功能，已达到序列8的他打算尽快从别的地方学到类似的知识。

而经过反复的思考，他梳理出了三个方法：第一，向同样擅长仪式魔法且职阶为执事的"死灵导师"戴莉请教，但这样容易引起对方的怀疑，只能耐心等待机会；第二，询问阿兹克先生，但克莱恩不敢保证对方是否记起了这部分知识；第三，用迂回的方式从来自白银城的"太阳"那里打听。

　　至于怎么迂回，克莱恩已经有了主意，而且这方法还能有效维持他的形象——他问的事情都会涉及神灵！

　　戴里克用尊崇的语气回答道："我们依旧信仰创造一切的主，全知全能的神。"

　　刚听到"愚者"的问题，奥黛丽就悄然支起了耳朵，进入"观众"状态，等待"太阳"给出回答。

　　她一直非常好奇白银城在哪里，有什么特殊的地方，但又不好意思问，毕竟这涉及了对方的隐私。

　　此时此刻，"愚者"先生亲自询问，让她就像看完优秀侦探小说的上册许久之后，终于有机会买到下册一样！

　　而"太阳"的回答没有让她失望，他们信仰的既不是主流的七位正统神灵，也不是南大陆的死神，更加不是"倒吊人"告诉过她的隐秘存在和邪神恶魔，比如原初魔女、隐匿贤者、宇宙暗面、被缚之神、真实造物主。

　　白银之城确实很特别！他们竟然直接信仰造物主本身！这属于"倒吊人"先生提过的原始崇拜吧？嗯，"全知全能"的说法有点奇怪……奥黛丽下意识偏头看了"倒吊人"一眼，发现对方果然在微微点头。

　　而克莱恩丝毫不觉意外，故意轻笑着反问："即使祂遗弃了你们？"

　　遗弃？造物主遗弃了白银之城？"倒吊人"阿尔杰悚然一惊，瞬间联想到了一个专有名词——神弃之地！

　　在风暴之主教会的内部资料里，在阿尔杰这位主教级的"船长"所能接触到的隐秘里，神弃之地永远只有名称，没有具体的介绍，但明确指向着苏尼亚海的尽头。据他所知，即使位于教会核心层的枢机主教们，也不清楚神弃之地究竟代表什么，只有教会的领袖、风暴之主的"代行者"才了解一些情况，并且似乎在暗中主持着寻找神弃之地的隐秘行动。

　　阿尔杰曾经做出大胆的猜测，将极光会宣扬的真实造物主"圣所"与"神弃之地"画等号，可惜的是，"愚者"并没有给他答复，让他无法确认。

　　而现在，他又惊又愕然地发现，塔罗会代号"太阳"的成员很有可能就出身于神弃之地！

　　"愚者"先生一直都知道神弃之地在哪里，并且能从那里拉入成员？这可是风暴之主教会想找却始终找不到的隐秘之地！

"倒吊人"阿尔杰惶恐地望向坐于古老长桌最上首的"愚者"，只见对方靠着椅背，被笼罩在浓郁雾气里，似乎什么也没说。

奥黛丽在这件事情上却没什么感触，她唯——次听说"神弃之地"，还是因为"倒吊人"提出的问题，可并没有将此事放于心上，也就无法从"愚者"先生刚才的话语里联想到什么。

白银城有被造物主遗弃的传说……咦，"倒吊人"先生情绪波动很大啊……他在诧异和害怕什么？奥黛丽疑惑地点头，记住了这一刻的细节。

"是的，我们都相信我们最终能重新得到主的眷顾，或许就是太阳再次升起的那天。"戴里克·伯格语气不是太坚定地回答，"我们曾经被巨人王庭统治，信仰的是巨人王奥尔米尔，后来，我们得到了主的救赎，我们不会再背弃主。"

被巨人王庭统治……确实古老……但似乎对应不上……有了猜测的"倒吊人"阿尔杰顿时想到了《风暴之书》隐秘章节里对于第二纪元的描述。

而第二纪又被称为人类的黑暗纪元，那个时候，天空、海洋与大地的主角是巨龙、巨人、精灵、异种、恶魔、不死鸟、魔狼和死灵。但最终，风暴之主、永恒烈阳、知识与智慧之神带领人类——战胜了这些超凡生物，迎来了第三纪初始的光辉年代，之后才是所谓大灾变。

巨人王奥尔米尔……克莱恩无声重复起这个名字。

在诸多神话传说里，这是一个堪比神灵的强大存在，即使到了今天，某些地方依然残留着对他的崇拜。比如因蒂斯共和国最有名最昂贵的葡萄酒就被命名为"奥尔米尔"——据说这位巨人王酷爱血一般的葡萄酒。

考虑到战神教会掌握的完整序列，也就是"战士"序列，曾经属于巨人王庭，是否可以认为奥尔米尔是远古战神？克莱恩做出了一个猜测。

他刻意点了下头，没去深究这方面的事情，转而低缓地开口："你们是否还在向那位全知全能的神献祭？"

"是，依旧在，但从被遗弃那天开始，我们就再也没得到过回应。""太阳"戴里克的语气里隐含着难以掩饰的伤痛。

克莱恩后靠得更加悠闲，半闭上眼眸道："详细描述一下你们献祭的过程。"

"愚者"先生想弄清楚白银城被遗弃的真相？或者说祂想确定那位造物主是否还存在？"倒吊人"阿尔杰忽然觉得有电流通过了自己的身体，整个人都因此战栗了起来。

他不仅恐惧，而且兴奋，因为他认为自己在接触神灵之间的隐秘！这让他觉得自身的层次都得到了升华！

"我努力追寻权柄、追寻力量，不就是为了获得这种感觉吗？"阿尔杰微微后靠，略抬下巴，陶醉地想道。

"倒吊人"先生的精神状态看起来不太正常啊……"正义"奥黛丽怜悯地望了对面一眼。

她终于明白过来，"愚者"先生和"太阳"的交流或许藏着某些惊人的隐秘，以至于让"倒吊人"都出现失态的情况。

等齐林格斯的委托结束，我就付出报酬，从"倒吊人"先生那里换取他今天领悟到的事情……也不知道他是否愿意……奥黛丽有些期待又有些担忧地想着。

"太阳"戴里克却没觉得有任何不对，老老实实回答道："我们修建了恢宏的祭台，上面刻满了主的象征，每当黑面草获得丰收，我们就举行一次献祭仪式。

"我们会抓捕黑暗深处的怪物作为祭品，等到诵念完主的尊名和相应的祈祷语句，跳完取悦衪的舞蹈，就杀死那几头怪物，让它们的灵性或污血染满整个祭台。如果没能抓到怪物，那就用白银城监牢最底层的'罪者'代替。

"接着我们将收割的第一丛黑面草做成食物，奉献到主的面前。

"最后，在我们的齐声歌颂里，仪式结束。"

因为我打算尝试的是向我自己"献祭"，所以时间不挑，祭坛从简……最重要的环节，借助那些怪物的灵性或者蕴含非凡力量的血液来打开通道，完成献祭？当然，前提是能获得响应。真是奢侈啊……克莱恩用自己掌握的神秘学知识分析着白银城祭祀仪式的每一个步骤，末了道："相应的祈祷语句是什么？你们用什么语言诵念的？"

戴里克也期望着能从"愚者"先生那里获得摆脱诅咒的提示，仔细回忆着说道："我们用的是巨人语，这也是我们的通用语。相应的祈祷咒文是：

"您忠实的信徒祈求您的注视，

"祈求您收下他们的奉献，

"祈求您打开国度的大门。

"……"

克莱恩默默听完，故意让身周的灰雾缓缓缭绕，若有所思般点了下头，什么也没说。

至于听出来什么，他当然是不会讲的……

"倒吊人"阿尔杰觉得这很正常，神灵的隐秘怎么可能直接告诉凡人？"太阳"戴里克则下定决心要快速成长，争取早日拿到"愚者"先生感兴趣的事物，从他那里换取指点。

又交流了一阵，克莱恩结束了今天的聚会，看着"正义""倒吊人"和"太阳"的身影消失于眼前。

他眺望下方，只见无垠的灰雾和深红的星辰似乎永远不会改变。但是，晋升序列8后，他发现自己又能连接更多的星辰了，也就是说，能拉入更多的成员。

至少两位……克莱恩微不可见地点了下头。

他并不急于增加成员，打算像以前那样，先等待，先观察，如果"正义"和"倒吊人"有推荐，那就先考核。

"我之前几次都看见'太阳'祈祷时，面前有一颗纯净的水晶球，但我将他拉入灰雾之上后，那颗水晶球就再也没有出现过……难道我通过深红星辰拉人的前提是对方身边有一件特殊的物品？或者说，每一颗深红星辰都对应着现实世界里一件物品，完成了联系，就回归灰雾？

"不知道'正义'小姐和'倒吊人'先生是否也是这样……先假定这个猜测是真的，那么，没有这类特殊物品的人，如果诵念'不属于这个时代的愚者，灰雾之上的神秘主宰，执掌好运的黄黑之王'，让我听到了祈求的声音，我是否也能把他们拉入这里？

"将来可以试一下……"

克莱恩没多停留，用灵性包裹住自身，模拟出往下急坠的感觉，只留巍峨的宫殿、古老的长桌和二十二张高背椅安静地、不变地屹立于灰雾之上。

他已经掌控了"小丑"魔药外溢的力量，消除了对应的负面影响，所以，他现在就要尝试自己召唤自己的那个仪式！

不知道会弄出什么东西来……克莱恩穿过疯狂的呓语，又期待又有些害怕地想着。

第八章
CHAPTER 08
✦ 漫游者克莱恩 ✦

回到卧室，克莱恩就着还未解除的灵性之墙，非常熟练地拿出一根混杂了檀香的蜡烛，将它摆放于书桌正中。

紧接着，他按照流程，用灵性点燃烛光，滴入象征好运与神秘的精油、纯露，撒上草药粉末，看见摇曳的火苗重复起暗淡与明亮两种状态，闻到了宁静而悠然的香味。

克莱恩退后两步，望着桌上的蜡烛，用巨人语低喊出声道：

"我！"

稍稍停顿后，他改换赫密斯语道：

"我以我的名义召唤，

"不属于这个时代的愚者，灰雾之上的神秘主宰，执掌好运的黄黑之王。"

刹那之间，不断摇曳的昏黄烛火与宁静悠然的香味交错融合成了一个虚幻的旋涡，疯狂吸纳着灵性的旋涡。

等到克莱恩诵念完咒文，旋涡稳固成了巴掌大小的灰白之圆。

审视了几眼，没有丝毫疑虑的克莱恩逆走四步，重归灰雾之上，不出意外地看见属于自己的那张高背椅荡开了一圈又一圈光纹，衬托得由部分无瞳之眼和部分扭曲之线构成的古怪符号分外诡异。

他吸了口气，借助冥想的方式稳定心灵，伸手触碰向目标。

几乎同时，他听见了自己刚才诵念的召唤咒文，看见奔涌的灵性与涟漪般的光纹融合拉伸出了一扇虚幻的大门。

与上一次相比，这扇大门彻底成型，布满了神秘的花纹！

而这些花纹于中央位置串联出了"愚者"那张高背椅后的古怪符号，由部分无瞳之眼和部分扭曲之线构成的古怪符号！

望着这扇摇晃待开的虚幻大门，克莱恩凝聚精神，给予了强烈的推动意念。

无声无息之间，永不改变般的灰白雾气和巍峨宏伟的古老宫殿仿佛被投入了石头的湖面，产生了一圈又一圈的涟漪，往那扇召唤之门的方向涌去。

沉重的摩擦声霍然响起，虚幻的、诡异的大门猛地裂开了一丝缝隙。透过它，隐约可以看见后面是幽暗深邃到极点的世界，有无数难以描述形体的透明影子，有一道又一道不同颜色的、蕴藏着无穷无尽知识的明净光华。

就在这时，克莱恩只觉门内传来了难以想象又无法抗衡的吸力，整个人不由自主就走了过去。

我去！不给考虑的余地吗？他刚涌现了惊愕的想法，身影就穿透缝隙，消失在了门后那片幽邃里。

"脑袋"的极度眩晕和让人接近疯狂的嘶吼声逐渐平息，克莱恩终于找回了自我认知。

他看见面前是一个穿着陈旧衬衣、黑发褐瞳、五官普通的年轻男子，对方个头中等，体型瘦削但仿佛蕴藏着不少力量，身上带着明显的书卷气，却一点也不显阴沉。

这不是我自己吗？克莱恩对这样的场景并不陌生，他每天照镜子整理衣物时，都能看到类似的画面。

他微不可见地点头，有所明悟地环视四周，看见了自己那张铺着白色床单的睡床，看见了挂着半高丝绸礼帽、燕尾服正装和黑色薄风衣的衣帽架，看见了摆放着不少书籍的架子，看见了收拾得干干净净、只剩一根蜡烛的书桌，看见了散发灰白光晕的烛火。

而他如今正飘浮在那巴掌大小的灰白之圆前方。

所以，我真把自己给"召唤"出来了？

类似于灵魂离体的效果……但又好像有点不一样……

克莱恩望着面前那具属于自己的肉体，望着那空洞无神处于发呆状态的双眼，陷入了沉思。

不过，他终于确定了一件事情，那就是前往灰雾之上的只有自身的灵魂，也就是神秘学里的精神体，外在表现为星灵体。

难怪我能在灰雾之上直接看见"正义""倒吊人"和"太阳"的星灵体表层，从而确定他们是否属于非凡者，并粗略判断他们的序列……

嗯，我的肉体好像受到了一定的保护，来自仪式力量的保护，所以才能这么稳稳站住，没有失去平衡，瘫倒在地……

"正义"小姐他们应该也差不多……克莱恩慢慢适应了目前的情况，开始审视肉体和灵魂各自的状态。

他收回目光，尝试着驱动融合了些许神秘空间力量的自身灵体。

呜！

略显阴冷的风刮了起来，徘徊盘旋于卧室内，克莱恩欣喜地品味到了飞行的感觉，绕了一圈又一圈。

"同城之内，我也能扮演一回信使了……就是不知道能不能携带现实事物……"他控制住情绪，停止下来，飘浮于半空，试验起别的能力。

他抓向书架上的笔记本，手掌穿了过去，又穿了回来，无处着力。

"有一点黏稠感，和穿透空气不同……等我变得更加强大，能更多地撬动灰雾之上那片神秘空间的力量，或许就能办到……"

克莱恩又试了试单独的纸张，但依旧无法抓取。

想了十几秒，他飞向衣帽架，将透明模糊的手探入黑色风衣口袋，触碰向报销成功得到补齐的"沉眠符咒"和"安魂符咒"。

这是掺杂了他自身灵性的物品，在神秘学范畴内，和普通的现实物质有一定区别，所以，克莱恩想试一下能不能携带它们。

他的手掌又一次穿过，但明显感受到了符咒的存在，感受到了灵性的交融，只是他的"力气"还不够大，无法将符咒拿起。

当然，也可以换个说法，那就是符咒的灵性还不够强，难以和他目前的状态产生强烈共鸣。

"灵性不够强……"

克莱恩若有所思地转向另一个口袋，那里装着窃取神血力量并掺杂自身灵性制成的"阳炎符咒"。

温暖的感觉迅速传遍了他的全身，让他的形体更加稳固，思绪更加清明。

薄薄的金片被他拿了起来，拿出了衣兜，而房间内新增加的镜子中，那片符咒是自己飘浮往外的，就像众多鬼故事里的描述一样。

"能携带'阳炎符咒'，也能直接用灵性发声……嗯，这种状态下的我具备一定的实力了……"

克莱恩飞向镜子，停在前方，看到镜子里面只有一枚薄薄的金片，除此之外，就是正对着的家具和因为窗帘合拢而产生的昏暗。

考虑了几秒钟，他将"阳炎符咒"放到床上，自身则重新返回镜子前，想尝试能否钻进去。

眼前一黑，克莱恩的视角突生变化，他看到了刚才镜中映照出的所有画面，看到了昏暗环境里模糊勾勒出的一件件事物，这让他感觉自己正藏身于隐蔽角落里，窥视着小半个房间。

真能进入镜子里，但这只是普通的物品，没通向什么神秘诡异的世界……克莱恩微微点头，往前一冲，又回到了房间内。

"阳炎符咒"携带成功给了他极大的信心，于是他又试图抓起另一件物品。

那是来自阿兹克的铜哨！

刚一触碰这古老而精致的物品，克莱恩就霍然感觉到自身的灵性在膨胀，在变得冰冷。

腾的一下，他虚幻的眼睛变成了燃烧的深黑的火焰。

"似乎强大了一点，状态更接近于怨魂，但没有那种强烈的怨念……"克莱恩沉淀的精神里映照出了自己目前的样子。

这是属于"小丑"的能力。

"阿兹克先生的铜哨果然神奇。"他点了下头，发现自己能拿起一定重量的纸张了，"沉眠符咒"毫无疑问也可以。

可惜啊，仪式银匕能够携带，左轮却太重，无法抓起……克莱恩结束了这方面的尝试，转而研究起当前状态有没有施法能力。

经过认真的试验，他确定被"召唤"出来的自己有两种类法术能力：一是用无形的嘶吼直接震慑目标的灵魂；二是通过接触，制造类似冻僵的效果。

克莱恩满意地停止，将目光投向了凸肚窗外，投向了被帘布遮掩住的阳光和窗外的街道。

"不知道现在这个状态的我，能不能在白天活动……"他嘀咕一声，飘到了窗前。

紧接着，克莱恩小心翼翼地拉动帘布，让它露出了一道缝隙，让少许阳光穿透灵性之墙，照入了卧室。

在这灿烂的阳光下，克莱恩发现自己灵体上的黑雾在蒸腾，力量也在一点点消退。

他赶紧松手，让帘布又遮住了光芒。

"不行啊……"

克莱恩沉思片刻，将目光望向了放于床上的"阳炎符咒"。如果有永恒烈阳的神血力量加持，会不会获得不一样的效果？他飘到床上，试图抓起那薄薄的金片。

可是，他刚触碰到目标，温暖纯净的感觉就与他自身膨胀冰冷的灵性产生了冲突，就像水与火难以共存一样。

嗞！

他如同被烫伤般丢下了掌中的金片。

阿兹克先生的铜哨和"阳炎符咒"无法同时存在于我的灵体内……克莱恩有所明悟地放好铜哨，让自身的灵性收缩，让眼窝的黑色火焰熄灭。

在这种状态下，我的两种类法术能力都变弱了……试验了一番，克莱恩抓起"阳炎符咒"，再次感觉到灵体的稳固和温暖的洗礼。

他回到窗前，谨慎地穿过帘布一点点。

阳光照在了他的身上，只有暖意，没有伤害。

"不错……"

克莱恩露出由衷的笑容，穿透灵性之墙，小心翼翼地飞到了屋外，打算做更多的实验。

9月初的廷根，天气已经从凉爽变成微冷，但下午三四点的阳光，依旧让人感觉温暖。

克莱恩穿过灵性之墙和凸肚窗，飘浮于卧室之外的半空，俯视着水仙花街上来来往往的行人和马车。

就在这时，一位穿灰蓝色工人衣物的男子突地抬头，望了过来。克莱恩吓了一跳，想就地躲藏，却一时找不到合适的遮掩。

转了一圈，见没有别的办法，他试图钻回家中，但眼角余光扫过，却看到刚才那名男子的目光只是扫过二楼的窗户，始终追随着一只麻雀移动，最终遗憾地被甩掉。

——在廷根市区，偶尔还能看见鸟类。

呼……我都忘了，普通人根本看不到我……克莱恩松了口气，觉得自己还没有完全适应当前的状态。

心中有了底气，他降低了飞行高度，临近还算宽阔的街道，就那样飘浮在行人们的头顶。

距离一拉近，克莱恩立刻就发现自己的"目光"已略等于灵视，不需要再额外开启，只是有一定的范围限制。

另外，除了气场和情绪颜色，他还隐约察觉到了每个行人灵魂的存在，朦朦胧胧，虚幻透明。

如今状态的我似乎可以直接穿过肉身，攻击灵魂……克莱恩若有所思地点头。

他盘旋了一圈，准备试验极限速度，于是向着铁十字街竭力飞行。没过多久，他停了下来，已回到了原本居住的那个公寓外面。

应该有上辈子普通汽车的速度，正常跑高速的那种……可惜啊，还不能自由进出灵界，否则就完美了……

不过，如果在灵界迷路，后果据说会非常严重……克莱恩刚做完自我评估，就感觉情绪变得低落、灰暗，有一种说不出的压抑。

他环视四周，只见这里笼罩着正常人无法看到的、阳光难以驱散的暗色，残留的麻木、绝望、痛苦等情绪层层叠合，宛若实质。

"和我上次晋升'占卜家'后用灵感体验到的一样，铁十字街中街和下街始终没有变过……不知多少年才能累积出这样的压抑和灰暗……"克莱恩想起之前，叹息着拔高身影，飞到了三层楼的位置。

在这里，他终于感受到了阳光，摆脱了低落的情绪。

克莱恩沿着下街飞行，时不时就能看见衣物破烂、表情麻木、营养不良的居民，甚至还遇到了两起正常死亡的事件，都属于长期饥饿、身体欠佳、忽然染病导致的死亡。

这里每个月不知道多少人会痛苦着逝去，然而，破产的农民和南大陆涌来的前奴隶们很快就会填补他们的位置……克莱恩无声吐了口气，改换方向，往南区飞去。

那里是廷根市的工业地带，钢铁厂、铅白工厂、陶瓷工厂、印刷工厂、金属制作工厂、机械制造工厂等你挨着我，我挨着你。

飞着飞着，克莱恩看见了高高耸立的烟囱式铁炉，看见了弥漫的尘埃，看见了仅比下街好一点的浓重灰暗。

这里充斥着疲惫、疼痛、悲观、麻木等情绪，三十多岁的工人属于少数派。

就在克莱恩要降低高度仔细观察这片区域时，他忽地感觉到虚弱，从内到外的虚弱。

"我的灵性无法再支撑这种状态了……"克莱恩心中一惊，先是急着返回家中，旋即想到了一个更好的可能性。

我是被召唤出来的，结束召唤，也就自然返回了！

他静下心灵，仔细感应着自身的状态和周围的环境，不出意外地发现无穷高又无穷近般的某个地方与自己有着微妙的联系。

顺着这种联系，克莱恩包裹住"阳炎符咒"，给出了"结束召唤"的强烈意念。

庞大又恐怖的吸力传来，他透明至近乎无形的身影随之一跃，消失在了物质世界。

无边无际的灰白雾气寂静弥漫，虚幻静止的深红星辰无一闪烁，克莱恩重又出现在了巨人居所般的巍峨宫殿内，出现在了古老而斑驳的青铜长桌上首。

整个流程就是这样了……而且……克莱恩惊喜地望向自身的灵体，只见里面包裹着一枚温暖而纯净的薄薄金片。

"阳炎符咒"！

我果然用自己召唤自己的方式将现实物质带入了灰雾之上！他难掩笑容地拿出符咒，反复把玩，确认这不是具现出来的虚拟物品。

克莱恩站了起来，踌躇满志地踱了几步，满是期待地想道："果然，材料和物品也是能进入这片神秘空间的！只要能找对办法！

"不过，这种方式较为复杂，需要周转一下才能达到目标，而且总是被成员'召唤'，会损害'愚者'的形象，只有我自己可以用一用。或者了解更多以后，设计一个召唤'愚者'眷属但也同样指向我的咒文……

"……我是不是天生苦力啊，咒文为什么非得指向我自己，到时候，完全能弄个类似信使但又更加特殊的眷属出来，由它进行材料的接收和给予……"

克莱恩思绪纷呈，有了一个又一个的主意，但限于实力和知识水平，暂时都无法实现。

虚弱变得更加严重，克莱恩不敢再逗留，用灵性包裹住自身，模拟出坠入灰雾的感受。

转眼之间，他回到了卧室，看见了从帘布缝隙照进来的灿烂阳光。

他审视了下自身，确认那枚"阳炎符咒"没有被带出来，留在了灰雾之上。

"等我好好休息一下，到凌晨再重复之前的召唤仪式，把'阳炎符咒'拿回现实世界……哎，如果刚才那种状态能维持得久一点就好了，这样我就可以更快地排查有红烟囱的房屋。可惜，目前还不行，刚飞行一阵，排查几家，恐怕就得返回灰雾之上，休息个半天，效率同样低下。"

克莱恩走到书桌前，熄灭了那根静静燃烧的蜡烛。

收拾好物品，他没立刻解除灵性之墙，而是坐了下来，翻出纸笔，开始写信，给阿兹克先生的信！

写完"尊敬的先生"这个抬头，斟酌了几分钟，克莱恩落笔道：

我最近收到一个情报，七位海盗将军之一的"飓风中将"齐林格斯潜入了贝克兰德，他身怀一件叫作"蠕动的饥饿"的神奇物品，可以提供类似"牧羊人"的能力，而"牧羊人"是吞噬役使不同灵魂并对应获得一种能力的序列5非凡者。据说，他们同时放牧的灵魂数量有限，但可以替换……

齐林格斯有着许多种非凡能力，我并不知道他想在贝克兰德做什么……情报显示，这可能涉及一件非常重要非常神奇或者媲美高序列强者的物品，足以让齐林格斯成为高序列强者……

克莱恩借助虚构的情报来源大致讲述了齐林格斯的事情，反正他相信阿兹克先生不可能去找值夜者队长一级的人物求证。

在这里，他没有直接请求帮助，状似随口提到，让对方小心。

不管之后会不会让阿兹克先生帮忙，先铺垫一下总不会错！如果真有那么一天，这样才不显得突兀！

克莱恩缓缓吐了口气，开始书写信件的主要内容。

> 那位幕后黑手还没有进一步的行动，我依旧没找到相关的线索。
>
> 我贸然联系您，主要是想向您请教"献祭仪式"的知识，我在最近的某个任务里，遇到了类似的事情……

有了"太阳"的描述，再对照阿兹克先生的回答……我应该就能尝试献祭仪式了，而反过来就是赐予……这会比自己召唤自己的仪式更适合进行材料和物品的交换……

嗯，希望阿兹克先生记起了这方面的知识……克莱恩微微点头，放下钢笔，没有署名。

铜哨只有那么一个，克莱恩相信阿兹克先生不会弄错寄信者。所以，他小心为上，不留姓名。

折好信纸，望了眼三米左右的层高，他略有点犹豫地从床上拿起了铜哨。

正好，让它蹲着收信！

克莱恩在心中强调了一句，抬起右手，将铜哨放至嘴边，鼓起腮帮子，狠狠吹了口气。

铜哨没有发出声音，但克莱恩敏锐地感觉到周围的空气瞬间变得阴冷。

他开启灵视，看见书桌之上有一根又一根泛着朦胧光泽的白骨喷泉般涌出，越涌越高。

这些白骨很快聚合成了一只虚幻而庞大的怪物，它的脑袋钻入灵性之墙内，不知伸到了哪里。

望着眼前的白骨大腿和身躯，望着垂下的手臂、张开的右掌，克莱恩嘴角抽动了一下，将折好的信纸往上扔出。

白骨巨掌一扫，稳稳握住了那封信。

这时，克莱恩毫不犹豫地再次拿起铜哨，吹了一下。

怪物刹那崩解，化成一根根白骨落到书桌之上，并钻入虚幻，消失不见。

做完这一切，克莱恩解除掉灵性之墙，在忽然刮起的风里蹒跚着走向衣帽架，将铜哨放回了原处。

然后，他快步奔到床边，一头栽倒。

他的身体刚刚触碰到柔软的床铺，整个人就已经昏睡了过去。

吃过晚餐，聊了一阵，克莱恩坐到客厅单人沙发上，拿起刚送来不久的《阿霍瓦晚报》，悠闲地展开阅读。

班森苦着张脸，坐在妹妹对面，身前是贝拉擦拭得非常干净的餐桌，上面放着文法书籍、古典文学、会计教程，以及钢笔、纸张。

与他类似，梅丽莎面前也摆放着教材和文具，包括但不限于笔、纸、尺、圆规等物。

"这让我仿佛回到了十几年前，那时候我还是教会周日学校的一名学生。"班森抱怨了一句，但依旧低下脑袋，认真学习。

不错，这种场景让我很有做家长的成就感……克莱恩笑笑道："知识改变命运，努力铸就辉煌。"

后面半句是我刚编的，我也不知道罗塞尔有没有说过……他暗自腹诽道。

房间内很快变得安静，只剩下笔尖划过纸张和书本被翻动的声音，贝拉早已清洗好餐具，整理好厨房，回到了她位于一楼的卧室，也就是原本的小客房。

克莱恩读着报纸，时不时喝上一口锡伯红茶，和哥哥、妹妹聊上几句，过得非常惬意。

突然，客厅和餐厅的煤气灯同时变暗，仿佛失去了充足的燃料。班森和梅丽莎不分先后地抬起脑袋，望向灯具，试图寻找原因。

克莱恩也将视线投了过去。

就在这时，他感觉有什么东西轻碰了自己的胳膊一下。

除了他，没有活人的客厅内有什么东西碰了他的胳膊一下！

汗毛霍然一竖，克莱恩手臂一缩，扭头望去，看见了五根细小苍白的手指。它们长在红色的舌头顶端，下方有一颗又一颗不规则的尖牙！

克莱恩先是探手摸向口袋，那里有"沉眠"与"安魂"两枚符咒，旋即看见那五根婴儿一样的手指抓着一张折叠得很整齐的纸。

信……

信使！

克莱恩猛地松了口气。

这个时候，抓着纸张的五根苍白手指又轻轻碰了他的手臂一下。

克莱恩望向正要去检查煤气灯的梅丽莎，左手轻巧一抓，握住了信纸，然后飞快缩回，藏于报纸下方。

紧接着，他眼角余光瞄见苍白的手指、红色的舌头和不规则的尖牙瞬间暗淡，消失不见。

心中一动，克莱恩轻叩左边牙齿，悄然开启了灵视。

他又看见了那五根细小到不正常的手指，看见了镶满白色尖牙的长长红舌，看见它们缩回地面上的无眼无鼻透明脸孔内。

一秒钟后，这脸孔钻入了地下，客厅和餐厅的煤气灯光芒随之恢复了正常。

"奇怪……"梅丽莎嘟囔了一句，认真检查了许久也没发现问题。

为什么我们家是女孩子负责这种事情，而男士就在旁边看着……克莱恩摇头失笑，关闭了灵视。

当灵体类生物愿意被人看见并有相应的能力时，普通人也可以发现它们，刚才就是一个例子。

彼此交谈了几句煤气灯的问题后，莫雷蒂家又变得安静，班森和梅丽莎再次投入了知识的海洋。

克莱恩则借助报纸的遮掩，单手展开信纸，夹于内页，阅读起来自"死灵导师"戴莉的回信。

> ……我必须再强调一遍，我更喜欢"通灵者"这个称号。关于你询问的事情，我给予肯定的答复，是的，"通灵术"也能用在活着的生物身上，记住，不仅仅是活着的人类……
>
> 但是，这会相当麻烦，也有不小的危险。死者残留的魂灵是纯粹的，没有太多杂质，没有纷乱的思绪，可以没有阻碍地沟通，提出问题，获得答案。
>
> 当然，你也可以在这一步附加梦境占卜的技巧，直接看到对应的画面。而活着的人类不行，他本身的意志依旧存在，抗拒着没有保护的灵与灵之间的沟通。

看到这里，克莱恩嘴角略微抽动，确认回信者是戴莉本人。

没有保护的沟通……真是她说话的风格啊……

抬头望了眼妹妹和哥哥，克莱恩继续看起后面的内容。

> 面对这种情况，我们只有两种办法：一是靠自身强大的灵性和精深的通灵技巧，战胜对方的意志，粗暴地进行沟通；二是借助一些辅助药物，让对方放松下来，我最常用的就是"安曼达"纯露和"灵之眼"药水。呵呵，我相信你肯定不会没有印象。
>
> 进入正式的通灵环节后，你必须注意，不同于和死者残留的魂灵沟通，这个时候，你自身也是在灵体状态，简单来说，就是你的灵性进入了对方的灵性世界。

注意，对于专业的"通灵者"而言，不会缺乏在这种状态下的自保技巧，但你不行。我掌握的那些技巧即使告诉了你，你也无法学会或者运用出来。

所以你必须保持足够的清醒和足够的理智，只有这样，你才能抵御住对方杂乱思维混杂成的风暴，来到他的灵体前，与他进行沟通。嗯，这个时候，是心智体层面的沟通。

在这个环节，你同样有两种选择。

第一种是用上技巧，强行读取对方的记忆。但你必须非常小心，因为你无法知道读取出来的东西是否就是你想知道的事情，而如果不加分辨地接收一个人庞大的记忆，很有可能会压垮你的灵体，并且会严重损伤甚至摧毁掉目标的灵魂。对于非专业的"通灵者"，我不建议采用这种办法。

第二种选择是温柔地和对方的心智体沟通。不管是采用粗暴的手段，还是借助药物，目标这个时候都必然处于浑噩的状态，几乎不可能撒谎。

不，你不能回想你的遭遇！虽然我知道你肯定记不得了！

对不起，戴莉女士，当时我很清醒……克莱恩在心中笑了一声，视线下移，看向书信的后面部分。

这样的沟通能让你得到真实的答案，但不一定是所有的真实答案。你应该明白我的意思。只要是接触过新闻学的人，都听说过罗塞尔大帝的那句名言，具体内容我不太记得了，大概要点是说真话，只说真话，说全部的真话。总之，灵体不一定记得所有的事情，因为很多记忆都在他的潜意识甚至集体潜意识里。噢，我不该提这个，邓恩称呼它为心理炼金会的邪恶理论。所以，你必须懂得诱导，擅于设计问题，你明白吗？具体的技巧有……

以上都属于正常情况。

对于一个疯掉的非凡者，我们在进行通灵的时候，应该注意什么呢？依然是足够的清醒和足够的理智，不能有一点恍惚，因为非凡者的灵性很强，因为疯子的灵体也充满混乱的想法。我举个例子，正常人的意识是岛屿，潜意识是岛屿藏在海面下的部分，集体潜意识是周围的海域，天空属于灵界，非凡者的"岛屿"之上有可以控制的活火山，疯子的"岛屿"上则有正在爆发的火山，动摇了"底部"，污染了"海域"。

当你无保护地与疯子的灵体接触时，他的混乱很有可能感染你，就像被污染的海水会跟着洋流扩散向附近。嗯，这种情况下的通灵，约等于你把自己那片"海域"和对方的连通在了一起，因此必须足够重视感染的问题。

几个例子是，某些"通灵者"做类似的事情时，粗心大意，没做任何保护，之后出现了与目标相同的精神疾病。

正常来说，精神疾病不是传染病，但在神秘学领域，在通灵的世界里，它确实会传染人。保持自身的清醒和理智，不受对方混乱想法的影响，这是必须注意的事情，之后就是诱导提问，获得答案，面对疯子一样可以有效沟通。

如果你希望尝试，我建议你提前服用"宁静药剂"。在迁根市的查尼斯门后就有配方，也有成品，这能有效帮助你在通灵时保持清醒与理智。

当然，你也可以让邓恩向贝克兰德教区申请援助，我很乐意见识一位序列7的"心理医生"疯掉后的灵性状态。

保持清醒和理智……这方面可是我的强项，被通灵的时候，我都能保持清醒和理智……

当然，我不是自大的人，我依然会申请"宁静药剂"，申请"安曼达"纯露和"灵之眼"药水！

克莱恩松了口气，有些跃跃欲试。

他放下报纸，站了起来，进入一楼的盥洗室，用灵性点燃纸张，将灰烬撒入了马桶，哗啦冲走。

当晚，克莱恩再次尝试了自己召唤自己的仪式，将"阳炎符咒"带回了物质世界，带回了自己的卧室。

与此同时，他没有等到预料中会很快"寄"来的阿兹克先生回信。

也许，他需要一定的时间回想知识……也许，他暂时没空回信……或者是怕打扰到我的睡眠……克莱恩解除灵性之墙，猜测了几个理由，躺到了床上。

…………

第二天，也就是周二上午，克莱恩进入黑荆棘安保公司，非常熟练地敲响了队长办公室的门。

"请进。"

邓恩·史密斯浑厚和煦的嗓音传了出来。

克莱恩拧动把手，推开房门，看见队长正在享用早餐，他右手边是散发浓郁香味的咖啡，面前是放于盘子里的白面包、吐司和培根。

邓恩将夹了黄油的残余吐司放入口中，无声地指了下办公桌对面的椅子。

克莱恩没打扰队长用餐，噙着笑容坐了下来，耐心等待。

见克莱恩并不急迫，邓恩放松了挺直的腰背，端起咖啡喝了一口，将嘴里的食物全部吞咽入腹中。

他抽出柔软的纸巾，擦了下嘴角道："有什么事情吗？"

克莱恩认真点头道："我见过达斯特·古德里安了，那位疯人院医生，心理炼金会的成员。"

说话的同时，他眼角余光一扫，发现队长面前还摆放着一本摊开的杂志。

"他有没有提供什么情报？"邓恩双手交握，恍然问道。

克莱恩简略地说："达斯特告诉我，在胡德·欧根疯掉之前，曾经有人频繁探望他，那个人叫兰尔乌斯。"

"兰尔乌斯……"邓恩抬手揉了下额角，"我似乎在哪里听过……"

"就是卷走了至少一万金镑的那名诈骗犯。"克莱恩提醒道。

邓恩表情严肃地想了想，摇头表示没什么印象。

队长，你对金钱一点都不敏感！克莱恩腹诽了一句，将兰尔乌斯相关的事情拣重点讲述了一遍："这位诈骗犯谎称勘探出了一座高品相、高藏量的铁矿并买了下来，在廷根市私下募集开发资金，卷走了超过一万金镑。我在占卜俱乐部认识的一位朋友就遭受了损失，另外，还有一位姑娘被欺骗着和他订婚，甚至怀上了他的孩子。"

"他好几次探望过变疯之前的胡德·欧根……"邓恩沉吟着说道，"序列8的非凡者'诈骗师'？'偷盗者'那个途径……"

队长，你在类似的事情上记忆真好……克莱恩好笑地感慨，轻轻点头道："这也是我的猜测。因为兰尔乌斯设立的钢铁公司在南区，受骗者各种信仰都有，所以这件事情最后并没有转给我们，即使警察部门发现了什么超凡痕迹，也是移交给代罚者小队。"

邓恩终于明白了事情的原委，用幽邃的灰眸望着克莱恩道："你想做什么？"

咳，队长，不要这么敏锐嘛……克莱恩一本正经地回答："我想借助通灵仪式和胡德·欧根交流，弄清楚兰尔乌斯找他有什么事情，弄清楚这是不是他发疯的直接原因。"

邓恩微微颔首道："即使你不申请，等确认胡德·欧根真的疯掉之后，我也会进行类似的尝试。不过，戴莉告诉过我，这种事情有不小的风险，你确定自己有把握？

"或者，我向贝克兰德教区申请援助，耽搁几天应该没有问题。"

克莱恩成为非凡者的主要动力就是研究神秘学，找到回家的办法，能有机会做实践，且本身信心充足，他自然不愿意放弃，遂道："队长，我已经掌握了这方面的知识，对此有一定的把握。当然，我需要'安曼达'纯露、'灵之眼'药水和'宁静药剂'的辅助。"

"'宁静药剂'……"邓恩咀嚼着这个名称，确认了克莱恩的专业性。

他记得戴莉说过，这是通灵领域比较生僻但又非常有用的药水。

斟酌了十几秒，邓恩·史密斯后靠住椅背道："那你写一份申请，去查尼斯门后领取相应的药水。"

"呃……我也不知道还有没有成品，如果没有，就领取对应的材料，自己调配炼制。"

"好的。"克莱恩欣喜地回答道。

但他没有就此起身，屁股仍稳稳地坐在椅子上。

邓恩见状，抬手揉了下额角，仔细思索着道："下午开始，正好轮到我监控疯人院……我们不能直接去找胡德·欧根，谁也不知道疯人院的医生、护士、杂工和病人里是否还藏着心理炼金会的成员，不知道心理炼金会是否也在暗中监控胡德·欧根。我们的行动必须足够隐秘，不能暴露达斯特·古德里安已经成为我们线人的事情……

"我们凌晨去，秘密潜入。嗯，我会守在旁边，防备意外。"

这样最好！

如果胡德·欧根只是假疯，我却对他使用通灵仪式，岂不等于翻入动物园，在老虎面前跳舞……克莱恩放下心来，诚恳道："是，队长！"

他站了起来，转身走向门口。

就在这时，他眼角余光扫到了队长面前摊开的那本杂志的内容标题：南大陆雨林内的多宁斯曼树汁具有明显的促进毛发生长的效果。

克莱恩怜悯地收回目光，拉开门，走出了队长办公室。

突然，他闪过了一个好玩的想法：其实非凡者不用那么麻烦，如果老尼尔还在，他多半会建议设计一个生发的仪式魔法，借此向女神祈求援助。至于最后是否会长满体毛，变成卷毛狒狒，那就是另外的问题了……

而女神会有什么反应？换作我，肯定会爆脏话。

这个想法顿时让克莱恩的快乐里染上了悲伤，悲伤里充满滑稽感。

他进入文职人员办公室，坐到阿克森1346型机械打字机前面，嗒嗒嗒弄好了申请。

等到邓恩·史密斯签好字盖上章，他拿着申请，深入地底，沿着被煤气灯光芒照亮的过道，一步步走向了查尼斯门。

直到这个时候，克莱恩才想到一个问题：这将是他第一次进入那扇神秘的大门之后！

"不知道门后会是什么样子……"

他隐含期待地加快脚步，来到了那扇对开的、让人仰望的黑铁大门前。

克莱恩先将申请交给今日值守这里的西迦·特昂做了登记，又拿回签好名的申请文件，咚咚咚敲响了查尼斯门，只觉里面的回音空荡而遥远。

等待了几十秒，他在没有听到脚步声的情况下，看见铭刻着七枚黑暗圣徽的对开大门沉重敞开，吱呀作响。

查尼斯门敞开到刚好只能允许一个人通过就停了下来，而克莱恩也借助走廊两侧煤气灯的光芒看见了近处的场景。

门后站着一位皱纹很深、头发稀疏的老者，他穿着黑色古典长袍，提着一盏马灯。

烛火昏黄的光芒透过玻璃照出，照得老者没有表情的脸庞明暗交错，照得他浅蓝色的眼眸仿佛冻结了千年的冰块。

"文件。"他沙哑着吐出一个单词。

克莱恩见过这位老者，因为每到黄昏的尾声，他和他的同伴就会从查尼斯门内出来，经过值守室，拐向圣赛琳娜教堂。

他们是老去的值夜者，志愿的内部看守人。

据克莱恩了解，这样的看守人有五位。

"这是我的申请。"他将手中的文件递给了面前的老者。

有着一双浅蓝色眼眸的内部看守人提高马灯，仔细看了一遍，确认无误后才退到一边，让克莱恩通过。

克莱恩缓步进入了查尼斯门，还没来得及打量四周，就感觉到一阵难以言喻的阴冷。

这不是冬天的酷寒，而是让人连灵性都在颤抖的冰凉。

抬眼望去，克莱恩看到了墙壁上的一座座烛台，看到了一根根雕刻着花纹的银色蜡烛，而它们燃烧的火焰都呈现幽蓝的色泽，没有丝毫的摇晃。

吱呀！

看守人关上了查尼斯门，四周一下变得极端安静。

克莱恩眼前是一条宽阔的过道，铺着古旧的石板。过道两侧有一扇扇石门，分别标注着"材料""药水""资料"等字样。

在过道的尽头，有一条往下的阶梯，它延伸到黑暗深处，仿佛在通向深渊。

那里应该连接着不同封印物的不同封印点，据说分为好几层……不知道圣赛琳娜的骨灰放在哪一层……

克莱恩刚适应了门后的亮度，突然感觉空气里有无形的事物刮过自己的皮肤，一条一条的，冰冷入骨。

他打了个寒战，忍不住开启了灵视。

然后，他看见周围，看见整个查尼斯门后充斥着一根根黑色细线，它们轻轻晃荡着，时而抱团，时而延伸，密密麻麻，没留空白。

这……这就是查尼斯门后的封印之力？

克莱恩微不可见地点头，收敛思绪，跟着看守人进入了一扇厚重石门后的药水室。

很快，他根据首字母找到了"安曼达"纯露、"灵之眼"药水和"宁静药剂"。

前两者他曾经见过，后者还是初次接触。只见半透明的玻璃小瓶内，有幽蓝的液体在轻轻荡漾，光是看到就让人仿佛回到了母亲的怀抱。

瓶身上还贴着一个标签，注明了制作日期和半年内有效的提示。

还好，能用……

克莱恩收起三小瓶药水，在看守人的陪伴下离开了查尼斯门，脱离了那种阴冷到灵魂深处的感觉，脱离了被一根根黑线扫过的诡异体验。

等到查尼斯门关闭，他忍不住回头望向那里，暗自嘀咕道："长期待在里面，不管身体，还是灵魂，都会受到影响吧？难怪看守人必须志愿……"

…………

凌晨时分，克莱恩用特别的方式反锁住卧室，推开凸肚窗的窗户，纵身跳向了下方。

二楼的高度对现在的他来说没有丝毫的危险，他稳稳站住，未现摇晃。而值夜者队伍的马车已停在对面，等待着他。

没有多余的交流，克莱恩很快抵达了位于北区的廷根市疯人院。根据提示，他绕到没有路灯的围墙一角，看见了等待在那里的邓恩·史密斯。

"我们进去吧。"邓恩轻轻颔首道，"我确认过了，这附近没有人。"

"好的。"克莱恩快步靠拢。

进去……作为"小丑"，进入疯人院……这总让我想到一句名言：就像回家一样……他自我调侃了一句。

紧跟着，他追随邓恩，借助墙上的某些凸起，轻巧而快速地翻入疯人院，动作敏捷，平衡力出色。

邓恩回头望了一眼，轻轻点头，表示认可。

两人伏低腰背，从阴影里和僻静处穿过草坪和活动广场等地方，进入疯人院的三层楼房，来到了位于顶楼某处的胡德·欧根房间。

因为胡德·欧根疯了之后有一定的攻击性，所以他被安排在单人房，而值夜者这段时间的监控并没有白费力气，早就复制了一把钥匙。

咔嚓！

轻微的开门声响起，邓恩率先进入，克莱恩的视线越过他的身影，看见了一个坐在床上的人。

胡德·欧根脸庞瘦长，眼窝深陷，浅黄色的头发凌乱地披着。他正用灰蓝色的眼眸望着有铁栏杆的窗户，望着外面的绯红之月。

克莱恩关上房门，笑了一声，随口问道："怎么还不睡？"

邓恩怔了一下，旋即想到对方现在是序列8的"小丑"，于是保持静默，退到了墙角。

胡德·欧根转过头来，望着克莱恩，傻傻地笑道："我在等我的蛋糕。"

等蛋糕？这还真是出乎我想象的答案啊……不对，我要是能猜到精神病人的答案，岂不是说明我也差不多了……

脑海中想法一闪，克莱恩保持着悠闲的笑容，就像和朋友闲聊一样问道："谁要送你蛋糕？"

胡德·欧根的表情一下垮掉，脸庞显得愈发瘦长。他哭丧着脸说道："没有，没有蛋糕……没有蛋糕！……"

"你偷走了我的蛋糕！"他的声音霍然拔高，双眼圆睁着怒视克莱恩。

没等克莱恩想好怎么接话，胡德·欧根猛地"汪"了一声，张开嘴巴，露出两排白森森的牙齿。

紧跟着，他口角流涎地跳离床铺，一步逼近克莱恩，双手前探，试图抓住克莱恩的肩膀，然后将目标拖到身前，重重咬下。

面对这突如其来的袭击，克莱恩虽然略显慌乱，但及时有了应对。他瞬间弯曲膝盖，半蹲下去，与此同时，转腰侧身，抬起左臂。

噗！

他一肘撞到了胡德·欧根的腹部，撞得对方两眼翻白，口中流出更多的唾液。

可是，胡德·欧根并没有停住动作，他顺势下倒，并张开双臂，要将目标死死抱住。

克莱恩身体一偏，往侧方翻滚了出去，熟稔得就像练习过几百遍一样。

他右手一撑，后空翻之后站起，打算转守为攻，猛扑上去，制服对手。

就在这个时候，他看见胡德·欧根傻站在了那里，双眼失去焦距，空洞而茫然。

克莱恩愣了一下，旋即侧头望向墙角，只见穿黑色薄风衣、戴同色丝绸礼帽的邓恩·史密斯紧握着双手，埋下了脑袋。

队长把胡德·欧根拖入梦境了……他有所恍然地收起动作，抓住这个机会，抽出完全不能伤人的仪式银匕，借助它制造出灵性之墙，封锁了这间单人病房。

然后，克莱恩掏出三根掺杂了薄荷的蜡烛，按照倒三角的方式将它们摆到了窗台上，一根象征黑夜女神，一根象征隐秘之母，一根代表自己。

没过多久，他布置好了简单的祭台，用灵性摩擦的方式点燃了所有蜡烛。

正当他要回头提醒队长时，邓恩已然抬起脑袋，低沉笑道："胡德·欧根的梦境一片混乱，根本没有办法诱导。"

他话音未落，胡德·欧根的眼睛里神采重聚，不再空洞。然后，这位疯掉的"心理医生"微仰腰背，舒坦地打了个哈欠。

克莱恩一时竟不知该说点什么，于是什么也没说，拿起了装有"安曼达"纯露的金属小瓶。

他将这夜香草、深眠花、洋甘菊混合蒸馏和萃取出来的透明液体滴入代表自己的那根蜡烛的火焰里，让清幽宁静的香味瞬间散发出来，弥漫了房间每个角落。

胡德·欧根的紧绷感、愤怒感和舒坦感全部消失了，他懒洋洋地坐回床边，又痴痴呆呆地望向窗外的绯红之月，眼神再次失去焦距，一片宁和。

克莱恩同样感觉到了夜深人静时的超然，他放下"安曼达"纯露，一屁股坐到胡德·欧根的身旁，打算找件事情让对方撤去最后的防备。

只有这样，他才能借助"灵之眼"药水让胡德·欧根的灵一点点进入浑噩状态。

毕竟我只是一个不专业的"通灵者"……他事先就想好了办法，从口袋里掏出了一副塔罗牌。

这副塔罗牌只有二十二张主牌，因为便于携带的特征，成了克莱恩成功申请下来的"武器"。

每一张牌上面都镶嵌着纯银等可以伤害到死灵类生物的金属丝，花纹繁复而华丽，以至于克莱恩只想收藏，不想用来对付敌人。

克莱恩单手切着牌，微笑看着胡德·欧根道："我们来玩牌吧。"

"玩牌？"胡德·欧根将视线从窗外收回，迷茫地重复着这个单词。

克莱恩没有回答，带着不容拒绝的好意将那副塔罗牌塞入了胡德·欧根的手中。

胡德·欧根模仿起他刚才的样子，用一只手艰难地切着牌，并顺利完成。

这位非凡者里面的精神病患者慢慢将注意力转移到了手中硬度和弹性俱佳、质感非常出众的纸牌上，翻开了最表面的那张——一位衣着破烂的男子被绑住双手，倒着吊了起来，他的头顶位置有隐隐约约的光环。

倒吊人……

克莱恩若有所思地点了下头，趁机起身，握住"灵之眼"药水，将那琥珀色的液体滴向了烛火——依旧是代表着他自己的那根。

空灵飘忽的酒香弥漫而出，让人仅是闻到就有喝醉的感觉。

胡德·欧根的表情一点点涣散，视线失去了专注，手中的塔罗牌一张张滑落至床上。

但他仍然稳稳坐着，没有软倒。

克莱恩依靠冥想，抵抗住了这种让自己身体和灵魂都变轻、变飘、变茫然的影响，之后，从口袋里掏出另一个金属小瓶，旋转拧开塞子，将里面的幽蓝液体灌入了口中。

"宁静药剂"！

冰凉的液体流经口腔，滑过食道，进入胃里，克莱恩瞬间变得异常清醒，再没有丝毫的恍惚。

他缓缓吐了口气，熟练地拿起另外的精油、纯露和草药粉末，滴入象征黑夜女神的两朵烛火内。

在淡薄的雾气里，他退后两步，庄重而严肃地用赫密斯语低诵道：

"我祈求黑夜的力量，

"我祈求隐秘的力量，

"我祈求女神的眷顾，

"我祈求您让我与胡德·欧根，与身边这位非凡者的灵性沟通。

"……"

一条条咒文回荡，克莱恩看见染上了幽暗色泽的烛火内有"漆黑"往外扩散。他没有躲避，没有抵挡，任由这深沉的"黑夜"笼罩了自己。

异常清醒的状态里，他感觉到自己的灵体脱离肉身的保护，进入了宇宙深处般的虚空，周围是无边无垠无声的极致黑暗，而头顶的天空则满是难以描述形体的透明影子，是一道又一道不同颜色的、蕴含着数不清的知识的明净光华。

灵界……克莱恩对此已不再陌生。

他想法刚现，就看见前方出现了一个朦朦胧胧的被微光风暴包裹住的世界。

克莱恩知道这代表着胡德·欧根的灵，代表着他的心智体，于是靠拢过去，钻入了充当围墙的"风暴"里。

瞬息间，他看见数不清的微光打在了自己身上，听到有几千几万几十万人同时小声议论着某件事情般的呓语。

这呓语非常混乱，毫无逻辑，前一刻还在赞美女性的优雅，后一刻就在述说着蹲完马桶的通畅，前一刻在哭泣，后一刻就开始狂欢……

疯狂的思维风暴拉扯啃咬着克莱恩的精神，想要同化他，但克莱恩保持着绝对的清醒和理智，急速向着胡德·欧根的心灵世界内部飞去。

和我进入灰雾之上那片神秘空间前的恐怖呓语和可怕嘶吼相比，这简直就像是一场动听的音乐会……克莱恩暗笑一声，穿透风暴，看见了浑浑噩噩、透明模糊的胡德·欧根。

这位序列7的"心理医生"保持着外界的模样，眼神木然地望了过来。

克莱恩停在他的面前，低声问道："你认识兰尔乌斯吗？"

胡德·欧根呆呆愣愣地回答道："认识。"

周围的光与影随之变化，仿佛胡德·欧根开放展露的心灵大海。

很快，交错的光影描绘出了一位面容普通、额头饱满、戴着圆形眼镜、嘴角常含讥讽笑意的黑发棕瞳年轻人，正是克莱恩在通缉令上见过的兰尔乌斯。

克莱恩满意地点头，稳定了下情绪，用诱导的语气问道："兰尔乌斯为什么来找你？"

"他说……"胡德·欧根的声音渐渐变低。

忽然，他换了副满是磁性的嗓音，略显癫狂地笑道——

"胡德·欧根，这是最坏的时代，也是最好的时代，只要能抓住机会，我们也能成为世界的掌控者，成为真正的不朽者！

"只要你提供帮助，我不仅会告诉你掌握魔药力量、避免失控的办法，而且还承诺在将来让你获得一点神性，不朽的神性！

"你应该看得出来我的背后有哪位存在，我的承诺就是祂的承诺，而心理炼金会从某种意义上来说，与祂也有一定的关系。

"不要怀疑，心理炼金会目前还不够强大，无法向你提供足够的帮助，只能先让你提供帮助，除非你愿意永远停留于现在的位阶。"

掌握魔药力量、避免失控的办法……怎么有种我用扮演法诱惑别人的感觉……

兰尔乌斯还真是志向远大啊，明明才序列8，就开始操心神性的事情……他的背后究竟是哪位隐秘存在……

这家伙似乎在谋划什么事情，不仅仅是诈骗钱财……或者说，诈骗钱财只是他的爱好？

克莱恩听得思绪纷呈，见胡德·欧根停止了述说，忙追问道："兰尔乌斯想让你提供什么样的帮助？"

胡德·欧根没立刻回答，整个"心灵世界"都安静了下来。

紧接着，他哈哈大笑，非常混乱地回答道："帮助……帮助……帮助！哈哈哈，我提供了帮助！我提供了帮助！我让……"

就在这时，他的话语戛然而止，整个模糊的灵体弯曲了起来，四周象征心灵大海的光与影飞快变幻，凝聚出了一个阴森的、可怕的、黑暗的祭台。

祭台之上竖立着一个十字架，十字架上似乎倒吊着什么，底部则堆着模糊不清的事物。

光影蠕动，那倒吊的事物即将变得清晰，整个心灵世界突地像发生十级地震般摇晃了起来。

我靠！克莱恩一下预感到了即将爆发的危险，想都没想就转身飞入杂乱的思维风暴，试图逃离。

数不清的微光迎面而来，百万人同时发出各种呓语的混乱声音灌入耳朵，克莱恩却完全没有在意这些，"小丑"的能力告诉他，他的灵体正被急速膨胀、蔓延而来的黑影一点点笼罩。

这黑影是个巨大的十字架，上面似乎倒吊着一个人！

咔嚓！

杂乱恐怖的思维风暴全部掉头往外，方向变得一致，胡德·欧根的心灵世界寸寸瓦解。

克莱恩发现自己飞出了那天试验时的最高速度，他的灵体在短暂融合灰雾之上那片神秘空间的些许力量后，有了明显的增强！

就在十字架黑影即将彻底笼罩他的时候，他冲出了那片朦朦胧胧的世界，感应到了自身的肉体。

熟练地急速下坠，克莱恩眼中一下出现了脸庞瘦长、黄发凌乱的胡德·欧根，出现了窗台上静静燃烧的三根蜡烛。

他及时脱离了通灵状态！

刹那之间，他看见胡德·欧根的脸上长出了一片又一片的黑鳞，茫然的瞳孔竖了起来，变得异常冷酷、异常无情。

糟糕！他要失控了！

克莱恩瞳孔刚缩，还没来得及反应，就发现一道穿着及膝黑色风衣、戴着同色丝绸礼帽的身影两步迈到了胡德·欧根面前，将手中的特制左轮抬起，抵住了对方的脑袋。

乓乓乓乓乓！

邓恩·史密斯连扣了五枪，胡德·欧根的脑袋一下膨胀开来，就像西瓜从高处坠落于地面，红的、白的暴雨般洒向了房间每个角落。

他抢在胡德·欧根彻底失控前解决了对方！

近在五十厘米内的克莱恩脸上身上满是血点和污点，他怔怔地望着邓恩·史密斯，只觉队长这一刻是如此的帅气。

只要不谈记忆，队长还是非常值得信赖的……他由衷地在心里赞美了一句。

"出了什么意外?"邓恩收起左轮,看着胡德·欧根近乎无头的尸体缓缓软倒。

克莱恩刚要组织语言回答,就看见那具尸体在几个呼吸间变成了一摊血色肉泥,似乎连最基本的结构都遭到了破坏,疯人院病服盖在上面。

胡德·欧根的尸体很快只剩下少许完整的事物,一是几十枚闪烁着黑色微光的鳞片,二是他染上了淡蓝、变得晶莹的心脏。

这心脏流转着梦幻般的色彩,如同钻石接受了灯光的照耀。它时而让人安静,时而让人躁狂,时而制造紧绷,时而产生混乱,但除此之外,并没有特殊的表现。

"这应该是可以控制的物品。"邓恩收好左轮,拿出黑色手套戴在右掌,然后半蹲下去,拾起了那颗晶莹的心脏。

可以控制的物品……那根据队长之前的说法,这能作为序列7"心理医生"配方的主要材料……但是,这会不会让因此晋升的非凡者更加容易失控?克莱恩拿出手帕,擦拭着脸上和身上的血点污渍,并取回了那副特制的塔罗牌,擦干净了它们的表面。

他望向地面,好奇地问:"这些黑色鳞片又属于什么物品?"

"这是沾染了一定非凡力量的材料,可以用来制造一些效果持久的物品。比如我们的猎魔子弹,只要超过三个月,对死灵等怪物的杀伤力就会显著下降,只剩余材质本身所具备的一点猎魔特性,如果用了类似的黑色鳞片做材料,效果维持的时间将达到一年甚至两年以上,而且效果本身也会更好。当然,由于特性的问题,这些黑色鳞片显然并不适合用来制作猎魔子弹。"邓恩边讲解边从克莱恩手里接过纸张,包好了那颗淡蓝的心脏,包好了黑色鳞片。

"就像是超凡物种身上能用来做魔药主材料之外的部位?"克莱恩举例反问。

邓恩直起身体,轻轻颔首道:"是的。"

失控了就真的成为怪物了……克莱恩叹了口气,趁着房间依旧被灵性之墙密封,赶紧将之前的遭遇讲述了出来:"我在和胡德·欧根的灵沟通的时候,从他的心智层面看到了类似真实造物主的影子,但和主流不同,不是被链条捆绑倒吊着的巨人,也不是阴影帷幕后的眼睛,而是和队长你在海纳斯·凡森特梦里见到的相仿。"

海纳斯·凡森特是极光会的成员,因为赛琳娜偷看了他的咒文并进行完整的魔镜占卜,所以他遭遇了值夜者的调查。

而邓恩·史密斯在他的梦中看见了一幅接近真实造物主但又与其广为流传的形象不同的画面,结果邓恩·史密斯受伤,海纳斯·凡森特诡异死亡。

对于刚才发生的事情,在胡德·欧根翻出"倒吊人"这张塔罗牌的时候,克莱恩就有所预料,但没想到会以那样的方式呈现。

当然，这属于间接接触，没法和他直接窥视永恒烈阳相比，最坏的结局也就是受点伤，或者被少许污染。

听到克莱恩的描述，邓恩的表情一下变得凝重。

他微皱起眉头，声音低沉地说道："巨大的十字架，黑色的铁钉，赤身裸体布满血迹的倒吊男人？"

"我没有看得太清楚，这也是我没有受到伤害的原因，我只注意到巨大的十字架和疑似被倒吊的人影。"克莱恩委婉地回答道。

他当时只顾着跑路……

邓恩边思考边点了下头，道："兰尔乌斯探望胡德·欧根的事情和真实造物主有关？和极光会有关？"

克莱恩忙将通灵时的对话和看见的画面原原本本讲述了一遍，末了道："……兰尔乌斯用来诱惑胡德·欧根的是扮演法，是所谓的一点不朽神性，但我不能理解他为什么要说这是最坏的时代，也是最好的时代。

"嗯，或许，这就是'诈骗师'特有的说话风格？胡德·欧根提供的帮助涉及阴森的、黑暗的祭台……我怀疑兰尔乌斯在谋划什么可怕的事情……"

说着说着，他心中一动道："队长，你还记得那封写给Z先生的信吗？我射杀的那名极光会成员身上的信！

"他在信上说，等到时机合适，好像是什么毁灭日降临，他将向那个主奉献廷根市的全部羔羊。这会不会和兰尔乌斯谋划的事情有关？兰尔乌斯会不会就是极光会的Z先生？"

邓恩·史密斯仔细想了想道："我并不这么认为，兰尔乌斯不会是Z先生，否则他不会在做极光会的正事时，还设立虚假的钢铁公司，欺诈别人的钱财，这会让他的主要任务充满变数。嗯，钢铁公司的运行稍有意外，就会让他暴露于警察和我们的眼中，不得不逃离廷根，中断谋划。

"当然，如果他是一个彻头彻尾的疯子，那做出任何不合逻辑的事情都是正常的。但从他布置骗局、不慌不忙卷走金钱的冷静和狡诈看，他并不是真正的疯子，所以我认为他不是极光会的Z先生。

"当然，他确实很可能涉及那封信上提到的事情，向那个主奉献廷根市全部羔羊的事情。"

说到这里，邓恩停顿了一下，来回踱了两步道："这件事情也许相当严重，我们必须重新调查兰尔乌斯，争取找到一些线索。

"嗯，我们处理现场，掩盖这里的痕迹，让所有人都知道胡德·欧根死了，却无法弄清楚是谁杀的，以此让心理炼金会或者其他正在关注疯人院的非凡者跳出来，他们说不定知道些什么。

"兰尔乌斯诈骗案要么还在警察部门那里，要么已经转到了代罚者手中，我们以调查极光会时获得线索为理由介入这起案子，和代罚者合作，和机械之心合作，集中廷根市的力量，仔细排查兰尔乌斯相关的人和物，必要时，向贝克兰德教区、向圣堂请求援助！"

说完之后，邓恩侧过头，望向克莱恩，斟酌了下道："你有什么需要补充的吗？"

队长，都被你说完了……克莱恩郑重地摇头："没有！"

他抓紧时间，借助还未收拾的简陋祭坛，使用仪式魔法清除了一些必要的痕迹，确保正常情况下没人能查出来自己和队长干掉了胡德·欧根。然后，他收回材料，熄灭蜡烛，解除了灵性之墙，和邓恩·史密斯一起离开病房，翻出了疯人院。

"你回去休息吧。"邓恩立在没有路灯的围墙角落里，按了下黑色丝绸礼帽道，"很多事情明天才能开展。"

"好的。"克莱恩并不是一天只用睡两三个小时的"不眠者"，当即告辞离开，乘坐等待于不远处的值夜者队伍专属马车返回水仙花街。

他进入车厢前，回头望了一眼，只见队长依旧站在那片连月光都被挡住的黑暗里，似乎在静静思考什么。

凌晨的街道冷清无人，马车飞快奔驰，时而直行，时而拐弯。

克莱恩正在琢磨兰尔乌斯的事情，精神突有恍惚。

他看见眼前的色彩瞬间变得浓郁，红的更红，黑的更黑，就像一幅抽象的油画。四周的一切迟缓了下来，马车仿佛进入了诡异的世界里。

克莱恩唰地握住"阳炎符咒"，并拔出了左轮手枪。

就在这时，一只巨大的白骨手掌穿透马车窗户伸了进来，丢下了折叠好的信纸。

随着这只手掌的回缩和消失，油画般的场景霍然恢复正常，马车依然平稳地行驶于街道上。

"还真是隐秘的方式啊……"克莱恩愣愣地望着脚下的信纸，嘴角抽搐了一下。

信使的格调让克莱恩震撼了足足五秒钟才回过神来，弯腰拾起了纸张。

"就算阿兹克先生因为失忆的问题，无法使用绝大部分非凡能力，仅是派出这个信使，也能对付序列7甚至序列6的非凡者了吧？"他心中映照出了自己又错愕又艳羡的表情，没急着展开信纸，而是将它揣入衣服口袋，和"沉眠符咒"等物品放在一块。

马车继续前行，抵达了水仙花街，克莱恩走出厢门的时候，下意识望了眼车夫西泽尔，只见他脸上带着笑容，目光平静而放松，对之前的事情全无察觉。

改用灵视又看了一眼，克莱恩微不可见地点了下头，回到了自家门前。

他望了眼二楼的阳台和自来水管道，沉吟了几秒，决定还是保持风度，不尝试攀爬。

至于染上了血点污渍的衣物，他明天会带去黑荆棘安保公司，由警察部门出面，交给特定的洗衣女工处理，这样就能避免吓到女仆贝拉和妹妹梅丽莎。

从二楼跳窗离开前，克莱恩就偷偷解除了正门的反锁，此时趁夜深人静，他拿出钥匙，几乎没造成什么动静就打开了房门，敏捷地闪身入内。

合拢并反锁住大门后，他悄然松了口气，放轻脚步，返回二楼。

停在被锁住的卧室前，克莱恩不慌不忙地掏出了一张塔罗牌，插入门缝，轻巧一拨，简简单单就瓦解了他自己用特别方式制造出来的反锁状态。紧接着，他推门入内，反锁脱衣，彻底放松了下来。

"就像在做贼一样……"克莱恩笑着摇了摇头，不慌不忙地取出左轮手枪，塞到枕头之下。

做完收尾的工作，他点亮煤气灯，拿出信纸，坐到书桌前，认真地展开阅读。

> 很抱歉，现在才给你回信，我一直忙着追寻过去的足迹，并和以前的老师、同学聚会，聊到很晚。
>
> 看了你的信，我终于明白了最近两天遭遇的事情是因为什么。我住的旅馆先是有警察来挨个儿房间搜查，夜里又有人悄悄转了一圈，对，我说的是具有非凡能力的人。
>
> 原来是那位时常出现在小说和报纸上的"飓风中将"齐林格斯潜入了贝克兰德，并且制造了不小的杀戮，我记得他不仅仅被我们鲁恩王国通缉，同样也在弗萨克帝国、因蒂斯共和国、费内波特王国的悬赏名单上……

所以，赏金是多少？克莱恩下意识冒出了这么一个想法。

他没有得到答案，因为阿兹克转而提起别的事情。

> 你描述的"牧羊人"的能力，我感觉很熟悉，似乎在哪里见过，遭遇过，但怎么也想不起来。这应该是我之前某次人生的经历，无法完整回忆让我感觉很糟糕很苦恼。

咦，阿兹克先生对"牧羊人"有一定的兴趣，这倒是让他帮忙的切入点。嗯，就是有些巧合……不，这不是巧合，而是必然！

按照推断，阿兹克先生活了一千多年，且很可能是高序列强者，那么，他在最早的人生里，在之前的一次次人生里，肯定见识过许多序列的非凡能力，并对其中较为特殊的留下了深刻的印象……换句话说，不仅"牧羊人"能让他有类似的熟悉感，"无暗者""猎魔者""守护者"等职业应该也行……

只要神奇物品对应着某个序列的能力，阿兹克先生就会觉得眼熟，并产生兴趣，这是可以想象的事情……

克莱恩先是疑惑，旋即恍然，心中笃定了不少。

他目光下移，继续阅读。

> 你询问的献祭仪式，我很早就回忆起了一些，似乎是印象非常深刻的缘故。也许，在我的某一次人生里，或者说在最早的那次人生里，我是一位祭司。
>
> 我必须预先提醒你、告诫你，在使用献祭仪式时要足够谨慎，不能将自己的安全寄托于邪恶神灵和某些隐秘存在的良心上，祂们并没有这种事物。
>
> 另外，你要拥有强大的辨别能力，因为邪神恶魔们会为自己创造一个个看似无害的身份。我的意见是，不能向自身不清楚、不笃定的存在献祭，否则你的灵魂也将成为祭品。

用通俗易懂的话语就是，邪神恶魔们会披马甲，伪装成容易被信赖的身份……就像在网络世界里，某个看似萌妹子的账号后面，也许正蹲着个抠脚大汉……即使线下见面，确认了长相，也得小心，说不定那是女装大佬……克莱恩并没有因为是向自己献祭，就忽视阿兹克先生的提醒，而是非常赞同地点了下头。

阿兹克强调完注意事项，很快就讲解起他所知道的献祭仪式。

> 首先，布置祭台。你希望向哪位神灵或者偏正常的隐秘存在献祭，就绘刻对应的象征符号，使用属于祂领域的草药与矿石。当然，也能预先制作成圣油、香膏、熏香等物品。

象征符号？

克莱恩愣了一下，发现自己，也就是"不属于这个时代的愚者"，竟然还不知道自身对应的象征符号是什么……

他念头一转，很快联想到了青铜长桌最上首那张高背椅后的复杂符号，由部分象征隐秘的无瞳之眼和部分象征变化的扭曲之线组成的复杂符号。

"这应该就是我的象征符号，准确地说是我在灰雾之上的象征符号……领域就很简单了，隐秘、变化、好运……但无法肯定，只能试着弄一弄……

"嗯，即使象征符号错了，在'尊名'无误的前提下，献祭目标也不会指向另外的存在，顶多导致仪式的失败，这一点，我是能确定的……"克莱恩若有所思地摩挲起纸张表面，心中有了一定的计划。

他的目光重新找回焦点，看向了后续部分。

其次，你得弄清楚向对应存在献祭是否需要在特定的时间点，然后，按照正常仪式的流程去做，直到诵念完尊名和祈祷语句。

你必须记住，一定要用巨人语、巨龙语、精灵语或者古赫密斯语，借助它们与自然力量的直接联系来完成与对应存在的沟通。具体的语句你可以自己设计，但必须具备那几个关键的单词：祈求，注视，奉献，国度，大门，打开。

最后，你使用具备灵性的材料，与咒文造成的自然力量的震荡结合，构建起初步的通道，连接向对应存在的国度大门的通道。如果那位感兴趣，你的献祭就能完成。

这一步并非必须，如果你能让对应存在非常感兴趣，那你刚诵念完咒文，祂就会自行打开国度大门，自行构建稳定的通道。但是，这往往意味着危险，因为正统的神灵和还算友善的隐秘存在很少这么做，只有那些邪神和恶魔才会基于某些目的直接回应。

具备灵性的材料可不便宜……

不知道仅是诵念咒文，能否让我打开类似召唤之门的献祭通道，能否撬动灰雾之上那片神秘空间的些许力量……嗯，先试一试，不行再去地下交易市场购买具备灵性的材料……

不需要用非凡材料吧？具备一定的灵性就行了吧？克莱恩想到了自己不记名账户里的三百金镑，想到了刚攒起来的十几镑私房钱。

非凡材料和具备一定灵性的材料并不完全等同，比如，胡德·欧根残留的心脏就是非凡材料，那些黑鳞则属于具备一定灵性的材料。

看完阿兹克先生的来信，克莱恩手指一搓，点燃灵性火焰，将纸张烧成灰烬，撒入了垃圾桶。

此时，夜色已深，他没有急着尝试，打算先做好计划，敲定完注意事项，再去实践。

他对自己存在的问题其实早就隐隐有些察觉，那就是，在有预案的情况下，做事谨慎而理智，可一旦遇到不在预案内的情况，遇到灵光一闪的状态，就很容易只考虑好的方面，忽视坏的可能性。

简单的描述是，一冲动就容易作死……克莱恩伸手捂了下脸庞。

第二天，已经和代罚者、机械之心沟通过的邓恩·史密斯开始安排任务，克莱恩也接受了相应的指派，排查部分与兰尔乌斯有关系的人。但根据克莱恩本身的意见和值夜者的内部制度，他无须负责之前认识的人。

当然，他下午的格斗课程还在继续，邓恩也没有将他作为主要的调查人员来使用。

第九章
CHAPTER 09
✦ 祈求与回应 ✦

贝克兰德，希尔斯顿区，一幢有着马厩和花园的房屋内。

长着独特宽下巴和墨绿色眼眸的齐林格斯看了眼地上昏迷的男子，将他的衣物剥了下来，换到了自己身上。

紧接着，他悠然走到穿衣镜前，看着左手的黑色手套如同消化般蠕动，看着它的背面浮现许多扭曲的线条。

几秒钟之后，齐林格斯看到镜中的自己蒙上了微光，肌肉、皮肤和骨骼都诡异地发生起变化。没过多久，他就变成了地上那位男子，无论身高、长相，还是气质，都一模一样！

坚挺的鼻子，稀疏的眉毛，略显下垂的脸颊，淡蓝的眼眸……齐林格斯看着镜中的自己，上上下下审视了几遍，确认与昏迷的男子没有任何区别。

比画了对方的几个习惯动作以后，他弯腰将地上的男子拖到一边，塞入衣柜。然后，他往前伸右手，咔嚓一声捏断了对方的脖子。

掏出手绢擦了下手掌，齐林格斯拉拢了衣柜的门。

他缓步回到穿衣镜前，披上黑色的双排扣礼服，打好领结，然后拿起一瓶琥珀色的香水，滴了几滴在手腕处，随即擦拭到身体的不同部位。

照着镜子梳理了下头发，齐林格斯走出房门，随手合拢，对等待在外面的管家道："不要让任何人进入我的房间，里面有重要的物品。"

"是，男爵！"头发斑驳的管家以手按胸，躬身行礼道，"您的马车和随行的仆人正在楼下等您，尼根公爵的请帖也在那里。"

齐林格斯保持着男爵的派头，微不可见地颔首，在管家陪同下姿态傲慢地走向了楼梯口。

呵，一个背负着不少债务、连普通的安保人员都舍不得聘请的男爵，竟然保持着一个管家、一个贴身男仆、两个侍从、两个一等女仆、四个二等女仆、两个洗衣女佣、一个马车夫、一个喂马人、一个园丁、一个厨师和一个厨师助手的配置。

对这些愚蠢的贵族来说，体面真是胜过一切……

这让我不得不浪费时间去学习他们对某些单词的古怪发音和所谓的贵族腔调。齐林格斯在心里冰冷而不屑地想道。

…………

贝克兰德，乔伍德区，某个窄小的公寓内。

休·迪尔查盘腿坐在床上，望着借助窗口光芒阅读小说的佛尔思·沃尔道："真是让人绝望啊，齐林格斯一点线索都没有留下，始终查不到他究竟想在贝克兰德做什么。"

她们按照预定的规划，辗转报了警，并暗中寄信给受理的警察局，详细讲述了凶杀案现场的诡异状况和疑似齐林格斯的罪犯。

警察部门的反应没有出乎她们的预料，他们以谨慎为重，直接转交给了代罚者队伍。

经过一天的酝酿，"飓风中将"齐林格斯潜入贝克兰德的事情就传遍了各个执法小队，休和佛尔思也离开了原本租住的地方，躲藏起来进行隐蔽的调查。

她们可不希望被找回警察局去协助调查。不管是代罚者、值夜者，还是机械之心队伍的成员，都敌视着不属于官方的非凡者，视他们为潜在的罪犯。所以，休和佛尔思不仅在逃避齐林格斯可能的追索，也在躲开那些执法者。

"如果这么容易就能被我们查到他的目的，齐林格斯早就被埋葬在了墓园里，墓碑前肯定也长满了茂盛的杂草。"佛尔思不慌不忙地回答道，"我们需要的是耐心等待，只要这种强度的排查持续下去，齐林格斯必然会犯错。不得不说，能够让人变化成不同容貌的神奇物品还真是让人羡慕啊。"

休双手抱住膝盖，望向窗台道："我只是担心齐林格斯会在短时间内行动，然后抢在所有人反应过来之前逃离贝克兰德。那样一来，我不知道什么时候才能晋升序列8，更别提序列6，序列5……"

她顿了几秒，怔怔出神地低语道："更加不知道什么时候才能拿回属于我们家族的东西……我快一年没见到我的弟弟了……"

佛尔思宽慰地笑道："等你完成了心愿，请允许我将你的经历写成故事，这肯定非常精彩，非常有趣。唔，其实我认为以奥黛丽小姐的慷慨，即使事情就这样结束，她也会给我们一笔丰厚的赏金，毕竟我们忙碌了那么久，毕竟我们让齐林格斯主动现了身。"

"希望是这样……哎，为什么我就不能有奇遇呢？"休抓了下自己及肩的金发。

佛尔思微皱眉头道："在超凡世界里，奇遇往往伴随着危险，我至今也不清楚那满月时就会出现的呓语究竟代表着什么，是否会造成什么不好的变化。呵呵，没有危险的奇遇也是存在的，但非常非常稀少，你的愿望真的难以实现。除非，除非我们能得到正统神灵的眷顾，或者某位友善的隐秘存在的注视，然而，我们很难分辨这是否为邪神恶魔的伪装。"

休挺直腰背，在胸口画了个绯红之月道："愿女神庇佑我！"

…………

尼根公爵位于贝克兰德皇后区的府邸内，一场盛大的舞会正在进行。

这场舞会分成了两个部分，一部分在跳舞的大厅。大厅位于底层，铺着雕满繁复花纹的华丽石板，角落有属于公爵的优秀乐队。沿着大厅的阶梯往上，则是位于二层的、环绕了一圈的回廊，宾客们端着酒杯，立在栏杆前俯视着下方的舞蹈，类似于从看台位置欣赏击剑活动，时不时有绅士走到小姐或者夫人面前邀请她们共舞，如果得到允许，双方就执手走下楼梯，进入大厅。

在不靠近大厅的回廊另外一侧，有一扇又一扇的门，后面属于宾客休息室。但其中对开的那扇大门后是一条走廊，两侧立着不同的石膏雕像，雕刻的皆是尼根家族的先辈。

一路来到尽头，就能看见舞会的另一个部分。

这里同样是个大厅，摆着一张张长条桌，上面有各种美食和美酒，公爵的另一支乐队则为宾客们演奏着悠扬而放松的乐曲。

在这个大厅内，宾客们三五成群地聚在一起，或坐或站地交流着各种事情，而希望短暂逃避喧嚣的人则进入附属于大厅的一个个阳台，欣赏花园内的风景和天空的红月。

跳过开场舞的奥黛丽·霍尔原本站在舞会大厅的二层，发呆般望着从屋顶垂下的巨大水晶吊灯，望着上面的一根根蜡烛，但发现不少人蠢蠢欲动地想过来邀舞后，她机智地离开这里，踏上了通往餐厅的走廊。

真是无趣啊，但又不能不参加……

哎，他们就能不能让我安静地在那里观察吗？不得不说，有些人跳舞的时候表情真是丰富啊，总让我想起那些求偶的动物……奥黛丽低头看着自己的脚尖，无聊地走起了一字步。

就在这时，她眼角余光看见一道身影靠近，忙放缓脚步，挺直腰背，瞬间变回了优雅而文静的霍尔小姐。

"你好，格拉米尔男爵。"奥黛丽用完美无缺的笑容和礼仪打着招呼。

对面眉毛稀疏、眼眸淡蓝的格拉米尔男爵微笑着行礼："你好，霍尔小姐，你是这场舞会最明亮最耀眼的宝石。"

寒暄了几句，格拉米尔男爵走向了舞会大厅，奥黛丽则继续向着餐厅的位置走去。

走了几步,她忽地皱起眉头,碧绿的眼眸内满是疑惑:"格拉米尔男爵和往常不太一样啊……以前的他,看见地位比自己高且较为美丽的小姐和夫人时,目光都会移到旁边,不敢直视,然后不断地偷瞄……但今天的他,显得很自信……

"还有,他香水的味道也不对。他以前参加各种聚会时,身上散发的都是'琥珀'这款香水的尾调,麝香味纯而淡,不炫耀却高贵,也就是说,他会提前几个小时喷洒香水,让前调和中调都能在宴会前挥发掉。可刚才,他身上的香味是'琥珀'的中调,绵密优雅……"

奥黛丽的脚步越来越慢,作为一名彻底消化掉了魔药的"观众",她对细节的敏锐度绝非其他非凡者可以比拟。

忽然,她想到了一个可能性,碧绿晶亮的眼眸一下凝固:"不会是齐林格斯假扮的吧?'蠕动的饥饿'有让人变化成不同容貌的能力!"

奥黛丽越想越觉得有这个可能性,一颗心霍然提了起来,又紧张又慌乱。

"如果真是'飓风中将',他想做什么?可惜,不能带苏茜来参加这场舞会,要不然能让它暗中观察一下刚才的格拉米尔男爵……不行,我必须提醒爸爸!"思绪纷呈间,奥黛丽加快脚步,进入餐厅,找到了正和内阁首席秘书等人交流的霍尔伯爵。

她勾勒出无懈可击的笑容,走了过去,挽住霍尔伯爵的手臂,对其他人道:"各位先生,我能借走霍尔伯爵几分钟吗?"

"美丽的小姐,这是你的权利。"几位绅士都友善地回应道。

奥黛丽拉着霍尔伯爵来到最近的阳台,找了个僻静的角落,对中年发福的父亲道:"爸爸,我有件事情告诉你。"

霍尔伯爵原本带着宠溺的笑容,但见女儿的表情非常正经,也严肃了起来:"什么事情?"

"我刚才遇见了格拉米尔男爵,但他在某些细节上和以前不一样。比如,他身上的香水味道属于'琥珀'的中调,以前是尾调;比如……"奥黛丽说着自己观察到的不同,这能够用敏锐和细心来解释。

之后,她斟酌着补充道:"我听格莱林特子爵提到过,'飓风中将'齐林格斯有变化成他人容貌的能力,他最近不就在贝克兰德吗?"

霍尔伯爵安静听完,表情变得异常凝重。但他很快就露出笑容,安抚着略显慌乱的女儿道:"我会处理的,你去找你的妈妈,和她待在一起,她就在这个大厅的休息室内。"

"好的。"奥黛丽乖巧地点头道。

前往休息室的途中，她回头望了一眼自己的父亲，只见霍尔伯爵正在与一位贵族低声交流着什么，表情相当严肃。

奥黛丽的心又不由自主地悬了起来，觉得自己必须做点什么，免得爸爸、妈妈和哥哥遭受伤害。

环视一圈，她改变方向，离开餐厅，进入一条走廊，熟悉地找到了尼根公爵家的小祈祷室。

她推门而入，反手锁住，望了眼前方的风暴之主象征，下意识找了个僻静黑暗的角落。

奥黛丽坐了下来，身体前倾，双手交握成祈祷的姿势抵住额头。

然后，她用赫密斯语低声诵念道：

"不属于这个时代的愚者啊，

"您是灰雾之上的神秘主宰，

"您是执掌好运的黄黑之王。

"……"

廷根市，水仙花街。

克莱恩正在和哥哥班森、妹妹梅丽莎讨论最近流行的戏剧，并诚挚地邀请他们下周日晚上去大剧院观看。

"我想报纸上已经说得足够多了，《伯爵归来》绝对是一场值得去现场观看的戏剧，它已经在贝克兰德上演了几十场，场场都爆满，我认为我们不应该错过这个机会。"娱乐项目的匮乏让克莱恩不愿意放弃，毕竟他上辈子也是赶时髦看过话剧的人。

当然，如果不是为了维护形象，我更愿意去酒馆打桌球……嗯，租个场地玩玩网球也不错，这个可以考虑，属于中产阶级的休闲项目。以我现在的身体素质，只要不遇到别的非凡者乱入，能轻松应付大部分对手……

算了，暂时也只能想想，上午重新调查兰尔乌斯相关的线索，下午格斗练习，傍晚回家前还得排查一部分红烟囱房屋……我真是一个大忙人啊……克莱恩苦中作乐地想着。

见班森已经心动，梅丽莎还有些犹豫，他含笑补充道："据说《伯爵归来》最受欢迎的配角是位天才机械师。"

"好吧，不管怎么样，总得去大剧场看一次戏剧。"梅丽莎抿了下嘴唇，非常勉强地点头道，但眼睛比刚才明亮了不少。

克莱恩正待回应，耳畔忽地响起嗡嗡嗡的低语，他的脑袋为之眩晕了几秒。

有人在向我祈求……他将右手背到身后，轻笑道："那我就耐心等待订票日的开放了。好了，我回卧室弄一份报告。"

"我们也得投入知识的海洋了，希望不要在里面溺死。"班森自嘲一笑，和梅丽莎一起转回餐厅坐下。

克莱恩上到二楼，反锁住卧室的门，用灵性之墙封锁了整个房间，然后逆走四步，诵念咒文，来到灰雾之上。

巨人居所般的巍峨宫殿内，他的身影霍然浮现于青铜长桌的最上首，眼眸里映照出了一颗不断收缩和膨胀的深红星辰。

克莱恩抬起右手，蔓延灵性，触碰向了那颗象征"正义"的星辰。

轰的一下，他看见了扭曲模糊的画面，看见"正义"小姐穿着米白色的宫廷长裙，坐在幽暗角落的椅子上，双手交握着抵住埋下的额头。

而与此同时，略显稚嫩和紧绷的清甜女声虚幻叠加，层层回荡：

"不属于这个时代的愚者啊，

"您是灰雾之上的神秘主宰，

"您是执掌好运的黄黑之王。

"我祈求您的注视，

"祈求您的垂听。

"我在尼根公爵举行的舞会上，遇到了疑似齐林格斯的人，他伪装成格拉米尔男爵，目的不明。

"我从一些细节上发现今天的格拉米尔男爵与以往不同，这让我想到了齐林格斯那件能让人变化容貌的神奇物品。

"……"

克莱恩认真倾听，仔细分辨，终于弄清楚了"正义"小姐讲述的事情：齐林格斯竟然借助"蠕动的饥饿"的特殊能力混入了尼根公爵的舞会！但他没有料到的是，某位贵族小姐是"观众"，记住了格拉米尔男爵以往特点的"观众"，于是不知不觉就暴露了！

这家伙想做什么？而我又该怎么做？

我这两天试验了不用灵性材料的献祭仪式，发现能制造出类似召唤之门的事物，但无法打开，正想找个时间去地下交易市场买一些具备灵性的材料来做第二次实验……"正义"小姐参加舞会，肯定不会随身携带灵性材料……

克莱恩沉思了十几秒，开始回应"正义"的祈求。

…………

尼根公爵府邸的小祈祷室内，奥黛丽反复祈求了几遍，终于停顿下来，整理好衣物，快步走向门口。

她知道自己不能消失太久，否则会让父亲和母亲担忧，从而错判局势，做出不正确的应对。

立在门后，奥黛丽深深吸了口气，怀着忐忑和不安的心情伸出戴着白色薄纱手套的右手，解除了反锁。

离开小祈祷室，她沿着走廊返回餐厅，眼见那些端着酒杯、拿着餐盘的宾客们越来越近，她眼前忽地一花，发现四周弥漫出虚幻的雾气。

那浓厚的灰白雾气中央是一张古老的高背椅，高背椅上坐着一位让人看不清长相和身材的神秘存在，俯视着一切的神秘存在。

"愚者"先生！奥黛丽险些惊喜脱口。

紧接着，她听到了熟悉的低沉嗓音："我知道了。"

声音犹在回荡，灰雾已然消失，奥黛丽的眼前依旧是那一张张摆放着食物和酒水的长条桌，依旧是觥筹交错的热闹景象。

心中的忐忑和不安霍然消失，她下意识挺直了腰背，顾盼自若、脚步轻盈地进入餐厅，走向这里的休息室。

…………

灰雾之上，巍峨宫殿内。

回应完"正义"小姐，克莱恩开始考虑怎么将这件事情转达给"倒吊人"。

"由我自己来重复叙述肯定不行，有失位格………哪有神秘存在亲自担任传话筒的！"

他斟酌了几十秒，忽然有了主意，将"正义"小姐刚才祈求的画面与声音具现了出来，化作打满马赛克般的电影场景。

伸手一点，克莱恩把这段反复重播着的光幕投入了象征"倒吊人"的那颗深红星辰。

…………

贝克兰德，乔伍德区，圣风大教堂。

某个简单朴素的房间内，"倒吊人"阿尔杰·威尔逊正在研究最近几天的调查报告，试图从里面找到"飓风中将"齐林格斯的蛛丝马迹，他右手斜上方则摆放着一沓写满扭曲符号的纸张。

就在阿尔杰向后一靠、伸手揉起眼睛的时候，他霍然发现眼前变得虚幻，呈现出浓郁的灰白雾气。

在这看不到尽头的雾气深处，有一张永远存在于那里般的高背椅，高背椅上坐着一道隐隐约约的人影。

"愚者"先生……阿尔杰刚冒出这个念头，就看见朦胧的灰白雾气里多了一道穿宫廷长裙的模糊身影。

她保持着祈祷的姿态，不断述说道："我在尼根公爵举行的舞会上，遇到了疑似齐林格斯的人，他伪装成格拉米尔男爵，目的不明。我从一些细节上发现今天的格拉米尔男爵与以往不同，这让我想到了齐林格斯那件能让人变化容貌的神奇物品……"

阿尔杰先是一惊，旋即露出惊喜的表情，以手按胸，低下脑袋道："赞美您，愚者先生！"

他话音未落，听到和看到的一切便消失不见，似乎未曾出现过。

凝望了一眼摆放有罗塞尔日记和调查报告的书桌，阿尔杰瞳孔微缩，再次感受到了"愚者"的强大。

这里可是圣风大教堂，是曾经的风暴教会总部，虽然这已经是一千多年前的事情，但也不妨碍信徒们依旧将它视为圣地之一，然而，"愚者"先生依旧无声无息"降临"，给予回应……

沉默了十几秒，阿尔杰拿上物品，转身出门。

他要去找风暴教会的枢机主教之一，贝克兰德教区的大主教、"神之歌者"艾斯·斯内克！

对于阿尔杰·威尔逊来说，亲手杀死"飓风中将"齐林格斯是最好的发展，可如果办不到，能确认对方死亡，也是可以接受的！

…………

将"正义"小姐的描述"转交"给"倒吊人"后，克莱恩离开灰雾之上的神秘空间，回到了自己的卧室内。

他没急着解除灵性之墙，而是坐到书桌前，摊开纸张，拿起钢笔，开始写信：

> 根据我收到的紧急情报，齐林格斯借助"牧羊人"的能力，变化成格拉米尔男爵的样子，混入了尼根公爵的舞会，暂时不清楚他的目的。

克莱恩并不担心阿兹克先生怀疑自己，疑惑刚发生在贝克兰德的事情，为什么他这个身处廷根市的人能很快知道，因为这个世界上有电报这种东西。

> 我不清楚这是否会让您感兴趣，但我认为有必要让您知道。

克莱恩很快结尾，将信纸折叠了起来。然后，他翻找出那个古旧的铜哨，凑到嘴边，鼓起腮帮，狠狠吹了一下。

巨大的、恐怖的、虚幻的白骨信使再次出现，依旧耸立于那里，毫不在意自己的脑袋钻入了屋顶。

克莱恩忍住了使用"小丑"能力的冲动，没有把信纸变成飞刀，而是老老实实将它扔给了信使。

再吹铜哨，结束召唤，克莱恩收敛心情，将事情在脑海里又过了一遍。

他目前能做的只有刚才那些！

虽然克莱恩也能借助召唤仪式，携带"阳炎符咒"，亲自前往贝克兰德。但这一是太危险，齐林格斯是序列6的"风眷者"，身上还有"蠕动的饥饿"这件神奇物品；二是太麻烦，还得先把"阳炎符咒"弄到灰雾之上；三是太容易破坏形象。所以，他理智地放弃了这个打算。

"其实问题不大，尼根公爵是王室之外的最大贵族，保守党背后的大佬，今天参加舞会的人里面肯定也不乏高官显贵，要说没有强力的非凡者保护，我第一个不信，齐林格斯第二个。

"嗯，如果不是考虑到这方面的因素，他也没必要伪装混入……既然'正义'小姐已经提前发现，让贵族们有了准备，事情就不会变得太严重，也不至于失去控制……

"不知道阿兹克先生的信使速度究竟有多快。如果能够借助灵界穿梭，他还有希望赶上'正餐'，要是像戴莉女士的信使一样慢，那就只能事后看新闻猜真相了……"

克莱恩微不可见地点头，将这件事情抛到了脑后，反正他也没法做到更多了。

尼根公爵的府邸，舞会大厅。

假扮成格拉米尔男爵的齐林格斯端着一杯血红色的奥尔米尔葡萄酒，悠闲地站在二楼回廊的栏杆后，欣赏着舞池里的男男女女，欣赏着那些装扮华丽的小姐和夫人。

但他的眸子不含丝毫欲望，冷静得就像结冰的湖面，只是偶尔用眼角余光扫一下屋顶垂下的巨大水晶吊灯，扫一下几步之外正用目光追逐着一道道美丽身影的尼根公爵。

这位公爵穿着笔挺的深蓝色海军上将服装，肩膀处有红色绶带，连接着一枚枚荣誉勋章。凡是正式场合，他都喜欢这样打扮，以此纪念前面几十年辉煌的军旅生涯。

然而，他的腰部早已臃肿，身上充满了肥肉，锐利精明的灰蓝色眸子只剩下浑浊与欲望，不过由于保养得很好，眼角、嘴边和额头的皱纹较浅，黑色的头发依旧茂密。

这就是帕拉斯·尼根，现任尼根公爵，保守党的主要支持者，首相阿古希德的哥哥，鲁恩王国最富有最具权势的那一小撮人之一。

与此同时，他也是齐林格斯秘密潜入贝克兰德的目标！

刺杀这么一位大人物，真是让人兴奋得浑身战栗啊……齐林格斯收回目光，闭了下眼睛。

他愿意接受这次委托，既是由于对方开出的价码足够吸引人，也因为他本身热爱冒险，喜欢挑战高难度的事情。

如果能成功刺杀，我的名气将传遍南北大陆，凌驾于四王之上，而且，我还将获得一张纸牌，罗塞尔大帝制作的那副蕴藏着神灵奥秘的纸牌之一！

齐林格斯按捺住心中的激动，低头审视了自己的左手一眼。

"蠕动的饥饿"已变得透明，光凭肉眼和接触，外人根本无法察觉"格拉米尔男爵"还戴着手套。

"这真是一件神奇的物品啊……如果不是它，只有序列6的我根本没法成为海盗将军之一……"

一个个想法闪过，齐林格斯忽地涌现出些许可惜的情绪。

在这么多年的海盗生涯里，他见识和接触到了不少非凡者，其中就包括喜欢往苏尼亚海尽头冒险的极光会成员。

所以，他知道"蠕动的饥饿"与真正的"牧羊人"相比，还欠缺了不少。

首先是切换状态太慢，需要至少一秒钟的时间，而真正的"牧羊人"瞬间就能改变；其次是被驱使的灵魂只能使用生前所具备的一到三种能力，至于有多少，是哪几种，全凭运气决定，并在初次"放牧"后固定下来。而真正的"牧羊人"可以有挑选地决定三种，无须像在赌桌上那样投骰子；最后，"蠕动的饥饿"只能同时放牧五个灵魂，真正的"牧羊人"最高可以放牧七个。

当然，两者也有同样的限制，那就是一次只能驱使一个灵魂，只能使用这个灵魂对应的非凡能力和自身的非凡能力，而如果想用新的灵魂替换掉原本的某个灵魂，那过程将无法逆转，没有反悔的机会。

齐林格斯经过七八年的调整，终于固定了五个灵魂，它们的能力彼此互补，让主人显得相当可怕。

而正是因为那几年的不断调整、不断尝试，海盗之间流传起了"飓风中将"无所不能、什么都会的故事。

伴随着热烈的舞曲，齐林格斯将接下来的行动在脑海里预演了一遍，末了略显遗憾地于内心感叹了一句："可惜，这几天没找到那个'旅行家'，否则我今晚就不需要担心什么了。"

如果能抓到那个疑似"旅行家"的女人，齐林格斯肯定会毫不犹豫地将原本放牧的五个灵魂之一喂给"蠕动的饥饿"。

对他来说，这个序列途径的能力都非常有用！

齐林格斯瞄了眼从屋顶垂落的巨大的水晶吊灯，决定不再等待。

他目前驱使的灵魂只有一种能力，那就是改变自身长相和身材的能力，并不具备与其他非凡者对抗的水平，但由于这种超凡能力在很多事情上非常有用，齐林格斯一直没舍得将它替换掉。

好的一方面是，不管驱使哪个灵魂，齐林格斯都可以同步使用自身作为"风眷者"的非凡能力。

最后，他又装出追逐某位贵族夫人曼妙身影的样子，让目光扫过尼根公爵，扫过他身边簇拥着的那些男士。

尼根公爵是风暴之主的虔诚信徒，是风暴教会影响王国局势的关键人物，他的身边肯定有风暴教会非凡者的保护。而尼根家族虽然不是上千年的古老家族，但无论财富，还是权势，都在王国排名前列，肯定也会暗中寻求序列魔药的配方，寻求非凡者的投效……

齐林格斯想法涌动，将属于贵族和官员的绅士剔除掉，锁定了一个始终跟在尼根公爵身旁的男子。

这男子穿着黑色燕尾服，褐发蓝眼，几乎没什么表情，一直警惕地戒备着周围。

齐林格斯微不可见地点了下头，右手幅度很小地往前一按。

呜！

突如其来的狂风席卷了舞池上空，吹灭了水晶吊灯上的一根根蜡烛。

就在光暗交错之际，就在众人的目光被吸引的瞬间，几道薄薄的风刃借助狂风的遮掩，劈在了悬挂着水晶吊灯的金属链条上，全都劈在了同一个部位。

吱嘎！

伴随着让人牙酸的破碎声，巨大的水晶吊灯直直坠入舞池，砸在地面上哐当作响，砸得不少宾客被飞溅的碎片伤到，砸得尖叫之声此起彼伏。

趁着大厅一片黑暗、处处混乱的机会，齐林格斯左掌的手套蠕动变化，凝聚出了金色的表层。

他的表情随之充满威严，目光看透了黑暗，盯住了尼根公爵身旁的那位男子。

霍然之间，齐林格斯的双眸内亮起了两道宛若闪电的光芒。负责保护尼根公爵的那位非凡者顿时发出了一声惨叫，捂着脑袋倒于地上，不断地翻滚，不断地挣扎。

唰的一下，齐林格斯的身影穿过黑暗，急速冲向尼根公爵。

然而，他幽暗深邃的眼眸内映照出的目标却没有一点慌乱，充满自信。

尼根公爵高大肥胖的身体屹立在原地，以俯视的姿态望着来袭的刺客。他抬起右手，往前一推，用古赫密斯语低沉开口道："囚禁！"

无声无息之中，齐林格斯戛然停顿，他的四周仿佛布满了透明的墙壁，或流淌着黏稠到极点的液体。这让他像是琥珀里的虫豸，以及监牢内的囚犯。

保守派贵族的首领、世袭的公爵、帕拉斯·尼根本人竟然是一位非凡者，相当强大的非凡者！

尼根公爵再次低沉地开口，并挥动了右手："鞭打！"

啪！啪！

齐林格斯似乎被无形的软鞭抽中了，抽得衣物破碎，皮肉绽开，白骨露出。

紧接着，尼根公爵前倾身体，握住右拳，威严审判道："死亡！"

啪！

他手臂挥动，整个身体拖着残影，撞到了齐林格斯的身上，而拳头则以无法抵抗无法躲避的姿态准确命中了目标的头部。

咔嚓！

齐林格斯的脑袋破碎了，但周围的一切也跟着破碎了，尼根公爵依旧站在原地，只是做了一场梦。

不知什么时候，这位海盗将军已然切换了能力，进入"梦魇"的状态。

而和正常"梦魇"不同，他在拖人进入梦境之后，自身还能移动！

齐林格斯的身影悄然浮现于尼根公爵的后面，幽暗冰冷的眼眸锁定了对方。他的右拳包裹着高速旋转的狂风，利刃般刺向了目标的背心。

呜！

风声激荡之时，齐林格斯的右拳穿透了尼根公爵的身体，穿透了对方的心脏，但是，尼根公爵的身影却急速变得透明，就像被召唤出来的灵体。

这近乎无形的影子荡漾散开，尼根公爵出现于回廊另一侧的对开大门前，脸上带着审视的笑容。

又一位非凡者……

他们提前做好了准备？在埋伏我？

怎么可能！

齐林格斯想法一闪，虽然不愿意接受这个现实，但还是冷静地做出了应对。

他左掌的手套蠕动，呈现出暗金色的细密鳞片，他的瞳孔随之变淡，渐渐竖了起来。

紧接着，一阵无形的波浪向着四周席卷开来，一位位绅士、一位位女士同时陷入了难以控制的恐惧之中，他们离开藏身之所，漫无目的地到处奔跑，场面一下变得异常混乱。

这让那些非凡者不敢贸然出手，害怕伤害到亲属和朋友。

抓住这个机会，齐林格斯于四周盘绕起飓风，高速奔跑了起来，撞破了一扇休息室的门，撞破了凸肚窗的窗户。

哐当之声里，他扑向了房屋外面，借助风的眷顾，竟飞翔了一段不短的距离，飞出了尼根公爵的府邸。

双脚刚一落地，齐林格斯立刻奔向对面的树林，那是一处市政公园。

他早已勘探过附近的地形，只要摆脱掉背后的追踪，他就可以变化长相，融入贝克兰德超过五百万的人口里。

这也是他敢于接高难度任务的依仗！

过了一阵，有狂风刮向了尼根公爵的府邸，风暴教会枢机主教、贝克兰德教区大主教、"神之歌者"艾斯·斯内克携着几位代罚者，用飞行的办法直接赶了过来——他来不及通知其他非凡者了。

阿尔杰是跟随艾斯大主教抵达的人员之一，但他的心情非常不美好，因为他看见了破碎的窗户，看见了刚追出房屋的同僚。

这表明"飓风中将"齐林格斯逃掉了。

…………

穿过树林，越过人工湖泊，齐林格斯在风的眷顾下甩脱了后面的追赶者。

他环顾四周，打算伪装出顺着水渠潜入塔索克河逃跑的假象，然后转身奔入贝克兰德的经济中心，希尔斯顿区。

就在这时，他眼前突然一花，看见黑暗里的各种颜色变得异常浓郁。青绿色的树木更加青绿，鲜红的果实更加鲜红，幽黑的水面更加幽黑，一切就像是被泼了油彩的画布。

而在绯红之月被遮住的高空中，有无数难以描述形体的透明影子，有蕴藏着神秘知识的不同颜色的明净光华。

齐林格斯发现自己停顿了下来，飘浮于半空，脚下是正在不断上涨的幽黑水面，水面之下则有一只只皮肤苍白的手掌往外抓摄。

糟糕！

齐林格斯明白自己遭遇了别人的埋伏，而埋伏者的实力绝对不低！

他的眼前霍然浮现了一具巨大的人形骸骨，这怪物足有四米高，眼窝里燃烧着漆黑的火焰，白骨虚幻而朦胧。

齐林格斯目光不含情绪地凝望着敌人，嘴角勾勒出了一丝冷笑。与此同时，他左掌的手套绽放出灿烂的光芒，变得仿佛由纯金打造而成。

齐林格斯身体后仰，双臂张开，状似在拥抱太阳。

一道纯净、炽烈的光华忽地从天而降，将巨大的骸骨笼罩于内，整个油画般的世界随之发生剧烈的震荡，幽暗水面下的苍白手掌一只接一只地蒸发。

这是"光之祭司"的非凡能力！

这是"太阳"途径序列5的非凡能力！

这是死灵们的克星！

灿烂的光柱散去，那个巨大的骸骨先是眼窝的漆黑火焰瞬间熄灭，接着变得透明，寸寸消散于空中。

没等齐林格斯再次使用"光之祭司"的能力打破油画般的世界，他的表情一下凝固。

他看见自己左手边又出现了一具巨大的骸骨，身高接近四米，眼窝燃烧着黑焰，与刚才的怪物一模一样。

紧接着，四周接二连三地冒出了同样的骸骨怪物，一个，两个，三个……足足超过了一百个！

那上百双燃烧着漆黑火焰的眼睛同时将视线投向了齐林格斯。

而在下方，幽黑的水面越来越高，快要触碰到齐林格斯的脚底了。一只只苍白的、虚幻的手掌又长了出来，不断往上挥舞，想要抓住救命的稻草。

…………

"你们散开去追，尝试围堵。"

风暴教会枢机主教艾斯·斯内克吩咐了一声，在突然刮动的飓风中腾空而起，飞往齐林格斯逃奔的方向。

尼根公爵等人没有加入代罚者的行列，而是自持身份，或立在窗边，或立在阳台上观望，而这个时候，慌张乱跑的普通贵族们才慢慢平静下来。

因为之前一片黑暗，叫喊声此起彼伏，他们并不清楚具体发生了什么事情，只知道公爵可能遭遇了刺客。

阿尔杰·威尔逊咬着牙，跑出了尼根公爵的府邸，绕过对面市政公园赶向希尔斯顿区。

哪怕只有一点希望，他也不愿意错过"飓风中将"！

忽然，他听到有声音被风"携带"过来："不用追赶了。"

不用追赶了？斯内克枢机主教的声音……阿尔杰又跑了几步才停顿下来，疑惑地转身望向半空。

他看见树林和人工湖泊的上空，穿着绣着风暴符号的黑色长袍的斯内克大主教悬浮在那里，凝望着斜下方。

阿尔杰皱了下眉头，顾不得思考原因，高速奔向了枢机主教所在的位置。随着距离的拉近，他借助"航海家"的非凡能力，看得愈发清晰。

那位"神之歌者"方正的脸庞没有丝毫的表情，但他的姿态说明了他的凝重，从黑色软帽下钻出的花白头发随风轻荡，衬托着异常严肃的银眸。

阿尔杰收回视线，跑出了树林。

他的视野里突地浮现了闪烁着绯红月光的清冷湖面，浮现了一个靠近这边水岸的高大身影。

这身影有着独具特色的宽下巴，棕发在脑后扎出了古代武士的发髻，墨绿色的眼眸冰冷却空洞。

齐林格斯！

"飓风中将"齐林格斯！

阿尔杰先是一怔，旋即又惊又喜，简直不敢相信自己的眼睛，怀疑黑暗让自己产生了幻觉。

他还没来得及反应，霍然看见齐林格斯的脸庞飞快腐烂，烂到流出黄绿色的脓液，烂到血肉一块接一块地掉落。

啪！啪！啪！

齐林格斯的脸庞只剩下白骨，两颗空洞的眼珠脱离了眼眶，不分先后地砸在湖边地面上。

咔嚓之声里，齐林格斯完全散架了，衣物铺在上面，遮挡住了腐烂的肉块和白森森的骨头，遮挡住了闪烁的光华。

不到二十秒，身为七位海盗将军之一的"飓风中将"齐林格斯就这样诡异地死在了阿尔杰的面前。

这惊悚的场景深深印在了阿尔杰的脑海里，让他怀疑自己在做一场恐怖惊悚的噩梦。

发生了什么事情？

齐林格斯不是成功逃脱了吗？

怎么会这样奇怪、这样简单地死在这里？

他究竟遭遇了什么，竟在短短时间内失去了生命……

他可是序列6的"风眷者"，他可是"蠕动的饥饿"的主人！

是谁做的？

为什么要杀齐林格斯……

就在阿尔杰难以遏制地闪过无数想法时，他听到了"神之歌者"艾斯·斯内克磁性的嗓音："你是否还将这个情报告诉过其他人？这个情报本身是否还有其他人知道？"

阿尔杰一下恢复了冷静，望了眼齐林格斯的尸骸，早有准备地解释道："我刚收到情报，就禀报给了大主教您。"

说到这里，他心里忍不住有些埋怨。要不是艾斯·斯内克去了塔索克河边散步，让自己费了不短的时间寻找他，齐林格斯可能根本逃不出尼根公爵的府邸！

当然，这样的怨念他可不敢在一位高序列强者面前说出口，只能恭敬而谦卑地继续道："直接拿到情报的人员甚至因此牺牲，而中转的那些人并没有拆开过信件，这一点，我可以确认。但我无法肯定情报的源头是否还存在外泄，既然我们能知道，别人也能。"

阿尔杰说着说着，也在心里猜测起是谁干掉了"飓风中将"齐林格斯。

委托齐林格斯刺杀尼根公爵的人，或者组织？但既然齐林格斯已经成功跑掉，又没有泄露什么事情的可能性，就不存在杀他的理由啊……

如果是我，我会让齐林格斯潜伏，在大家以为他已经逃出贝克兰德的情况下，再来一次刺杀……

而且齐林格斯一向只相信自己，他不会提前把刺杀计划告诉任何人。尼根公爵为了9月的几个议案，最近常举行聚会，不愁没有机会，除了齐林格斯自己，谁也无法确定他会在什么时候什么场合动手……

除非，除非那是位"预言家"……但可能性很低……

别的势力？不可能，"正义"小姐当场发现问题，用向"愚者"先生祈求的方式传递出情报，除了我们，不可能存在同时得到消息的组织……

"愚者"先生……

阿尔杰悚然一惊，想到了一个可能性：出手的是"愚者"先生的眷者！他刚好在贝克兰德，于是"刚好"帮了下忙！

阿尔杰越想越觉得这个猜测更接近真实，只有塔罗会的成员和下属，才能第一时间知道情报！只有"愚者"的眷属出手，才能让人觉得事情诡异，缺乏目的！

在他浮想联翩之际，斯内克大主教沉默了片刻，对陆续赶来的其他代罚者说道："齐林格斯死了，一位高序列强者杀掉他，或者是动用了同位阶的封印物，但这相当危险，可能性不高。经过初步的观察，我认为是'死神'途径的高序列强者，也许是灵教团的成员，但不是我认识的那位，也可能是别的隐秘组织的成员。动机不明。"

灵教团发源于南大陆，据说最早是某些死神后裔为了复活死神而建立的隐秘组织，在南大陆被入侵、被殖民后，他们险些覆灭，但最终顽强地存活了下来，并发展到北大陆诸国。

高序列强者……对，只有高序列强者才能在这么短的时间内干掉齐林格斯！"愚者"先生手下的一个眷者就位居高序列了……这可是半神啊！

阿尔杰再次望向那摊烂肉白骨，整个人的状态非常抽离，就像失去了所有情绪一般呆地怔怔地看着一切。

如果有一天，我背叛了"愚者"先生……

他忽然冒出了这么一个想法，随即，他脑海里立刻浮现了刚才齐林格斯飞快腐烂的惊悚模样。

阿尔杰不由自主打了个寒战，低下了脑袋。

与此同时，他也放松了下来——既然无法脱离，又难以反抗，那就只能选择忠诚。

呼……齐林格斯一死，再没有人拿那个秘密威胁我了！他吐了口气，彻底安定了下来。

尼根公爵的府邸内，正陪着母亲和其他贵族夫人讨论刚才那起刺杀的奥黛丽·霍尔，看见留着两撇漂亮小胡子的父亲出现于门口。

她找了个理由离开休息室，来到外面大厅的阳台上。

"爸爸，有什么事情吗？"奥黛丽用绿宝石般的眼眸望向霍尔伯爵。

她的瞳色遗传自她的母亲，而不是她的父亲。

霍尔伯爵轻笑道："事情解决了，我的孩子，你不需要再担心了。"

"嗯……你是否把格拉米尔男爵是假扮的事情告诉了其他人？"

"没有。"奥黛丽坚决地摇头。

我只是告诉了一位近似神灵的存在……她在心里默默补充道。

她想了想，又具体描述了两句："告诉你之后，我先去了盥洗室，然后就到妈妈那里去了，你可以问她。"

"嗯。"霍尔伯爵微微点头，没再多说，转而提道，"齐林格斯死了，被人杀死了。"

"谁？"奥黛丽又惊讶又兴奋。

"不知道，我们甚至猜不出凶手为什么要杀掉齐林格斯，这真是让人难以理解。"霍尔伯爵停顿了下，道，"也许是一个人，也许是一个组织，一个隐秘的、强大的组织。"

猜不出目的……隐秘的、强大的组织……难道是"愚者"先生的眷者？难道是我们塔罗会!

奥黛丽忽地有所明悟,她眼珠轻转,思绪发散,一下分析出了很多事情。

"倒吊人"先生说过,齐林格斯是一头独狼,不相信任何人,他的行动计划只有自身才知道,除了我提前发现,应该没谁清楚他会在今晚展开刺杀行动。

我只将格拉米尔男爵疑似是"飓风中将"齐林格斯假扮的事情告诉过爸爸和"愚者"先生。

虽然尼根公爵的府邸内就有电报线,能及时将情报传递出去,找来帮手,但这个没必要隐瞒。爸爸的困惑说明击杀齐林格斯的强者不在他们预料之中。

综上所述,杀掉齐林格斯的人几乎可以确定是"愚者"先生的眷属!

而且只有我们塔罗会的特殊模式才能制造出动机不明的诡异情况!

齐林格斯是序列6的"风眷者",还拥有神奇物品"蠕动的饥饿",能不留痕迹地快速击杀他,只有被称为半神半人的高序列强者吧?或者,使用了传闻里隐患极大、危险性很高的封印物?

不管是哪种情况,都足以说明"愚者"先生的眷属异常强大……

不愧是"愚者"先生!

不管怎么样,我都算提供了线索,"倒吊人"先生之后得履行承诺,给我七彩蜥龙的脑垂体!

这应该算是我们塔罗会的第一次正式行动吧?七位海盗将军之一的齐林格斯因此而死亡!

见女儿沉思中带着些许兴奋,年轻时也是位英俊男士的霍尔伯爵轻咳了一声,较为严肃地告诫道:"奥黛丽,我知道你对神秘领域的东西很感兴趣,平时也纵容着你,但这件事情,你绝对不能牵扯入内,就连打听都不行。

"你年底就会被王后领着,被正式介绍入社交场合,作为成年人,你应当清楚并记住,一位恐怖的非凡者,或者一个隐秘的、强大的组织,往往等同于危险,明白吗?"

"我知道了,爸爸。"奥黛丽娇声回答道,"我刚才只是有点好奇。"

"好奇也不行!"霍尔伯爵强调完这句,忍不住露出无奈的笑容。

"嗯嗯!"奥黛丽忙乖巧地点头。

反正我比你更加清楚整件事情……她在心里扮了个鬼脸。

霍尔伯爵想了想,温和地笑道:"不管怎么样,你是今晚的功臣,是尼根公爵的救星,齐林格斯的死亡至少有一半得归功于你,赏金同样如此。

"当然,如果没有人承认是自己击杀了齐林格斯,宣称对这件事情负责,并主动来领取赏金,那剩下的一半也会属于你,加起来一共有一万金镑。嗯,因蒂斯共和国、弗萨克帝国等国家和组织设立的赏金也可以派人去领取，换算过来，应该有两万金镑。

"尼根公爵刚才许诺过，要将他位于迪西海湾的度假庄园赠送给你，其中包含了一大片橡胶树林，每年的收益我没具体了解过，但肯定不会低。他当初花了八千金镑才买下，后续还修建了房屋，购买了良种。"

已经有三十万镑财产的奥黛丽足以称得上富有，但接近甚至超过四万金镑的奖赏对她来说依旧是一笔巨额的收入，许多贵族小姐的陪嫁都达不到这个数目。

八月份一起贵族与商人的联姻里，玛丽·奥尔德伯里小姐这位百万富翁的女儿也就陪嫁了八万金镑。

"我根本没考虑过赏金……"奥黛丽发自内心地低语道。

忽然，她想到了一件事情，如果自己去领取赏金，让名声传扬出去，那"倒吊人"就能轻松确定"正义"是谁。

这可不行！作为塔罗会的成员，我得保持神秘！奥黛丽望向父亲，组织了下语言道："爸爸，我有些害怕……"

"为什么？发生了什么事情？"霍尔伯爵忙关切地问道。

"如果宣扬出去是我发现了齐林格斯在假扮格拉米尔男爵，我害怕他的手下会报复我，我害怕幕后指使他刺杀尼根公爵的人会盯上我……"奥黛丽努力使自己显得可怜、弱小，以及无助。

"我会请人保护你的。"霍尔伯爵先回应了一句，接着轻轻颔首道，"但确实没有必要让你承担这个风险，而且杀掉齐林格斯的人拿走了'蠕动的饥饿'。当然，对高序列的强者来说，这并不是具备足够说服力的动机。嗯……我会转告尼根公爵，让他隐瞒这件事情，并由他另外找人去领取赏金，之后再私下补偿你。"

说到这里，霍尔伯爵笑容满面道："不愧是我的女儿，简简单单就挣到了四万金镑，这超过你现在财富的十分之一了。"

那三十万镑是他预先分割出去的给女儿的财产，等到她将来出嫁，还会再补一部分。

"有爸爸你以前厉害吗？"奥黛丽欣喜地反问道。

霍尔伯爵摇头失笑道："比我厉害多了，我第一次从商业上获得的收益只有六十镑。"

奥黛丽顿时变得异常高兴。四万镑的赏金，父亲的夸奖，导致"飓风中将"齐林格斯死亡和完成了一件了不得的事情的成就感，身为塔罗会成员的自豪，将在事后从"倒吊人"那里得到的七彩蜥龙脑垂体的满足，让她收获了不只是双倍的快乐，有三倍，甚至四倍、五倍！

真想立刻向"愚者"先生汇报，得到他的确认啊……

不，不行，动机不明的神秘强者击杀了齐林格斯，现在肯定有人在暗中观察我，寻找线索，我不能表现出丝毫的异常……

呸！我本来就没有什么异常，只要不试图诵念"愚者"先生的尊名……

嗯，如果确实是"愚者"先生的眷属做的，祂肯定已经知道了结果，不需要我再汇报……

唔……我需不需要和那位眷者分享悬赏呢？

不，两万镑的金钱，不管用什么方式支付，都必然会引来关注，我不能冒这个风险。

而且，一直都是"倒吊人"在请"愚者"先生帮忙，理应由他支付报酬。嗯嗯，他可是宣称有许多罗塞尔日记的！

我尽量再搜集一些日记，感谢"愚者"先生回应我的祈求，祂肯定看不上庸俗的金钱……

奥黛丽很快确定了接下来该怎么做。

……………

尼根公爵的府邸内，私密的小书房中。

肥胖高大的公爵坐在桌子后面的高背椅上，抽着雪茄，看着对面的"神之歌者"艾斯·斯内克和王国首相阿古希德·尼根等人。

"从陆续反馈的情报看，目前无法确认是哪位高序列强者做的这件事情。"阿古希德刚从国王那里赶回来。

斯内克大主教跟着点头："我们也用超凡手段确认过了，不是熟知的那些高序列强者，不是灵教团的那几位。有足够的理由相信，是一位我们并不清楚的神秘强者，当然，不排除对方使用了危险封印物的可能性。"

尼根公爵拿着雪茄道："也许不仅仅是一个高序列强者，他的背后很可能还藏着一个隐秘的组织，我们不够了解的隐秘组织，否则没办法那样精准地伏击齐林格斯。嗯，也许今晚舞会的某位参与者就是他们的成员。"

他的弟弟阿古希德首相凝重道："不管是哪一种可能，我们都必须小心，必须尽快弄清楚那位高序列强者的身份，弄清楚他来贝克兰德的目的是什么，弄清楚他是否只是单纯地追杀齐林格斯，以及为什么要杀掉齐林格斯。"

一位不在掌握中的高序列强者游荡于贝克兰德，是足以引起王国政府和三大教会重视的事情！

虽然序列4、序列3的强者未必挡得住巨舰大炮的轰击，但他们完全没必要进行正面的抗衡，他们有太多的诡异能力。

所以，这是比铁甲舰更加危险的存在，仅仅从"半神半人"这样的称号就能看出来！

"神之歌者"艾斯·斯内克当即起身道："我立刻安排下去，并联络黑夜教会和蒸汽教会。"

"国王陛下也会让军方和情报机构配合的。"阿古希德首相承诺道。

…………

贝克兰德北区，一家旅馆内。

肤色古铜、耳旁有痣的阿兹克坐在煤气灯下，凝望着面前摆放的一只手套。

这手套非常轻薄，仿佛由人皮制成，似乎只要填满血肉，它就能变回一只手。

阿兹克看了好一阵子，忽地露出痛苦而扭曲的表情，低声自语道："我好像，好像和他们合作过……"

Story is going on.

第十章

CHAPTER 10

✦ 秘密潜入 ✦

克莱恩整晚都睡得不太好，因为他一直没有收到"正义"和"倒吊人"的汇报，没有收到阿兹克先生的回信，始终记挂着"飓风中将"齐林格斯那件事情的结果。

应该是弄出了不小的动静，让"正义"小姐和"倒吊人"先生不敢贸然再联系我……可是，阿兹克先生怎么也没有回信？他没有参与，或者说出了事？被齐林格斯击伤了？克莱恩伸手掩嘴，打了个哈欠，登上了前往佐特兰街的无轨公共马车。

"号外！号外！'飓风中将'齐林格斯被击毙于贝克兰德！"

"号外！号外！'飓风中将'齐林格斯被击毙于贝克兰德！"

"……"

马车正要行驶，克莱恩突然听到了报童的声音——这也是罗塞尔大帝的发明之一。

愣了一下，克莱恩赶紧掏出一便士的硬币，递出窗外，买了份《廷根晨报》，不少乘客也做出了同样的选择。

展开报纸，克莱恩立刻看到了头条新闻：大海盗齐林格斯被公爵保镖击毙于贝克兰德！

齐林格斯死了？阿兹克先生做的？克莱恩陷入了沉思，并自我吐槽了一句：作为这件事情的幕后BOSS，我竟然是看报纸才知道结果……

有关齐林格斯的新闻并不长，也就是交代清楚了时间、地点、人物和结果，正所谓内容越短，事越大。

首都贝克兰德昨晚八九点发生的事情，廷根市今早就有报纸披露，这个世界的信息交流速度并不算太慢嘛，这都是罗塞尔大帝的卓越贡献。嗯，肯定是参加舞会的贵族和议员将消息泄露给了某些交好的记者，而其中部分记者又用拍电报的方式将这则轰动性的新闻发回了各自位于其他郡、其他市的报社总部……

晨报一般都是晚上排版，半夜印刷，早上发行，正好能紧急做出调整，及时

189

刊登……

光凭这则新闻，今天的《廷根晨报》至少能多卖上千份，这还是只计算本市市区的情况下……

克莱恩思绪发散地想着，心中也安定了下来："既然'飓风中将'齐林格斯死亡，那就说明阿兹克先生就算受伤，也不至于太严重。如果较为严重，他肯定会被赶去的代罚者或者尼根公爵的非凡者保镖抓住，而遇到这种紧急状况，'正义'小姐和'倒吊人'先生必然会找尽一切机会向我汇报，没有类似汇报就足以证明事情在可控的范畴内……

"嗯，如果今晚凌晨前阿兹克先生还没有给我回信，或者'正义'小姐和'倒吊人'先生未曾向我祈求，我就再次吹响铜哨召唤信使，寄信询问……"

放松下来，克莱恩将视线从报纸上移开，环视了公共马车车厢一圈。

有钱乘坐这种交通工具的人大部分都认识单词，刚才受"号外"影响，不少人购买了《廷根晨报》，如今互相认识的几位正在低声讨论。

"很久很久前，海盗之王和将军们就在危害航路，除了面对各个国家的舰队时会退缩，根本不把武装商船放在眼里。虽然齐林格斯被列为七位海盗将军之一不超过十年，却是第一个被政府击毙的大海盗。"

"坦白地讲，我很好奇，他到贝克兰德做什么？当海盗离开了海洋，死亡就是可以预见的事情。"

"希望后续会有更加详细的报道。"

"风暴在上，我现在就想知道是尼根公爵的哪位保镖击毙的齐林格斯，他的赏金足足有一万镑！"

"一万镑……如果有一万镑，我就立刻辞职，买上两三个中小型种植园，投资些殖民公司、铁路公司的股票，每年享受收益。"

"这还只是王国的悬赏，因蒂斯、弗萨克、费内波特，以及一些商业组织，都对'飓风中将'齐林格斯有悬赏，我迫切地希望有一份报纸能将这些悬赏金额全部列出来。"

一万镑？克莱恩听得恍惚了一下。

以他目前已经算得上丰厚的薪水，也必须不吃不喝接近二十年才能攒到这么多钱……

早知道……

算了，我也没办法去领取悬赏……他有些失落地叠好报纸，望向马车车窗外。

到了这时，他终于确认"飓风中将"齐林格斯的事情告一段落，只剩下一些收尾工作，比如"倒吊人"将支付的那批罗塞尔日记。

贝克兰德，乔伍德区。

戴着纱帽的佛尔思·沃尔和休·迪尔查行走于街边，正在前往最近的巴伐特银行分行。

"钱总是不知不觉就没有了。"佛尔思感叹了一句。

休深有同感地点头："是啊。"

"幸运的是，《暴风山庄》这本书比较受欢迎，陆续还有稿酬进入我的账户。否则，我只能找家诊所或者医院，重新开始做医生了。"佛尔思满足又担忧地叹了一口气。

休沉默几秒，小心翼翼问道："这次调查齐林格斯会不会影响你的作者身份？毕竟我们可能会被代罚者、值夜者他们盯上……"

"不，被盯上的只会是你。"佛尔思轻笑一声道，"找人去警察局报警的是你，寄信的是你，在黑帮圈子和东区某些街道小有名气的也是你。而我，佛尔思·沃尔，始终是最近颇受欢迎的畅销书作者。"

"……"休呆了一下道，"所以，你这段时间是在陪我？"

佛尔思撩了下头发，低笑道："你不觉得这是一种很有趣的体验吗？嗯……这次经历给了我不少创作的灵感，我下一部小说就写一场突然而来的凶杀案导致的种种故事。"

休顿时不知道该用什么语言来应对，只能闷头往前走，一不小心就忘了拐弯，被佛尔思给拉了回去。

就在这时，她们听到了报童的呼喊声："号外！号外！'飓风中将'齐林格斯被击毙于贝克兰德！……"

啊？什么？休和佛尔思一脸茫然地对视。

等到报童由远及近，重复了几遍，她们才霍然醒悟过来。

"什么？齐林格斯死了？"佛尔思简直不敢相信自己的耳朵。

"他竟然死了！他怎么会突然死掉！"正躲避着那位凶残海盗可能存在的反向追杀的休又震惊又发蒙。

这，这不是应该走一个正常的流程吗？先是找到线索，确定齐林格斯的目的；接着聚集强者，借此埋伏他；最后才是海盗被杀死……结果，第一步都还没有完成，齐林格斯就死了……那样简简单单就死了……佛尔思和休你看着我，我看着你，仿佛两尊大理石雕像。

过了几十秒，休猛地冲向报童，买了一份今早的《塔索克报》。这是鲁恩王国发行量最大的三种报纸之一。

"唔……齐林格斯确实死了，被尼根公爵的保镖击毙了……女神啊，尼根公爵的保镖是……"休自动消音，没将后面的"强大非凡者"说出来。

佛尔思怜悯地看了好友一眼："你竟然完全相信报纸上的描述……"

"好吧，也许是别人提前发现了齐林格斯的目的，代罚者、值夜者、机械之心、军方特别部门的高层联合完成了一次成功的埋伏……"休忽地怔住，吐了口气道，"我们不用再担心什么了，可以回归正常的生活了，但得尽量避开之前那个警局的管辖范围。"

她看了佛尔思一眼，有些忐忑又有些忧虑地问道："你认为奥黛丽小姐会支付我们多少报酬，在这种情况下？我知道，对她来说，几百镑并不算多，但我们也没有真正完成委托……"

"不，至少我们让齐林格斯主动出现了。他之所以急于行动，落入埋伏，肯定也有我们的贡献。"佛尔思宽慰道，"以奥黛丽小姐的慷慨，就算不支付所有的报酬，也至少会给一半。"

"希望是这样……"休深吸了口气，满是憧憬地低语，"不知道会是谁领取那一万镑的赏金……"

"真是让人嫉妒啊，如果我有这笔钱，我早就到序列7、序列6了，结果机会一次次错过！"佛尔思也一阵感慨，末了提醒道，"休，我们短时间内不要去找奥黛丽小姐，等她主动联络我们。齐林格斯的死亡藏着太多我们不知道的细节，贸然找奥黛丽小姐很可能会让我们陷入危险之中。"

休先是点头，接着愕然道："你怎么知道我现在就想去皇后区？"

"你猜。"佛尔思好笑地回答。

…………

忙碌了一上午，克莱恩回到黑荆棘安保公司，向邓恩·史密斯汇报道："队长，我负责调查的与兰尔乌斯相关的那部分人都没有问题，都只是单纯的受害者，没有牵扯到涉及超凡的事件。"

邓恩双肘同时支在办公桌上道："那你就暂时停止行动，等其他人负责的部分结束，再重点追查有嫌疑的几位。我们不可能把所有人手都投在这件事情上，必须预防另外的突发事件。"

"好的。"克莱恩正要站起，去享用自己的那份午餐，忽然听到了敲门的声音。

"请进。"邓恩嗓音浑厚地开口道。

把手拧动，房门打开，罗珊探头探脑道："队长，有人来委托任务。"

委托任务……这种说法针对黑荆棘安保公司，而不是值夜者小队……所以，又是谁误打误撞找上了我们？克莱恩恍然有所悟地无声自语。

邓恩想了下道："可以去听一听，太麻烦就拒绝掉。"

他整理了下衬衣、马甲和表链，走出办公室，通过隔断，靠拢接待大厅的沙发区域，克莱恩和罗珊则好奇地跟在后面。

沙发位置坐着两位女士，都戴着黑色软帽，穿黑色长裙，身上没有多余的颜色。

其中一位身材丰润，皮肤白皙，脸部有帽子上垂落的细格黑纱遮掩，容貌影影绰绰。

看到她，克莱恩忽然有些熟悉，觉得在哪里见过。

回想之际，他听见另一位较为瘦弱的女士道："我们想要委托的任务是跟踪和监视雪伦夫人，找到她犯罪的证据。"

雪伦夫人……克莱恩突地醒悟，记起了刚才的熟悉感从哪里来——没说话的那位女士是梅纳德议员的夫人，新党大佬的女儿。

她对自己丈夫的死难以接受，不愿意承认警察部门的结论，因此私下找安保公司重新调查？

嘿，竟然直接找到了我们……克莱恩摇头暗笑。

"雪伦夫人？"邓恩明显认识那位霍伊男爵的遗孀，廷根市最有名的交际花。

梅纳德议员的夫人侧头望了陪伴她前来黑荆棘安保公司的瘦弱女士一眼，自己并没有开口。

同样黑裙黑帽的瘦弱女士斟酌了下道："是的，雪伦夫人，霍伊家族去世的那位老男爵的夫人。她，她……"

结巴了几秒，瘦弱女士突然愤怒脱口："她是个婊子！"

听到这句粗口，克莱恩忽地就回想起了自己看到的那段"小污片"和当时雪伦夫人看似怯懦实则冷静的表现，这让他对相关的传闻确信了几分，在心里默默同情起过世的老男爵。

不是说雪伦夫人不能再嫁，但这种乱搞的做法……哎，老男爵的坟前怕是有片青青草地……

邓恩表情未变，坐到对面沙发，嗓音柔和地说道："但这和她是不是罪犯没有任何关系。你们清楚，我也清楚，雪伦夫人在廷根市很有影响力，贸然跟踪她、监控她，很容易造成无法解决的问题和非常恶劣的后果。"

"她就是罪犯！"瘦弱女士愤恨道，"她造成了我哥哥的死亡，但她的那些情夫给了警察部门很大压力，让他们不得不做出我哥哥因为饮酒过量又连续纵欲才突然死亡的结论。他们，他们都是罪犯！"

"那些"……克莱恩又同情了老男爵一秒，并弄清楚了瘦弱女士的身份，她是梅纳德议员的妹妹。

也是，这种涉及丑闻的事情，肯定不会带侍女上来，还是自家人放心……他了然地点头。

梅纳德夫人拍了下瘦弱女士的手背，嗓音低沉而冰冷地补充道："她就是罪犯！如果你们因此而受到损害，我会帮你们解决，并弥补你们的损失。"

这语气……不愧是新党大佬的女儿……要不是警察部门对我通灵的结果很有信心，恐怕都要屈服于她的压力了……克莱恩腹诽了一句。

邓恩默然十几秒才道："好吧……我还有一个问题，你们似乎非常笃定我们能查出点什么？"

瘦弱女士点头道："是烟草商人维克罗尔介绍我们来的，他称赞你们是这个行业最顶尖的精英，能完成别人无法完成的任务。"

烟草商人维克罗尔……这是哪位啊？克莱恩下意识望向队长，结果发现邓恩·史密斯也是满眼的疑惑。

我真傻，我为什么会奢望队长记得这种事情……毕竟我自己都不记得了……他暗自叹了口气。

见两位精英"佣兵"一脸不解，瘦弱女士又补了一句："你们拯救了他被绑架的儿子。"

原来是他……那起绑架案让我发现了安提哥努斯家族笔记的线索……克莱恩一下明白过来。

邓恩也跟着微微点头道："我明白了。"

见状，瘦弱女士开出了条件："你们跟踪和监控那个，那个婊子两周，即使没能找到她犯罪的证据，也要记录下来谁到她的家里做客，她去了谁的家里做客，我们会为此支付五十金镑。而如果你们能找到她犯罪的证据，或者说线索，我们额外再支付两百镑。"

这可是巨额委托金了……克莱恩突地想到自己只用了七镑就让亨利侦探搜集到那么多的红烟囱房屋资料，一时竟有些羞愧。

邓恩想了下道："没有问题，我们现在就可以签订合同。你们需要预付二十镑的费用。"

队长，最近人手很紧张啊，有兰尔乌斯那个大案子……克莱恩没想到邓恩·史密斯会答应这个任务，虽然他自己颇有些心动。

梅纳德夫人轻轻颔首道："没有问题。我相信你们，也请你们不要让我失望。"

邓恩笑笑没有说话，转头对罗珊道："你去拟一份合同。"

等到签完合同，收下定金，目送梅纳德夫人和瘦弱女士离开黑荆棘安保公司，邓恩才侧头看向克莱恩，说："这个任务就交给你了。"

"啊？"克莱恩一脸的茫然。

邓恩笑了笑道："你不是要学习跟踪和监控的技巧吗？这是一个很好的实践机会，正巧兰尔乌斯案里你负责的部分结束了。"

"好吧……"克莱恩没有推辞。

刚答应下来，他的思绪就开始飞快转动。

按照规定，任务酬金的一半得上交给奥利安娜太太，上交给小队金库，剩下的由参与队员平分，而这次的委托似乎只有我一个人接手……

不管调查是否成功，保底就有二十五镑的收入，而且本身的薪水照领……如果真能找到些线索，更是可以获得整整一百二十五镑！

队长真明智！

邓恩瞥了他一眼道："你上午找伦纳德、弗莱学习跟踪和监控的技巧，下午的格斗课程暂停，这一周都暂停。嗯……我想你应该掌握得差不多了，我会派人通知高文的。"

找伦纳德、弗莱学习跟踪和监控的技巧？怎么感觉有点不靠谱啊……克莱恩愣了一下，在他心里，伦纳德会采用的唯一办法是弹费内波特琴，吟唱优美的诗歌，勾引雪伦夫人上床，近距离跟踪和监控；而弗莱的气质非常特殊，冰冷、阴沉，这让他不管在哪里都会受到别人注视，这种形象的人怎么跟踪和监控？

思绪辗转间，克莱恩认真回答道："好的。"

邓恩轻轻颔首，往隔断走去，忽然，他停住脚步，转过身体，犹豫道："你记得那个烟草商人？绑架案是怎么一回事？"

原来队长你刚才什么都没记起，什么都不明白……你为什么能装得那么沉稳那么自信！克莱恩伸手捂了下脸孔。

…………

根据伦纳德的教导，克莱恩没急着去跟踪雪伦夫人，哪怕他很清楚对方住在东区的奥尔斯纳街。

"在没有摸清楚目标的行动规律前，贸然跟踪非常容易出问题，而单独一个人的监控又难以观察到所有事情，除非你不吃不喝不睡觉不回家。"

这是伦纳德的原话。于是克莱恩按照他的指点，前往猎犬酒馆，找到某个黑帮头目，花费五镑请他派手下轮流监控雪伦夫人，记录她的日常行动。

还好，这是可以报销的……怎么感觉像是在层层转包……周五下午，克莱恩拿到了那个黑帮头目提供的调查报告。

这说是调查报告，明显是在侮辱那些专业的私家侦探。那个黑帮头目的手下就没有一个认识单词的，全靠图画和符号来代替，然后由他们只读了一年周日学校的半文盲老大整理与解释，看得克莱恩脑袋一阵阵抽痛，好半天才阅读完毕。

"根据监控，雪伦夫人最近很少外出，也很少有客人到访……应该是受到梅纳德议员死亡案的影响……那些黑帮成员挺有能力的嘛，竟然和雪伦夫人的女仆搭上了线……

"嗯，她今晚要去参加本市保守党的宴会，或许很迟回家，或许不回去……这是一个实践的机会。"克莱恩很快下了决定，打算今晚就潜入雪伦夫人的家，悄然搜查一遍。

随着兰尔乌斯案他所负责部分的结束、格斗课程的暂停以及"飓风中将"齐林格斯事件的告一段落，克莱恩最近只剩下两件事情要忙，一是排查红烟囱房屋，二就是跟踪和监控雪伦夫人，所以相对空闲。

前两天，他已经收到了阿兹克先生的回信，信上只有一句话：我拿到了"蠕动的饥饿"，我回忆起了一些事情。

这让克莱恩终于确定齐林格斯是阿兹克先生干掉的，终于确定这位拥有漫长生命的失忆教员是一位高序列强者，但他没敢问对方借助"蠕动的饥饿"回忆起了什么，因为阿兹克明显不想说——如果阿兹克愿意分享，在信上就会直接讲述。

回信里，克莱恩除了问候，就只是提醒阿兹克先生，"蠕动的饥饿"会渴求活人的血肉和灵魂，必须找到稳妥的封印办法。

另外，"正义"和"倒吊人"依旧还没有向他祈求，但克莱恩不再担忧，明白两位成员是顾忌可能存在的监控，不敢贸然诵念尊号。

…………

夜晚的奥尔斯纳街，煤气路灯照耀着平坦的道路，绯红之月高高悬挂。

偷偷出门的克莱恩借助"小丑"的平衡与敏捷，悄无声息地翻过了雪伦夫人家的围墙。

穿过花园，来到房屋侧面，他攀爬自来水管道，噌噌噌进入了二楼的阳台。

这对小时候爬树从未成功的克莱恩来说，算是另类的创造历史了。

克莱恩从黑色风衣的口袋里掏出一张塔罗牌，将它插入了阳台门缝，轻轻一拨就打开了插销。

"仆人们很大意嘛……竟然没加额外的锁，要不然我只能尝试翻窗了……"克莱恩无声低语一句，闪入了屋内。

根据黑帮头目提供的情报，他轻松找到了雪伦夫人的卧室，拧动把手，轻巧潜入。

小心翼翼合拢房门，他忽然闻到了一股淡淡的幽香，让人想到女性并血脉偾张的幽香。

克莱恩一下有些恍惚，甚至感觉身体出现了点反应。他旋即用冥想的方式平静下来，暗自吐槽了一句："这是在拿媚药当熏香吧？"

缓了几秒，克莱恩开启灵视，环顾房间，只见绯红的月光下，雪伦夫人的卧室布置得奢侈而华丽。

厚厚的地毯，宽敞的空间，天鹅绒制成的被套，凌乱摆放着各种护肤品和化妆品的台子，闪烁着不同光华的珠宝首饰，半开半掩的衣帽间，随意扔在摇椅上的轻薄衣物和吊带丝袜，镶嵌着金丝的诸多摆设品，一一映入了克莱恩的眼睛。

而整个房间内最吸引人眼球的则是一幅未完工的油画，上面是裸露着身躯的雪伦夫人，褐发如瀑，棕眸仿佛林中小鹿的眼睛，纯洁水润，但弯眉翘眼、挺鼻娇唇又勾勒出了成熟女性的妖媚，两者以一种矛盾的姿态被糅合在一起，散发出惊人的魅惑力。

脖子往下，克莱恩只瞄了一眼，没有细瞧。这并不是假正经，他连对方的"小污片"都看了，还怕什么"小黄图"？他的注意力被油画旁边的颜料、盘子、画笔以及一面镀银的全身镜给吸引了。

这样的组合，这样的摆放，这样的位置关系，让他产生了一个奇怪的念头，那就是这幅油画的作者是雪伦夫人自己，而非她勾搭上的某位画家。

一个容貌动人、身材出众、又妖媚又纯真的女子，脱光衣物，边照镜子边描绘自己，记录美丽……这样的场景感觉怪怪的。

雪伦夫人未免太自恋了吧？克莱恩无声咕哝了一句，收回目光，开始翻找可能存在的犯罪证据。

按照伦纳德和弗莱的教导，他一直戴着黑色手套，每翻找一处，都要预先记住原本的样子，以便事后复原。

对于一位"占卜家"来说，这没有丝毫的难度，如果忘记，用"梦境占卜"的技巧可以轻松回忆起来。

当然，今晚出门前，他也是给自己占卜过的，没有危险，相当顺利。

这是一位合格神棍该做的事情，哪怕我已经是"小丑"了……克莱恩自我吐槽了一句，花费近二十分钟搜寻完了雪伦夫人的卧室，没找到任何值得关注的事物，也没看到半点灵性光芒。

最后，他停在了房间一角的保险柜前。

铁灰色的它有一米高，又厚又重，给人异常坚固的感觉，似乎搬来炸药也别想弄开。

"真有蒸汽时代的特色啊……里面肯定具备极端复杂的机械组合……"克莱恩尝试了一下开锁，可耻地遭遇了失败。

他将保险柜的事情暂时推到最后，摘掉左手手套，并取下了腕部缠绕的黄水晶吊坠。

握住银链，任由灵摆下垂，克莱恩摒除掉房间内的香味带来的燥热，进入冥想的状态。

他眼眸转深，低低自语道：

"这个房间有密室或者暗格。

"这个房间有密室或者暗格。

"……"

七遍之后，克莱恩的眼眸颜色恢复正常，目光望向黄水晶吊坠，看见它在做逆时针的旋转。

这表示否定。

克莱恩微不可见地点头，离开雪伦夫人的卧室，按照刚才的流程，悄然翻找完了书房、起居室、日晒屋等地方，但都未能发现有价值的线索。

他之所以不用卜杖寻物法，是因为根本不知道自己要找的是什么东西。

掏出有枝蔓花纹的银制怀表，他按开看了一眼，确认了时间，然后返身走回雪伦夫人的卧室。

小心翼翼关上木门，克莱恩拿出仪式银匕，喷吐灵性，让它与自然力量结合，封锁了整个房间。

他要自己召唤自己！他要用灵体的方式钻入那个厚重的保险柜，检查里面的物品！

"爷不需要懂开锁！"克莱恩用中文嘟囔了一句。

因为是向自己祈求，所有的流程都可以从简，不需要那么讲究，所以克莱恩拿出一根掺杂了檀香的蜡烛，随手用灵性点燃，就算布置好了祭台。

"我！

"我以我的名义召唤，

"不属于这个时代的愚者，灰雾之上的神秘主宰，执掌好运的黄黑之王。"

咒文声回荡于雪伦夫人的卧室内，克莱恩的灵性涌出，和烛火融合成了灰白的、巴掌大小的光幕。

紧接着，他逆走四步，穿透嘶吼，进入了灰雾之上。

看了眼古老长桌最上首那张高背椅后面的召唤之门，克莱恩正想回应，忽地怔了一下。

"反正都进来了，顺便做个占卜，看能否发现什么线索……在这里，除了干扰会被排除，我的能力还是有一定增强的……而且我身体所处的环境，让现在的占卜相当于使用了雪伦夫人随身携带的物品……"他坐了下来，在面前具现出羊皮纸和圆腹钢笔。

占卜什么呢？克莱恩陷入了思考。

"'雪伦夫人有问题'？不，谁都犯过错，谁都有一定的问题。"

"'雪伦夫人涉及犯罪'？这个也不够严谨，身为交际名花，混迹政治圈子，牵扯上一些肮脏又无法指证的事情很正常……"

"而且犯罪由什么来定义？鲁恩王国的法律，还是因蒂斯共和国的，或者我的自由心证？"

念头翻滚间，克莱恩不想耽搁时间，毕竟他的肉身还在现实世界，于是，他打算就确认一下之前做过的几次相关占卜。

拿起钢笔，无须书写，他面前的羊皮纸上就呈现出一条占卜语句：约翰·梅纳德的死亡存在超凡因素的影响。

这是克莱恩去梅纳德议员家帮警方通灵时做过的占卜，当时的答案是否定。

握着银链，让黄水晶吊坠只差一点就接触到羊皮纸上的单词，克莱恩半闭住眼睛，默念起占卜语句：

"约翰·梅纳德的死亡存在超凡因素的影响。"

"约翰·梅纳德的死亡存在超凡因素的影响。"

"……"

足足重复了七遍，他睁开双眼，望向灵摆，瞳孔霍然一缩。

黄水晶吊坠在做顺时针的转动！

而顺时针的转动表示肯定！梅纳德议员的死亡存在超凡因素的影响！

克莱恩凝望着缓缓平复的灵摆，心头翻滚起了巨浪："我当时的占卜被人影响了，干扰了……雪伦夫人是非凡者，相当厉害的非凡者？或者是她背后有这样的人物帮忙，共同谋划了梅纳德议员的死亡？为的是除掉这位市长宝座的有力竞争者，为的是除掉新党未来的下院议员？"

一个个想法闪过，克莱恩又写下了新的占卜语句：雪伦夫人是非凡者。

依旧是默念七遍，依旧是灵摆法，克莱恩借助自身所处的当前环境和雪伦夫人有关的部分资料完成了占卜，看到了答案。

答案是黄水晶吊坠在顺时针转动，答案是肯定！

雪伦夫人是非凡者……克莱恩心头一紧，没再耽搁，当即响应了自己的召唤，推开了那扇神秘的大门。

混乱与眩晕之后，他看到了雪伦夫人的卧室，也看到了自己。

克莱恩半飘浮半飞行地来到那笨重的保险柜前方，探出右手，小心翼翼地伸了进去。

既然雪伦夫人是非凡者，他就必须提防对方在保险柜里布置陷阱。

而在这种掺杂了神秘空间些许力量和自身大部分灵性的灵体状态下，克莱恩无须再占卜，仅是靠近危险，就能得到提示——绝大部分占卜的本质都是依靠星灵体遨游灵界来获得启示，简单说就是源于自身灵性。

接近透明的手掌穿过厚厚的金属门，克莱恩没察觉到丝毫异常。

上下左右都扫了一遍后，他霍然前扑，整个灵体都钻入了保险柜内。

他看见里面分为三层，一层摆放着制式的金条、厚厚的钞票和更加贵重的珠宝，一层有许多缺乏封面的文件。克莱恩鼓起腮帮子，吹了几下，没能成功翻开，看不到里面的内容。

嗯，等下携带阿兹克先生的铜哨再试一次……克莱恩之前就试验过了，用灵体完全包裹住"阳炎符咒"和"阿兹克铜哨"的情况下，这两件物品可以随之穿透障碍，似乎变成了半真实半虚幻的存在。

保险柜最下面的那层相当诡异，只放了一张黑白照片，照片上是个眉清目秀的年轻男子。

"雪伦夫人以前的恋人？他们被强行拆散，雪伦夫人不得不嫁给了老男爵，于是开始堕落，浪迹于一个又一个男人的床上，但她内心的深处还保留着一片纯洁的土地，每当夜深人静，就会拿出这张照片，流着眼泪摩挲……"克莱恩瞬间就脑补出了一部哀婉凄凉的言情大剧。

但是，他越看越不对劲，因为照片上那个年轻男子，似乎、大概、可能和雪伦夫人长得有点像……

雪伦夫人的弟弟？

她是非凡者……我去，她不会也是"魔女"途径的吧？和"教唆者"特莉丝一样！克莱恩脑海忽然闪过一道灵光，把他自己给吓了一跳。

特莉丝之前为什么会逗留于廷根，是因为她有同伴在这里？克莱恩仔细观察照片，愈发觉得那个年轻男子和雪伦夫人颇为相像。

他近乎透明的脸庞做出龇牙咧嘴的表情，觉得自己没法再正视之前那段"小污片"了。

收敛情绪，克莱恩又摸索起保险柜的四周，看是否还藏着别的东西。

虽然现在的他无法拿起纸张，但穿过物品和穿过空气的感觉是不一样的，不同密度的物品，感觉也不一样。

摸索中，克莱恩忽然一怔。

他于保险柜靠近墙的那一面，摸到了一个空洞，一个夹层！

确认没有危险后，克莱恩钻了进去，视线内映照出了油膏、熏香、草药粉末等物品，映照出了一个白骨雕成的神像。

这神像巴掌大小，隐约是个漂亮的女子，头发非常长，一直延伸到了脚踝，并且根根清晰，粗壮如同毒蛇。每根头发的顶端还雕刻着一只眼睛，它们或闭或睁，密密麻麻。

克莱恩吓了一跳，嗅到了某种邪异的味道，慌忙退出了夹层。

他终于明白刚才占卜密室和暗格失败的原因了！

克莱恩一直退出了厚重的保险柜，等察觉没什么问题后，才平复了状态。

"那个白骨雕像很邪异啊……虽然不危险，但也让人莫名心慌……难道，难道是所谓'原初魔女'？和隐匿贤者、宇宙暗面、真实造物主并称的邪恶神灵？"克莱恩想到自己刚才对雪伦夫人的猜测，顿时明悟了白骨雕像可能代表的是哪位存在。

就在他思考之际，灵性忽有触动，涌现了不好的预感。

克莱恩忙飞到花纹繁复的窗户旁边，望向房屋外面的道路，只见一辆马车在煤气路灯光芒的照耀下，快而稳地驶向正门。

雪伦夫人回来了？他心中一动，弄清楚了危机预感的来源。

考虑到特莉丝是在序列8"教唆者"之后才变成女性，很可能属于序列7，而雪伦夫人活跃于廷根市上层社交圈也有好些年了，大概率比特莉丝更强，克莱恩没敢仗着"阳炎符咒"和"阿兹克铜哨"冒险，理智地决定撤退。

这是因为前者有数量限制，用一枚少一枚，而再次骗出"变异的太阳圣徽"这件封印物不知要等到什么时候，不是紧要关头，不是没有别的办法，克莱恩并不想浪费，而且事后还会面临如何解释的问题。他总不能对邓恩说，刚巧有一位好心的强者路过，顺手帮了我一下吧？

至于为什么不用"阿兹克铜哨"，是因为克莱恩不确定召唤出来的信使是否有战斗力，万一人家只是外表威猛，其实仅会送信呢？

"凭刚才发现的那些东西，就足够值夜者小队出动了。我为什么要和雪伦夫人单挑？明明可以群殴她的！"克莱恩在心里强调了一句，结束召唤，嗖的一下返回了灰雾之上，然后用灵性包裹自身，坠落回现实世界的身体内。

他快速熄灭并收起蜡烛，解除灵性之墙，闪出了雪伦夫人的卧室，按照原路返回，但已是没时间将阳台大门的插销恢复。

顺着水管下滑，从和正门方向相反的围墙翻出花园，克莱恩一直潜伏到隔壁街区，才乘坐昂贵的夜晚出租马车前往佐特兰街。

…………

一身黑裙却愈显俏美的雪伦夫人慢步回到二楼，打发走侍女，拧开了自己卧室的门。

她纯真水润的眼眸忽地一凝，映照出了一根根近乎透明的、微不可见的细丝。它们并不具备灵性的光彩，就像是病变人类的头发，如果不是预先知晓这些事物的存在，或是具备非常特别的眼睛，没谁能发现它们。

此时此刻，那些细丝全部断掉，垂落往地面。

雪伦夫人眯了下眼睛，将目光投向了厚重的铁灰色保险柜。

…………

佐特兰街36号，黑荆棘安保公司。

正跷着腿悠闲地阅读报纸的邓恩，表情略显古怪地望向出现于自己办公室门口的克莱恩，无声叹了口气道："你今晚不是要尝试潜入雪伦夫人的家中进行初步的搜查吗？发现问题了？"

克莱恩郑重点头道："是的。我怀疑雪伦夫人是魔女教派的成员。"

"魔女教派的成员？"邓恩放下报纸，咀嚼着这个词组，严肃反问道，"你发现了什么？"

克莱恩没有坐下，身体前倾，双手撑住办公桌边缘道："我先是看到了一张照片，上面是个年轻男子，但和雪伦夫人很像。"

如果他换成女装，并化妆、美颜和PS，那就略等于雪伦夫人现在的样子了……克莱恩忍不住在心里吐槽了一句。

"和'教唆者'特莉丝类似？"邓恩灰眸闪烁，一下恍然。

他们之前就判断特莉丝很可能是魔女教派的成员。

"是的。"克莱恩感觉比较复杂地点了下头，转而说道，"我后来又借助占卜的技巧，在梦中发现雪伦夫人保险柜的夹层里有一个白骨雕像，它外表是美艳的女性，但头发一直长到脚踝，根根粗壮如同毒蛇，顶端还有眼睛，相当诡异。队长，这是不是原初魔女的形象啊？"

因为保密等级不够，他能看到的魔女教派资料很少。

邓恩回想了一下，神情凝重地颔首道："这就是原初魔女的形象。我们必须立刻行动，控制住雪伦夫人。"

克莱恩当即附和道："嗯，如果雪伦夫人是魔女教派的中序列非凡者，那我不认为她会察觉不了有人潜入过她的卧室。"

这时，他突地泛起一个疑惑，脱口问道："队长，为什么七位正统的神灵没有具体的形象，只用象征符号来代替，而我目前接触到的邪恶神灵却都有着类人的模样，真实造物主是这样，原初魔女也是这样，这难道就是正神和邪神的区别之一吗？"

为什么会有这样的区别？克莱恩默默补了一个问题，但明智地没有问出口。

"这就是正神和邪神的区别。"邓恩给予了肯定的答复，然后起身走向衣帽架，"我们不能再耽搁了，我担心雪伦夫人潜逃。"

说到这里，邓恩顿了一下："你去叫上科恩黎，我们三人行动，这样可以申请一件封印物，雪伦夫人很可能不止序列7。"

队长，你真明智！克莱恩毫不犹豫地回答道："好的。"

接着，他略显好奇地问道："队长，你要用哪一件封印物？"

邓恩回忆并斟酌了十几秒道："3-0217。"

因为廷根市那扇查尼斯门后的封印物并不多，克莱恩很快就记起队长想要申请的是什么。

编号：0217。

名称：通灵者的镜子。

危险等级：3，有一定危险，需小心使用，只有三人及以上的行动才能申请。

保密等级：值夜者正式成员及以上。

封印方式：放置于无光的黑暗里。

描述：这面镜子背部镀着水银，正面有三道不大的裂纹。

最初接触的调查人员望向这面镜子的时候，看见里面有个哭泣的长发女子，然后，他发现这个女子从镜中爬了出来。

据多次实验表明，镜子映照出的形象大部分时候都不相同，即使同一个人反复看它，也会看到不同的事物，危险等级各不相同，但都优先对付照镜子的人。

其中，最危险的情况是看到自己。

如果没人照这面镜子，在有光芒的前提下，它每隔三小时就会自动浮现一个形象。

它并不具备着的特性。

附录：这面镜子原本属于一位"通灵者"，是非常普通的镜子，直到有一天，这位"通灵者"照着它，诡异地自杀了。

确实，廷根市的查尼斯门后能用于非凡者之间战斗的封印物并不多，3-0217是个不错的选择……克莱恩没再多说，当即跑到值夜者娱乐室，喊出了"不眠者"科恩黎。

今晚，洛耀轮值查尼斯门，伦纳德休息，西迦·特昂巡视拉斐尔墓园等地方，新的成员得周日才能抵达，所以邓恩只能从弗莱和科恩黎之中挑选一个。考虑到雪伦夫人属于魔女教派，和死灵关系不大，他选择了后者。

过了几分钟，邓恩从地底归来，手里拿着一面被厚厚黑布严密包裹的镜子。

坦白讲，如果不是预先知道，我根本辨别不出它是镜子，它没有任何部位裸露在外面……克莱恩和个子矮小的科恩黎迎了上去。

"你来负责使用封印物3-0217。"邓恩将镜子交给了科恩黎。

看到这一幕，克莱恩才突然醒悟自己是序列8的非凡者，具备正面战斗的实力，不能再躲到一旁做单纯的辅助了。

嘶，有点紧张啊……他摸了下衣兜里的"沉眠符咒"等物品，确认自己准备齐全。

"唯一的问题是，为了方便攀爬，我没带手杖。嗯，可以借用科恩黎的，他一手镜子一手枪，足够了。"

克莱恩思绪纷呈间，三人来到楼下，乘坐出租马车赶往奥尔斯纳街。

途中，科恩黎看了眼掌中的封印物3-0217，略显紧绷地感慨道："这是我第一次参与这么危险的行动。"

正常情况下，值夜者处理非凡事件不会使用封印物。

之前去莫尔斯小镇解决灵异事件的时候，申请"变异的太阳圣徽"是防备小概率意外，因为距离太远，救援肯定来不及。而这一次，目标几乎可以确定是中序列的非凡者！

"不用担心，也许雪伦夫人已经跑掉了。"克莱恩笑笑道。

坦白讲，他的紧张不比科恩黎少。

邓恩灰眸一转，无奈地看了他一眼道："我们尽量不要让雪伦夫人跑掉。"

…………

二十多分钟后，三位值夜者抵达了奥尔斯纳街，看见了黑暗里的花园和雪伦夫人的房屋，它们静静的，似乎什么都没有发生。

克莱恩取下左腕袖口内的灵摆，快速做起了占卜：

"里面有危险。

"里面有危险。

"……"

默念七遍，他睁眼看见黄水晶吊坠在顺时针转动，幅度和速度都属于中等。

这表明里面有危险，不高，但也不低！

有危险，不高，也不低……这意味着雪伦夫人还在房屋内，没有潜逃……

克莱恩愣了一下，旋即想明白了原因。

他是用召唤自己的方式化为状态较奇特的灵体来搜查保险柜，搜查里面的夹层，没有强行开锁，没有触动暗藏的机械装置或别的什么事物，所以，雪伦夫人未察觉秘密已经被人发现。她只会以为是哪个小偷入室盗窃，或者哪个私家侦探接受委托，潜入调查，但未有收获。

这种情况下，她不够警惕，继续留在家里，是符合道理和逻辑的事情。

稍微遭遇点状况就沉不住气，给出过激的反应，并不像克莱恩所了解的雪伦夫人。那是一位能冷静地假装害怕和可怜的交际花，那是一位隐藏非凡者身份多年的魔女教派成员。

如果电话已经被发现，雪伦夫人肯定会打给某个情夫撒撒娇，抱怨一下廷根市的治安，并暗指梅纳德夫人……克莱恩遐想了一出戏，将自己占卜的结果和猜测告诉了邓恩和科恩黎。

"这是最贴近现实的推断。"邓恩按了下半高丝绸礼帽，灰眸幽邃地望了望雪伦夫人的二层小楼，"我们不要急着进去。"

"为什么？"拿着封印物3-0217的科恩黎下意识反问了一句。

他对手中的"通灵者的镜子"充满畏惧，总害怕这件封印物出什么意外状况。

邓恩戴上黑色手套，看了克莱恩一眼道："还记得围捕'教唆者'特莉丝的事情吗？"

"记得。"克莱恩沉思几秒道，"她似乎提前察觉到了我们的靠近，从而及时应对，成功逃走。"

我还记得事后回答队长的问题时，提出了火力覆盖的方案。这是最稳妥最安全的办法，但这次不行，无法采用，因为雪伦夫人的房屋内还有不少无辜的仆人……如果提前通知他们，让他们及时撤离，必然会惊扰到雪伦夫人。而据伦纳德讲，特莉丝能够隐形，所以必须假设雪伦夫人也掌握了类似的非凡能力……克莱恩一下联想到很多。

邓恩抬头看了眼天空的绯红之月道："非常好，你的回答非常好，你在这种情景下的直觉相当敏锐。我们不能贸然靠拢，这样很可能惊动雪伦夫人，我尝试远距离拖她入梦，如果成功，你和科恩黎就进去制伏她。"

"嗯……你们可以自行决定是否要杀掉她，不能控制就解决掉，自己的安全是最重要的事情。"

队长，每当关键时刻来临，你的思路总是那么清晰！我正等着你这句话！克莱恩暗赞了一句。

相处的这两个多月里，他在和邓恩、伦纳德、弗莱等人的闲聊里差不多摸清楚了他们各自非凡能力的特点。其中，身为"梦魇"，邓恩·史密斯可以在家中或者黑荆棘安保公司内，自由地出入整个廷根市区每一位熟睡者的梦里。具体是以什么方式进行，涉及各自序列的秘密，克莱恩就没有详细打听了。

而那种直接拖人入梦的情况有范围限制，往往只出现于正面对决里。

但克莱恩听队长提过，并不是必须面对面才能尝试这种非凡能力，百米距离内，它也可以获得一定的效果，只是需要时间，需要过程，无法一下完成，就像在哄孩子入睡一样。

此时此刻，邓恩正是要远距离将雪伦夫人一点点拖入梦里，完成初步的控制，给克莱恩和科恩黎创造最好的局面。

"好的。"科恩黎也相当赞同队长的方案。

没有再啰唆，邓恩找了个墙角的位置靠住，闭上眼睛，紧握双手，埋下了脑袋，黑色的及膝风衣和半高丝绸礼帽仿佛融入了夜晚。

…………

奢侈而华丽的卧室内。

雪伦夫人躺在舒服的摇椅上，浑身赤裸，不着一缕，将白嫩出众的身材完全暴露在了空气里。她时而侧过脑袋望一眼那面全身镜，欣赏里面充满魅惑力的自己。望着望着，她的脸颊泛出桃红，眼睛内像是有水要滴出来，表情迷离之中透着奇怪的爱怜。

她身畔的桌子上则摆放着那个白骨神像，粗壮如蛇的长发在温馨的光线和粉红的气氛里似乎也变得柔和。

渐渐地，雪伦夫人望向全身镜的频率越来越低，脑袋一点一点，眼皮止不住地下垂。

第十一章
CHAPTER 11
✦ "魔女"途径 ✦

　　时间一分一秒过去，克莱恩忽然想到了一件事情，那就是队长将雪伦夫人拖入梦境后该怎么及时通知自己和科恩黎。

　　他只要脱离"梦魇"状态，雪伦夫人就会苏醒，并警觉有事情发生……不知道队长能不能边做梦边给我们打手势？克莱恩望向来回踱步、并不平静的科恩黎，打算和对方讨论一下这件事情，转移他的注意力。

　　就在这时，他的精神突地恍惚，看见了一轮巨大的绯红之月，看见了月亮下方穿黑色及膝风衣的队长邓恩·史密斯，看见了一脸呆愣、个子矮小的科恩黎。

　　克莱恩一下清醒地认识到自己在做梦！

　　我被队长拖入梦境了……原来还能这样通知……他好想捂脸，但又只能保持迷茫懵懂的梦游状态，傻傻地开口道："队长？"

　　邓恩微微颔首道："雪伦夫人已经进入梦境，你可以行动了。"

　　说完，他又强调了一句："记住，必须足够小心，不能鲁莽……宁愿错过，也不要冒险。"

　　他话音刚落，克莱恩眼前所见顿时寸寸破碎，视线内重又映照出了靠在墙角位置、埋着脑袋、紧握住双拳的邓恩·史密斯。

　　而在另外一边，不知什么时候停止了踱步的科恩黎也睁开了双眼。

　　两人彼此对视了一眼，互相点了下头，同时进入了执行任务的状态。

　　虽然这是科恩黎初次遭遇较为危险的任务，但相比克莱恩而言，他还是较有经验，参加过不少次正式行动，此时很快就调整好自己，变得冷静而敏锐。

　　当然，也有黑夜对"不眠者"的加成因素，这也是邓恩让科恩黎而不是弗莱跟来的原因之一。

　　"走。"作为序列8，克莱恩担当起了牵头的角色，示意队友跟着自己。

　　科恩黎没有反对，牢牢握住裹着厚实黑布的镜子，放轻脚步，开始跟随。

　　克莱恩领着他来到之前翻墙的位置，双手伸出，扣住缝隙和凸起，两三下就攀爬到了墙头。

他保持着夸张的平衡，转过身体，下腰探手，稳稳接住了科恩黎丢上来的"通灵者的镜子"。

刚一接触，克莱恩的灵感就猛然一紧，仿佛黑布里面不是镜子，而是通向某个危险诡异世界的大门。

果然，每一件需要封印的神奇物品都有邪异的一面……克莱恩暗自感慨了一句，看着科恩黎手脚并用地攀爬了上来。

为了方便行动，科恩黎将手杖放在了邓恩旁边，克莱恩也没再纠结这点。

穿过花园，来到房屋侧方，他和之前一样，顺着自来水管道，噌噌噌爬至二楼阳台。接着，他几乎是本能地双脚挂住，身体倒垂，又一次接过了封印物3-0217。

科恩黎略显诧异地看了一眼，旋即有所明悟地点了下头。

这个时候，克莱恩自己却吓了一跳，腰背用力，左手一撑，轻松又翻了上去。

"刚才是怎么回事？为什么我能做出那样的动作？感觉就和本能一样……这难道就是'小丑'的能力？"他回味刚才的动作，觉得在实践里，自己更好地发挥出了"小丑"的特点。

等到科恩黎同样轻松地攀爬上来，克莱恩将"通灵者的镜子"还给他，拉开了插销未锁的阳台大门。

科恩黎则小心翼翼解开了封印物3-0217上面缠绕的黑布，让它镜面朝下，照着地砖。

不对准自己和队友是使用"通灵者的镜子"的规则之一！

塞好黑布，拔出左轮，科恩黎跟在克莱恩身后，脚步很轻地穿越走廊，来到了雪伦夫人的卧室门前。

克莱恩握着调整好转轮的手枪，边开启灵视，边用左掌探向房门把手。

他记得之前的占卜结果是有危险，所以并不敢有丝毫的大意。

之所以不在现场再做一次快速占卜，是因为他知道房内有那个邪异的原初魔女神像，在距离这么近的情况下，自己肯定会被干扰，不靠灰雾的阻隔，不可能得到正确且清楚的答案，而科恩黎就在旁边，使他没法进入那片神秘空间。

无声拧动门把手，房门后敞，映入克莱恩和科恩黎眼睛的是温暖的煤气灯光芒。

接着，他们看见了躺椅上的雪伦夫人，看见了她充满诱惑力的身体。

雪伦夫人并没有睡着，而是斜倚在那里，嘴角勾勒浅笑，望着贸然来访的两位客人。

下意识之间，科恩黎就翻过手掌，用"通灵者的镜子"照向雪伦夫人。

克莱恩先是一怔，旋即脱口道："不要！"

他记得很清楚，在躺椅另外一侧，原本应该有一面全身镜，但现在，他并没有看到！

只是秒针跳动了一下的工夫，"通灵者的镜子"已然锁定了雪伦夫人。但是，那个雪伦夫人却一下模糊，变成了一面全身镜。

科恩黎看见了镜中的自己，也看见了镜中的封印物3-0217，看见它正映照着自己。

"通灵者的镜子"内瞬间浮现了一道身影，是面无表情、阴冷沉默的科恩黎！

而克莱恩则手脚同时一紧，似乎被无数根看不见的细丝给缠住了。

优美的轮廓一寸寸勾勒于全身镜旁，披着睡袍的雪伦夫人凸显了出来。

她横了两人一眼，轻笑道："要不是神像刚巧在我身边，我现在应该只能沉睡着等待你们吻醒。"

就在这时，克莱恩突然低沉开口，吐出了一个古赫密斯语单词："绯红！"

他不知什么时候将左手揣入了衣兜，此时手指灵活翻动，轻巧地将"沉眠符咒"顶了出来。

银制的符咒霍然变得冰冷，就像是层层雪花积压出的晶体。

克莱恩打了个寒战，脑子一下清醒，恐惧和慌乱的情绪似乎都被短暂冻结了。

他忙将本身灵性灌注入符咒内，并用手指把这薄薄的银片顶出了衣兜，落向脚边。

暗红色的火焰浮现于半空，轻微而连绵的爆炸之声细密回荡。

宁静、深沉的感觉瞬间弥漫开来，笼罩了小半个卧室，笼罩了雪伦夫人和"不眠者"科恩黎，也笼罩了克莱恩自己！

"沉眠符咒"本身就属于不分敌我的物品，正常使用的时候需要扔出去，扔向敌人。这样一来，本人顶多只是被余波影响，不至于无法抗拒熟睡的诱惑。

而现在，克莱恩的手臂被无数看不见的细丝缠住，没有办法扔出符咒，只能以自身的沉眠换取雪伦夫人的熟睡！

但类似的情况，他早就有所考虑、有所准备，因为这涉及他自身的特殊，不同于大部分中低序列非凡者的特殊。

刹那之间，克莱恩的眼皮垂了下来，非正常地进入了沉眠，进入了梦境，而雪伦夫人和呆滞的科恩黎也同样出现了迟缓与停顿。

这种非正常的模式下，克莱恩在梦中迅速找回了自我，理智地知道自己在熟睡。

但凡涉及强制性的梦境入侵和类似催眠的效果，他都能保持清醒！遭遇邓恩的"梦魇"能力时是这样，被戴莉通灵时也是这样！

咔嚓！

克莱恩强行打破梦境，苏醒过来，只觉捆绑自己手臂、双腿和身体的无数细丝略微松弛，不再紧绷。

全身镜旁边的雪伦夫人神情迷茫，似乎即将摆脱"沉眠符咒"的效果但又未真正地醒来，科恩黎则瘫倒在了地上，"通灵者的镜子"倒扣于附近，左轮手枪弹到了门边。

机会！

克莱恩抓住根根细丝松弛的机会，抽出左手，啪地打了个响指，点亮了一朵淡蓝色的灵性火焰，并用它灼烧向前方的无数细丝。

与此同时，他右手抬起左轮，连续扣动了扳机。

乓！乓！

两枚银色的猎魔子弹钻出枪膛，射向了雪伦夫人。

克莱恩没去确认结果，膝盖弯曲，腰背用力，一个翻滚靠向了科恩黎，并借此扯断了身上缠绕的根根细丝。

他刚才开枪的主要目的是通知外面的队长，告诉邓恩·史密斯里面出了意外，进入了战斗状态，请尽快前来救援。当然，如果能直接命中雪伦夫人，那是最好的结果、最棒的发展！

但克莱恩不认为一位可能是序列7甚至序列6的非凡者有那么容易解决。

腾的一下，半空中燃烧起一缕缕淡蓝色的火焰，那是被点燃的根根细丝，而在这梦幻般的场景里，两枚银色的猎魔子弹准确命中了雪伦夫人的身体。

咔嚓，咔嚓！

雪伦夫人穿着半透明睡袍、若隐若现的身躯就像湖中红月一样崩散了，她旁边的全身镜跟着裂开，多数变成了不到拇指指甲盖大小的碎片，少量依旧挂在镜框之上，个个都仿佛巴掌，奇形怪状的巴掌。

替身？魔女序列的非凡能力？

克莱恩眼角余光扫过，已然滚到了科恩黎身旁，因为细丝都被他的动作扯断，半空的淡蓝色火焰没有蔓延过来。

这个时候，雪伦夫人消失不见，"沉眠"中的科恩黎则伸出自己的双手，掐住了自己的脖子，掐得唾沫外流、舌头吐出还不肯松手。

可在克莱恩的灵视里，附近却没有任何诡异的事物！

他霍然想到了封印物3-0217资料里的一段描述：最危险的情况是看到自己！

"难道科恩黎刚才通过全身镜看到封印物3-0217映照出了自己？"克莱恩念头一闪，但没有时间思考，又摸出了一块银制的符咒。

它呈三角形，是"安魂符咒"。

"绯红！"

克莱恩一边吐出古赫密斯语单词，一边灌注灵性，扔出了符咒。接着，他左手下按，摸到了"通灵者的镜子"。

他刚才用眼角余光确认过了，这件封印物是正面朝下，不会映照出自己。

三角形的银制符咒燃烧起冰蓝色的火焰，柔和而安宁的黑色覆盖了科恩黎，并波及了克莱恩自己。

紧张不安的情绪一下消散，科恩黎掐自身脖子的动作猛然放缓，克莱恩也仿佛不再是置身于战场，而是立在家里的凸肚窗前，俯视着夜深人静的街道，身体和精神都因此获得宁静。

这正是克莱恩希望看到的变化！

此时此刻，他进入了一种极端安宁的状态，整个世界仿佛只剩下他一个人，不存在别的事物。

借助这种安宁，他脑海内霍然闪过了一个直觉般的念头：雪伦夫人要攻击我的右腰！

这是"小丑"在战斗里的预知能力，克莱恩毫不犹豫就抓住"通灵者的镜子"，向着左侧翻滚了出去。

他刚有动作，一把燃烧着漆黑火焰的匕首就无声无息刺向了他刚才所在的位置，如果他还在原地，匕首必然刺中了他的右腰。

雪伦夫人的身影又一次勾勒了出来。

翻滚之中，克莱恩忽然将"通灵者的镜子"抬了起来，照向雪伦夫人！

他刚才靠拢科恩黎，除了救援同伴，主要的目的就是拾起这件封印物。否则他不认为自己能在雪伦夫人手中撑到队长来援，获得好的结局。

"阳炎符咒"可以用来对付非凡者，但效果不如欺负死灵，而且对方又不会傻傻站着，任由你使用符咒。

实在不行，克莱恩只能冒险使用"阿兹克铜哨"了。解释的事情，等到保住了生命再说！

不过事情的发展比克莱恩预想中要好，雪伦夫人选择了刺杀，没有打断他使用"安魂符咒"和按住"通灵者的镜子"的尝试。

于是，克莱恩瞬间就制定了一个简单的计划，不躲避安魂效果的余波，借此提高"小丑"的预知能力，然后抓住机会，躲开攻击，用"通灵者的镜子"映照敌人！

穿着半透明睡袍的雪伦夫人一击落空，正要追赶敏捷翻滚的对手，忽然看见了一面镜子，有着三道不大的裂纹的镜子。

镜中水波一荡，浮现了一道女子的身影，她的头发黑而浓密，直直披下，遮住了脸庞。

克莱恩左手一抖，"通灵者的镜子"沿着地毯往前滑行了几十厘米，正面朝上。

一只苍白的手伸出了镜面，那道穿着白色床单般衣裙的女子身影从镜子里飞快爬了出来，扑向雪伦夫人。

雪伦夫人的表情略微变得阴沉，棕色的、纯真的眼眸染上了一层幽黑，她的四周随之缭绕起七朵黑色的火焰。

伴随着嗖的一声，一朵黑色火焰飞出，命中了长发遮住脸庞的白裙女子。

呜！

那女人燃烧了起来，口中发出痛苦的呻吟，很快消失不见。

嗖，嗖，嗖！

一朵朵黑焰如同子弹，衔尾射向了克莱恩。

克莱恩瞳孔一缩，连忙翻滚，不敢有丝毫的停顿。

可是，他翻滚的动作逐渐变得滞涩，因为一根根近乎无形的细线又缠绕上来，减缓着他的速度，影响着他的动作。

这简直就是"小丑"格斗能力的克星！

一朵黑焰擦着克莱恩的脸庞飞了过去，落到了雪伦夫人的那张大床上，但是没有燃烧，似乎只能影响有生命或者说有灵性的事物。

克莱恩还未来得及庆幸自己躲过了刚才那一击，脑海里突然又闪过了一个危险预感。

于是，他猛地拉扯脊椎，改前翻为侧滚。

一道透明的冰晶长枪霍地凸显，刺到了地毯上，刺到了克莱恩原本预定的下一个位置。

白色的冰霜蔓延而来，波及了被细丝影响着动作的克莱恩。

他突地打起寒战，身体变得僵硬，虽然还能行动，但相当迟钝。

看见雪伦夫人身边又盘绕起新的黑色火焰，手中凝聚出透明的冰霜长枪，克莱恩不再犹豫，将手探入衣兜，握住了"阿兹克铜哨"。

呼，呼，呼。

就在这时，科恩黎摆脱了"安魂"与"沉眠"两枚符咒的影响，爬了起来，目光空洞地望向雪伦夫人。

他的脸庞上似乎笼罩着一层阴影，沉默而诡异。

噔噔噔，科恩黎扑向了离他最近的雪伦夫人。

雪伦夫人眼睛微眯，让缭绕身周的黑焰一朵接一朵地射出，射到了科恩黎的身上。

噗，噗，噗，那一朵朵黑焰就像雪花般消失了，没能造成任何效果。

克莱恩先是一怔，旋即抬起右手，往雪伦夫人目前所在的位置开了一枪。

乒！

雪伦夫人提前闪躲，扔出了冰霜长枪，然而它也只是刺中科恩黎，刺穿了目标的衣物，没能穿透皮肤，没能制造冻结。

乒！克莱恩又开了一枪，雪伦夫人闪到了破碎的全身镜旁，拾起了一面巴掌大小的碎片。

她动作敏捷地继续游走，躲避子弹，并用那不规则的碎片照向又一次扑来的科恩黎，让对方的身影映入了镜子里。

紧接着，雪伦夫人一边闪躲，一边用覆盖黑焰的手掌抹向镜面。

这个时候，克莱恩射光了子弹，只好甩出转轮，让弹壳和手枪一起坠落于地毯之上。

他刚翻滚捡起科恩黎那把左轮，突然听到了队友的惨叫。

科恩黎停了下来，弯腰开始呕吐，吐出了胆汁，吐出了鲜红色的心脏，吐出了正燃烧着黑焰的肺部和胃部。

跳动的内脏，黄绿色的液体，静静燃烧的黑焰，向前倾倒的人体，同时映入了克莱恩的眼睛，深深烙印于他的脑海。

到目前为止的任务里，他经历的最危险情况就是对付被打断了消化过程的瑞尔·比伯，可就算是这样危险恐怖的怪物，也仅是造成了参与者们的重伤，没让任何一个人牺牲。

克莱恩所失去的唯一队友老尼尔，以及他目睹过的官方非凡者死亡事件，都源于失控，"凶手"或诡秘难言，或指向邪恶神灵，与具体的任务无关。

而现在，他第一次于任务里看到了队友的牺牲，这样的死亡仅仅源于刚才的一次错误选择。

值夜者们在对抗疯狂，同样也在对抗危险。

一次犯错，或许就再也没有机会弥补。

轰的一下，克莱恩的思绪爆炸了。他似乎受到了极大刺激，半蹲在地上，抬起右手乒乒乒就向着雪伦夫人开枪，让一枚枚银色的猎魔子弹穿过无数看不见的细丝，射向对方的头部，射向对方半透明的睡裙。

霍然之间，雪伦夫人像是被什么东西拉扯着一般快速横移到了另一个方向，避开了克莱恩疯狂的射击。

直到左轮手枪内的五发子弹全部射了出去，直到耳畔响起空枪的声音，克莱恩才清醒过来，找回了思考的能力。

他心头一紧，来不及更换子弹，直接丢掉手枪，探掌抓出了一沓塔罗牌！

啪！

雪伦夫人身体猛侧，看见一张纸牌飞过，深深插入了化妆台的表层。她嘴角勾起，漂亮的棕眸又一次染上了幽黑的色泽。

就在这时，她瀑布般的褐发突地扬了起来，像是受到了无形力量的吹动。

雪伦夫人怔了一下，再要躲避，已是慢了半拍，秀发被克莱恩抖腕丢出的"魔术师"纸牌钉在了墙壁上。

啪！雪伦夫人强行扯断头发，往前一滚，身体飞快消失在了克莱恩的眼前。

又是隐形……克莱恩手指夹着塔罗牌，缓慢挪动，警惕地戒备四周。

突然，他明白了刚才雪伦夫人为什么要放弃攻击，为什么会出现迟缓。

按照正常的发展，克莱恩不使用"阿兹克铜哨"根本没法继续对抗这可怕的魔女！

对！一定是队长赶到附近了！他心中一喜，眼珠转动，下意识望向窗边。

与此同时，他心里冒出了一个判断：雪伦夫人想逃！

她刚才就清楚我们还有同伴，能拖着她进入梦境的同伴，但她不知道后续还有没有别的值夜者、代罚者或者机械之心成员！

她虽然厉害，但也不是能一个人覆灭一支非凡者小队的强者！

心头一闪，克莱恩手腕一抖，将夹着的塔罗牌扔了出去，扔往窗户方向。

嗖嗖嗖！他连续扔出五张牌，三张封锁窗户，两张化作飞刀，斩向门口。

咔嚓！啪！啪！

玻璃破碎的声音之中，两张塔罗牌一前一后地深深插入了半敞开的卧室房门，而克莱恩如愿听到了闪避的声音。

他又一次抖腕甩牌，凭着"小丑"的直觉，向着门侧某个位置丢出了纸牌。

纸牌带着尖锐的破空声，高速飞向那里，无奈地钻入了坚硬的墙壁，但一道身影却从空气里飞快勾勒了出来，正是穿着半透明睡袍、褐发棕瞳的雪伦夫人。

雪伦夫人刚一暴露，眼眸就霍然失去了神采，似乎站着进入了沉眠。

队长……克莱恩目光一扫，没有急于扔出纸牌，因为他知道雪伦夫人很快就可以挣脱梦境，如果不能在两三秒钟内对她造成致命的伤害，对方就会强行逃脱。

在这种距离下的梦魇，本身就容易被挣脱！

膝盖弯曲，克莱恩猛地翻滚向了侧前方，半趴在地上，伸长右手，抓住了正面朝上的"通灵者的镜子"的边缘。

接着，他手腕一抖，在自身被镜面照到之前，将封印物3-0217甩了出去，正面朝向雪伦夫人甩了出去。

雪伦夫人的身体抖了一下，棕眸内的神采迅速恢复正常，目光也找到了焦距，而比她清醒得更早的是她体表浮现的一层晶莹而坚固的冰霜。

这次，她没有看见飞来的纸牌或者银色的猎魔子弹，她只看到一面镜子由远及近，只看到那镜中映照出了自己既纯真又妩媚的容貌。

那漂亮的脸庞忽然变得扭曲，上面出现了皱纹，出现了血痕，出现了腐烂的斑块。

"不！"雪伦夫人发出一道凄厉的叫声，就像目睹了爱人的死亡。她的皮肤迅速染上了青绿，眼角有黄色脓液流出。

腾的一下，雪伦夫人从内到外燃烧起安静的黑焰，仿佛在驱除着什么。

紧接着，黑焰外面又结出了厚厚的冰霜，像是一口可供沉眠的冰棺。

一根根看不见的细丝缠绕，终于叠加出了肉眼可见的色泽，它们将冰霜一层又一层包裹于内，似乎结出了巨大的蚕茧。

咚，咚，咚……封印物3-0217落地，向前翻滚了几圈，停在雪伦夫人那个巨大"蚕茧"的旁边。

这个时候，哐当之声响起，邓恩撞破窗框，翻入了房间。

他瞄了一眼失去气息的科恩黎，表情霍然一沉。

就在这时，"蚕茧"崩裂开来，冰棺寸寸瓦解，黑色的火焰化成萤光，往四周飞散。

雪伦夫人的皮肤颜色恢复了正常，双眼略显疲惫，但无异常。

她的眸子内映照出了依旧半趴着的克莱恩，映照出了伸手按住眉心，闭上眼睛的邓恩·史密斯。

一圈圈无形的波纹荡开，雪伦夫人的眼皮止不住地坠落，而邓恩的黑色薄风衣下面有一条又一条毒蛇般的东西在蠕动。

明白队长控制不了雪伦夫人太久，就像那次对付怪物比伯一样，克莱恩又是一个翻滚，抓起了刚才丢在地毯上的属于自己的那把左轮手枪。

他左手抓出三枚银色猎魔子弹，熟稔地塞入了弹孔。

啪！

克莱恩合拢转轮，站了起来，双手握枪，瞄准了雪伦夫人，瞄准了她的眉心。

乓！

他以"小丑"的能力控制着身体，扣动了扳机。

银色的猎魔子弹一闪，准确命中了"固定靶"。雪伦夫人的眉心出现了一道血痕，但子弹似乎穿过了许多层无形的阻碍，失去了绝大部分力量，没能掀开对方的头盖骨。

克莱恩毫不犹豫地又连开了两枪，看见雪伦夫人的眼睛忽地睁开。

乓！乓！

一道血雨伴随着白点散开，堪称尤物的雪伦夫人变成了能让每一个男人做噩梦的碎颅女尸。

——她的"替身"早在之前就已经用完了。

呼，呼，克莱恩双手下垂，左轮斜指，喘起了粗气，而只剩半个脑袋的雪伦夫人软软倒向了地面，身材依旧出众，皮肤白皙而水嫩。

邓恩直起身体，睁开双眼，将按在眉心的手放了下来，表情有些苍白，他明明没有受伤，却似乎失血过多。

"如果不是她想杀一两个人再逃，如果不是封印物3-0217映照她的时候，刚好呈现出她的样子，我们或许只能击伤她……"邓恩缓步上前，走到了克莱恩的身旁，嗓音异常地低沉。

如果不是我有特殊的地方，战斗刚开始十几秒，我和科恩黎就同时交代了……克莱恩侧头望了眼静静躺在黑色灰烬里的科恩黎，吐了口气道："队长，科恩黎……"

"我知道……"邓恩嗓音沉哑地回答，"是我犯了错，被雪伦夫人蒙蔽了，没想到她早已悄悄脱离了梦境。"

他顿了一下，正色再言："不过，你必须习惯，值夜者死在任务里是一件正常的事情，或许下一个就是我。"

克莱恩沉默着不知该怎么回答，近处的科恩黎双眼睁开，正空洞地看着天花板。

"愿女神庇佑你，让你得到真正的安眠。"邓恩来到科恩黎身旁，在胸口画了个绯红之月。然后，他蹲了下去，合拢了队员的眼睛。

愿女神庇佑你，宁静的黑夜内不再有危险和疯狂……克莱恩也画出绯红之月，于心里默默祈祷道。

过了几秒，他强行收回目光，低沉问道："队长，现在就要通灵吗？"

邓恩微不可见地颔首道："不要尝试询问与原初魔女有关的事情，这非常危险。我会守在旁边，不让意外打扰到你。"

克莱恩没再耽搁，掏出各种材料，迅速布置好了祭台，开始通灵。

诵念完咒文，他后退一步，使用梦境占卜的技巧道：

"雪伦夫人的同伙。

"雪伦夫人的同伙。

"……"

一连七遍后，克莱恩进入梦境，看见了一片灰蒙蒙的天地，看见了雪伦夫人的灵。

他触碰向这透明的、虚幻的灵体，眼前所见霍然改变。

那是夜晚的某个地方，穿着黑色带兜帽长袍的雪伦夫人将一本青铜古书交给了圆脸和善的"教唆者"特里斯，并在听到对方于"女巫"名称上的疑问后，略显神经质地低笑道："你不是一直都很奇怪吗？奇怪我们的高层为什么都是女性……"

还真是魔女教派啊……伦纳德的猜测完全符合真相，他果然有很大的秘密……

"刺客"和"教唆者"对应的序列7是"女巫"？真坑……克莱恩油然想道。

紧跟着，场景变化，克莱恩看见了一个幽深的大厅，看见了高处狭小的窗户，看见了一个披着白色圣洁长袍的女子。

她背对着雪伦夫人，微笑道："只要靠拢'原初'，我们就能得到圣化，得到强大，得到救赎，躲过最终的末日。"

雪伦夫人低着头，疑惑地问道："可为什么必须变成女人，因为'原初'是女人？难道女人就象征着破坏和灾难？"

背对雪伦夫人，让克莱恩看不到长相的女子平静地回答道："不，男人也一样。他们是战争的代名词，这是两条相近的序列。"

战争的代名词……"魔女"途径的相近序列……会是哪一条呢？克莱恩边看着全息电影般的场景，边回想着自己知道的那些序列。

由于他只是值夜者正式成员，很多资料还无法接触，对中高序列的名称和相应特点几乎两眼一抹黑，仅仅知道从永恒烈阳那里偷窥来的"光之祭司""无暗者"，从"太阳"少年口中了解到的"战神"途径的"黎明骑士""守护者""猎魔者"，以及戴莉、邓恩透露的"死灵导师""看门人"。

所以，他很难准确判断一个序列途径是否为战争的代名词，只能采取排除法，比如"战神"途径看起来不像是战争，而是单个的战斗。

思绪转动，克莱恩将范围缩小到了五条——

一是鲁恩王国统治者奥古斯都家族和费内波特王国卡斯蒂亚家族共同掌握的"仲裁人"序列。但克莱恩感觉这是可能性最小的一个，因为"仲裁人"对应的序列8是"治安官"，序列7是"审讯者"，看起来是往审判和裁决而不是战争方向发展。

二是第四纪所罗门帝国"黑皇帝"所代表的途径，它序列9的现代名称是"律师"，擅于发现并利用规则的漏洞和对手的薄弱，拥有极其出色的口才和思辨逻辑。这是克莱恩认为可能性第二低的途径，他怀疑这个序列的发展是利用规则行走于秩序的阴影里。当然，战争也算是秩序的阴影之一。

三是弗萨克帝国统治者艾因霍恩家族。因蒂斯共和国前王室索伦家族以及最近两三百年才出现的隐秘组织铁血十字会同时掌握着的"猎人"途径，克莱恩认为它的可能性相当高。值夜者内部资料对"猎人"的描述是"优秀的追踪者，杰出的陷阱专家，出色的猎杀者"，对应序列8的名称是"挑衅者"，序列7则是"纵火家"，这些都和杀戮与战争有一定的联系。

四是追随恶魔的古老组织拜血教所掌握的"罪犯"途径，光从序列名称，克莱恩就感觉它有不小的可能性。

五是以血腥祭祀闻名的玫瑰学派手中的"囚犯"途径，理由和上一条相同。

就在克莱恩思绪发散的时候，场景又一次改变，雪伦夫人刚沐浴完毕，头发湿润地披下，脸庞有种既清新又诱人的魅力。

"没能看清楚引领雪伦夫人成为魔女的那个白袍女子的长相……应该是我的通灵能力还不够……"克莱恩收回心思，将注意力重又投回了眼前。

雪伦夫人撩了下头发，似有水珠从她的脸庞滑落。她望着床上等待的男子，低低窃笑道："需要我帮你解决梅纳德吗？"

床上那名中老年男子皱眉摇头道："除非你能保证不留下一点痕迹，但这是不可能的，而且你能有什么办法？"

看到这位先生，克莱恩先是愣了一下，旋即觉得在预料之中。

那名中老年男子的照片经常出现于《廷根市老实人报》等报刊的第一版，他是正谋求连任的现任市长，是保守党成员。

雪伦夫人笑了笑，没再深入这个话题，睡裙半褪，美好隐约地走向了床边。

场景接二连三变化，克莱恩又看见了不少时不时就会出现于本市报纸上的议员、商人和政府雇员。他们或讨论怎么收取捐赠，或交流如何绕过《竞选法案》贿赂选民，或承诺给人保护、解决问题，雪伦夫人在其中扮演着掮客的角色。

这其实是一部纪录片吧，《雪伦夫人带你认识廷根市上层圈子》……嗯，可为什么很多场景都有床……不少贵族和议员明明知道雪伦夫人有很多情夫，为什么还是一副受不了诱惑的样子……这就是雪伦夫人的序列能力？克莱恩若有所思地看完，边推测边吐槽地无声自语着。

经过刚才的通灵，他确认了一点，那就是廷根市上层圈子的那些家伙没有一个知道雪伦夫人的真实身份，没有主动与她合伙谋杀梅纳德议员。

也就是说，梅纳德议员的死亡是雪伦夫人的自作主张？她为什么要这样做？她没必要冒险啊。

当然，从雪伦夫人的角度讲，她拥有干扰占卜的非凡能力，又可以制造表面上没有任何问题的欢爱型猝死，解决梅纳德议员不是一件太有风险、容易暴露自身的事情。

但是，她的动机明显不足啊，与需要承担的风险不协调、不匹配！难道这是她"扮演"的需要？

但她完全可以找身份地位不那么敏感的目标，这样一来，案子根本就不会需要值夜者，代罚者或者机械之心成员的协助。

而更重要的一点是，雪伦夫人应该看得出来梅纳德议员的妻子憎恨着她，充满了不甘心的情绪，很有可能找人来调查她，那她为什么不将白骨神像等敏感物品提前转移，比如埋到花园某个地方？她对保险柜、对夹层以及相应的布置这么有信心？

疑惑之中，克莱恩见雪伦夫人的灵还未明显消散，抓紧时间又做了一次梦境占卜。

他这次占卜的内容是"雪伦夫人杀死约翰·梅纳德的真正动机"。

默念之后，克莱恩再次进入梦境，再次看见了新的场景。

雪伦夫人端着一杯血液般的红葡萄酒，穿着宽松的睡裙，在房间内来回踱步。最终，她一口喝掉了剩余的酒液，似乎下定了某个决心。

场面迅速消散，克莱恩愈发困惑，因为梅纳德议员的死亡看起来真是雪伦夫人自愿去做的，没有被谁唆使。

"奇怪……"

克莱恩暗自咕哝，又用别的占卜语句试了几遍，得到的答案没有区别。

眼见雪伦夫人渐渐透明，不断虚幻，即将消失，克莱恩想了下，做出最后的通灵：

"'魔女'途径的序列魔药配方。

"'魔女'途径的序列魔药配方。

"……"

克莱恩默念着新的占卜语句，借助冥想，飞快进入了梦中。

他原本不想做这个占卜，因为他认为"魔女"途径属于传播灾难、制造痛苦的类型，即使获得了相应的魔药配方，他也不愿意卖给别人，充当间接的凶手。

但他转眼就想到了之前他通过对"观众"魔药配方的了解，怀疑并证实了达斯特·古德里安是心理炼金会的成员。所以，为了将来更好地对付魔女们，了解她们序列途径的特点是必不可少的。

嗯，胡德·欧根死亡后，达斯特·古德里安还没有联系过我，应该是心理炼金会派了较为强力的成员来做调查，他不敢有任何行动……

想法一闪间，克莱恩又一次看见了那个幽深的大厅，看见了那个披着白色圣洁长袍的女子。

雪伦夫人低着脑袋，只能看到对方的双腿，一双毫无瑕疵的腿。

很快，她听见了美妙如同歌声的嗓音："'欢愉'，这是序列6魔药的名称，也是你即将晋升的目标，如果能够成功，你就是'欢愉魔女'。

"让人无法脱离、难以抗拒的欢愉是痛苦的一种，这是你必须遵循的格言。

"只要完成晋升，除了'女巫'各方面的能力得到提升，你还将变得更加美丽，擅长魅惑，擅长在欢爱里给异性或者同性无法忘怀的快乐，你能像蜘蛛一样制造奇怪的丝线，并充分利用它们。"

紧接着，雪伦夫人的面前出现了一本白银打造的古书，摊开之后，一边书写着配方，另一边放着材料。

> "欢愉"魔药配方
>
> 主材料：魅欲女妖的眼睛一对，成年寡妇巨蛛的丝腺一个。
>
> 辅助材料：纯水100毫升，黑色曼陀罗汁液5滴，魅欲女妖残留的全部毛发，费内波特苍蝇碾成的粉末10克，真正的木乃伊骨灰5克。

画面又一次改变了，同样是幽深的大厅，同样是裙侧开口很高的白色长袍，同样是看不到长相的女子，但不同的是，雪伦夫人变回了原本的模样，变回了那张照片上的年轻男子。

一道美妙的女声回荡入耳："这是序列7魔药的名称，我想你肯定很惊讶。"

"是的，我无法相信它叫作'女巫'！""雪伦夫人"略显激动地说道。

"你记住，我们要靠近'原初'，就必须和祂越来越像，祂是女性，我们也要是女性。"那美妙的女声回答道，"你要么放弃，要么只能接受。成为女巫之后，你将变成真正的女性，并获得容貌和魅力的极大提升；你将拥有隐形和使用替身的能力；你将初步掌握各种黑魔法，擅长干扰别人的占卜，并获得黑焰和冰霜的眷顾。

> "女巫"魔药配方
>
> 主材料：黑渊魔鱼的全部血液，玛瑙孔雀的蛋。
>
> 辅助材料：纯水80毫升，金色曼陀罗汁液5滴，阴影蜥蜴的鳞片3枚，水仙花汁液10滴。

"……"

一幅幅场景闪现，克莱恩看见了"教唆者"的配方，看见了"刺客"的配方，并了解了它们相应的特点。

当他想继续占卜时，雪伦夫人的灵彻底消散了。

退出仪式，回到现实，克莱恩收拾好材料，解除掉灵性之墙，将刚才通灵的收获没有丝毫隐瞒地告诉了邓恩·史密斯，然后表达了自己对雪伦夫人谋杀梅纳德议员的疑惑。

"'欢愉'确实不需要杀死较高身份和地位的人……嗯，我们得排查雪伦夫人这些年里去过哪些地方，弄清楚她真正的来历，找到你看见的那个幽深大厅。当然，这需要汇报给圣堂，由他们统一安排，我们不能随意离开廷根。"邓恩轻轻颔首，环视一圈道，"你去一楼，检查一下那些仆人是否还在熟睡，如果有人已经醒来，发现了这里的动静，就将他带过来，按照流程签订保密条约。我负责二楼。"

他已翻找出黑布，罩住了封印物3-0217。

听到这句话，克莱恩突地恍然，终于明白刚才那场激烈的战斗为什么没引来仆人和侍从，因为队长在最开始就让他们进入了沉眠状态。

克莱恩的身体还残留着些许寒冷和僵硬，他只能放缓脚步，动作很轻很慢地前行。

路过卧室的房门时，他伸出手，用力拔下了嵌于上面的两张塔罗牌，擦了擦，重新装入衣兜。

离开房间后，他向着楼梯口走去。走了几步，他忽然想到了一个问题，那就是怎么确认对方在熟睡。

用占卜的办法一个个试过去？很麻烦啊……队长是"梦魇"，是这方面的专家，我得请教他有没有快速而简洁的办法。

想到就做，克莱恩转过身体，依旧对抗着寒冷和僵硬，一步一步挪向卧室门口。

还未真正靠近，他的目光就穿透了敞开的大门，看见了斜对着的破碎全身镜。它还剩小半挂在镜框上，裂出了一块又一块巴掌大小的镜片。

多有裂纹的镜子中，穿着黑色风衣的邓恩·史密斯半趴在科恩黎的尸体旁边，不知在做什么。

忽然，他抬起了脑袋，灰眸幽暗而深邃，嘴边沾满了暗红色的血液。

暗红色的血液。

克莱恩下意识就是一个转身，离开门边，背靠住墙壁。

望着走廊对面的幽黑，克莱恩本能屏住了呼吸。

队长在做什么？队长怎么了？他在喝血？他出现失控的前期征兆了？一个个想法涌现，他的脑海乱糟糟一团，根本无法产生有效的思考。

过了十几秒，克莱恩咬了下牙，借助"小丑"对身体的控制，悄无声息地挪到了楼梯口。

然后，他故意加重步伐，往回走去，又一次来到了雪伦夫人的卧室门口。

视线投入，克莱恩看见队长立在那里，用黑布层层缠绕着封印物3-0217，表情沉凝，灰眸幽邃，脸庞干净，似乎他刚才所见只是幻觉。

眼角余光一扫，克莱恩看到科恩黎的尸体并未新增什么异常，依旧是刚才的样子。

他暗自吸了口气，开口问道："队长，我该怎么确认那些仆人是否处于睡眠状态？只靠灵视似乎无法准确地判断，他们会因为做梦产生不同的情绪反应，呈现对应的颜色。"

邓恩·史密斯拿着"通灵者的镜子"，沉默了几秒，嗓音沙哑地说道："抱歉，我忘记了，我今晚犯了太多的错误。你不用去检查，我来确认。"

他抬起一只手，按住眉心，然后闭上眼睛，让一圈又一圈无形的波纹荡漾往别的房间，荡漾往一楼。

是否睡着，在"梦魇"面前清晰可见。

克莱恩怔怔看着这一幕，慢慢垂下了眼帘，死死咬住了嘴唇的内侧。

队长，你刚才真的只是想支开我……

你到底在做什么，你知道自己在做什么吗……

他猛地扭过头，望向了窗户外面，只见那轮绯红之月高高悬挂，似乎千万年来都未曾改变。

平复了一阵，克莱恩以拾取塔罗牌、左轮手枪、半高丝绸礼帽等物品为掩护，又仔细检查了科恩黎和雪伦夫人的尸体。

他们保持着死亡时的样子，皮肤以超过常人的速度变得苍白，并带着些许青紫。

有点奇怪，他们好像少了些什么……不是具体的东西，而是某种感觉……克莱恩无声自语，只觉破碎窗户处吹来的凉风让他的汗毛一根根竖起。

这时，邓恩睁开了眼睛，声音低沉地说道："都还在沉眠，只是有几个接近苏醒。"

"这样就好，这样就好……"克莱恩看着队长，自己都不知道自己在回答什么。

邓恩环顾一圈道："你把现场的物品处理一下，然后去最近的警局找人过来。嗯，顺便回一趟佐特兰街，让弗莱来帮忙。"

克莱恩深深望了队长一眼，牙关紧咬地点头道："嗯。"

在邓恩的帮助下，他快速处理好了现场，走正门离开了雪伦夫人的房屋。

穿过花园，来到外面，克莱恩忍不住又回头望了一眼，只见小楼依然静静立于黑暗里，没有一点光芒。

他心情沉重地转身，根据印象，很快找到了最近的警察局——这是每一位值夜者必须记住的常识。

当当当，克莱恩敲响了铁门。

没过多久，轮值晚上的警察提着马灯，穿过小小的庭院，拉开大门，疑惑地审视道："有什么事情吗？"

克莱恩挤不出任何表情，沉着一张脸，拿出了自己的证件，打开并展示于那位警察的眼前："奥尔斯纳街15号发生了一起严重的凶杀案，你立刻叫上你的同伴过去帮忙！"

那位警察提起马灯，仔细端详了证件一眼，接着并拢双腿，举手行礼道："是，长官！"

处理好这件事情，克莱恩乘坐出租马车往佐特兰街行去。

一路之上，他坐在黑暗的车厢里，思绪既凌乱又发散。

科恩黎死了，我记得他刚订了婚，他的父母还活着……

队长刚才究竟在做什么，他难道渴求着鲜血……或者，有另外的目的……

他记忆力还是那么差，并没有明显的好转，这说明，说明他没有失控的前期征兆！

但是，他知道扮演法也有一段时间了，记忆缺乏改善是否同样表明他暗中有些问题……不！一定是队长还在摸索"梦魇"该怎么扮演！

对了，科恩黎死亡的重要原因之一是封印物3-0217，这是队长交给他的……我在想什么！当时这是必然的选择！

也是队长提议使用封印物3-0217……冷静一下，冷静一下，不能瞎想，也不能等待，免得情况恶化！

等会儿就寄信给戴莉女士，看她是否知道这种状况代表什么。即使她不清楚具体的答案，也肯定能明白其中蕴含的危险，及时告知圣堂……这应该可以把问题扼杀在摇篮里，让队长恢复正常！

不！队长不一定有问题，或许是我误会了什么，看戴莉女士怎么说……

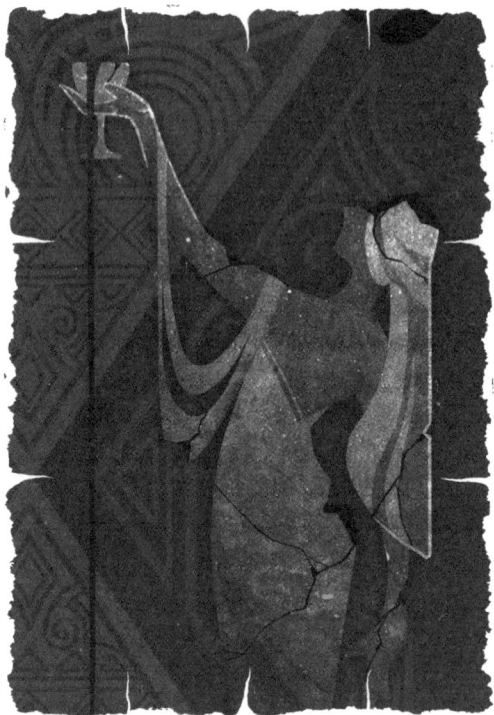

Story is going on.

第十二章
CHAPTER 12
✦ 兰尔乌斯的阴谋 ✦

当出租马车抵达佐特兰街36号时，克莱恩已经想好了对策，做出了决定，不再像之前那样慌乱和无措。

他沿着楼梯，脚步沉重地爬到黑荆棘安保公司的门口，掏出钥匙打开了大门。

眼前熟悉的布置、熟悉的场景让他的心情安稳了不少，就像每次有事情去找队长时的感觉一样。

吸了口气，克莱恩来到值夜者娱乐室，看见弗莱正在煤气灯光芒下孤独地阅读书籍。

他侧头望向克莱恩，冰冷阴沉的脸上露出明显的关切和紧张："出了什么事情？队长和科恩黎呢？"

克莱恩嗓音低哑地回答道："科恩黎死了，死在雪伦夫人的手上。我们都犯了错……队长在那里守着现场，让你过去帮忙。"

出发之前，邓恩向弗莱交代过具体的情况，告诉他，如果他们没能在两个小时内回来，就立刻拍电报给圣堂。同样的，因为申请封印物3-0217，要在夜里进入查尼斯门，所以轮值看守室的洛耀也清楚他们将要执行的任务是什么——按照值夜者的内部规定，夜晚打开查尼斯门，必须得到队长的允许，如果队长在，则只能由队长进入。

弗莱怔了一下，低低叹了口气，在胸口画了个绯红之月。

他穿上外套，戴好帽子，往门口走去。与克莱恩擦肩而过时，他忽地低声道："你不需要自责，犯错是永远无法避免的事情。我们永远相信队友。"

"嗯……"克莱恩闭了下眼睛，视线都仿佛变得模糊。

他和弗莱先是前往地底，告诉了洛耀一声，接着锁住黑荆棘安保公司的大门，赶去了位于奥尔斯纳街的雪伦夫人家。

等到他们搬回科恩黎的遗体和雪伦夫人缺了半个脑袋的狰狞尸体，时间已过了凌晨。

穿黑色薄风衣的邓恩站在那间"停尸房"门口，默然望着里面，好半天才侧头对克莱恩道："先回家吧，你刚经历了一场激烈的战斗，肯定非常疲惫了。"

"好的。"克莱恩没有推辞。

他抿着嘴，望了队长一眼，安静地离开了黑荆棘安保公司，乘坐出租马车回到水仙花街。

与上次的流程一样，他轻松进入了自己的卧室，真正反锁住了房门。

抽出仪式银匕，克莱恩制造出封锁房间的灵性之墙，然后坐到书桌前，摊开纸张，提起钢笔，急切地写道：

尊敬的戴莉女士：

我发现队长最近有些不对劲，他在任务里悄然……

写到这里，克莱恩忽地顿住钢笔，脑袋一片空白，不知道后面该怎么接，该怎么描述。

啪！

他猛地丢掉钢笔，将面前的纸张抓起，揉成了一团，然后重重捶了桌面一下。

咚的声音回荡，克莱恩闭上眼睛，伸手捂住脸孔，好半天没有动作，就像变成了一尊雕像。

这样过了足足五分钟，他叹了口气，放下右手，用灵性点燃刚才那团废纸，看着它化成灰烬，落于垃圾桶内。

组织了下想法，克莱恩摊开新的纸张，落笔重写。

尊敬的戴莉女士：

我们刚刚结束了一个任务，并悲痛地失去了一位队友，具体的情况是这样的……

当时，我想到以我目前水准的灵视无法确认仆人们是否熟睡，而一个个占卜又非常麻烦，所以走了回去，打算请教队长。这个时候，我通过镜子的映照，看见队长半趴在科恩黎的尸体旁边，嘴巴四周有暗红的血液。

我不清楚发生了什么事情，也不知道队长处于什么状态，希望你能够给我答案。

写完之后，克莱恩心情沉重地通读了一遍，折叠好了信纸。

接着，他布置仪式，开启灵视，召唤出了戴莉的信使，召唤出了那张无眼无鼻只有嘴巴的诡异脸孔。

看着那条长满不规则尖牙的鲜红舌头，看着舌头顶端那五根细小苍白的手指，克莱恩沉默着将信递了过去。

等到一切恢复正常，他又坐了下来，继续写信。

这一次，他要询问阿兹克先生。

……在最近的一次任务里，我的上司出现了一些异常情况：他支开我，半趴到队友的尸体旁边，嘴巴周围沾满了暗红色的血液。

在您的记忆里，是否有过类似的事情？我该怎么帮助我的上司？

折好信纸，克莱恩掏出铜哨，凑到嘴边，狠狠吹了口气。

无声无息间，他看见书桌之上有虚幻朦胧的白骨被一根根抛出，如喷泉一般，最终拼成了一个巨大的怪物。它依旧接近四米，依旧蒙着淡光，依旧将脑袋钻上了屋顶，与以往似乎没有任何区别。

克莱恩手腕一抖，将信扔了上去，看见白骨怪物稳稳抓住。

他又吹动铜哨，目睹信使崩解成虚幻的白骨，一根根如雨落下，消失在书桌表面。

做完这一切，克莱恩安定了不少，但他没有停止尝试。他后移椅子，站起身来，逆时针走了四步，进入灰雾之上。

巍峨雄伟的宫殿和古老斑驳的长桌映入了他的眸子，仿佛千万年来都保持着不变。

克莱恩坐到属于"愚者"的高背椅上，默然解下左腕袖口内的灵摆，并具现出黄褐色羊皮纸和圆腹钢笔。

他要为队长今晚的情况占卜！

思考片刻，克莱恩写下了第一条占卜语句：邓恩·史密斯的异常会让我陷入危险之中。

在神秘学里，涉及自身安危的占卜是最难被外力干扰的，这属于灵性的本能。

换句话说，只要不是特别强力的干扰，在涉及自身安危的占卜上，克莱恩都可以得到较为准确的结果。

这也是他之前明知雪伦夫人拥有干扰占卜的能力还要占卜任务是否存在危险的原因，他很清楚雪伦夫人没强到可以影响这类占卜的程度。

而现在，为了确定队长邓恩·史密斯的情况，他决定排除一切干扰，于灰雾之上占卜。

左手持握住灵摆，克莱恩默念了占卜语句七遍，并闭上眼睛，进入冥想状态。

稳定了几秒，他睁开双眼，转深的眸色已恢复正常。

他望着黄水晶吊坠，一颗心渐渐往下沉去，因为灵摆正在做顺时针的转动，幅度不小，速度不慢。

这说明答案是肯定。

这说明邓恩·史密斯的异常会让他陷入危险！

而且危险还不小！

闭了下眼睛，克莱恩擦掉之前的内容，书写出新的占卜语句：邓恩·史密斯异常的原因。

他放好黄水晶吊坠，往后靠住椅背，边默念占卜语句，边借助冥想，进入梦境。

在那灰蒙蒙的虚幻世界里，他什么都没有看见，什么都没有发现，除了灰蒙蒙，还是灰蒙蒙。

"这说明信息不足，占卜失败……"克莱恩睁眼望向青铜长桌上的羊皮纸，苦涩又无奈地低语了一句。

突然，他感觉到了强烈的疲惫，明白这是激烈战斗、连续举行仪式和多次占卜共同造成的结果。

用灵性包裹住自身，克莱恩坠入灰雾之中，回到了现实世界。

整个晚上，他做了好几场噩梦，梦的结尾不是呕吐出了内脏的科恩黎，就是嘴巴周围满是暗红血液的邓恩·史密斯。

…………

第二天清晨，即将轮值查尼斯门的克莱恩提前抵达了黑荆棘安保公司。

这个时候，罗珊和奥利安娜太太等文职人员都还未上班，克莱恩穿过隔断，望向敞开的房门，看见了队长办公室内的邓恩·史密斯。

邓恩脱掉了外套，上身只有白衬衣和黑马甲，他坐在位置上，手里端着杯咖啡，正怔怔望着前方的墙壁。他的头发略显干枯，灰色的眼眸神采暗淡，线条刚硬的脸庞透着明显的憔悴。

即使是经历过很多次类似事情的队长，在短短时间内连续失去两位队友，也是难以承受的……克莱恩心中一酸，脑海内霍然又浮现了那面破碎的镜子，浮现了邓恩半趴下的身体和沾着暗血的脸庞。

克莱恩猛地咬着牙，侧过头，望向了一边。十几秒过去，他控制住表情，伸手敲响了队长办公室的大门。

咚，咚，咚。

邓恩放下咖啡杯，灰眸重新变得幽邃。他无声地吸了口气后道："我已经将事情汇报给了圣堂，他们也做出了初步的答复，由教会补偿科恩黎的家人三千镑，警察部门给予一千镑的抚恤……"

一共是四千镑，这对多数中产阶级来说，是一生都无法攒到的财富……科恩黎周薪七镑，年薪三百六十四镑，算上奖金和额外的收入，至少能达到三百八十镑，四千镑相当于他十年的收入。这样一笔财富，每年最少也能有两百镑的回报，算是能勉强弥补科恩黎死亡对他家人造成的伤害。虽然金钱无法替代感情，无法替代科恩黎，但这是目前相对有效的唯一办法……

克莱恩闪过了很多想法，最终出口的却是一声叹息。他低声道："我们能做的只有这么多。"

黑夜女神教会在这方面还是非常有良心的。

邓恩扯了下领口，低沉说道："你去地底吧，将洛耀替换出来。"

"好的。"克莱恩微微点头。

他转过身体，走向大门，听到了队长近乎自言自语般的补充："我们等下会送科恩黎回家……"

送科恩黎回家……他的父亲，他的母亲，他的兄弟姐妹，他的未婚妻，会有什么样的反应……克莱恩心中一紧，竟有点庆幸自己不需要去面对那种悲伤。

他知道这是逃避的心理，但他真的很害怕看到科恩黎父母悲痛欲绝的眼神和他未婚妻失去灵魂般的模样，害怕目睹他们藏着埋怨的表情，害怕听到那一声声抽泣。

脚步加快，克莱恩来到查尼斯门前，沉默着与洛耀完成了交接。

他坐在值守室内，时不时掏出银色怀表，看着时间一分一秒流逝。

不知过了多久，克莱恩耳畔忽地响起了虚幻层叠的声音。他看了眼凸显出四个黑点的手背，明白这是"正义""倒吊人"或者"太阳"在向自己祈求。

但他没办法及时回应，只能忍到提示结束，忍到之后又有祈求，忍到第二天清晨回家。

刚掏出钥匙打开家门，克莱恩就看见女仆贝拉在擦拭餐桌，妹妹梅丽莎和哥哥班森则分别穿着各自的外出服走下楼梯。

"你们不是上周才去参加过弥撒吗？"克莱恩略显奇怪地问了一句。

班森笑笑道："我能理解一个整夜未睡的人的记忆。"

"啊？"克莱恩更加茫然。

"今天是《伯爵归来》开放订票的第一天。"梅丽莎主动解释道。

克莱恩拍了下额头，顺手取掉了帽子："我这段时间太忙，都忘记这件事情了。"

尤其这三天……他叹息着补充了一句。

梅丽莎关心地看了他一眼道："你的早餐在厨房里，吃过就快去睡觉，我和班森想着既然要出门，就顺便去圣赛琳娜教堂参加弥撒。"

"好的。"克莱恩挥手告别哥哥和妹妹，简单用过早餐，回到了自己的卧室。

做好准备工作，他逆行四步进入灰雾之上，看见"正义"和"倒吊人"对应的深红星辰都在虚幻地膨胀和收缩。

伸出右手，蔓延灵性，克莱恩眼前浮现了模糊不清的画面，耳畔响起了"正义"小姐的祈求声：

"我祈求您的垂听。

"因为齐林格斯的事情，我的父亲请了一位非凡者来保护我，暗中还有我不知道的监控，我好不容易才找到机会向您祈求。我想为下周的聚会请假，我相信这些很快就能处理好。"

克莱恩下意识瞄了眼那模糊的画面，看见了弥漫的雾气，看见了似乎在荡漾水波的巨型浴缸，看见了裹着浴巾的"正义"小姐。

他收回视线，又开始倾听"倒吊人"的祈求。

对方的描述与"正义"不同，祈求的却是同样一件事情——他也要因为齐林格斯事件的残余影响请假。

克莱恩微微颔首，分别回应了他们的祈求："我知道了。"

紧接着，他又给"太阳"对应的深红星辰传去一道意念："即将到来的聚会暂时取消。"

…………

白银之城。

戴里克·伯格正在训练场上聆听教导，头顶的天空依旧黑暗，时不时划过一道照亮所有的闪电。

忽然，他眼前一花，看见了浓郁的雾气，看见了那个巨人居所般的古老宫殿，看见了高坐于灰雾深处的"愚者"先生。

"即将到来的聚会暂时取消。"

声音还在回荡，戴里克眼前的一切已恢复了正常。

他并不惊讶于这种神奇，因为每次聚会前，"愚者"先生都是这样提示他的。

戴里克下意识抬头望了望前方那位女子，白银城六人议事团的成员，"牧羊人"洛薇雅。

这位可怕的强者在微笑和冷酷中不断转变着，并告诉在场的每一名少年，他们接下来将加入巡逻队伍，去清除附近的黑暗怪物，那不再是训练。

洛薇雅长老没有发现任何异常……她的状态越来越奇怪了，是因为她放牧的灵魂里有一个等同于高序列强者的恶灵吗？戴里克思维发散地想着。

…………

克莱恩回到卧室，躺至床上，很快进入睡眠，梦见了这几天发生的事情。忽然，他感觉自己正在被谁摇晃，一下清醒了过来。

眼睛睁开，克莱恩看见了一只白骨巨手。

这只巨手顿了一下，将握着的信纸丢到床上，自己随即消失不见。

阿兹克先生的回信……克莱恩有所恍然地拿起了信纸。

他期待又忐忑地展开信纸，阅读起阿兹克的回复。

> ……你描述的场景，让我想到了一些可能性，想到了吸血鬼和异种。
>
> 天然的吸血鬼在巨龙和巨人退出历史的舞台前就已经接近灭绝，之后偶尔才会发现他们的踪迹。我们平时所讨论的民俗传说里的吸血鬼，更接近于非凡者，我记得有一条途径的某个序列的魔药名称就叫"吸血鬼"。
>
> 如果你的上司已经处于半疯狂的状态，那他很可能是误服了这种魔药。两种不同途径的魔药混杂，半疯狂是必然的结果。嗯，我隐约记得，"黑夜"途径，也就是你说的"不眠者"途径，可以和"死神"途径、"巨人"途径在高序列互换，但这不包括'吸血鬼'所在的途径。
>
> 当然，不排除你上司自愿接受的可能性，毕竟"吸血鬼"能拥有漫长的生命、出色的体质以及卓越的外表，比起这些好处，半疯狂的状态也不是不可以接受。

克莱恩看得怔了一下，没想到阿兹克先生竟然提供了这么有用的情报。

"死神"途径是指"收尸人"途径，它可以和"不眠者"途径在高序列互换，这是我之前就从罗塞尔日记里了解到的秘密，但想不到它们还能和"巨人"途径在序列4及之后互换……

"巨人"途径是白银城掌握的那条，也就是现在的"战神"途径……我一直怀疑巨人王奥尔米尔是远古战神……

嗯，罗塞尔大帝的日记上有描述黑夜女神教会和战神教会水火不容……难道就是因为彼此序列在高层次可以互换？

以这个猜测为前提来推理，风暴之主教会、永恒烈阳教会、知识与智慧之神教会这三大最为古老的教会互相仇视的情况就能得到一定的解释了。因为他们分别掌握的"水手""歌颂者"和"阅读者"途径能在高序列互换！

嗯，上个纪元末尾的"苍白年代"里，死神陨落的主要推手恐怕就是黑夜女神和战神……

队长平时的状态很正常，除了记忆力不好，没有一点半疯狂的表现，可以排除掉服食了"吸血鬼"魔药的可能性！

阿兹克先生最近回忆起了不少事情啊……难道"蠕动的饥饿"真刺激到了他？

克莱恩轻轻点头，继续往下阅读。

"异种"并不是一个种族的名称，而是对很多似人生物的描述。他们正常的时候与人类没有区别，但心里始终潜藏着本能的、扭曲的、被压抑的欲望，只要遇到特定场景或者特定事物的刺激，就会爆发，就会变成怪物，就会肆意地满足嗜血、杀戮等欲望。

等到一切平息，他们又会恢复正常，而每爆发一次，他们就会冷酷无情一点，最终心灵将彻底扭曲。

这里面最常见也是我能回忆起来的唯一例子是狼人，他们平时等同于人类，大部分非凡能力无法识别他们，但在满月的时候，他们心里的扭曲欲望会加剧，身体也将随之出现一定的变化。

你的上司也许就是一个潜藏的异种，队友的死亡激发了他的本性。

以上都是我个人的猜测，因为记忆并不完整，我无法向你保证没有别的可能性，或许你猜测的失控前兆也能解释。

而不管是服食了"吸血鬼"魔药，还是本身属于"异种"，这两种情况都无法挽救。当然，曾经有人猜测过，异种原本都是正常的人类，但受到了奇怪的诅咒或者邪神恶魔的污染，所以才会于特定状况下变成不同的怪物。

另外，只有前兆的失控是否能够治疗，我并不清楚。我建议你直接向你上司的上司汇报，希望一切还来得及。

放下信纸，克莱恩表情凝重地望向书桌，思考了许久。

他不得不承认，"异种"这个可能性存在，但失控前兆的可能性也无法排除。

"只能等戴莉女士的反馈了……我前晚寄的信，她昨天上午应该就收到了，及时回信的话，我昨晚或者今早就能看见……这都快中午了……那个小信使不敢靠近查尼斯门？或者戴莉女士有其他事情耽搁了？"克莱恩摇了下头，感觉自己依旧很疲惫，于是靠着冥想，再次强行入睡。

迷迷蒙蒙的世界里，他忽然清醒，知道自己在做梦。接着，他看见邓恩·史密斯穿着黑色薄风衣出现于面前。

按照正常的做梦反应，克莱恩迟缓地打了声招呼："上午好……队长……"

邓恩轻轻颔首道："伦纳德在追查兰尔乌斯案的过程里发现了一条线索，需要你去帮忙。圣堂派来的那位'窥秘人'，因为蒸汽列车出现故障，得明天上午才能抵达。"

"好的……"克莱恩语气飘忽地回答道。

邓恩想了下又补充道："你不用返回佐特兰街，直接去豪尔斯街区62号，伦纳德会在那里等你。辛苦你了。"

他话音刚落，克莱恩的梦境就寸寸破碎，眼睛下意识睁开。

豪尔斯街区……这不是占卜俱乐部、我的同学韦尔奇以及之前那位极光会成员所在的街区吗？最近的事情还真多啊，一件接一件，就像在酝酿着什么一样……克莱恩若有所思地缓慢起身，先去盥洗室清理了自己，然后换上外出的白衬衣、棕马甲和黑色薄风衣，拿上半高丝绸礼帽，下楼来到客厅。

这个时候还不到十一点，班森和梅丽莎还未回来，克莱恩对女仆贝拉交代了一句，说不用考虑自己的午餐。

接着，他乘坐有轨公共马车抵达豪尔斯街区，在62号房屋的门牌前看见了头发有着凌乱美感的"午夜诗人"伦纳德·米切尔。

在天气变冷的九月里，伦纳德依然只穿着一件薄薄的白色衬衣，配一条米色长裤，他绿眸一扫道："这里很可能是兰尔乌斯化名租住的房屋。"

"你怎么查到的？"克莱恩略感好奇地反问道。

伦纳德指了下自己的脑袋："既然你们从胡德·欧根那里得到了线索，怀疑兰尔乌斯很可能与极光会那位成员，嗯，布商西里斯·阿瑞匹斯有关系，我在正常调查没有收获的情况下，只能改变思路，从极光会这条线寻找。之前的报告显示西里斯和豪尔斯街区不少住客都有来往，于是我又挨个儿排查了一遍，发现这里有些问题。"

"什么问题？"克莱恩微微点头道。

伦纳德挑了下眉毛："很显而易见的问题，这里的租客平时很少出现，在海纳斯·凡森特死亡之后就宣称要去南大陆做生意，再没有回来。他的资料很真实，警察们没有发现什么。"

"这只能说是一点巧合。"克莱恩皱眉道。

"当然只是巧合。但我拿兰尔乌斯的照片询问周围的居民时，有一位老先生感觉他和62号的租客很像，除了眼镜不太一样。"伦纳德从裤兜里掏出了一张黑白照片。

怎么不早说……克莱恩腹诽一句，跟着伦纳德进入豪尔斯街区62号，按照他的请求开始占卜是否有暗格或者密室。

而结果是有！

"这栋房屋的暗格或者密室"，克莱恩写下新的占卜语句，坐到沙发上，边默念边闭上了眼睛。

七遍之后，他进入梦境，眼前一片朦胧。

灰蒙蒙的世界里，克莱恩看见了橡木书架，看见了一排排图书，看见其中一本书被抽走，看见它旁边的木头表层霍然被打开，出现一个暗格。

画面很快消失不见，克莱恩睁开眼睛，对伦纳德道："在书房。"

他缠好黄水晶吊坠，跟着伦纳德进入书房，看见了刚才梦到的那个橡木书架。

"抽出那本书，它遮掩住的地方有暗格。"克莱恩指着最靠边的那本书籍道。

"在这里啊……我之前找遍了整栋房屋，什么都没发现，不得不回佐特兰街请求帮忙。"伦纳德边咕哝边走了过去，抽出了克莱恩所指的那本书籍。

他摸索了一阵，终于找到机关，啪地打开了暗格。

暗格内正静静放着一封信。

信？兰尔乌斯在这里藏了封信？克莱恩对此是非常诧异。

他占卜过信中是否藏有危险的物品，得到否定的答案后，伦纳德伸手抓起那封信，拆开了没有写地址和收信人的信封。

抽出信纸，伦纳德甩了一下，将其展开。

克莱恩靠拢过去，凝神观望，只见信的前面几段写道：

哈哈哈，祝贺你们，祝贺你们终于找到了这封信！

这说明你们还不算太愚蠢，不算太迟钝，有资格参与我设计的这场生与死的游戏。

不断夭折的童工，因环境恶劣和辛苦劳作很难活过十年的工厂工人，冒着重病风险又只能拿到微薄薪水的女工……我看见每一座工厂都笼罩着无数的怨念，让周围都变得压抑和昏暗。这是最坏的时代，也是最好的时代，我们的游戏将在这样的背景下开始。

蠢货们，做好准备，我要给你们提示了！

看到这里，克莱恩和伦纳德同时将目光从信纸上抬起，彼此对视了一眼，各自咕哝道：

"这怕是个疯子吧？"

"兰尔乌斯是隐性的疯子？"

真真正正具有妄想症和反社会人格的疯子……克莱恩思绪一转，心头发紧，忙将视线又投回了信上。

女士们，先生们，我的提示是，我在廷根市安放了一个炸弹，会随着时间推移不断变强的炸弹。

去寻找它吧，抢在它自己爆炸前解决它。如果游戏失败，轰的一声，整个廷根市就会变成废墟。相信我，在这件事情上，我没有进行任何的欺骗。

最喜欢给朋友带来惊喜的兰尔乌斯

"炸弹？"克莱恩望向伦纳德，疑惑地自语道。

伦纳德将信对准阳光，翻来覆去瞄了几眼，没发现别的线索："炸弹应该只是一个代名词，我从来没听说过能不断变强的炸弹。"

克莱恩皱起眉头，若有所思地回答道："不，我的意思是，这或许是神秘学意义上的炸弹，比如某些不断蓄积着力量的邪恶仪式……"

伦纳德侧了下脑袋，仿佛在倾听什么，表情突然变得凝重。他绿眸微缩地点头道："也许你的猜测是正确的，这封信前面不是有一段描述吗，不断夭折的童工，因环境恶劣和辛苦劳作很难活过十年的工厂工人，冒着重病风险又只能拿到微薄薪水的女工，笼罩着无数怨念的工厂，这些或许就是兰尔乌斯那个'炸弹'能不断变强的力量源泉。"

"对……很有可能！"克莱恩的情绪一下绷紧，"我们必须立刻向队长汇报！"

伦纳德笑笑道："不要这么紧张，你应该很清楚，兰尔乌斯是一名'诈骗师'，他'没有骗人'的描述或许本身就是在骗人。当然，不管怎么样，我们都得回佐特兰街告诉队长，最好能向圣堂申请，让他们派一位神秘学专家过来，通过那些怨念的不正常汇集，找到祭台的位置。"

一副很熟练的样子嘛……可是，类似的祭台、类似的布置为什么要找胡德·欧根帮忙？"心理医生"能在这种事情上发挥什么作用？

克莱恩没有反对，与伦纳德一起离开了豪尔斯街区62号，乘坐出租马车赶回了佐特兰街。

刚进入黑荆棘安保公司的大门，克莱恩就看见了两位熟人，一位丰满，一位瘦弱，正是梅纳德议员的妻子和妹妹。

她们依旧穿黑裙，戴黑帽，用细格的黑色面纱遮掩容貌。

两位女士正要和罗珊交谈，忽地看见克莱恩回来，于是转过身体，迎了上去。

"你们果然是这个行业最精英的人员。"梅纳德夫人轻轻颔首，低沉说道，"我很满意这样的结果，也很欣赏你们做事的风格，这是你们应得的报酬。"

那位瘦弱的女士将一个浅棕色的纸袋递给了克莱恩，里面装着一沓厚厚的现金，有10镑面额的，有5镑的，有1镑的，也有5苏勒和1苏勒的。

"一共是二百三十镑。"瘦弱女士简单地说道。

克莱恩现在哪有心思关注钱的问题，当即扔给罗珊道："你拿给奥利安娜太太，我想两位尊贵的女士不会数错钱的。"

这个时候，他眼角余光扫到了梅纳德夫人手中那份《廷根市老实人报》，看到在首页最鲜明的位置有两个新闻标题——《老男爵遗孀因卷入梅纳德议员被谋杀案而身亡》《市长丹尼斯先生引咎辞职，对廷根市最近三个月治安情况的恶化表示抱歉》。

雪伦夫人那起案子终于达成一致说辞了？我今天都还没来得及看报纸……克莱恩对两位女士点了下头，跟着伦纳德通过隔断，走向队长办公室。

"怎么样？有找到线索吗？"邓恩·史密斯合拢文件，抬起脑袋，用幽邃的灰眸看向克莱恩和伦纳德。

"有找到兰尔乌斯留下的一封信。"伦纳德没有过多描述，直接将那封充满疯狂和挑衅意味的信递给了队长。

邓恩展开信纸，快速浏览了一遍，末了揉着额角道："真是一个疯子啊！他才只有序列8，最多序列7。"

克莱恩由衷地赞同道："兰尔乌斯是一个对社会稳定有很大破坏性的危险人物，即使他实力弱小，也不能轻视他。"接着，他将自己和伦纳德的猜测原原本本讲述了一遍。

邓恩摸了摸自己后退的发际线道："这也是我的想法，我会立刻拍电报给圣堂，请他们派遣神秘学专家过来协助。谁也不知道兰尔乌斯所说的'炸弹'究竟有多危险，我们必须足够小心。等圣堂给了答复，我再安排后续的行动。"

克莱恩和伦纳德互相看了一眼，同时点头道："好的。"

趁队长拍电报给圣堂的机会，克莱恩回到接待大厅，从罗珊那里拿走了一份《廷根市老实人报》。

他站在隔断位置，专心地阅读起之前那两条新闻。

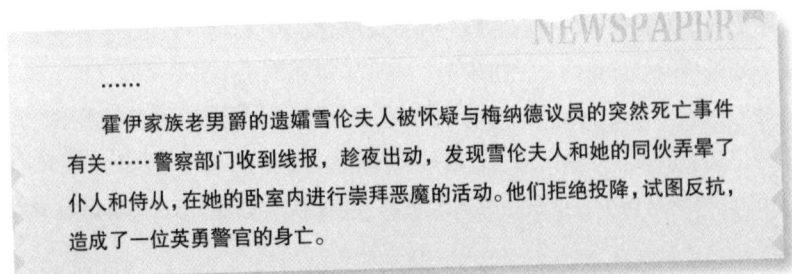

……
霍伊家族老男爵的遗孀雪伦夫人被怀疑与梅纳德议员的突然死亡事件有关……警察部门收到线报，趁夜出动，发现雪伦夫人和她的同伙弄晕了仆人和侍从，在她的卧室内进行崇拜恶魔的活动。他们拒绝投降，试图反抗，造成了一位英勇警官的身亡。

一位英勇的警官……这就是对科恩黎的描述吗？克莱恩叹了口气，知道这是最好的处理方式。

根据值夜者的内部规定，为了防备邪恶势力对各自家人的报复，即使值夜者牺牲，也不能被普通民众传颂姓名。

默然折好报纸，将它放回接待台时，克莱恩忽然看见门口又进来一位访客。

她同样是位女士，但年纪并不大，顶多二十出头，戴着荷叶帽，穿着宽松的裙子，有着光洁的额头、金色的长发、碧绿的眼眸以及忧郁而沉静的气质，是个相当出众的美人。

而她身上最引人瞩目的却是高高鼓起的肚子，似乎已经怀孕七个月以上了。

克莱恩愣了一下，感觉自己在哪里见过这位年轻的孕妇。

突然，他听到伦纳德惊愕脱口道："梅高欧丝小姐？"

梅高欧丝……对，被兰尔乌斯骗色的那位年轻姑娘！她怀了兰尔乌斯的孩子，精神都因此而出了点问题，说自己的孩子在娘胎里就会哼歌、会吹口哨……克莱恩一下恍然，并不意外伦纳德为什么会认识梅高欧丝。

重新排查兰尔乌斯案相关的人和物时，每一位值夜者都看过这位姑娘的照片。

克莱恩认识她的时间则更早，当时她那个被兰尔乌斯骗光了积蓄的姨妈克里斯蒂娜女士带着她前往占卜俱乐部请求帮忙，甚至问出了肚子里的孩子算不算相关物品的话语。

这个时候，听到伦纳德声音的梅高欧丝用略显无神的双眼望着两人，礼貌致意道："你们好。"

"梅高欧丝小姐，你到我们黑荆棘安保公司来做什么？有什么事情需要委托吗？"克莱恩上前两步，开口问道。

他对梅高欧丝的突然来访充满不解，觉得这非常非常非常巧合。

刚发现兰尔乌斯留下的信，梅高欧丝就找上门来了？

梅高欧丝摸着自己的肚子，浅笑道："不知道为什么，我忽然就想着到佐特兰街来，忽然就想着上来看一看。"

她的精神问题愈发恶化了啊……

克莱恩想起自己上次没来得及开启灵视，没能确认梅高欧丝的状态，于是牙齿轻抬，即将往左边轻叩。

就在这时，他突地僵住，脑海内闪过了一个比一个强烈的念头：

"不能看！

"不能看！不能看！

"会死的！

"看到就会死！

"看到就会死！

"……"

克莱恩雕像般立在了原地，额头沁出了密密麻麻的冷汗。他就像做了一场最深最沉的噩梦，险些无法醒来。

忽然之间，他明白了一件事情，原来上次自己不是来不及开启灵视，而是自己的灵性察觉到了无法想象的危险，让自己下意识间变得迟缓，错过了机会，并遗忘了后续。

那时克莱恩还没有彻底消化完"占卜家"魔药，还没有晋升序列8，灵性的阻止很微妙，很难以察觉，就像本能地做了个习惯动作，自身肯定不会太过在意。而现在，基于"小丑"预感的灵性提醒是如此清晰、如此明显！

过了十几秒，克莱恩终于挣脱出不断冒冷汗的状态，侧头望向伦纳德，发现这位"午夜诗人"也是一脸的冷汗和满眼的恐惧。

突然，克莱恩明白了兰尔乌斯所说的那个"炸弹"是什么！

是梅高欧丝肚子里的婴儿！

是他留下的这个婴儿！

克莱恩瞬间联想到信上的描述和胡德·欧根的回答，忽然记起了罗塞尔日记上的一段话语："我亲手开启的工业革命，亲手铸就的蒸汽与机械时代，将成为邪神降生的温床？"

克莱恩的瞳孔一下收缩，想到了一个可能性，但又本能地拒绝承认。

不！这不对！

梅高欧丝肚子里的婴儿不是邪神的子嗣，或者试图降生的邪神！

不！胡德·欧根怎么可能做这么愚蠢的事情！虽然他"心理医生"的能力确实可以帮助兰尔乌斯瞒过梅高欧丝，让她在半昏迷的状态下成为孕育的工具。

不！夭折童工、死亡女工和活不过十年的工厂工人聚集的怨念没在帮助这个邪神的子嗣飞快成长！

不！

不，不可直视神……

克莱恩下意识就将两只手揣进了衣兜，一只手捏着"阳炎符咒"，一只手握着"阿兹克铜哨"。

他敏锐地察觉到后者冰凉但柔和的非凡触感消失了，似乎正被无形的力量压制，而前者却依旧温暖，让人安心。

借助这种安心，克莱恩进入半冥想的状态，摒除了惊慌的情绪，不再抱有任何侥幸。

他侧过头，对伦纳德·米切尔使了个眼色，并朝梅高欧丝努了努嘴巴。

接着，他依靠"小丑"的能力控制住表情，对梅高欧丝笑道："你要咖啡还是红茶，或者什么都不要？"

梅高欧丝抚摸着肚子，仿佛在倾听着什么般道："一杯温水。我忽然很想和你们聊聊兰尔乌斯的事情，我感觉你们知道很多。"

"这是谁告诉你的？"伦纳德早不见平常的浪荡不羁和吊儿郎当，笑得相当僵硬。

梅高欧丝忽地咯咯笑道："我的孩子告诉我的。他知道很多，他很聪明！"

克莱恩忍住爆粗口的冲动，转身走向隔断，并示意伦纳德稳住梅高欧丝。

伦纳德强行勾起两边嘴角，指着沙发区域道："这正是我想说的事情，我们也希望和你聊聊兰尔乌斯的事情。"

接待台的罗珊略显茫然和疑惑地望着这一切，突然发现似乎什么都不需要自己去做。

克莱恩快步通过隔断，直接拧开了邓恩·史密斯办公室的门，并砰的一声合拢。

他看着先惊讶后凝重的邓恩，沉声开口道："队长，出大事了！我知道兰尔乌斯所说的'炸弹'是什么了！"

邓恩唰地站起，指着外面道："梅高欧丝？"

他显然听到了伦纳德惊愕的声音，但无法看见两位队员满脸冷汗、满眼恐惧的样子。

克莱恩点了下头，语速极快地解释道："我试图开启灵视观察梅高欧丝，确认她的精神状况，但我的灵性阻止了我的尝试，不断地告诉我，'不要看不要看！看了会死！'

"这让我想到了一句话，'不可直视神'。梅高欧丝肚子里的婴儿即使不是试图降生的邪神或者邪神的子嗣，也肯定属于神话生物。

"队长，再联想到胡德·欧根记忆中的黑色祭台，联想到他'心理医生'的能力，联想到兰尔乌斯信上描述的悲惨世界，我觉得我的猜测很可能接近真相——兰尔乌斯从极光会成员那里得到了与真实造物主有关的仪式魔法的知识，借助胡德·欧根的帮助，让梅高欧丝成了孕育某种力量的载体。而这种力量会借助工厂周围的怨念、压抑和灰暗飞快成长，直到成熟。或者说，仪式本身就必须借助这些怨念、压抑和灰暗才能够成功！"

邓恩认真思考了十几秒，表情凝重地点头道："我立刻向圣堂求援，希望梅高欧丝肚子里的婴儿还能等待！当然，我们也不能什么都不做。你告诉伦纳德，稳住梅高欧丝，尽量不让她离开公司，你再通知奥利安娜太太和罗珊她们，让非战斗人员全部撤离！

"我拍完电报就会去查尼斯门后面。我们必须做好最坏的打算，那就是圣堂的帮手还没抵达，而梅高欧丝肚子里的婴儿却要出生了。我作为廷根市值夜者小队的队长，有权利在危急关头使用圣赛琳娜的骨灰！"

圣赛琳娜的骨灰……高序列强者的骨灰……查尼斯门的封印核心……克莱恩稍微安定了一些，思绪转动道："队长，我们还能向代罚者和机械之心求援，他们应该也有类似的圣遗物！"

说到这里，克莱恩忽然闪过一道灵光，喃喃自语道："兰尔乌斯的案子之前归属代罚者处理……在那段时间，他们刚好有位资深成员失控了，是我和老尼尔帮忙处理的……"

低语中，他的声音猛地提高："队长，你再询问一下代罚者，问他们之前失控的那位队员是否跟踪或者监控过梅高欧丝？"

"你怀疑他的失控是因为受到了梅高欧丝肚子里婴儿的污染？重新排查的时候，梅高欧丝也是他们负责的……"邓恩郑重回答道，"不能再耽搁了，你去找奥利安娜太太他们，我抓紧时间拍电报，先向圣堂求援，然后给代罚者和机械之心，嗯，还要给警察部门电报，让他们想办法想借口疏散周围的民众。"

"好的。"克莱恩往外走了几步，突然又想起一件事情，那就是梅高欧丝的来访是如此突然、如此巧合。

脑海内霍然闪过了那栋红烟囱房屋，他忙回头对邓恩道："队长，还有件事情，你还记得我说过的那些巧合吗？绑架案对面的房屋内有安提哥努斯家族笔记的线索，瑞尔·比伯没及时逃离廷根，海纳斯·凡森特因为一次巧合而暴露，另一位极光会成员正好遇上我，直接失去了生命，等等。

"这些巧合都相对隐蔽，让人难以察觉，而今天梅高欧丝在我们找到兰尔乌斯的信后突然上门的事情却太明显、太直接，这巧合已经赤裸裸、不加掩饰了！我认为背后的那位或许即将登上舞台！还有，雪伦夫人为什么要冒险杀掉梅纳德议员？这是否也属于'巧合'？"

邓恩想了下，严肃地回答道："我会在电报里添加这一点的。"

克莱恩没再浪费时间，拉门而出，直接走入了对面会计室。

奥利安娜太太正在做年尾三个月的预算，想提前完成，免得队长又忘记这件事情，没能及时提交。她看见克莱恩进来，微笑着打了声招呼道："小莫雷蒂，你这次要报销什么？"

克莱恩吐了口气道："奥利安娜太太，今天放假，立刻回家。"

奥利安娜愣了一下，呆呆地看着对面那张写满了凝重的脸庞。几秒之后，她慌乱地站起，回道："好的。"

克莱恩忙又补充了一句："你去文职人员办公室和武器库告诉其他人这件事情，我通知罗珊。"

"嗯！"奥利安娜几乎没怎么收拾，拿上提包，小碎步跑向了会计室门口。

进入走廊后，她回过身来，深深望了克莱恩一眼，在胸口画出绯红之月道："你们会得到女神庇佑的！"

谢谢……克莱恩无声回应了一句，又通过隔断回到接待大厅，只见伦纳德正神情僵硬地和梅高欧丝聊着兰尔乌斯的种种事情。

克莱恩靠拢罗珊，边翻出杯子，边提起热水瓶，然后低声道："回家，这里很危险，明天再来。"

罗珊愕然张开嘴巴，但又在克莱恩严肃郑重的表情里慢慢合拢。她埋头收拾了十几秒钟，拿上提包，离开了接待台。

与克莱恩擦肩而过的时候，她咬了下嘴唇，压低嗓音道："其实，我有多讨厌别人成为非凡者，就有多崇拜值夜者……"

Story is going on.

第十三章

CHAPTER 13

✦ 阻止降生 ✦

目送所有文职人员撤离黑荆棘安保公司后，克莱恩将温水端到梅高欧丝面前，弯腰放下道："我还有事情需要处理，等下再过来。"

起身的时候，他顺势凑到伦纳德耳边，从喉咙里吐出声音道："稳住她。"

伦纳德呲了下牙齿，咧了下嘴巴，接着继续僵硬地聊天。他发现梅高欧丝渐渐有点烦躁，精神时而集中时而涣散。

克莱恩回到队长办公室内，发现邓恩已经去了地底，桌上有一封译好的来自代罚者小队的回电："是的。我们立刻过来。"

是的……那位失控的代罚者果然是因为梅高欧丝……克莱恩难以平静地踱步到走廊上，不知是在等待队长拿着圣骨灰出来，还是在等待援军的抵达。

哎，不知道高层次的强者是否都懂得传送……应该不行吧……他来回转了几圈，忽然感觉身心都变得宁静，并发现两侧的煤气灯全部染上了幽蓝。

昏暗与幽深之中，邓恩沿着地底阶梯走了出来，单手托着一个巴掌大小的方形骨灰盒。

这盒子既像是纯银制成，又给人骨头的感觉，上面雕满了神秘的花纹。它离得越近，克莱恩就越感觉寒冷，似乎有凉意飞快渗入了血液。

邓恩的脸庞映上了冰蓝的光芒，对克莱恩道："你去查尼斯门后拿一件攻击性强的封印物，具体挑选哪一件，根据你自己的情况来。我已经交代了西迦和内部看守者，注意规避隐患。"其中，2级封印物有三件，分别是……

"嗯，我取走了圣赛琳娜的骨灰，西迦和内部看守者就更不能离开岗位了。"

此时此刻，弗莱和轮休的洛耀都在科恩黎家帮忙准备葬礼，而圣赛琳娜教堂的那位主教先生则去乡下布道了。

"好的。"克莱恩没有犹豫，转身走向了地底。

快到十字路口时，他忽地顿住脚步，因为他知道廷根市那扇查尼斯门后的封印物绝大部分属于3级，很难对梅高欧丝肚子里的婴儿造成影响——那婴儿最低也是一个神话生物。

"'变异的太阳圣徽'应该可以，但需要的时间太长了，根本无法发挥作用……2级封印物，廷根市只有三件，都是很危险、很容易反过来弄死自己的物品……威力估计也就和我的'阳炎符咒'差不多。嗯，我等下就不要顾忌什么了，该用'阳炎符咒'就毫不犹豫地使用！这比2级封印物只强不弱，毕竟蕴含着神血的力量……"克莱恩思绪转动，微不可见地点头。

他又摸了下衣兜内的"阳炎符咒"和"阿兹克铜哨"，惊喜地发现后者的触感恢复了。

不管有用没用，克莱恩当即掏出用来占卜的纸张和钢笔，唰唰唰写了一封简短的信。

> 让我命运不协调、取走你孩子头骨的那个家伙出现了，他"安排"梅高欧丝进入佐特兰街36号的黑荆棘安保公司。梅高欧丝很可能怀有邪神的子嗣。
>
> 情况很危急。

收起钢笔，折好信纸，克莱恩站在十字路口，直接掏出铜哨吹了一声，看见巨大的白骨信使出现于身前。

幽深宁静的地底走廊内，接近四米的白骨信使手攥纸张，消失在了克莱恩眼前，并未造成任何异常。

等到周围只剩下镶嵌于墙上的典雅煤气灯，他收起"阿兹克铜哨"，继续走向查尼斯门。

在写信的过程里，他已经想好了接下来要挑选哪一件封印物。

首先，3级封印物几乎没可能对梅高欧丝肚子里的婴儿造成影响，除非是"变异的太阳圣徽"这种暗藏奥秘的物品。

但此时此刻，此情此景，克莱恩哪有心思、哪有时间去探求或研究可能存在也可能不存在的秘密？再加上封印物或多或少都存在隐患，会对使用者造成很大的不便，甚至带来危险，所以，克莱恩直接就排除掉了这些无法影响敌人反倒会削弱自身的3级封印物。

其次，廷根市值夜者小队没有1级封印物，2级的也只有三件，这本属于克莱恩不该知道的秘密，但鉴于情况危急，邓恩果断使用"紧急条款"，将大致的情况告诉了他。

——邓恩·史密斯无法在掌握圣赛琳娜骨灰的同时拿起别的封印物，一件也不行。

而廷根市查尼斯门后的2级封印物分别为：2-030、2-078和2-105。

2-030的名称是"永不枯竭的毒药"，来源于一位突然发疯、序列名称未知的非凡者。这位非凡者割掉自己的手腕自杀，让身体内的血液流入了一个不大的普通银杯。可是，当他流光血液后，银杯却仍然没有装满。银杯里面的液体变得晶莹润泽，分外诱人，甚至有序列5的非凡者抗拒不了这种诱惑，喝下了这杯液体，被当场毒死。而中毒者死亡后，毒液会从他的皮肤毛孔中一点点沁出，重新聚拢在一起，与最开始相比，不多也不少。

邓恩称，圣堂的研究人员怀疑高序列强者都会因此而死亡，但问题在于，高序列强者们几乎不会被那杯毒药诱惑。且因为2-030特征明显，不可能误服，要想毒死他们，必须先抓捕他们，牢牢控制住，再强行灌下去，但……为什么要这样麻烦呢？

2-030会不断诱惑周围的生物喝下它，使用者必须全神贯注地抗衡这种力量，稍有松懈，就会像做习惯动作般喝下手中的毒药。

几乎是邓恩描述完的同时，克莱恩就已经决定不挑选这件封印物。

2-078被称为"死亡之门"，它的外形就是一扇正常的木门，凡是通过它的生物，都会直接死亡，未有高序列强者参与测试。它具备活着的特性，会一直试图逃跑，并可以变化外形，伪装成原本就存在的那些门。使用者如果出现失误，让它脱离了控制，那就必须小心，不能通过周围任何一扇门，尽量待在原地等待救援，或者直接弄碎墙壁离开。

克莱恩有考虑使用2-078，但反复权衡后，认为神话生物的直觉肯定很敏锐，应该可以分辨哪一扇是"死亡之门"，所以，这件封印物的实战效果不会太好。

最终，他决定挑选2-105。

这件封印物的名称是"血管小偷"，它的外形为一条粗大的、僵化的血管，凡是触碰到它的人，不管有没有保护，都会被偷走生命。最开始并不明显，但如果一直不脱离接触，那半个小时之后，就会有对应的外在表现了。邓恩称，一位序列5的邪教徒支撑了两个小时，从三十多岁的壮汉变成了身体佝偻、皮肤松皱、头发花白而稀疏、牙齿全部掉光的衰老之人。

2-105最大的特点是，佩戴它的人，有机会窃取一定范围内某个目标的一项能力，高序列强者也会被偷，但概率较小。

在封印物能力生效的十分钟内，被窃取者会直接失去对应的能力，佩戴者则可以熟练地使用；十分钟后，该项能力消失，被窃取者要等到第二天才能恢复。

"不管行不行，至少把获胜概率从百分之五提升到了百分之十，而我好歹也是执掌好运的黄黑之王……再说，我们的主要目的只是防患于未然，做最坏的打算，不一定会动手……希望帮手们尽快抵达……"克莱恩停在了值守室外面，不再有任何的犹豫。

对于封印物2-105的负面影响，他并不怎么担心，因为他不打算自己用……他的计划是给伦纳德。他自己有"阳炎符咒"，以及不知道还会不会受压制的"阿兹克铜哨"。

诗人同学，是时候拿出你真正的实力了……克莱恩低语一句，看见了站在值守室门口的西迦·特昂。

这位白发黑瞳、气质沉静的兼职作家沉默了几秒道："你来看守查尼斯门吧。我的实力比你强，经验也比你丰富。"

但你没有"阳炎符咒"……克莱恩笑笑道："女士，我已经序列8了。就算是待在这里，也不会安全，查尼斯门后具备活着特性的封印物们恐怕正蠢蠢欲动。嗯，我们要是失败了，在这里的人肯定也无法幸免。呵呵，我们在上面的目标是拖延时间，等待救援，这或许比留在查尼斯门附近更加安全。"

西迦·特昂缓慢地抿了下嘴唇，郑重地在胸口画了个绯红之月："愿女神庇佑你们。"

因为邓恩来不及书写文件，所以克莱恩无法直接进入查尼斯门，只能看着西迦·特昂推开一道缝隙，闪入里面。

过了几分钟，她的身影出现于门边，左手握着一根苍白染血的粗大血管。

克莱恩探掌接过，顿时感觉身上似乎有微弱的电流在一遍遍游走。

…………

黑荆棘安保公司的接待大厅内，伦纳德已经摆脱了刚才那种僵硬的状态，表情不再有异状，和梅高欧丝说起新发现的兰尔乌斯租住过的房屋。

"是吗？他从来没有告诉过我……"梅高欧丝微微皱眉，做出了相当正常的回答。

说完，她抓了把自己的金发，抓下了满满一把，随手丢进了旁边的垃圾桶。

伦纳德呆了一下，艰难地吞咽了口唾沫，掌心又有冷汗沁出。

…………

左手缠着"血管小偷"的克莱恩，沿着楼梯一步步回到了二层。

他看见幽蓝的煤气灯下，值夜者休息室的门口，穿上了黑色及膝薄风衣的邓恩·史密斯静静站着，眼眸幽邃而灰暗，就像他们"初次"遇见时那样。

"重新认识一下，值夜者，邓恩·史密斯。"

过往的声音闪现于克莱恩的耳畔，他的脑海内忽然又浮现了半趴在科恩黎尸体旁边的邓恩，浮现了对方沾满了鲜血的嘴巴。

他默然几秒，走了过去，抬了下左手道："队长，我挑选的是封印物2-105，我打算给伦纳德用。"

邓恩轻轻颔首，没有问为什么，转而指了下他的办公室道："圣堂发来了电报，说是会立刻组织强者过来，让我们尽量拖延，尽量等待。

"那些巧合，他们还没有给予回应，我想应该是暂时没什么结论，或者处理电报的人并不清楚具体的情况，无从猜测。你知道的，我们得抓紧时间，电报不能写太长。"

"嗯。"克莱恩点了下头，靠近隔断，望向外面道，"情况怎么样了?"

"暂时还没有异常。"邓恩低头看了眼左掌托着的圣者骨灰盒。

见伦纳德与梅高欧丝聊得很好，克莱恩没出去打扰，后退至值夜者娱乐室门口，与邓恩隔着走廊，斜斜相对。

就在这时，邓恩忽然自嘲一笑道："我忘记一件事情了。"

"什么事情?"克莱恩疑惑地回应道。

邓恩侧头望向他道："戴莉让我自己跟你解释。"

"啊?"克莱恩一下愣住，不太明白队长的话语是什么意思。

过了两秒，不等邓恩回答，他突地醒悟过来：戴莉女士未及时回信的原因是她认为没有必要，她直接把事情转达给了队长，让他自己解释。

这，这说明队长没有大问题!

在这危急关头，克莱恩霍然涌起了由衷的喜悦。

邓恩叹了口气道："我当时确实是想支开你，因为我要做的事情涉及教会和值夜者的一个秘密，但科恩黎的死让我的脑袋很混乱，一时只想到了一个蹩脚的理由，让你有机会回来看到。"

"什么秘密?"克莱恩颇感轻松地追问道。

他险些忘记了外面还有疑似邪神子嗣或者神话生物的存在。

邓恩斟酌着语言道："在神秘领域，可能存在一个定律。呵，虽然我读过的书不多，但还是知道定律是什么意思的。这个定律是，非凡特性不灭定律。

"非凡特性不会毁灭，不会减少，只是从一个承载物转移到另一个承载物。"

克莱恩的眼睛一下睁大，旋即恍然，若有所思地反问道："比如说失控非凡者会留下封印物、神奇物品，或者魔药主材料?"

"对。"邓恩郑重地点头，"不只是失控的非凡者……正常的非凡者死亡之后也一样。"

"也一样……"克莱恩咀嚼着邓恩的描述，隐约有点明白队长当时在做什么了。

思绪转动间，他忽地想起了一件事情，那就是燕尾服小丑死亡之后，尸体旁边出现了一个悬浮于半空的、拇指大小的、带着些许蓝色的血球，当时弗莱的解释是非凡者死后总会有些奇怪的变化。

邓恩灰眸幽深地继续说道："但与失控非凡者不同的是，正常死亡的非凡者留下的不再是材料与物品，它，它略等于魔药，对应序列的魔药，只不过缺乏一定的辅助材料。"

略等于魔药……略等于魔药！克莱恩眼眸一缩，脑海之内像是有一道闪电劈过，无穷无尽的黑暗因此被照亮。

他忽然明白了很多事情，明白了在材料断绝的情况下，非凡途径为什么不会跟着断掉。

除了用替代品，还可以简单地依靠对应非凡者的遗骸！这应该也是到了高序列只给成品魔药的原因之一。

还有一个原因是防止配方在占卜和通灵等非凡手段下泄露……克莱恩的脑海内浮现了一个接一个的猜测。

邓恩望了眼值夜者娱乐室的门，嗓音低沉地解释道："好几年前，呃……具体是几年前，我不太记得了。那时候我还不是值夜者小队的队长，偶然发现了这个问题，和刚成为非凡者没多久的戴莉交流后，立刻就向圣堂做了汇报，圣堂让我保密，并给我两个选择。呵呵，这也是我来解释，而不是戴莉解释的原因，谁暴露谁负责。

"第一个选择是装作不知道，就像绝大部分值夜者队长和执事一样，继续由圣堂来安排非凡者正常死亡后的遗物。

"第二是教给我一个特殊的、简单的仪式，以及对应的技巧，让我在一定时间的限制内直接服食掉那些因特性聚集而产生的物品。嗯，这只适用于自身途径，只适用于和自身相等的序列以及更低的序列。

"这会让我的非凡特性增强，实力也能变得更加强大。梦境相关的能力上，我现在不会比对应序列6差多少，这也是我敢于对付雪伦夫人的原因。"

"这样啊……还有这种事情……"克莱恩缓缓吐气道。

他终于明白为什么自己之前想破脑袋都想不到合理的解释，这根本就是因为前置知识欠缺啊，靠脑洞都无法弥补。

嗯，这很符合所谓"特性不灭定律"……一直这么聚集特性，会不会由量变到质变？克莱恩思绪发散地想着。

看了他一眼，邓恩露出一抹苦笑道："我选择了第二种，但不是为了变得更强大。真要强大，尽快消化魔药、获得晋升才是最好最直接的办法。"

"是的。"克莱恩由衷赞同道，"这样聚集同一条途径相等序列或较低序列的特性，在增强实力的同时，恐怕还会提高失控的风险吧？"

邓恩郑重摇头道："并不会，这是正常非凡者遗留的事物，不是失控非凡者。嗯，知道扮演法之后，我又重新审视了一遍，发现这会加大消化的难度。"

"那你为什么还要继续？"克莱恩愕然反问。

邓恩将右手伸入衣兜，想要摸索烟斗，但发现自己将它留在了办公室内。

他自嘲地摇头道："我刚才说过了，我不是为了变得更强大才服食他们的遗物。"

说到这里，他顿了一下，目光有些失去焦距地望向对面染上了幽蓝色泽的煤气灯光芒，低沉地说道："他们都是我的同伴……我们一起经历过很多事情，一起对付过黑暗里的怪物和疯狂的邪教徒，有人救过我，我也救过他们之中的不少人。我们行走于安静的夜晚，我们战斗在大众看不到的地方，我们对抗着危险，我们彼此守护着对方的后背。我很舍不得他们。

"我记得小伊特第一次经历危险的任务后，吓得当场崩溃，哭了起来；我记得阿德莱德，呵，他是罗珊的父亲，他曾经用手臂帮我挡住了一个邪恶的诅咒；我记得道恩是个拥有晨曦般温暖气质的姑娘，总是默默记录着大家经历的事情；我记得科恩黎虽然个子不高，但却会很多东西，会弹七弦琴，会唱歌，会讲故事，比伦纳德更像一个诗人……我很舍不得他们。

"我希望和他们继续并肩战斗，一起对抗黑暗里的怪物，一切处决那些疯狂的邪教徒，一起守护廷根市，所以，我选择了服食他们遗留的事物。"

邓恩的灰眸似有光芒在闪烁，他的稳重和他的深沉在这一刻瓦解了不少。

他嘴角微微上翘地继续说道："在我的梦里，他们依然和我在一起。阿德莱德喜欢阅读，总是待在日晒屋里看书，他每次都让我去管教罗珊，让她快点成熟，以至于罗珊总是抱怨我怎么越来越像他爸爸，总是很害怕我；小伊特是个闲不住的人，每天都要去森林里打猎；道恩总是站在她卧室的窗口，看着我们聊天；刚加入的科恩黎自己制作了一把七弦琴，在那里自弹自唱……我很舍不得他们。"

"队长……"克莱恩下意识脱口低语，他差点视线模糊，忍不住抬手抹了抹眼睛，在心里暗骂了一句：我靠，队长你是在骗我眼泪啊……

但我总算明白队长你的扮演法进度缓慢的原因了……克莱恩无声叹了口气。

"很可惜，老尼尔是失控死掉的，要不然他会给我们带来很多欢乐。"邓恩收回视线，低头捏了下两眼之间的位置。

过了几秒，他抬起脑袋，苦涩地笑道："这是一个自私的决定。我并不知道阿德莱德、科恩黎他们的真实意愿是什么，就自私地替他们下了决定。我真是一个自私的人。"

"不……"克莱恩猛地摇头道。

接待大厅的沙发区域，伦纳德看着梅高欧丝抓下了一把又一把的头发，看得表情再次僵硬。

梅高欧丝略显烦躁地不断端起杯子喝水，脸庞隐有点扭曲地望向伦纳德道："不知道为什么，我忽然有些不舒服。"

伦纳德·米切尔正待回答，突然看见梅高欧丝抬手抓向了她自己的脸庞，唰的一声抓下了一块肉，长条的肉，沾满了鲜血的肉。

"我的脸庞有些痒。"梅高欧丝不好意思地笑了笑，嘴角一直咧到了颧骨位置，露出了里面白森森的牙齿和鲜红色的牙龈。

××××！伦纳德无声爆了句粗口，感觉这状况恶化得太快了。

他嘴唇翕动着，侧头倾听了一下，表情忽然变色，面上一片铁青。他勉强挤出笑容，对不断抓着脸庞、不断抓下血肉的梅高欧丝道："我去趟盥洗室。"

"好……的……"梅高欧丝的语气变得有些飘忽，她摸着自己的肚子道，"我的……孩子……有些不安……"

伦纳德没再回应，加快脚步，靠近隔断。

进入走廊后，他深深望了眼邓恩·史密斯托着的圣者骨灰盒，无奈地吐了口气。接着，他表情变得坚毅，道："队长，恐怕来不及了，我们必须立刻解决梅高欧丝和她肚子里的婴儿，要不然整个廷根市都会遭受巨大损失。这不是让周围的民众撤离就能避免的事情，我知道你刚才已经拍了这样的电报。"

邓恩微皱眉头，异常严肃地问道："你确定状况已经恶化到了这种程度？"

"是的，不超过三分钟，梅高欧丝就会异变，她的孩子会提前降生。"伦纳德以肯定的口吻回答道。

说话的同时，他瞄了眼克莱恩手上缠绕的粗大血管，沉声说道："封印物2-105？给我使用吧，我能更好地发挥它的作用。"

"好。"克莱恩没有一点犹豫地将"血管小偷"交给了伦纳德。

这本来就是他预备做的事情。

就在这时，邓恩·史密斯扯了下领口，拍了拍黑色薄风衣，态度坚定地开口道："我先带着圣赛琳娜的骨灰出去，你们过十秒钟，记住，默数十下再出来战斗。到时候，无论我的状况是好是坏，你们都不能浪费时间，对准梅高欧丝和她肚子里的婴儿，做出你们最强有力的攻击。"

说完，他转了过去，托着骨灰盒，身形挺拔地走向了隔断位置。

"队长……"克莱恩嘴唇发干地喊了一声。

"队长。"伦纳德也低沉喊道。

邓恩停住脚步，回过头来，表情温和，嗓音浑厚地说道："不要担心我，我不是一个人，阿德莱德、道恩、小伊特、科恩黎他们在和我并肩战斗，不管面对什么样的危险。"

他顿了一下，灰眸和蔼地望着克莱恩和伦纳德两人道："也不要紧张，我们是在守护廷根市。"

他的嘴角勾起，露出了和往常没有任何区别的笑容。

说完这句，他不再停留，视线投向外面，脚步坚定地通过了隔断，只有那黑色的及膝风衣微微后扬。

"队长！"克莱恩和伦纳德同时又喊出了声，止不住地流下了眼泪，可邓恩没有半点的迟缓。

我们是一群时刻对抗着危险和疯狂的可怜虫，但我们更是守护者。

嘀嘀嘀！队长办公室内的收发报机忽生动静，似乎即将有新的电报出现，但克莱恩和伦纳德已分不出半点注意，他们正红着眼睛，默数着秒针的跳动。

"十。

"九。

"八。

"……"

这个时候，邓恩·史密斯左手托着似银制如骨头的方形盒子，表情凝重地进入了接待大厅。

正不断扯下一把把金发、抓出一道道深可见骨的血痕的梅高欧丝像是受到了什么刺激一般，猛然站了起来，抬手指向身穿黑色薄风衣的邓恩·史密斯，尖厉地喊叫道："你想害死我的孩子！你想害死我的孩子！"

砰！在这尖锐到可怕的声音回荡之时，克莱恩就像被铁锤重重砸了一下脑袋，霍然忘记了默数，又头疼又眩晕。他的眼前刹那染上了一片血红，鼻端似有什么液体正止不住地流出。

下意识侧头望了一眼，他看见伦纳德·米切尔眼角、鼻端、嘴边尽是鲜血，脸庞苍白到了极点，身体摇摇晃晃，像要跌倒。

我好像也是这样……克莱恩猛地收回思绪，从断点继续默数，主动跳了两秒：

"五。

"四。

"……"

尖锐到可怕的声音里，邓恩·史密斯幽邃的灰眸内布满了红丝，每一条都清晰可见。他脸上的血管也凸显了出来，一根一根如同毒蛇，耳朵内则有汩汩赤水流淌而出。

但他并没有因此而眩晕，他的右手仅是顿了一秒，就在强大意志力的驱使下按住了圣赛琳娜的骨灰盒，揭开了盖子。

里面是深沉到了极点的黑暗，黑暗中有一粒粒璀璨的细沙，这幅场景如梦幻般美丽，就像夜晚的星空被装进了盒子。

四周霍然变暗，幽深笼罩了整个接待大厅，空气里随之荡起无数黑色的、冰冷的、滑腻的细丝。

它们涌向了梅高欧丝，几乎瞬间就将她缠绕包裹起来。

这不像是蛛丝，更如同某个不知名生物的一根根触手！

梅高欧丝右边的眼球早被自己抓了下去，连着染血的系带，挂在眼眶下面。她怒视着邓恩·史密斯，大声喊叫道："你必须死！"

砰！邓恩被无形的力量抛飞，狠狠撞在了对面的墙上，撞得墙面开裂、砖块纷飞。

他噗地吐出了一口鲜血，但双手依然捧着圣赛琳娜的骨灰盒，死死捧着，没让它掉落在地上。

那黑色的、冰冷的、滑腻的无数细丝越收越紧，将梅高欧丝牢牢束缚在了原地，不管是突然腾起的染着"霉斑"的火焰，还是梅高欧丝皮肤表面分泌出的充满亵渎意味的液体，都无法对它造成丝毫伤害。

"三！

"二！

"一！"

克莱恩和伦纳德同时冲出了隔断，一个手握温暖的、薄薄的金片，一个已将"血管小偷"缠绕在左腕，对准梅高欧丝张开了五根手指。

几乎不再像个人类的梅高欧丝正竭力挣扎，左右肩膀各有血肉凸起，它们混杂着血管和青筋，圆滚滚的，像是小孩的脑袋。

这两个"脑袋"之上，有裂痕在飞快蔓延，似乎即将变成眼睛。

梅高欧丝忽地察觉到了危险，大张嘴巴，让嘴角一直裂到了耳根处。她要以"亵渎之语"诅咒面前每一个想要伤害她孩子的敌人！

就在这时，伦纳德左手五指猛然合拢，腕部跟着旋转了半圈。他苍白的脸庞涨成了肝脏的颜色，上面的血管随之凸显，像是一条条细小的毒虫。

"……"梅高欧丝的"亵渎之语"卡在了喉咙里，戛然而止。

她似乎一下失去了语言的能力，失去了诅咒别人的能力。

克莱恩抓住这个机会，低沉开口，吐出了一个古赫密斯语单词："光！"

我要光，就有光！

他顿觉掌中布满神秘花纹的薄薄金片变得滚烫，看见它散发出刺目的光芒，就像是化身成了一轮小太阳。

紧接着，克莱恩将大半灵性灌入，往被禁锢住的梅高欧丝扔出了这枚"阳炎符咒"！

接待大厅一下透亮，幽深与昏暗同时消失，缠绕着梅高欧丝的那根根黑色细线霍地回缩，仿佛在本能地躲避着什么。

可梅高欧丝还未获得自由，就看见了阳光。

黑荆棘安保公司的天花板上不知什么时候已破出一个大洞，这大洞贯通了三楼的屋顶，让蔚蓝的天空与灼目的太阳同时照了进来。

那枚黄金薄片在梅高欧丝的头顶与阳光融合在了一起，旋即膨胀开来，于原地点亮了一个光球，四周缭绕着无数火焰的光球。

轰隆！整栋房屋剧烈摇晃，附近街道的玻璃全部碎裂。

然而，光球的威力集中在了核心位置，并没有散逸多少。它包裹着梅高欧丝，光芒刺得克莱恩、邓恩和伦纳德三人睁不开眼睛。

强忍着泪水，克莱恩眯眼望去，只见光芒已经消散，火焰仍在腾飞，而它们之中有诸多黑色的灰烬在盘旋飞舞。

梅高欧丝和她肚子里的婴儿没有了痕迹，就像那片区域的茶几、水杯、报纸与组合沙发一样。

解决了？抢在那个疑似邪神子嗣的婴儿真正成型、降生于现实世界之前，解决掉祂和祂的母亲了？

克莱恩一时还有些不敢相信。就他玩游戏的经验来说，这种大BOSS哪有那么轻松就能搞定！

突然，他的汗毛全部竖起，"小丑"的预感告诉他有极其强烈的危险即将来临！

顾不得思考，克莱恩猛地向着左侧翻滚了出去。

就在这时，一把手臂长短、异常锋利的白色骨刀不知从什么地方劈了出来，浮现于半空之中，有种异常妖异的美感，它的速度是如此快，它的姿态是如此难以躲避。

唰！

克莱恩的右胸衣物被分成了两半，他的皮肤被分成了两半，他的血肉被分成了两半，他的骨头也被分成了两半！

这道伤口深得几乎能看见他的肺部。

要不是他提前察觉危险，及时闪避，这一刀就能让他整个人都变成两半，惨死当场！

可就算是这样，克莱恩也出现了停滞，剧烈的疼痛塞满了他的脑袋，驱赶了他的思维。

白色骨刀的末端，一道身影飞快勾勒了出来，如果不是高高凸起的肚子，恐怕已没人能辨认出她是梅高欧丝。

她的头发和衣裙被烧得干干净净，脸庞和身体的皮肤全部焦黑，正一块一块地往下脱落；她的鼻子被熔化了，原本的位置只剩下两个黑色小洞；她的眼球不知所终，凹陷的地方有淡白色的火焰在跳跃。

梅高欧丝两边肩膀上凸出的"脑袋"也被烧掉了，她的左臂变成了她手里握着的那把白色骨刀，妖异又圣洁。

哐当！

地板摇晃中，梅高欧丝无视着邓恩，无视着伦纳德，无视着重又卷来的那根根黑色的、冰冷的、滑腻的细丝，以闪现的姿态来到翻滚动作停滞的克莱恩面前，手中白色的骨刀对准克莱恩的脖子，即将斩出。

忽然间，她听见了一道蕴含着强烈亵渎意味的声音：

"屈服！"

伦纳德左手抬起，用掌心锁定了梅高欧丝，腕部缠绕的封印物2-105从粗大的、苍白的、染着红色的血管变成了暗红色的、鼓胀到快要崩裂的"肠子"。

他刚才借助"血管小偷"，成功窃取了梅高欧丝的"亵渎之言"，如今则试图以对方的能力控制对方！

也只有层次相等的能力，才可以产生作用！

被"亵渎之言"影响的梅高欧丝腰部微弯，双腿膝盖不断打战，动作停顿了下来。周围的无数黑丝就像发现了美味的猎物，纷纷涌了上去，克莱恩也抓住机会，翻滚到另一个方向，留下了一路赤红的鲜血。

不过，他也从剧痛里缓和了下来，手掌探入衣兜，拿出了最后那枚"阳炎符咒"。

趁梅高欧丝又被控制，彻底解决她！如果被她撑到"婴儿"成功降生，那后果不堪设想！

砰！

梅高欧丝的脑袋自行爆炸了，焦黑的皮肤与血肉四散纷飞，但她那具无头的身体却借此摆脱了"亵渎之言"的影响！

砰！梅高欧丝焦黑的身体化作一枚炮弹，高速撞向了伦纳德，而由于"亵渎之言"被强行破坏，伦纳德竟短暂地僵硬在了原地。

这个时候，邓恩·史密斯依旧紧紧捧着圣赛琳娜的骨灰盒，脸庞异常苍白，被制造出来的那一根根冰凉黑线还差一点才能合围，即将染黑周围所有的空间。

哐当!

梅高欧丝撞在了伦纳德身上,将他撞到了墙上,将墙壁撞得轰然坍塌,撞得伦纳德根根骨头开裂,口中不断溢血,连挣扎的动作都没有就直接昏迷了过去。

梅高欧丝举起了白色的骨刀,但从圣赛琳娜骨灰盒里蔓延出来的那无数黑线又包裹了过来,要将她紧紧缠住,禁锢在原地。

克莱恩没时间在意自己的伤势,掏出了那枚薄薄的金片。

就在他要诵念古赫密斯文咒语时,幽深、昏暗、宁静的房间内忽然响起了一道突兀的声音:"哇!"

那是婴儿的啼哭。

梅高欧丝肚子里的婴儿发出了啼哭的声音,蠕动着想要降生,想要帮助母亲摆脱困境。

那一根根黑色的、冰冷的、滑腻的细线像是受到了惊吓,又仿佛被无形的力量揪住,纷纷往后倒退。

"哇!"

邓恩和克莱恩同时出现了明显的眩晕,喉咙自行收紧,气管不断压缩,呼吸瞬间变得艰难。

他们的鼻端、他们的眼角、他们的耳畔都往下滴落着赤红,所有的毛细血管仿佛都裂了开来。

要不是克莱恩在进入灰雾之前总会经受呓语和嘶吼的考验,要不是邓恩手捧着圣赛琳娜的骨灰,他们肯定已经晕厥了过去,就像伦纳德·米切尔一样。

梅高欧丝那具无头的身体转了过来,正对着克莱恩,烧焦到一块块掉落的皮肤血肉和又圣洁又妖异的白色骨刀清晰映入了克莱恩的眼眸。

刚依靠丰富经验摆脱影响的克莱恩顿时头皮一麻,忘记了右胸的伤痛,似乎已经看见对方以闪现的姿态疯狂扑来,根本不给自己诵念咒文、灌注灵性、扔出"阳炎符咒"的机会。

就在他要翻滚躲避的时候,克莱恩看见梅高欧丝突然停滞,看见邓恩·史密斯的黑色风衣向后飘扬起来,看见斜前方的队长埋下了脑袋,背部凸显出一道又一道粗大的、蠕动的条形事物,就像下面藏着毒蛇、藏着触手、藏着怪物!

邓恩正在使用自己的"梦魇"能力强行干扰梅高欧丝。

砰!砰!砰!

梅高欧丝只是一个挣扎,邓恩身上凸显出的那一道道粗大条形事物就同时炸开了!大量的鲜红的血液飞溅出来,暴雨般洒向了周围每个角落。

对于这个结果,脸色苍白的邓恩并没有沮丧,因为那些血液被圣赛琳娜骨灰制造的根根黑色细线吸收了！

吸收了！

那无数冰冷的、滑腻的、触手般的细线一下变得狂暴，改退为进，反涌了上去，牢牢缠住了梅高欧丝，缠住了她高高凸起的、开始蠕动的腹部。

机会！

克莱恩又是紧张又是欣喜，喉咙里已酝酿出了"光"对应的古赫密斯语单词。

"哇！哇！哇！"

婴儿的啼哭又一次响起，比刚才更加连绵，比刚才更加急促！

黑色的、数不清的、近乎无形的细线忽然一顿，像是遭遇了雷劈，不断颤抖，哆嗦着往回收。

邓恩望着这一幕，发现梅高欧丝即将脱困，他脸上的表情变幻了一下，几乎没半点犹豫地收回右手，张开五指，噗的一声插入了自己的胸膛，左边胸膛！

他的右手迅速抽出来，上面染满了血液，五指紧握着一颗带着夜晚安宁和梦境多变的感觉的心脏，一颗还在收缩和膨胀的心脏！

队长……克莱恩眼睁睁看着邓恩·史密斯将右手握着的心脏塞入了圣赛琳娜的骨灰盒，他的视线飞快模糊。

呜！呜！呜！如同夜深时的梦魇声音的哭泣响起，那数不清的黑色细线带着异常冰冷和沉静的感觉重新收紧，牢牢地、死死地禁锢住了梅高欧丝！

哪怕又有一声婴儿的啼哭从梅高欧丝的肚子里传出，它们也没有任何松动，甚至将这可怕的声音锁在了自身包裹之内！

克莱恩的眼泪混杂着鲜红血液一滴滴滑落，口中低沉地吐出了一个古赫密斯语单词：

"光！"

照亮黑暗的光！带来温暖的光！

他残余的灵性几乎全部灌入了那刻满神秘花纹的薄薄金片，脑袋顿时又空洞又眩晕。

鼓起最后的力气，克莱恩扔出了"阳炎符咒"，扔向了被无数黑色细线禁锢着的梅高欧丝。

这一次，那些黑线没有提前退缩，不再遵循本能，像是得到了某个意志的指使。

扑通！扑通！

圣赛琳娜的骨灰盒内，邓恩那颗鲜红的心脏还在不断跳动。

阳光再一次穿透了天花板上那个大洞，穿透了整个三楼，照进了黑荆棘安保公司，几乎凝成了实质的柱体。

它受到"阳炎符咒"的牵引，反射向梅高欧丝。

两者于无头怪物的上方融合，像是一轮太阳般爆发了！

轰隆！

炽白的光华里，克莱恩闭上了眼睛，脑海内铭刻下了最后的那幅画面——

梅高欧丝失去了左臂、失去了脑袋、失去了许多血肉的焦黑身躯瞬间瓦解，里面那个半虚幻半真实的可怕事物不再有现实的凭依，无法完成转化的最后一步，不甘地、愤怒地化作黑气，消融在了光芒与火焰里。

轰隆隆！

整栋房屋都在剧烈摇晃，但这仅仅是"阳炎符咒"散逸出去的些许余波。

和正常的炸弹不同，它的力量凝聚而收束！

克莱恩勉强稳住身形，于几秒后睁开眼睛望向前方。

他看见一面面墙壁垮塌；

他看见梅高欧丝站立的地方有一圈焦黑，地板竟然只熔化了一半；

他看见那里摆放着一截染血的、蜷缩的、有火烧痕迹的脐带；

他看见邓恩·史密斯身穿黑色薄风衣的身影依旧站在原地，看见圣赛琳娜骨灰盒内的心脏还在缓慢跳动，看见伦纳德·米切尔不知是死是活地躺在对面。

高度疲惫的克莱恩心中一喜，感觉似乎还能用仪式魔法抢救一下队长，感觉梅高欧丝和她肚子里的婴儿真正被解决了……不，后者更接近于被打断，被驱除。

这时，邓恩·史密斯侧过头来，望向克莱恩，苍白的脸上带着温和而轻松的笑容，嗓音一如既往地浑厚："我们拯救了廷根。"

说完之后，他就像回到了二十岁那年，不再那么沉稳、不再那么正经地对克莱恩挤了下左眼。

克莱恩的表情凝固在了脸上，他看见圣赛琳娜骨灰盒内的那颗心脏停止了跳动，化作璀璨的光点，消散于四周，看见队长的身体往后仰倒，双手松了开来。

这一切就像由一幅幅画面构成，但又让人无法阻止。

咚！圣赛琳娜的骨灰盒落在了地上，就像克莱恩的心脏一样。

咕噜！咕噜！这个盒子翻滚着，滚向了克莱恩。虽然骨灰盒未曾盖上，但里面幽深的黑暗封锁了出口，细沙般的粒粒璀璨没有洒落半点。

邓恩·史密斯倒在了破烂的地面上，幽邃的灰眸失去了全部神采，正对着有阳光洒入的那个破洞。

队长！

克莱恩的视线再次模糊，想要呼喊出声，但那个单词和后续的话语却卡在了喉咙里。

我们也舍不得你啊……

这个时候，圣赛琳娜的骨灰盒滚到了他的脚边。

突然，克莱恩胸口一痛，瞳孔紧缩，整个人一下定在了原地。

他埋下脑袋，怔怔看见一只略显苍白的手从自己的左胸位置穿透出来，上面染满了鲜血。

梅高欧丝还没死……不，新的敌人……那个幕后黑手……我要死了吗……

克莱恩的思绪飞快涣散，眼神几乎失去了焦距，身体则往侧方软倒。

他的呼吸渐渐停顿，最后只感觉到那手掌猛地往后抽回，只看见了一双锃亮的皮靴和一只下探的手，略显苍白的手。

它握住了圣赛琳娜的骨灰盒。

眼前一片黑暗，克莱恩失去了全部的知觉。

…………

变成废墟的黑荆棘安保公司内到处是烧灼的痕迹和破碎的事物，但没有一点声音，就像一座坟墓。

过了几分钟，伦纳德·米切尔的身体动弹了一下，眼睛缓慢睁开。

他艰难地直起身体，望向四周，看见了倒在地上的邓恩·史密斯，看见了眼睛大睁、凝固着惊愕的克莱恩，两者的左胸都有明显的伤口。

不……

伦纳德的喉咙里挤出了一个单词，他踉踉跄跄、半爬半走地来到邓恩附近，来到克莱恩的尸体旁边。

他不断地验证着，不断地在两者间来回，但最终还是只能接受那无法改变的结果。

伦纳德双腿一软，跪在了原地，碧绿的眼睛内满是痛苦，一滴又一滴的泪水划过了他的脸庞，洗掉了血污，洗掉了灰尘。

他侧耳倾听了两秒，忽然半趴下去，怒吼一声，握紧拳头，重重捶向了地板。

咚！咚！咚！

伦纳德不断流泪，不断捶着地板，悲痛里多了明显的仇恨意味，多了明显的自我嫌弃感。

哒哒哒，快速奔跑的上楼声音传来，伦纳德抬起脑袋，用模糊的视线看见了刚赶到的代罚者和机械之心成员。

第十四章

CHAPTER 14

✦ **廷根市的故事** ✦

廷根郊外，一栋有着青碧草坪的房屋。

它有着在九月初就开始凋敝的花园，有着暗红色的烟囱。房屋的卧室窗户下方摆着一张书桌，书桌上面摊着一本普普通通的笔记。

一只略显苍白的手将笔记翻到了最初那页，然后不断地快速后翻。

伴随着纸张的哗啦之声，那一行行文字隐约呈现。

密修会成员瑞金斯因为疲惫和幻觉的双重影响，误将安提哥努斯家族笔记当作一般的古籍卖了出去，这是一个符合逻辑的巧合。

受到安提哥努斯家族血脉的呼唤，笔记悄然影响着它的一位位主人，辗转来到廷根，落到了极光会成员西里斯·阿瑞匹斯和海纳斯·凡森特手中。

翻完笔记暂时呈现的内容并抄录好对应的魔药配方后，西里斯和海纳斯都担心擅长占卜的密修会追踪到自己身上，他们经过商量，决定不承担这个风险，将笔记转卖给他人。

他们并没有等待Z先生的回复，这或许是因为对方居住在恩马特港的缘故。

通过西里斯的介绍，海纳斯认识了霍伊大学历史系学生韦尔奇·麦格文，把安提哥努斯家族笔记当作普通古籍卖给了对方。

之后，西里斯被霍纳奇斯主峰可能存在的宝藏吸引，开始出入德维尔图书馆，翻看相应的资料，并不认为有什么问题地留下了自己真实的住址和姓名。这很符合他的性格。

就是在这个过程里，他认识了翻看铁矿资料、试图开展诈骗行动的兰尔乌斯。

兰尔乌斯暗藏的疯狂和狡诈，让西里斯非常欣赏，他决定发展对方成为极光会的成员。当然，在此之前，考查是不可避免的事情。

西里斯隐蔽地将祈求真实造物主降下子嗣的邪恶仪式透露给了兰尔乌斯，但他知道对方成功的可能性很低，因为这个仪式的难度非常高，需要的条件相当苛刻。而后者表示了强烈的兴趣，对因此可能获得的神灵奖赏异常心动，在筹建钢铁公司的同时计划着完成这个仪式。

狡诈的兰尔乌斯看出西里斯·阿瑞匹斯有问题，但他为了自身的目的，没有揭穿对方。

兰尔乌斯再次探访了疯人院内的胡德·欧根。他们早就认识，知道彼此的一些情况。

一场黑占卜后，安提哥努斯家族笔记的力量被彻底唤醒，韦尔奇和他的同学死了，幸存者克莱恩·莫雷蒂在笔记驱使下，将它送到了瑞尔·比伯的家里，这是注定的结局。

（以下涂花了许多行，接着又有新的内容。）

令人不解且缺乏足够理由的是，克莱恩之后并未自杀，而是成功活了下来。通过韦尔奇的案子，他认识了邓恩·史密斯，加入了值夜者小队。

这虽然超出了因斯·赞格威尔的描述，但似乎并不影响故事的发展。

巴库斯和他的兄弟们运气转坏，在赌桌上输光了最后一个筹码，欠下了非常多的债务，他们决定去弄一笔钱，决定绑架勒索某位富商。他们选择最后的藏身点时，巧合地看中了瑞尔·比伯家对面的房间。

这个时候，瑞尔·比伯已经被安提哥努斯家族笔记的力量吸引，希望消化掉先祖们的馈赠。

但是，被冲晕了头、处于半疯狂状态的他没能做出最好、最安全的选择，他抛弃了死亡的母亲，可依然留在了廷根市，只是找了个更加隐蔽的地方举行消化仪式。真是可悲啊，如果他能稍微聪明一点，这个故事将变得更加复杂，但他的选择同样符合他当时的状态和隐含的逻辑。

巴库斯等人购买了武器，以烟草商人维克罗尔的小儿子艾略特为目标。最终，他们成功实施了绑架，将艾略特带回了瑞尔·比伯家的对面，维克罗尔的老管家刻利接受主人的委托，开始寻求安保公司的帮助。

由于韦尔奇死亡案的影响，安保公司和私家侦探行业的人手出现紧张，刻利偶然间遇到了一位送餐的服务生，巧合地知道了黑荆棘安保公司的存在。

伦纳德·米切尔和克莱恩接受了委托，依靠非凡者的能力，迅速解救了艾略特，让人遗憾的是，克莱恩没能立刻发现对面藏着安提哥努斯家族笔记的线索。

不过，他的灵性在梦里提醒了他，廷根市值夜者小队获得了相应的线索。

…………

封印物2-049抵达了廷根，借助这个安提哥努斯家族的木偶，邓恩·史密斯率领值夜者们找到了瑞尔·比伯，打断了他的消化进程。

瑞尔·比伯变成了怪物，场面一度失控。最终，配合娴熟的值夜者们解决了怪物比伯，但他们立刻又要面对密修会成员的袭击了。

（又有许多行被涂花，难以看清原本的内容。）

身藏秘密的伦纳德正要让事情没有疑点地结束，本该死亡的克莱恩又一次让人无法理解地干掉了序列7的密修会成员。

这没有影响故事的发展，邓恩·史密斯接触到了安提哥努斯家族的笔记，翻看了它的内容，被隐蔽地污染了一点！

…………

完成各方面准备的兰尔乌斯蛊惑了胡德·欧根，让他帮助自己举行仪式，用骗来的未婚妻梅高欧丝为载体，孕育真实造物主的子嗣。

兰尔乌斯几乎没有成功的可能性。最严重的问题是，即使有仪式力量的保护，梅高欧丝也无法承受与神灵虚幻投影的交合，她会死在祭台上。

这个时候，好心的因斯·赞格威尔暗中帮助了兰尔乌斯，他将搜集到的死神后裔的特性分出一半，提前植入了梅高欧丝的身体。

胡德·欧根让梅高欧丝进入了半昏迷的状态，让她将真实造物主的虚幻投影当作了兰尔乌斯，在工厂区那日夜累积的怨念的滋润下，在那实质般的昏暗和压抑的催化下，仪式成功了，梅高欧丝怀上了真实造物主的子嗣。这位神灵看出了事情的巧合，但希望突破七神封锁的祂并没有拒绝。

胡德·欧根受到了感染。

仪式成功之后，疯狂的兰尔乌斯恢复了理智。他非常清楚地知道，如果神灵的子嗣真正降生在现实世界，那他将成为祭品之一。凡人又怎么可能成为神灵子嗣的父亲？这是极大的亵渎！

兰尔乌斯决定提前离开廷根，并把这个"炸弹"相关的事情告诉值夜者、代罚者和机械之心，让他们为自己解决后患。疯狂总是要付出代价的。

不过兰尔乌斯并没有直接写信给那些非凡者小队的成员，他认为这会让自己像个蠢货。

他决定把信留在他租住的某个屋子内，假装在和官方非凡者玩一场游戏，为此他没有提醒胡德·欧根注意被感染的问题，同时带走了所有的收获。

为了保险，他还以安全的方式把情况告知了西里斯·阿瑞匹斯，后者不太相信，但又感觉到了成功的可能性。

…………

赛琳娜·伍德偶然而巧合地从她的神秘学老师海纳斯·凡森特那里看到了魔镜占卜的真正咒文。

她大胆的尝试恰好遇上了克莱恩·莫雷蒂，后者成功解决了这起可能造成重大伤亡的超凡案件。

值夜者小队借此查到了海纳斯·凡森特，但这位极光会成员刚受到奖赏，所以，邓恩·史密斯巧合地在他的梦里看见了真实造物主的清晰形象，受到了巨大的伤害。

不过他并没有因此而受到感染，这会被值夜者的高层察觉。

这次受伤让邓恩·史密斯被安提哥努斯家族笔记隐秘造成的感染进一步加重，恍惚和遗漏的症状更加明显，他将一步一步满足因斯·赞格威尔的要求。

（又有很多行被划掉。）

真是让人难以置信啊！克莱恩·莫雷蒂察觉到了因斯·赞格威尔暗中的影响，看到了那个暗红的烟囱。

这……这是因为霍伊大学历史系教员阿兹克的提醒。他身上藏着许多秘密。

可就算这样，克莱恩能发现具体的线索，也是足够惊奇、无法解释的事情。

不管理由是什么，因斯·赞格威尔并没有停止自己的行动，故事还在继续。

克莱恩在图书馆偶遇了西里斯，无法留手地杀掉了对方，于是兰尔乌斯那件事情的线索断掉了一半，问题的发现被延迟、被推后了。

…………

克莱恩遇到了梅高欧丝，但灵性阻止了他的查看，而他事后并未察觉那微妙的异常。这很符合逻辑，我们的故事并不是胡编乱造的。

他搜集到了红烟囱的资料，但他总是会挑选不包含目标的路线，也许等到两三个月以后，等到最后一批，他才能发现真正的红烟囱房屋。

（一行又一行的文字被涂掉，比前面加起来还多。）

邓恩·史密斯的情况得到了缓解！他的状况正在明显地好转！他竟然掌握了扮演法！

而这是克莱恩·莫雷蒂教导给他的，克莱恩从戴莉·西蒙妮和老尼尔的例子里找到了灵感。

不，因斯·赞格威尔并不相信，但他只能稍微改变原定的计划。

故事又有了新的波澜。

阿兹克为了寻找过去的记忆，决定前往贝克兰德。

没用太久，克莱恩和邓恩从胡德·欧根那里得到了线索。

…………

雪伦夫人为了让廷根市的保守党和新党彻底对立，为了让变化身体后一点点累积的疯狂得到发泄，决定冒险干掉约翰·梅纳德议员。

她的理由不够充分，她的动机不够强烈，但她还是行动了。每个人都有不够清醒的时候，她正处于这样的阶段，而且她对不被发现有着充足的信心。

梅纳德议员的夫人通过烟草商维克罗尔找到了黑荆棘安保公司，他们没有辜负委托，很快就发现了雪伦夫人的异常之处。

有着接近序列6实力的邓恩·史密斯决定主动出击，并将封印物3-0217交给科恩黎使用。

他们两人和克莱恩一起重返雪伦夫人那里，邓恩试图以远程拖人入梦的办法控制目标。

这没有什么问题，但很不幸，雪伦夫人正巧将原初魔女的神像放在旁边。

于是，值夜者们的计划失败了，紧张之下的科恩黎照到了自己，看到了镜中的自己。

雪伦夫人被解决了，科恩黎也死亡了，邓恩非常自责，并按照惯例服食了科恩黎遗留的非凡特性。他的消化进程因此被打断，出现了停滞，精神状态变得相当不稳定。

在这样的情况下，伦纳德和克莱恩发现了兰尔乌斯遗留的信。

梅高欧丝则受到莫名的召唤，来到佐特兰街，进入了黑荆棘安保公司。她肚子里的婴儿正处于关键时期，未能阻止她的冲动。

邓恩做出了详细的、正确的安排，但他做错了一件事情。

如果他下定决心立刻解决梅高欧丝，那就最好把对方引入查尼斯门后，借助环境和物品的优势进行战斗；如果他打算等待帮手，那就绝对不能将圣赛琳娜的骨灰拿出来。

可惜的是，因最近的事情状态不好、精神恍惚的邓恩情急之下没能想到至关重要的一点——神灵的子嗣能察觉到圣者骨灰的威胁。于是，后者受到了刺激，开始不顾一切地汲取母体力量，试图提前降生，即使那不算真正的成熟。

阿兹克身在贝克兰德，并不是"旅法师"的他很难在那么短时间内赶回来。

（涂掉了几行。）

梅高欧丝变成了怪物，战斗开始了。

在圣者骨灰、"血管小偷"和离奇出现的高级符咒的帮助下，梅高欧丝死亡了，神灵的子嗣被驱除了，邓恩·史密斯因此死亡，圣赛琳娜骨灰的力量也受到了严重创伤，这完美符合因斯·赞格威尔的想法。

因斯·赞格威尔没能获得表现的机会，但这不妨碍他完成目的。

他杀掉了克莱恩·莫雷蒂这个总是让他的计划出现问题的家伙，拿走了圣赛琳娜的骨灰。

因斯·赞格威尔以剩余的死神后裔特性布置仪式，服食下圣赛琳娜的骨灰，成功从"死神"途径的序列5"看门人"晋升为"黑夜"途径的序列4"守夜人"，由此获得神性，成为半神半人的强者。

太阳依旧照耀大地，廷根市几乎所有人都没察觉到他们幸运地躲过了一场巨大的灾难，"怪物"阿德米索尔对此会非常不解。

笔记翻到了最后一页，发色暗金、眼睛瞎了一只、瞳孔深蓝近黑、鼻梁高挺、嘴唇紧抿、五官深刻如同雕像、面部没有丝毫皱纹的中年男子，用略显苍白的手掌郑重地拿起一支古典的羽毛笔，没蘸墨水却清晰地写出了文字。

他简简单单落下了一句话：

廷根市的故事到此结束。

哗啦啦……纸张飞快翻动，书稿啪地合拢，只剩下棕色的封皮朝外。

The story of Tingen ended.

第十五章
CHAPTER 15

✦ 葬礼 ✦

圣赛琳娜教堂的地底，查尼斯门外的看守室内。

伦纳德·米切尔后靠住椅背，双腿抬起，搁在桌缘，眼神空空洞洞的，没有焦距。

即使经过了仪式魔法的治疗，他的脸色依旧非常差，就像重病刚得到缓解但还没开始好转一样。

此时此刻，圣堂派来的强者正在重新布置查尼斯门后的封印。因为圣赛琳娜骨灰的丢失，他们的意见出现了矛盾，有人希望用新的圣物来弥补缺少的力量，有人认为没必要这么麻烦，毕竟对整个黑夜女神教会来说，圣物都是非常稀少非常珍贵的。他们提出的想法是，降低廷根市值夜者小队的定位，把这里具备活着的特性或封印存在困难的物品转移到总部宁静教堂或贝克兰德教区去，只留下容易看管的部分。

他们打算拍发电报，请求教宗召开会议，由大主教和高级执事投票决定。

对于这些争论，伦纳德完全没有一点感受。他觉得自己似乎变成了活着的尸体，没有痛苦，没有悲伤，没有激动，没有兴奋，异常地麻木，甚至不愿意面对其他人，只希望孤独地待在角落里。

他偶尔会闪过一些疑惑，那就是"凶手"为什么只拿走了克莱恩的非凡特性，而留下了队长邓恩·史密斯的。

哒，哒，哒，脚步声回荡在走廊内，右臂包扎着白色绷带的西迦·特昂出现于看守室的门口。

在邓恩等人围攻梅高欧丝、试图解救廷根市的时候，她和查尼斯门的内部看守者也在对抗着部分封印物，如果不是代罚者和机械之心成员还算及时地抵达，如果不是圣堂派来的援军终于赶到，她恐怕也会凄惨地失去生命。

可就算是这样，那位老迈的内部看守者也没能坚持到最后，战死在了自己的岗位上。

"伦纳德，我发现队长……队长办公室里有一封还没译码的电报，应该是之前圣堂发来的。"兼职作家西迦·特昂开口说道。

伦纳德碧绿的眼眸转动了一下，整个人终于活了过来。他隐约记起之前确实听到了新电报进入的声音，但是当时战斗一触即发，他和克莱恩都没那个心思去关注。

"内容是什么？"伦纳德发现自己的嗓音异常干涩。

白发黑瞳的女士西迦·特昂没有犹豫地回答道："小心因斯·赞格威尔，小心封印物0-08。"

"因斯·赞格威尔，叛逃的大主教，晋升失败的‘看门人’……封印物0-08，一支看起来很普通的羽毛笔……"伦纳德先是茫然低语着自己能挖掘出来的记忆，旋即侧了侧耳朵。

他忽地眯起眼睛，身上的颓唐和沮丧同时消失不见。

"原来是这样……"伦纳德一下收回双腿，站了起来，碧绿的眼眸内仿佛有火焰在燃烧。

他看着西迦·特昂道："我打算申请加入‘红手套’。"

"红手套"是值夜者内部精英队伍的代称。一般而言，各支值夜者小队都是驻守当地，各有辖区，不经允许不能到辖区外追捕罪犯，而某些邪恶的家伙却总是打一枪换一个地方，这就造成了很多不便。为此，黑夜女神教会专门在值夜者内部成立了"红手套"，聚集了在值夜者队伍中严格挑选出来的精英，甚至掌握了部分圣物，他们的任务是增援发出信号的值夜者小队，以及不受限制地追踪和抓捕被关注的邪恶者。

在某些圈子内，他们被称为"追迹者"和"猎狗"。

"红手套？可他们的最低要求是序列7……而且，红手套面对的危险成倍于普通的值夜者小队。"西迦·特昂疑惑中带着关切地说道。

伦纳德勾勒出一抹没有笑意的笑容："我差不多可以晋升了。"

他的眼眸转冷，咬牙切齿地无声自语道：

我要报仇！

因斯·赞格威尔，你一定要活着等到我强大起来！

"好吧……"西迦似乎猜到了伦纳德的想法，叹息道，"我们的队员将有一半甚至更多的新面孔，就算是值夜者小队，这样的惨烈也很少见……"

伦纳德眼神一暗，咬了下牙道："处理好尸体了吧？"

"嗯。"西迦微不可见地点头。

伦纳德猛然迈步，走向门口："我去通知他们的家人。"

我去面对最不想面对的场景。

我去……

…………

水仙花街2号，梅丽莎坐在单人沙发位置，反复研究着手里的三张门票，研究着上面的文字，研究着印制好的日期和座位号。

班森坐在她的侧面，含笑看着专注的妹妹，身体姿态非常地放松。

忽然，他们听到了门铃被拉响的声音，叮当，叮当。

梅丽莎望了一眼在厨房忙碌的女仆贝拉，随手拿着那三张门票，略显疑惑地起身，小步快跑地来到门边。

她的黑发比以前润泽了许多，脸庞不再消瘦，多了好看的血色，褐眸更是晶亮有神。

拧动把手，拉开房门，梅丽莎愣了一下，因为她并不认识来访者。

这是位墨发碧瞳的年轻男子，长相很是不错，但脸色异常苍白，眼睛里藏着浓浓的悲伤。

"请问你是？"梅丽莎迷茫地问道。

伦纳德专门在白衬衣外面披了件黑色正装，闻言沉哑地回答道："我是你哥哥克莱恩的同事。"

梅丽莎心头忽地咯噔了一下，本能地踮脚望向伦纳德的身后，但什么都没有发现。

她嗓音莫名有些颤抖地问道："克莱恩呢？"

伦纳德闭了下眼睛，吸了口气道："很抱歉，你的哥哥克莱恩为了拯救一些人，死在了一位凶恶的罪犯手上，他是英雄，真正的英雄。"

梅丽莎的眼睛一点点睁大，身体微不可见地摇晃了几下，手中那三张门票无力地滑落于地。

它们正面朝上，有《伯爵归来》这出戏剧的名称。

莫雷蒂家的客厅内，伦纳德几乎不敢去看对面的梅丽莎和班森，但他的脑海里总是不由自主地闪过两人的样子——

那位充满青春气息的女孩睁着眼睛，不发一言，瞳孔没有焦距，安静得就像一个人偶；那名与克莱恩有着几分相像的男子努力保持着正常的姿态，但他总是时不时地发愣，说话也会慢上半拍。

"事情就是这样，对此，我很抱歉，没能及时阻止。黑荆棘安保公司、警察部门以及那些受到帮助的人都承诺给你们一笔抚恤金，大概有六千镑……"伦纳德视线略显游移地说道。

突然，班森打断了他的话语，嗓音沙哑地问道："他的尸体呢？我是问……克莱恩的尸体呢?"

他抿住嘴唇,顿了一下道:"我们什么时候才能看到他?"

"在公司内,现在就可以。"伦纳德难掩悲伤地回答。

"好的。"班森扯了扯僵硬的嘴角道,"我先去下盥洗室。"

不等伦纳德回应,他快步进入了一楼的盥洗室,砰的一声关上了木门。

走到洗漱台前,班森拧开水龙头,让自来水哗啦啦垂落。

他弯下腰,埋下头,双手捧水,不断拍到脸上。拍着拍着,他的动作忽然停顿,好半天没有变化,整个盥洗室内只有流水哗啦的声音在回荡。

足足过了几十秒,班森才抬起头,望向洗漱镜,只见对面的自己脸上尽是水滴,眼眶红得再也无法遮掩。

几天之后,拉斐尔墓园一角。

结束掉邓恩的葬礼,众人聚集到了一个新的墓碑前,上面有着克莱恩的黑白照片,书卷气很浓的照片。

梅丽莎站在墓坑前方,眼神涣散,没有焦距,她旁边的伊丽莎白却是一直在抹泪。

伦纳德、班森、弗莱和布莱特扛着棺材,走了过来,将它放入了墓坑。

牧师的悼言和各自的祈祷之后,沙沙沙,开始填埋泥土,黑色的棺材一点点被遮掩。

这个时候,梅丽莎半蹲下去,将从哥哥身上搜出来的那个铜哨扔了进去。

伦纳德侧头看着这一幕,心里很是酸楚,也很佩服这个女孩的坚强。知道噩耗之后,她一直不哭不闹,沉默得让人心疼。

墓坑填平,石板盖上,伦纳德最后望了眼克莱恩的墓碑。

他的墓志铭共有三行:

> 最好的哥哥,
> 最好的弟弟,
> 最好的同事。

哀伤的气氛里,黑荆棘安保公司的人逐渐离去,赛琳娜和伊丽莎白也在家人的催促下告辞,现场只留有班森和梅丽莎。

"我去雇一辆出租马车过来……"班森的状态非常差,像是许久未睡。

"好的。"梅丽莎轻轻点头。

目送哥哥的背影远去，她怔怔地回头望了眼墓碑。忽然，她蹲了下去，将脸埋进了双臂内。

沉默之中，不知过了多久，梅丽莎突地闷声骂了一句："笨蛋！"

她哭了出来，无声地流泪，不断地流泪，难以停止地流泪。

夜晚的拉斐尔墓园。

古铜肤色的阿兹克拿着束白花立在克莱恩的墓坑前，久久没有说话。最后，他叹息着自语道："很抱歉，我迟到了十分钟。但我应该知道是谁了……"

他弯腰放下那束花，转身离开了墓园，也离开了廷根，但没有取走那个铜哨。

绯红的月光照在这里，有着难以言喻的安静与冷清。

突然，封住墓坑的石板被翻动，一只略显苍白的手从泥土里伸了出来。

伸了出来！

哗！

石板被推开，棺材盖被推开，克莱恩坐了起来，略显茫然地望向四周。

他的记忆还定格在那双锃亮的皮靴和握住圣赛琳娜骨灰盒的手掌上，之后就像进入了无梦的熟睡。

克莱恩本能地低下头，解开衣扣，看向自己的左胸，只见那狰狞的伤口和缺失了一块的心脏正在蠕动愈合，就像他当初从镜子里看见自己太阳穴的枪洞在飞快复原一样。唯一不同的是，这次更缓慢，更艰难。

在鲁恩王国的北方，九月的风凉爽里染上了几分寒意，贯穿墓园之后，更是多了阴冷之感。

克莱恩被吹得打了个激灵，霍然回过神来，苦笑着自语道："这穿越果然还藏着些秘密啊……不过看样子，顶多再来两次，我就没法'复活'了……也不知道如果被剁成肉酱，这平时并不出现的恢复能力还有没有用……"

平复了几十秒，克莱恩系上纽扣，发现身上穿的是最新的那件衬衣和燕尾服正装，但此时它们都沾了不少泥土。

班森、梅丽莎真是太不知道节约了……他下意识冒出这么一个念头，将手一撑，翻身站起，发现"小丑"的能力并未消失。

"最好的哥哥……最好的弟弟……最好的同事……"

克莱恩望向墓碑，默念着上面的铭文，心中忽然一酸，似乎体会到了梅丽莎和班森那种悲恸的心情。

这可能比我目睹队长身亡还要难过……他叹了口气，收回视线，蹲了下来，将棺材板重新合拢。

虽然思绪还有些涣散，但克莱恩知道自己必须尽快处理现场，不能被任何人发现——死而复生可不是正常人能玩的事情！

如果让值夜者、代罚者或者机械之心知道，克莱恩相信自己不会有什么好结局。当然，若这是地球，他服食的又是"律师"或者"诈骗师"魔药的话，倒是可以忽悠成"神之恩眷"或"救赎之人"，但这个世界确有真神，会回应仪式的真神！

再次填满好泥土，盖好石板，克莱恩拍了下双手，重新站了起来。

此情此景，再没有任何特殊，他就像一个趁着夜深来吊唁朋友的绅士，唯一不对的地方是，墓碑上那张照片里的人和他的长相一模一样。

刚才的过程里，他的灵感察觉到了"阿兹克铜哨"的存在，于是将它挖了出来，擦得干干净净。

不过克莱恩没打算立刻召唤信使，他决定先弄清楚当前的状况。

抬起左手，克莱恩看见了腕部依旧缠绕的那条黄水晶吊坠。

"这算是陪葬品了吧？"他自嘲一笑，解下灵摆，抬头望向四周，表情逐渐沉凝，"队长应该也葬在这个墓园吧……"

他连续换了两个方向，终于用灵摆确定了邓恩坟墓的位置。

借着月光边走边找，十几分钟后，克莱恩看见了队长的黑白照片：神情温和，发际线较高，眼眸的灰色隐约能体现，和平常没有多少区别。

照片之下是邓恩的名讳，出生日期，死亡日期，以及墓志铭：

> 真正的守护者，
> 最值得信赖的同伴，
> 永远的队长。

克莱恩怔怔看着，视线不知为什么又模糊了起来，依稀又回到那天，看见队长侧过头来，对自己挤了下左眼，嗓音浑厚、语气轻松地说道："我们拯救了廷根。"

队长……克莱恩无声呼喊了一句。

他仿佛一尊雕像般立在那里好几分钟，忽地笑笑道："队长，那天你的精神状态肯定不太好，都说出老尼尔要不是失控，你就能将他带入梦境的话语。他是'窥秘人'，你是'梦魇'，你根本没法服食他遗留的非凡特性。

"嗯……你当时都没问过我有什么强力的攻击手段，是信任我，还是忘记了这回事情……

"不过你肯定也猜到了一些……我只拿了一件封印物，说是给伦纳德用，你拿脚趾头想都应该能够想到，我有额外的强力的攻击手段。"

絮絮叨叨到这里，克莱恩顿了一下，摇头叹息道："我也不知道我现在算什么，或许只是一个从地狱爬出来想要复仇的恶灵吧……"

说着说着，他突然说不下去了，眼泪一滴滴滑过脸庞。

终于，他哽咽着低喊出声："队长……我们也很舍不得你啊！"

满是阴冷和寒意的风吹过，克莱恩抬手抹了下眼睛，擤了把鼻子。他恢复默然，就近找了个隐蔽的地方，逆走四步，进入灰雾之上。

他要借助占卜的手段，弄清楚那天杀掉自己的人，弄清楚幕后推动着这一系列事情的真正凶手！

既然已经出现于我的面前，那我肯定可以占卜出一定的信息……克莱恩紧抿着嘴唇，看见巍峨雄伟的宫殿和古老斑驳的长桌没有半点变化。

他坐到属于"愚者"的位置，在面前具现出黄褐色羊皮纸和圆腹钢笔。由于外面的身体处于未受保护的状态，他没有耽搁，略一思索就写下了占卜语句：杀掉我的人。

他默念七遍，往后靠住椅背，借助冥想，进入了梦境。

一片灰蒙蒙的世界里，无数光点在飞舞、在聚集，最终汇成了一幅画面：一双锃亮的皮靴，一只略显苍白的手，被握住的圣赛琳娜的骨灰盒。

视线逐渐上移，克莱恩看见了一位留着暗金短发的中年男子。

他穿着黑色双排扣长礼服，明显瞎了一只眼睛，眼眸深蓝近黑，五官轮廓如同雕刻，没有丝毫的皱纹。

画面破碎，克莱恩从梦境里醒来，微皱起眉头，觉得杀掉自己的凶手很眼熟。

作为占卜家，他很快就确认了自己为什么感觉眼熟，因为他看过对方在通缉令上的照片和相关的容貌描述！

这个凶手是因斯·赞格威尔！

带着封印物0-08叛逃的前黑夜女神教会大主教，晋升失败的"看门人"！

"是他！"

克莱恩脑海内霍然闪过了无数画面，最终定格在了对方捡起圣赛琳娜骨灰盒的那一幕。

咚，咚，咚，他伸手轻敲着青铜长桌边缘，觉得自己想明白了不少事情。

队长说过，正常死亡的非凡者同样会遗留非凡特性，它们聚集在一起，略等于没有辅助材料的魔药。

也就是说，只要知道对应的辅助材料，就能通过"遗物"获得晋升。当然，不能越阶服食，那很容易就失控或发疯。

嗯……晋升高序列强者需要特殊的仪式配合，这是"无暗者"残缺配方里提到的事情……后续的提升或许同样也需要仪式……

因斯·赞格威尔是"死神"途径的序列5"看门人"，他想成为高序列强者，成为半神，基于序列互换的实际情况，他有三个选择，一是本身"死神"途径的序列4，二是"不眠者"途径的序列4，三是"战神"途径的序列4"猎魔者"。

圣赛琳娜是圣者，不是序列4，就是序列3，她的骨灰对应这两个序列的魔药之一……因斯·赞格威尔作为前任大主教，肯定很清楚具体是哪个，也肯定很清楚辅助材料是什么……

他谋划这些事情，真实的目的是拿到圣赛琳娜的骨灰，借此晋升"不眠者"途径的序列4？

嗯……死神后裔的头盖骨也许就是特殊仪式需要的材料，毕竟他原本是"死神"途径。

这么看来，他针对的目标更多是队长，而不是我……

果然是幕后黑手啊……

想明白了这件事情，克莱恩写好对应的占卜语句，拿上灵摆，让黄水晶吊坠垂于纸张表面，近乎接触。

默念之后，他睁开双眼，看见黄水晶吊坠在做顺时针旋转。

这说明前置信息足够，占卜成功！

这说明因斯·赞格威尔确实是为了圣赛琳娜的骨灰，为了晋升序列4，才谋划了这一系列的事情！

克莱恩再次轻敲桌缘，思考起另外的问题。

赞格威尔只是序列5的"看门人"，仅靠他自己，不可能制造出那么多巧合，让梅高欧丝都根据"安排"在正确的时间拜访值夜者小队。

所以，是那个封印物0-08的能力？

它的外形是一支普通的羽毛笔……它的作用是写下的事情注定会实现？

不，应该没那么简单……否则因斯·赞格威尔只需要写下"圣赛琳娜的骨灰长出翅膀，自己飞到了因斯·赞格威尔的手中"，就可以在家坐等了……这必然有着一定的限制……

0-08多半没有直接的攻击能力，否则因斯·赞格威尔早就强闯廷根市查尼斯门了……

这个位于所有封印物最顶端那一层的物品，可以让人不知不觉按照它的描述展开某些行为？这就是那一次次巧合的原因？

如果确实是这样，0-08还真是可怕啊，连怀着邪神子嗣的梅高欧丝都遵循了它的安排……

难怪0级封印物非常危险，被列为最高重视度、最高保密等级，不可打听，不可外传，不可描述，不可窥探……

克莱恩停下轻敲桌缘的动作，为刚才的猜测做了个占卜，可惜的是，因为信息不全，未能成功。

见时间已过去了好几分钟，他打算尽快返回现实世界，于是不再发散思绪，写下了倒数第二条占卜语句：因斯·赞格威尔目前所在的城市。

由于封印物0-08的存在，由于因斯·赞格威尔应该已成为半神，克莱恩没法直接占卜对方的具体位置，只能放大范围，做模糊的询问。

当然，如果没有灰雾之上这片神秘空间排除干扰，就算做模糊的询问，他也肯定会占卜失败，得不到答案。

靠住高背椅，克莱恩默念了七遍占卜语句，再一次进入梦境，进入那灰蒙蒙的世界。

灰蒙蒙的世界忽然裂开，出现了一条奔腾的、宽敞的、略显浑浊的大河。

大河之上有一座恢宏的桥梁，两岸有一个接一个的码头，货物繁忙，工人众多。

大河的东北岸有鳞次栉比的房屋，大部分都具备着鲁恩王国当前建筑的特色——多边形四坡屋顶，凸肚窗，临街没有外廊，除此之外还有不少哥特式建筑。

这里的街道人来人往，马车一辆接一辆，时而能看见奇怪的机械。

越往东靠，烟囱越多，浓烟越多；越往西走，地势越高，一座座或灰蓝或米白或浅黄的房屋盘绕往上，簇拥那华丽的宫廷，簇拥着一座高高耸立的哥特式钟楼。

当！

钟声回荡，克莱恩苏醒了过来，知道刚才看见的是哪座城市了。

希望之地，万都之都，贝克兰德！

因斯·赞格威尔去了贝克兰德……也不知道他会在那里待多久，嗯，每隔一段时间可以确认一次……

克莱恩若有所思地前倾身体，擦掉羊皮纸表面的内容，写下新的占卜语句：兰尔乌斯目前的位置。

在他看来，造成队长等人死亡，让自身险些陷入永久沉眠的罪魁祸首毫无疑问是因斯·赞格威尔，但兰尔乌斯这个疯子也是难以推卸责任的帮凶，必须为此付出血的代价！

默念了七遍，克莱恩又一次进入梦境，但灰蒙蒙世界裂开后呈现的画面却与他刚才看到的一模一样！

宽阔的略显浑浊的河流，一个接一个的码头，鳞次栉比的房屋，以鲁恩潮流为主、间杂哥特风格的各种建筑，拥挤的街道，繁华的景象，不断喷薄"雾气"的一根根烟囱，华丽到极点的宫殿群，高高耸立的、标志性的哥特式钟楼……

兰尔乌斯同样在希望之地、万都之都贝克兰德！

克莱恩睁开眼睛，略显疑惑，因为他想占卜的是兰尔乌斯的具体位置，可结果还是只有一个非常大的、模糊的范围。

"这说明兰尔乌斯的序列比我预想中高很多……不对，也可能是他在帮助真实造物主降下子嗣的过程中获得了巨大的好处，比如一点神性，比如类似于梅高欧丝肚子里婴儿残留的那根脐带般的物品。呃……后者多半也被因斯·赞格威尔拿走了……"克莱恩思绪急转，低声自语，进行着初步的猜测。

确认完两位仇人的模糊位置，他又考虑起一个现实的问题，那就是他目前还没有复仇的实力！

就算兰尔乌斯只有序列7，甚至序列8，获得了巨大好处的他也不是容易对付的，而且他明显以狡诈见长，坑死比本身厉害的强者属于正常操作……因斯·赞格威尔就更加恐怖了，序列4的半神，并拥有恐怖的0级封印物……

我的穿越虽然还藏着些秘密，但明显还无法转化为战斗力，也许很长时间内都看不到可能性……只有继续提高本身序列、搜集强力神奇物品这两个办法，两手抓，两手都要硬……

想法翻腾间，克莱恩决定增加一次占卜。

斟酌了一下语言，他郑重地提笔写道：我变强大的希望。

轻轻放下那根具现出来的圆腹钢笔，克莱恩后靠住椅背，闭上了眼睛。他一边默念，一边借助冥想，进入了沉眠。

灰蒙蒙的世界里，他再次看见了刚才目睹的景象，看见了河流、码头、烟囱、人潮、宫殿群、各种机械和哥特式钟楼，看见了鲁恩王国的首都贝克兰德！

紧接着，画面变化，他看到了一座穿入白云的巍峨山峰，看到了一个宏伟的、古老的宫殿，看到了最上首那张用石头雕刻成的、镶嵌着暗淡宝石和黄金的巨大座椅，看到了由无数神秘符号构成的诡异竖瞳。

无声无息间，场景破碎了，克莱恩慢慢坐直，伸手轻敲起青铜长桌的边缘。

"贝克兰德有我变强的希望……

"第二个场景是指霍纳奇斯山脉主峰，指安提哥努斯家族遗留的宝藏？那个被安提哥努斯家族笔记污染的'厄运布偶'传递给我的、由无数神秘符号构成的'诡异竖瞳'是开启一切的关键……"

一个个想法闪过，克莱恩决定还是先不急着去霍纳奇斯山脉，这里面隐藏的危险高到序列4的半神都未必承受得住。

所以，还是去贝克兰德吧……克莱恩叹息一声，做出了决定，以灵性包裹住自身，模拟出坠落的感觉，离开了灰雾之上这片神秘的空间。

回到现实世界，他缓步走出隐藏处，回到邓恩·史密斯的坟前。

深深看了眼墓碑上的照片和铭文，克莱恩缓慢地在胸口画了个绯红之月，然后转身走向了墓园之外。

作为时不时要巡视拉斐尔墓园的前值夜者，他对守墓人的行动规律和周围的环境很是熟悉，没有造成任何惊扰就轻松脱离了那片寂静冷清的地域。他沿着夯土铺成的道路，借助树木阴影的遮掩，一直往廷根市区走去。

夜晚是如此安宁，红月是如此梦幻，克莱恩孤独一人前行，思绪就像脱缰的马匹一样，漫无边际地发散了开来，时而考虑着复仇计划，时而回想起队长不靠谱的记忆力，还回想起老尼尔诙谐幽默之下隐藏的悲情……

不知不觉，克莱恩就像一个游魂般走入了最近的街道，拐过了一个个岔路。

等他彻底摆脱那种状态，完全把握住自身注意力时，已是两个小时之后的事情了。

他发现自己正站在水仙花街，对面是自己和哥哥、妹妹共同的家。

本能地，克莱恩回到了这里。

略显欣喜地往前迈出一步，他忽然又停顿了下来，露出一抹苦涩的笑容，自嘲般低语道："我这要是过去敲门，梅丽莎恐怕会当场晕过去吧……班森应该会紧张得开始掉头发，然后竭力平静地说服我，以卷毛狒狒的名义……"

摇了下头，克莱恩深深望了那扇熟悉的大门一眼，往着铁十字街方向行去。

这样也好，这样也好……我将来要做的事情就不会牵扯到他们了……值夜者小队和警察部门给的抚恤金肯定足以让他们过上稳定的中产生活，即使梅丽莎没找到工作，班森也失业……

默然又走了一阵，克莱恩开始感觉到自身的疲惫，但作为一名"死者"，他除了穿着的衣物和随身的黄水晶吊坠、阿兹克铜哨，再没有别的物品，包括金镑，包括苏勒，包括便士。

"是不是该吹响铜哨，寄信给阿兹克先生，让他快点来救济我？"克莱恩苦中作乐地笑了一声，"算了，暂时不要联络他，也许因斯·赞格威尔还在暗中观察他。等到时机恰当，再找他……作为活了一世又一世，活了上千年的'老怪物'，他应该能够理解'死而复生'这种事情吧……"

"嗯，今晚不算太冷，随便找个地方凑合着睡一下，明早就去贝克兰德银行廷根分行，取出我不记名户头里的钱。"克莱恩默默地想。

——因为最近的事情太多，他一直还没来得及做"献祭"的后续实验，不记名账户内的三百金镑依旧完好无损。

"这足以支撑我很长一段时间内的开销了……明天再买份报纸，确认一下是周几了……'正义'小姐她们没有新的祈求声进来，说明我还没错过聚会……"克莱恩一边想着，一边找了个避风的角落，坐了下来，脱掉外套，盖在身上，背靠墙壁睡去了。

睡了没多久，他忽然被人推醒，看见了一位拿着短棍的警察。

肩章只有一个"V"，最底层的警员……克莱恩瞄了一眼，确定了对方的身份。

那位警员恶狠狠地说道："不能在这里睡觉！街道和公园不是给你们这些懒惰的、不想做事的流浪汉睡觉的地方！这是《济贫法》的规定！"

是吗？

克莱恩愣了一下，因为身份敏感，没有和对方争执。他拿上外套，再次行走于街上，走到了天亮。

很快，他低着脑袋，进入开户的贝克兰德廷根分行，用预设的密码取出了二百镑现金。剩下的三分之一存款，他留在了账户内，防备意外。

——书写那个作为密码的古赫密斯语咒文时，克莱恩毫无疑问地听到了熟悉的祈求声。

接下来，他总共花费三十八镑买了两套正装、两件衬衣、两条长裤、两双皮靴、两个领结、四双袜子，以及为冬天准备的两套双排扣呢子大衣、两件纯色毛衣、两条厚裤子，另外还有一根手杖、一个钱夹、一个皮制的手提行李箱。

做完这一切，克莱恩找了家旅馆洗澡换衣，然后为了避开可能遇到的熟人，直接乘坐出租马车来到廷根市的蒸汽列车站，并在途中买了份报纸，确认今天是周日。

从廷根市到贝克兰德，乘坐蒸汽列车只需要四个小时左右。豪华一等座是四分之三镑，也就是十五苏勒；二等座是十苏勒，半镑；非常拥挤、条件非常差的三等座则相当便宜，只需要五苏勒。

克莱恩想了想，买了下午两点的那班，二等座。

拿着车票，提着行李箱，克莱恩在候车厅随便找了个位置坐下，此时才上午九点出头。

他非常庆幸鲁恩王国还没有严格的户籍管理制度，用三个月的自来水、煤气和房租账单就可以证明身份，而购买蒸汽列车票更是简单，给钱就行。

坐在候车大厅，想到下午就要离开廷根市，前往首都贝克兰德，克莱恩的心里忽然有些空空荡荡。

他想起了那个活出母亲感觉的妹妹，想起了喜欢讲嘲讽式冷笑话的哥哥，想起了三个人吃得很撑，靠在位置上，谁都不想动弹的场景……

一幕一幕，克莱恩突地笑了一声，笑得有些难受，因为他想起了梅丽莎那只被称为"人偶"的乌龟，想起了班森那可怜的发际线。

他忽然有了强烈的冲动，想再看哥哥和妹妹一眼。

直到这个时候，克莱恩才明白自己为什么不挑选更早的列车，而是买了下午两点那班。

他提上皮制的行李箱，快步离开候车大厅，乘坐出租马车返回了水仙花街。然后，他躲在对面房屋的阴影里，望着自家的大门，几次想要过去，却无法逾越那宽阔的街道。

克莱恩怔怔望着对面，一下觉得自己无家可归。最初穿越时，他也有着类似的感觉。

突然之间，他看见房门打开，看见梅丽莎和班森走了出来。

他们一个穿着黑色裙子、戴着黑色纱帽，一个穿着黑衬衣、黑马甲、黑裤子、黑外套，戴着黑礼帽，表情同样的木然，情绪都很低沉。

梅丽莎瘦了……班森怎么这样憔悴……克莱恩心头一酸，张开嘴巴，却再也喊不出那两个名字。

他不自觉跟着班森和梅丽莎走向了最近的那个市政广场，看见那里又布置起一个个帐篷，看见新的马戏团在表演。

班森掏钱买了门票，带着梅丽莎进入里面，强行挤出一点笑容道："这家马戏团很出名。"

梅丽莎没什么表情地点了下头："嗯。"

忽然，她脚下一滑，踝部微歪，即将跌倒。

跟着买票进入的克莱恩张了下嘴，想要扶住妹妹，却只能缩回下意识间伸出的手，无能为力地站在不远处，站在来往的人潮里。

班森吓了一跳，已来不及帮忙，但梅丽莎自己迅速站稳了，抿了下嘴，什么也没说。

这个时候，小丑们涌了过来，有的表演踩马车轮子不倒，有的匍匐于巨大的皮球上，有的往天空扔出一个个网球，又以滑稽的动作一一接住。

梅丽莎看着这些表演，神情沉静，就像对方并不存在。班森努力了几次，并大声喝彩，可都没能调动起妹妹的情绪，自己也慢慢变得低沉。

克莱恩紧抿嘴唇，远远望着这一幕，想要靠近却又不敢。

忽然，他摸了下衣兜里的钱夹，有了一个想法。

班森和梅丽莎继续前行，沉默地观看着各种表演。

过了一阵，他们看到一个涂着红黄白等各色油彩的小丑跑了过来，先是往天上扔出一个个网球，接着在人们的注意力被吸引到半空时，不知从哪里变出了一束花，一束塞维亚菊。

这束花凑到了梅丽莎和班森眼前，颜色金黄，象征着快乐。

梅丽莎和班森略显茫然地望向对面的小丑，只见那满是红黄白等各色油彩的脸上，嘴角高高翘起，固定成了一个快乐的笑容、浮夸的笑容、滑稽的笑容。

（第一卷·小丑卷·完）

后记
EPILOGUE
✦ 《小丑》卷总结 ✦

编者按：本篇后记原载于《诡秘之主》网络连载原文第一部"小丑"第二百一十三章之后。

首先，感谢上架以来大家的打赏和订阅。本来该在六月结束的时候发一篇感言的，但想到第一部马上就要结束了，可以合在一起写，就等到了今天。

人啊，到了三十多岁，精力，尤其是头脑方面的，真是下降了很多。《奥术神座》那时候，我最多是一天写了五章，一万五千字吧，就跟打了鸡血一样。但从《一世之尊》后期开始，我一天就差不多最多三章了，而且这是除了睡觉吃饭都在想剧情、写故事的情况下。结果，我出现了焦虑、压抑等不正常的精神状态，还好及时调整了过来。《武道宗师》那会儿则身体老出毛病，还住了半个月的院。所以，现在只能向身体和精神状况妥协，每天上午一章，下午一章，晚上休息。保持健康，然后留两章存稿，保证更新准时，避免焦虑。实在状态好，思路很通畅，才考虑写三章。

六月份的加更，我可以坦白地讲，我这条狗命都是存稿给的……整整一个月，我写三章的天数没超过四天，其他都是靠存稿顶着，终于，存稿跌到了两章这个底线。嗯，我只能理不直气不壮地说，咱靠质量取胜吧……

说完更新，就是第一部的总结。基本上该表达的都表达了出来，"小丑"这个卷名贯穿了全局。嘿嘿，你们可以回看上架感言，我当时说了，这本书的各种结构是我考虑得最周全的，前后呼应什么的，大家拭目以待。嗯，我想还算合格吧。

第一部我采取了以前没尝试过的写法，就是把一部当成一个中短篇来写，伏笔埋线、布局构思什么的，都以这个整体来考量。当然，全文的伏笔也肯定留了，总之，从目前的效果看，尝试还算成功，可喜可贺。

人物塑造上，哈哈，我就不多说了，免得被寄刀片……

当然，肯定也有不好、不满足的地方。一是当聚会、事件、练习、日常开始呈现循环固定的趋势时，我写作的感觉是下降的，相信阅读的感觉也一样，所以，我尝试着跳了下时间线，而跳了之后，最开始切入也是比较生涩的，但慢慢就好转了。二是老尼尔死后，整体基调一下展现出原本的灰暗后，我再切入日常，就感觉有点不对，所以删掉了部分预定的情节，加快了进度。

《诡秘之主》我预计的是六到八部，每一部的卷名都会是序列魔药的名称，但不一定是小克"占卜家"途径的，主要得契合这一部的主题或者隐喻什么的。

最后，第一部结束，按照惯例要请假休息，并整理整理大纲，找找第二部的切入点，推敲推敲大体的剧情。嗯，休息一天半，后天中午恢复更新。

还有，我等下会在公众号上更新"0-08"的部分资料，不放在"作品相关"这一栏是怕新读者看到，那样第一部就失去一半的乐趣了。我最近会在书评区建一个封印物楼，大家对封印物有什么想法，都可以发在那里，也许会采用。嗯，尽量不要照搬SCP基金会那些。

对了，第二部，"无面人"，敬请期待。

——首发于2018年7月6日

黑荆棘安保公司

鲁恩王国阿霍瓦郡廷根市值夜者小队
鲁恩王国阿霍瓦郡警察厅特殊行动部第七小组

值夜者小队

邓恩·史密斯　　伦纳德·米切尔　　科恩黎·怀特　　弗莱　　洛耀·莱汀

西迦·特昂　　克莱恩·莫雷蒂　　戴莉·西蒙妮
（前队员）

文职人员

奥利安娜　　西泽尔·弗朗西斯　　罗珊　　布莱特　　老尼尔

我们是一群时刻对抗着危险和疯狂的可怜虫，但我们更是守护者。

※鸣谢上述黑荆棘安保公司雇员对廷根市所做出的贡献。——1349年9月9日